重庆市“十二五”社会科学规划项目
重庆文理学院学术专著出版资助项目

重庆少数民族文学概观

何云贵等　著

中国戏剧出版社

图书在版编目（CIP）数据

重庆少数民族文学概观 / 何云贵等著. — 北京：
中国戏剧出版社，2017.12
ISBN 978-7-104-04596-0

Ⅰ. ①重… Ⅱ. ①何… Ⅲ. ①少数民族文学评论—重
庆—当代 Ⅳ. ①I207.9

中国版本图书馆CIP数据核字(2017)第262394号

重庆少数民族文学概观

责任编辑：赵宇欣
责任印制：冯志强
校　　对：张爱华

出版发行：中国戏剧出版社
出 版 人：樊国宾
社　　址：北京市西城区天宁寺前街2号国家音乐产业基地L座
邮　　编：100055
网　　址：www.theatrebook.cn
电　　话：010－63381560（发行部）　010－63385980（总编室）
传　　真：010－63383910（发行部）

读者服务：010－63387810
邮购地址：北京市西城区天宁寺前街2号国家音乐产业基地L座

印　　刷：三河市灵山红旗印刷厂
开　　本：787mm×1092mm　1 / 16
印　　张：18.5
字　　数：300 千字
版　　次：2017年12月　北京第1版第1次印刷
书　　号：ISBN 978-7-104-04596-0
定　　价：68.00 元

目　录

上　编　重庆少数民族的民间文学

中　编　重庆少数民族的文人文学

下　编　重庆少数民族的文学理论与文学批评

前　言

重庆位于中国内陆西南部、长江上游地区。渝东、渝东南邻湖北和湖南，渝南接贵州，渝西、渝北连四川，渝东北与陕西和湖北相连。辖区总面积 8.24 万平方千米，人口 3375.20 万人（2014 年）[①]。重庆是中国唯一拥有世居少数民族的直辖市。以土家族、苗族等为主体的几十个少数民族或群居或散居在重庆这块大地上，自古以来创造了享誉全国的独特绚烂的民族文化，为重庆这个年轻的直辖市增添了独特的文化魅力。深入发掘和研究重庆少数民族文学，不仅有助于重庆少数民族语言文化的抢救保护，还有助于重庆文化建设，对于推动我国多民族文学事业的繁荣发展也具有十分重要的意义。

一、重庆少数民族的历史源流

远古时期，重庆地区就是少数民族巴人及濮、賨、苴、共、奴、夷、蜑等部族的繁衍生存之地，后来历经与汉族、苗族等外来民族的冲撞与融合，最终形成如今的民族状况。目前，重庆地区有 4 个少数民族自治县，1 个享受民族自治地方优惠政策的区，以及 14 个民族乡。

---

① 2014 年重庆市国民经济和社会发展统计公报。

4个自治县分别是秀山土家族苗族自治县（1983年11月7日成立）、酉阳土家族苗族自治县（1983年11月11日成立）、彭水苗族土家族自治县（1984年11月10日成立）和石柱土家族自治县（1984年11月18日成立）。

黔江区是享受民族自治地方优惠政策的自治区，其前身是1984年11月14日成立的黔江土家族苗族自治县，2000年撤县设区后，仍比照民族自治地方享受民族优惠政策。

14个民族乡分别是万州区恒合、地宝，忠县磨子，云阳县清水，奉节县云雾、龙桥、长安、太和，巫山县红椿、邓家10个土家族乡，武隆文复、石桥、后坪3个苗族土家族乡，武隆浩口苗族仡佬族乡。

据第六次全国人口普查数据显示，重庆拥有全部55个少数民族，少数民族人口1937109人。其中土家族人口最多，有1398707人；其次是苗族，有482714人；接下来分别是回族9056人、彝族6336人、蒙古族5688人、壮族4634人、满族4571人、布依族3383人、侗族3271人、藏族3086人、仡佬族2808人、白族1569人、哈尼族1398人、维吾尔族1162人、瑶族1045人。其他少数民族人口均在1000人以下，人口最少的是塔塔尔族，仅有1人。

土家族是重庆最早的土著少数民族。关于土家族的来源，一般认为土家族是古代巴人的后裔。潘光旦先生最早提出这一观点，他认为古代巴人活动区域内的有些地名、人名和族名，是土家族自称“毕兹”的对音或转音，巴人崇拜白虎与今土家族相同，巴人的主要姓氏与土家族的某些大姓有沿袭关系，个别巴语词汇仍保存在今日土家族语中，如此种种证据有力证明古巴人与土家族的渊源关系①。而巴人之称与上古巴国有密切关联，一般认为，“凡居住于巴国境内的属民均可泛称为巴人”，包括《华阳国志》所说的“其属有濮、賨、苴、共、奴、夷、蜑之蛮”等②”。狭义巴人则指巴国王室，即“廪君种”③。

蒙文通先生认为：巴国不止一个，秦所灭巴是宗姬之巴；楚所灭巴是五溪蛮，为槃瓠后代，即枳巴④。蒙默先生认为：古代没有一个单独的巴族，先秦至

① 潘光旦：《湘西北的“土家”与古代的巴人》，《中国民族问题研究集刊》，第四辑，1955年。
② 《华阳国志卷一·巴志》，中国西南文献丛书：《西南稀见方志文献》，第十卷，第6页。
③ 李绍明：《川东南土家与巴国南境问题》，《思想战线》，1985年第6期。
④ 蒙文通：《巴蜀古史论述》，四川人民出版社，1981年版。

少有四个巴国，即廪君之巴、宗姬之巴、巴夷賨国和枳巴，分别活动在夷水、汉水、渝水及涪陵水会，分属蜒族、华夏族、賨族和獽蜒族①。李绍明先生提出了广义巴人和狭义巴人的概念，认为广义巴人包括“濮、賨、苴、共、奴、獽、夷、蜑之蛮”，其族属未必一致。根据以上学者的研究，我们认为巴人分布较为广泛，部属复杂，巴国也先后有多个，最盛时“其地东至鱼复，西至僰道，北接汉中，南极黔、涪。”②

有关巴人文献最早见于《山海经·海内经》：“西南有巴国，大皞生咸鸟，咸鸟生乘釐，乘釐生后照，后照是始为巴人。”③宋人罗泌《路史·后纪》“太昊伏羲氏”亦云：“伏羲生咸鸟，咸鸟生乘釐。是司水土，生后炤。后炤生顾相，（降）处于巴。”④这两处文献说明巴族是太昊（皞）伏羲的后裔。《山海经·海内南经》又载：“夏后启之臣曰孟涂，是司神于巴。人请讼于孟涂之所，其衣有血者乃执之。是请生，居山上，在丹山西。丹山在丹阳南，丹阳，居属也。”这段文献也表明在夏启以前，巴部族就已经存在了。总之，巴人历史可远及我国历史的传说时代。巴人原始先民经历神农、黄帝、帝尧及“殷王大戊”等自母系而父系氏族社会、尧舜、夏商等发展阶段，是早期南方文明的重要代表。

根据考古发掘和文献史籍的记载，巴人先民巴族最早应起源于四川盆地与长江中游平原之间位于陕西、四川和湖北交界之地的巫巴山地。“这里河谷纵横，长江、汉水、清江及大宁河、任河、大溪、堵河等式主要的河流。由于水力的切割作用，形成高山急流、悬崖峡谷的景象。因为地势偏高，空气潮湿多雨，中日云雾弥漫，少有水旱之灾，利于植物生长，上古定是一派林木苍翠的样子。河谷地带，宽谷与窄谷相间，在宽谷两旁，有一连串冲积台地，土质肥沃而疏松，因此，就整个巫巴山地而论，是宜于渔猎和农耕的，是生产力不高的远古人类生活劳动的理想之处。”⑤除渔猎和农耕外，巫巴山地丰富的丹砂和食盐也是巴人原始先民在此繁衍生息的重要条件，有利的地理与自然资源孕育了巴人先民。

① 蒙默：《试论古代巴蜀民族及其与西南民族的关系》，《贵州民族研究》，1983 年第 4 期。
② 《华阳国志卷一·巴志》，中国西南文献丛书：《西南稀见方志文献》，第十卷，第 6 页。
③ （西汉）刘歆：《山海经·海内经》卷 18，远方出版社，晋郭璞注本。
④ （宋）罗 泌：《路史》卷 1，钦定四库全书本。
⑤ 管维良：《巴族史》，天地出版社，1996 年版，第 2—3 页。

囿于巫巴山地的狭隘及资源的有限，巴人先民不得不谋求更广阔的生存空间，被迫走出发源之地，形成了许多分支，后世以其图腾差异而命名其为龙蛇巴人、鱼凫巴人、鳖灵巴人及白虎巴人等[①]。这些巴人分支先后建立过方国，创造了辉煌灿烂的巴文化，至今在他们曾经驻足过的地方还留有文化遗迹。比如以鱼凫捕鱼为生产特色的鱼凫巴人在其迁徙路线至今还留有“鱼腹”“鱼复”“巴涪”“巴符”“鱼涪”“鱼凫”等历史遗迹。

在这些巴人分支中，龙蛇巴人是最早走出巫巴山地的巴人先民，在夏商时代即以“巴方”见称，在与商的多次征战中被迫臣服。后“背商投周”，助周伐巴，因其歌舞以凌殷人，前徒倒戈，表现勇锐顽强，助周打败了殷商而获封姬子巴国，在汉中立为“巴国”，属于周王朝在南方的诸侯国。从此有了“巴国”著称于史。春秋时这支弱小的巴方为秦所灭。

鱼凫巴人即是以鱼凫捕鱼为生产特色的巴人分支，后迁徙川西平原建立鱼凫蜀国，为三星堆文化的形成奠定坚实的基础。

鳖灵巴人系白虎巴人支系，系廪君率族西迁后留在“夷城巴国”的成员，依托丰富的盐业资源过着富足生活。

白虎巴人即以白虎为图腾的巴人分支，从巫巴山地迁至今湖北长阳武落钟离山。分居五峰而互争雄长，经掷剑浮船斗争后，廪君成为首领。范晔《后汉书·南蛮西南夷列传》记载曰：

> 巴郡南郡蛮，本有五姓：巴氏、樊氏、瞫氏、相氏、郑氏，皆出于武落钟离山。其山有赤、黑二穴，巴氏子生于赤穴，四姓之子皆生黑穴。未有君长，俱事鬼神。乃共掷剑于石穴，约能中者，奉以为君。巴氏子务相乃独中之，众皆叹。又令各乘土船，约能浮者，当以为君。余姓皆沉，唯务相独浮。因共立之，是为廪君。[②]

廪君成为五氏部族首领后，不断开疆拓土，逐渐由钟离山沿清江迁徙，经战

① 参见彭福荣、谭清宣、莫代山：《重庆世居少数民族研究·土家族卷》有关论述，重庆出版社，2011年版。

② （南朝宋）范晔：《后汉书》卷116，上海古籍出版社，1986年版，第1050页。

胜盐水女神部落而建立夷水巴国，定都恩施，形成了远古巴人部族最早的都城。《后汉书·南蛮西南夷传》记载曰：

> 乃乘土船，从夷水至盐阳。盐水有神女，谓廪君曰："此地广大，鱼盐所出，愿留共居。"廪君不许。盐神暮则来取宿，旦即化为虫，与诸虫群飞，掩蔽日光，天地晦冥。积十余日，廪君思其便，因射杀之，天乃开明。廪君于是君乎夷城。①

这支巴人以恩施为中心，活动于鄂西，在其后的漫长岁月里势力不断增强，向外扩张。一面由清江往上到利川入石柱，一面沿清江东行到宜都入长江，再顺江而下。同时，巴族也由于受到兴起的楚人的压迫，被迫向西面迁移，渐次将都城即中心区域迁至"枳"（现在的涪陵市），再后迁移至重庆。战国时期先后被秦、楚所灭。随着巴国政治和军事的败退，部分白虎巴人在五姓贵族率领下逃至早有同族的沅江流域，各据一溪，首领遂成一溪之长。这些退守沅江流域及散布重庆境内的白虎巴人即是今天重庆土家族的重要来源。

巴人中还有一支板楯蛮（也被称为賨人）在中国古代历史上名声显赫，他们助秦汉政府射杀白虎，北御西羌来犯，南平益州叛乱，常受中央政府优待，史册时有记载。

巴族历经秦、汉、晋、隋各朝代的统治，既有对中央王朝的归附，也有不满和抗争。为挣脱北方和中厚秦楚的压迫，巴族逐渐向湘西、鄂西、渝东南、黔东北交界的武陵山区一带推进，回到巴人起源的地方。武陵山区山大谷深林茂，沟壑纵横，崎岖险要，适合巴人的生存。巴人在这一广袤地带火耕水耨，渔猎山伐，生息繁衍，在漫长的演变中，"巴人"一词也逐渐淡化，被称为"蛮人"，如板楯蛮、五溪蛮、武陵蛮、巴郡南蛮等。

到了唐代以后从梁、唐、汉、周五代起，原来意义上的"巴人"称谓不见了，取而代之的是以"土"字作称，如土司、土民、土人、土家等，抑或土、蛮混称或交替使用，"蛮"是侮称，"土"要客气一些，后来"土"就成了"蛮"的

① （南朝宋）范晔：《后汉书》卷116，上海古籍出版社，1986年版，第1050页。

别称。土家族群也由此逐渐形成。

兴起于秦汉完备于唐宋时期的羁縻制度以及兴起于宋末，沿用于元明清的土司制度对于土家族的形成应该说是起到了十分重要的作用。这一时期，大规模的民族战争和民族迁徙不再发生，历代中央政府对少数民族实行“土官治土民”的策略，委任少数民族中的豪族大姓代表中央行使管辖权，少数民族地区拥有相当的自治权和法制权。这样的政治社会环境极其有利于民族的形成和发展，一些少数民族在长期的稳定的生存繁衍中逐渐孕育出单一民族的共性或个性。

土家族即形成于这一时期。学者黄柏权认为：“土家族初步形成于两宋，而最终定型于土司时期”。其理由是：第一，两宋时期土家族聚居的武陵山区“再没有出现大规模的族群互动现象，长期在这一带活动的巴人和‘蛮左’已稳定下来，即使五代时进入湘西的彭氏及百工之人都已安定下来”，土家族聚居区域已有“初期的土司统治”，强宗大姓得官任职“既密切了地方与中央政府的联系，也限制了大规模的人口流动”，“对促进土家族这一民族共同体的形成提供了必要的外部环境”。第二，两宋时期湘鄂渝黔边土家族的生产方式有突破性进展，使人们具有了共同的经济生活，为民族共同语言、共同文化上的共同心理素质的形成奠定物质基础。第三，远古至两宋时期的湘鄂渝黔边的“土人”因生产、生活和交往而逐步形成了共同文化和共同语言。第四，两宋时期土家族的民族性格和族属意识已经形成，湘鄂渝黔边土家先民的“蛮”“夷”之称在两宋被逐步用“土人”“土兵”“土丁”等称谓代替，随客家的汉族移民迁入而自称土家以区别之。自两宋而清，“土家”作为族称陆续出现在志书和文人作品中，土家族最终定型为单一民族。[①] 黄柏权基于历史事实和历史逻辑所作出的推断较能令人信服，因此，土家族于宋代演化为单一民族也基本成为学界普遍认可的观点。

土家族在形成单一民族后，历经元、明、清与民国各时代的政治统治，在与汉民族的交往中逐渐汉化，至今除在一些偏僻山区的老人那里可能还保留有较完整的民族语言与民族习性外，其他大多数土家族人在语言、服饰、生产生活方式几乎与汉民族一致了。

---

① 黄柏权：《关于土家族形成时间问题的讨论》，《湖北民族学院学报》（哲学社会科学版），2002 年第 2 期。

目前，土家族是重庆市人口最多的少数民族，主要分布在酉阳、石柱、黔江、秀山、彭水等区县，另外万州、忠县、云阳、奉节、巫山、武隆都有土家族聚居的民族乡。土家人自称“毕兹卡”。清雍正十三年（1735年）“改土归流”后，汉人陆续迁入渝东南地区，土家人便逐渐习用汉语，称本民族为“土家”，汉族为“客家”，苗族为“苗家”。1957年，“土家族”这一族称得到国家的正式确定和采用，被认定为我国少数民族之一。

苗族是重庆市人口仅次于土家族的少数民族，数据显示2010年有482714人，分布最多的是酉阳、秀山、黔江等地，另外綦江也有数千人，总体呈大杂居、小聚居的分布。

苗族起源于黄帝时期的“九黎”，“九黎”则是苗族在黄河、长江流域建立最早的部落联盟集团。“九黎”源于“东夷”。东夷就是以中原为中心的东方的少数民族的别称。也就是说，苗族发祥于长江、淮河及黄河入海处，即浙江、江苏、山东沿海的大片地方。在苗族的古歌和传说中，都说他们的祖先是从东方迁来的，其老家是在东海之滨。苗族先民在随后的历史进程中走出发源地，向西南面发展，进入安徽、湖北、湖南和江西。向北面发展，渡黄河而进入河南、河北和山西。在不断的拓展中，由松散的若干氏族逐步组成较大的若干部落，进而又由若干部落形成一个大的部落联盟，这个大部落联盟的名称即叫“九黎”。九黎部落联盟在首领蚩尤带领下挺进中原，与黄帝部落“战于涿鹿之野”，终失败被擒杀，九黎部落遭到沉重的打击。其余部在战败后向南迁徙，后来经过几百年的发展，蚩尤后裔在长江中下游建立起一个新的大部落联盟，史称“三苗”“有苗”或“三苗国”。[①]“三苗”聚居洞庭、鄱阳诸湖和汶山、衡山等地，与尧、舜、禹为首的部落联盟进行过长期的抗争。经过禹的征伐，“三苗”集团的势力被彻底削弱，部落联盟被分化瓦解，使大部分族人离开江淮和洞庭、彭蠡之间的平原地带，避入山林沼泽，开始向西北和西南山区迁徙。商、周时期，“三苗”的主要部分在长江中游地区与其他部落一起被称为“南蛮”或“荆蛮”。“南蛮”不断发展壮大，成为楚国的主体居民。到西周中叶，“荆蛮”已成为周朝南方的劲敌。故从昭王开始，对“荆蛮”多次进行“征伐”，“荆蛮”的势力虽然受到一

① 石朝江：《苗学通论》，贵州民族出版社，2008年版，第89页。

定削弱，但没有被消灭，反而在周末时又强盛起来，春秋战国时，发展成为“五霸”“七雄”之一的楚国主体居民。战国末年，秦、楚两雄战争连绵，秦昭王时，令“白起伐楚，略取蛮夷，始置黔中郡”。楚国灭亡，武陵山区的苗人又开始遭到冲击、分散。秦汉以后，苗族先民再也没有形成强大的政权，而是散杂在武陵蛮、五溪蛮等族群中，并逐渐成为了这些族群的主体。[①]魏、晋以后，苗族人口繁衍分布区域较之汉代有所扩大。即以汉代的武陵郡为中心，向四周扩散。唐、宋以后，苗族随着社会经济的发展和人口的繁盛，在祖国南方再度显示出自己的重要影响，引起了唐、宋王朝的注目。唐、宋中央王朝与苗族的关系也日渐频繁，对苗族的认识也有所加深，于是“苗”则从若干少数民族混称的“蛮”中脱离出来，作为单一民族的族称。元明清时期，由于兵祸及天灾等原因，主要是由于战乱，苗族继续从武陵、五溪地区迁入贵州、广西、四川和云南等地区[②]。民国以后，由于当局统治者实行民族歧视和民族压迫政策，苗族人民不断起义斗争，先后发生了“黔东事件”和海南“三一五”大屠杀等。新中国成立后，我国实行各民族一律平等和民族区域自治等国策，社会和谐安定，苗族的民族身份得到识别和尊重，苗族的人口与社会经济文化等各项事业的发展取得了显著的进步。

古代重庆地区的苗族当是“九黎”余部南下和“三苗”余部西迁而来。查今天的彭水、酉阳、秀山和黔江的县志与民族志，四个地域对本地苗族的来源的记述虽有一定差别，但都认为与上古“九黎”和“三苗”有关。如《彭水县志》中的记述：彭水县域苗族主要来自蚩尤、驩兜、盘瓠和共人等古老部落，少数为近现代迁入定居的苗民[③]。上古时期，蚩尤与黄帝在涿鹿战败后，便向南方流徙。经湘西入彭水县境，开发利用郁山天然盐泉，繁衍人口。后来，被舜放逐于湖南大庸境内崇山的驩兜部落，向南进入彭水县境。他们制盐、采丹，种植谷物蔬菜，逐渐强盛起来。到了汉代，盘瓠部落在湖南泸溪一带强大起来，汉朝廷连年派兵征讨，迫使他们向西迁徙。进入武陵地区后，分支迁平款（今秀山）、酉阳、务戒（今武隆）等地，不少人留在彭水产盐区，开发盐丹，开辟水道，发展航运。到唐代，田、谢、朱、杨、冉、雷、向（相）、李、邓等姓，俱为苗民。从

① 李良品等：《乌江流域民族史》，重庆出版社，2009 年版，第 137 页。

② 李良品、谭杰容：《重庆世居少数民族研究·苗族卷》，重庆出版社，2011 年版。

③ 彭水县志编纂委员会：《彭水县志》，四川人民出版社，1997 年版，第 727—728 页。

元代到明代，多次“赶苗（蛮）拓业”，劫后余生者大多逃亡他乡，少数避进山林，隐姓埋名，谎称汉民。在招民垦殖的外来移民中，部分远走他乡的苗族而逃难来县的苗民，也自称汉族。20世纪80年代，他们才恢复原来的民族成分。清代以来，贵州省沿河、务川、道真和四川省酉阳、黔江、石柱等县婚嫁入彭水的苗族人不少，也有部分苗族人调动来县工作。其他三区县关于苗族的来源的记述与之类似，都认为重庆地区的苗族来源于“九黎”“三苗”，在尧舜禹时代因战争外迁而来。这部分外迁而来的苗族先民与当地土著居民古巴人等混杂居住，繁衍生息，成为今天重庆两大少数民族——土家族和苗族的基本来源。

回族是重庆第三大世居少数民族，数据显示，2010年重庆全市共有回族9056人，其中以渝中、沙坪坝两区分布最多，其余散居于各区县。重庆境内回族很多为明清时期来渝定居。如渝中区中兴路、十八梯一带有清真寺、清真巷，即为明清时回族同胞聚居于此所形成。此外，荣昌等区县也有清真寺分布。

回族的先民是唐宋时期来华经商的外国商贾，他们在当时被称为“番商”“番客”或“胡贾”，其中以阿拉伯人或波斯人居多。这些番商、番客由于经商等原因，有的在中国娶妻生子，留居中国，他们便被认为是回族最早的先民。

元代时，蒙古军队的两次西征，把我国新疆、中亚细亚、波斯、阿富汗、阿拉伯信仰伊斯兰教的各族人及欧洲东部的一些民族统统征服了。为了消灭南宋、西夏和金，征服全中国，蒙古贵族从被征服的地区强令签发了大批卫军、亲军和工匠，随同蒙古军队开赴中国。这些被签发的卫军和亲军，以回回人为主的“西域亲军”人数最多。再加上自愿投奔的官员和商人等，东迁回回人数目就更大了。这些东迁的回回人，随着蒙古军队的征战与驻防而散布到全国各地。他们是以后形成回回民族的民族成员的基础。然后经过长时期的汉化和民族沉淀，元末明初，回族作为单一民族得以形成。

元代也是回族陆续迁入重庆地区的重要时期。在元代，一是有回族人受朝廷委任来重庆作同知的情况。二是有回族人因经商来重庆的情况。如川东长江门户奉节县，为江南回族入川之水上要道，在元代就有回族人定居，并与元大德四年（1300年）建清真寺于县城永安镇北，为重庆乃至川东地区最早的清真寺。

明清时期入居重庆的回族人逐渐增多并达到高峰。明成化年间（1465—1488年），来渝定居的回族人更多。他们多住在南纪门靠长江边、十八梯、回水沟一带。及至明万历年间（1573—1620年），重庆清真西寺建立后，陆续进入市中区（今渝中区）及清真西寺周围的，有近两百户。寺侧原有一小巷，回族同胞们修房建屋，几乎将小巷全占，小巷因此定名为“清真巷”。马以愚《中国回教史鉴》记今中兴路清真寺曰：“为先端肃公于明成化时，遭中官汪直之谗，谪戍重庆时之所建也。”民国《巴县志》亦载：“西寺创建于明之中叶，为河南马侍郎文升所建立。”

从清末到民国时期，迁入合川县（今合川区）、江北县（现渝北区）的回民日渐增多，这些回民又在合川、江北（今渝北区）相继建立了清真寺。

蒙古族可谓重庆第四大世居少数民族。据2010年统计重庆全市共有蒙古族5688人。重庆的蒙古族大都为元代开始迁入，有的因元代作为朝廷命官迁来重庆，有的则因屯军和避难迁入重庆，也有因经商、工作需要、学校结业分配等原因迁入重庆的[①]。其中，彭水苗族土家族自治县鹿鸣乡向家坝村和太原乡香树坝村作为重庆蒙古族聚居最为集中的地区，两地的蒙古族来源最具代表性。

彭水苗族土家族自治县鹿鸣乡向家坝村张、谭两姓均为蒙古奇渥温家族的后代。元朝时在湖北镇守。元末，爆发了著名的红巾军起义，他们战败并被赶入四川。于是，当时兄弟5人便易族改姓，分散隐匿民间，并留八句诗作为以后族亲认同的暗语。所以今天彭水向家坝的谭、张二姓皆是蒙古奇渥温家族的后代。

关于重庆蒙古族的来源，《四川蒙古族》一书也记载：“明时，又有一部分驻防江南、安徽、江苏、长沙的蒙古族统帅和军户，随着红巾军起义，朱元璋的崛起，元朝王室北迁而无法北撤，退到当时属蒙古人统治的川滇黔地区。当时住长沙、武汉（即谭州）的拖雷支系的一支人马，从谭州顺长江撤出后，由于山高途险无法再退到梁王统治的云南行省（今四川一部分、贵州大部分和云南全境），只好驻在长江沿岸地区的万县、忠县、开县、黔江地区的酉阳、秀山、石柱、彭水等大山中。因从谭州撤出者居多，就以地名为姓改为谭姓，少数改姓花、张、余……只有彭水一个村（向家村）约1500人。”[②]

---

① 重庆民族宗教事务委员会：《重庆民族志》，重庆出版社，2002年版，第264—265页。

② 阿拉塔·扎什哲勒姆：《四川蒙古族——源的追溯，根的赞美》，香港大地出版社，2004年版，第22页。

彭水向家村的蒙古族直至20世纪40年代仍保留着养马骑射的传统，村内设有马道、箭池等学骑射的场所。这是他们民族传统生活方式的遗存。据2005年底人口普查统计数据显示，彭水苗族土家族自治县全县有人口629889人，其中，苗族291850人；土家族84938人；蒙古族1997人；侗族1191人；回族523人；维吾尔族64人。可见，从人口数来看，蒙古族为彭水县第三大少数民族。

侗族是古代越人的后裔，具体来说应是百越支系“骆越”一支的后裔[①]。2000年全国人口普查，共有侗族人口296万多人，主要分布在贵州、湖南和广西毗邻地区，另湖北恩施州境内亦有数万分布，重庆市侗族人口为3271人。

重庆世居侗族主要是晚明和早清时期，现湖南省和贵州省侗族聚居地区移民的后代，其来源地主要是湖南省芷江、通道、新晃、会同、靖州、麻阳等县和贵州省玉屏、天柱、镇远和铜仁等县，其中湖南省芷江县、新晃县移民的后代最多[②]。同时，新中国成立后，特别是改革开放后，人口流动规模逐渐扩大，因婚姻、工作、入学、移民工作等原因迁入重庆的侗族逐渐增多。重庆侗族主要分布在渝东南民族地区彭水、秀山两自治县。对此《重庆市民族志》载：“据2000年第五次全国人口普查统计，重庆市共有侗族人口2585人，其分布为彭水苗族土家族自治县1117人、秀山土家族苗族自治县358人、沙坪坝区120人，其余各区、县（自治县、市）都有散居的侗族，但都不足100人。”[③]在渝东南民族地区中分布也较为分散，基本上各个乡镇均有分布，但亦有相对聚居地，如彭水县诸佛乡复兴村杨家坝，现就集中聚居着300多名侗族群众，此类聚居地在彭水县还有桐楼、桑柘、普子、砂石等地。

满族，亦称满洲族，是生活在满洲的通古斯民族，主要分布在辽宁、吉林、黑龙江三省，以辽宁省最多，其余散居在全国其他省市。人口总计超过1000万（2000年人口普查统计为1068万）。满族历史可追溯到商周时期肃慎人。汉代至三国，满族先世肃慎人又称挹娄人。南北朝时，称勿吉人。勿吉，为女真语“窝集”之音转，乃是“森林”之意。隋唐时期，满洲族先世又称靺鞨，散布在以吉林为中心的为粟末靺鞨，散布在以松花江流域和黑龙江流域地区的为黑水靺

① 《侗族简史》编写组：《侗族简史》，贵州民族出版社，1985年版，第12页。

② 莫代山、王希辉：《重庆市居少数民族研究·侗族蒙古族卷》，重庆出版社，2013版。

③ 重庆市民族宗教事务委员会：《重庆市民族志》，重庆出版社，2002年版，第267页。

鞨。公元669—926年，粟末靺鞨建立渤海国。公元926年，渤海国被契丹所灭。至宋辽时期称女真，辽朝将女真分为两部，开原（今辽宁开原）以南称“熟女真”，开原以北称“生女真”。12世纪初，生女真的完颜部崛起，其首领阿骨打统一女真一些部落后，于1115年称帝，国号大金，定都上京（今黑龙江省阿城）。12世纪中国北方蒙古族兴起，建立了幅员辽阔的元朝，统一了中国。女真人从此置于元朝统治之下。今天的满族是在16世纪末期才逐渐形成。公元1583—1588年，建州女真首领努尔哈赤统一女真各部，创立“八旗制度”。万历四十四年，努尔哈赤在赫图阿拉建立“后金”政权。天聪九年，皇太极废旧有族名，改成“满洲”。以后自称满族。

重庆的满族最初来自于清朝驻军。康熙五十七年（1718年）调驻荆州驻防旗兵3000名来川，康熙六十年（1721年）选留1600名永驻成都，重庆四川的满族就由这些驻军及其家眷发展而来。后来，也有因工作调动、婚姻、经商移民等原因，一部分满族人来到重庆。目前，重庆有满族人口4571人（据2000年人口统计），散居在其他民族中。

此外，重庆还有仡佬族、彝族等非世居少数民族，因数量较少，不再一一详述。

二、重庆少数民族文学的内容、成就与特征

重庆少数民族文学就其全部内涵看，应包含重庆少数民族民间文学和重庆少数民族文人文学两种文学形态。两种文学质地有异，一般文学史常作分类叙述。我们则以“大文学”视野，将两者纳入一起整合叙述，总体展示重庆少数民族文学的成就与风貌。

民间文学又称“人民口头创作”，它是和作家书面文学相对而言的。它是人民大众直接创作并在口头流传，主要反映人民群众的生活和思想感情，表现他们审美观念和艺术情趣的口头文学作品。民间文学体裁的范围相当广泛，有散文类的民间故事、神话、童话、民间传说、寓言、笑话等，有韵文类的民歌、史诗、民间叙事诗、谚语、谜语、绕口令等，还有民间曲艺和戏曲类的鼓词、曲词、快板、快书、评书、评话、相声、民间小戏等。民间文学具有四个基本特性，即：

口头性、传承性、集体性、变异性[①]。这是其不同于文人文学的本质区别。

重庆少数民族历史悠久，最早产生的自然是集体创作和口头传承的民间文学，比如劳动生活中自发吟唱的民歌、追忆先祖历史的神话传说和混合在宗教仪式中带有说唱表演的原始戏剧等。这些民间文学形式自重庆少数民族童年时代即已自发地产生，随后历经演变传承积淀至今，留下了十分丰厚的内容，成为重庆少数民族文学的独具特色和魅力的部分。从文学的形态与功能进一步区分，重庆少数民族民间文学大致可以分为三类，即：民间韵文体文学、民间散文体文学和民间综合性表演文艺。

民间韵文体文学的主要文类就是民间歌谣，它以相对固定的格式（四言、五言或七言较多，音韵、平仄等）、赋比兴等文学手段，实现抒情言志的意图表达。重庆少数民族能歌善舞，自古以来创造了丰富多样的民歌样态。按其功能与服务对象，一般可以分为古歌、劳动歌、生活歌、情歌、时政歌、儿歌等几类。其中，《酉阳古歌》和《苗族古歌》分别作为土家族和苗族古歌的代表性作品，表现了土家族和苗族神奇的天地宇宙想象与珍贵的历史记忆，具有独特的历史文化价值和文学审美价值。《川江号子》、《南溪号子》、《薅草锣鼓歌》等作为劳动歌谣的代表作，生动展示了重庆少数民族劳动生活的沉重艰辛和不畏艰险的豪迈气概。情歌的浪漫，哭嫁歌的哀伤，骂媒歌的戏谑，盘歌的急智，充分反映了重庆少数民族丰富多彩的社会生活内容与独特的民族风情。

民间散文体文学具体是指神话、传说、故事、笑话等文类，侧重在故事情节的讲述与人物形象的塑造中表达人们对历史的记忆与想象，对现实的反映与批判，以及对未来美好生活的向往。其中渗透了人们的是非善恶等价值观念与审美情趣，具有着不同于民歌的丰富的审美意味。重庆少数民族创造了内容十分丰富的民间叙事文学，他们以神话的想象方式追忆着人类的起源和祖先创世的勇武。土家族的开天辟地与人类起源神话想象世俗生活化，廪君创世神话和八部大王、将帅拔普、彭公爵主的传说盛赞了先祖的智慧与勇武。苗族的开天辟地与人类起源神话想象宏阔幽远，有关蚩尤、满朝荐、秦牯牛的传说，表达了对苗族先祖的敬仰和对苗族能人的夸赞。重庆少数民族还创造了大量的民间故事与民间笑话，

---

① 马名超、王彩云主编：《中国民间文学大辞典》，黑龙江人民出版社1996年版，第22页。

歌颂真善美，批判假丑恶，表达对美好生活的向往。他们创造的这些民间叙事文学或具有一定的幻想性和传奇色彩，或直指现实人生，机智幽默，有人物，有生动完整的情节，充分反映了重庆少数民族的善良、勤劳、勇敢、智慧，以及为追求理想而进行斗争的精神。

民间综合性表演文艺主要是指民间戏曲。它由民间群众创造和表演，与民间生活紧密相连，反映民众审美情趣，融民间音乐、舞蹈、说唱、美术等为一体的综合性艺术[①]。其起源多被认为与早期的巫术、祭祀等宗教信仰活动有关。民间戏曲因是人们娱乐生活与宗教祭祀交互产生的结果，因此具有生活性、通俗性、娱乐性和仪式性等特点[②]。重庆少数民族在漫长的历史进程中创造了属于自己的民间戏曲，主要有傩戏、阳戏、土戏、花灯戏。几种戏曲相互间有影响与传承关系，呈现不同的艺术魅力。其中，傩戏神秘，巫风浓郁，花灯戏狂欢热闹，深受民族地区群众喜爱。

重庆少数民族历经数千年的文化创造与传承，留下了十分丰富和珍贵的民间文学财富。其中川江号子、石柱土家啰儿调（石柱土家族自治县）、南溪号子（黔江区）、秀山民歌（秀山土家族苗族自治县）、酉阳民歌（酉阳土家族苗族自治县）、酉阳古歌（酉阳土家族苗族自治县）和彭水苗族民歌、秀山花灯（秀山土家族苗族自治县）、酉阳摆手舞（酉阳土家族苗族自治县）等数十个文学艺术形式已入选国家级和重庆市级非物质遗产文化名录，受到社会高度重视、保护和传承，充分彰显出重庆少数民族非凡的文化创造力和取得的突出的文学成就。

重庆少数民族文人文学，广义上说，是指在重庆少数民族地区产生的所有文人文学创作，除本民族文人创作外，还应包括在重庆少数民族地区出现的反映少数民族地区自然山水与民情风俗的流贬、宦游或寓居的客籍文人的文学创作。狭义讲则主要是指重庆地区自古迄今产生的少数民族本土文人创作的作品以及与之相关的文学思想和文学现象或文学事件。我们在研究过程中，重点放在对重庆民族地区本土民族文人文学的关注上，同时也适当关注外籍文人在本地书写的有关文学作品。并且除了一般意义上的文学创作，我们还将文学批评一并纳入我们的

① 田兆元、敖其：《民间文学概论》，华东师范大学出版社，2009 年版，第 214 页。
② 田兆元、敖其：《民间文学概论》，华东师范大学出版社，2009 年版，第 215—219 页。

考察中，因为我们认为文学批评本身也是一种文学创作。

重庆少数民族文人文学成就最为突出的是诗歌。自古迄今，重庆少数民族文人投身于诗歌创作的人较多，他们的诗歌活动影响也不小，唐时刘禹锡将竹枝词推向了全国，清末陈汝燮与陈景星也在文坛上享有一定影响。到了当代，李亚伟的“莽汉主义”诗歌实验影响极大，成为中国“第三代”诗歌运动的代表诗人。冉庄、冉冉、何小竹等的诗歌创作也曾获得各类奖项的肯定，一定程度证明了他们的不凡成绩。小说是重庆少数民族作家在当代才涉及的文体创作，虽然产生较晚，但成绩不俗，已有陈川、第代着冬、何炬学等作家得到了中国少数民族文学最高奖“骏马奖”的肯定。这种种事实表明，重庆少数民族文人文学已取得了可喜的成绩，按照这种势头发展下去，经过不断的积淀，在不久的将来重庆少数民族文学定有更大的辉煌。

重庆少数民族文学既有民间文学，又有文人文学，文体多样，文人众多，题材主题各有不同，风格殊异，呈现出十分丰富复杂的情况，很难“一言以蔽之”。依循其多元丰富的构成实际，我们可以将其美学特征作如下归纳：

1. 现实精神与浪漫情调交织。重庆少数民族文学一直洋溢着现实主义和浪漫主义交织的精神品格。一方面，由于巴山渝水，“山险水滩”，土壤贫瘠，世代刀耕火种的重庆少数民族必须要付出更多的精力，更大的代价，才能获得赖以生存的基本的物质条件，所以，他们更关注实际。“他”（意指文人）或“他们”（意指群众）的文学必然较多紧贴现实，较多反映生活的艰辛。我们看《华阳国志》所记载的那些古代巴人吟唱的民歌中，都是一些有关“他们”的劳动生产和享用食物与祭祖等生活的如实记录。那些劳动号子、田歌、采茶歌、薅草锣鼓歌等也都是他们真实劳动生活的生动反映。至于那些文人们创作的作品，虽然有多种表现内容，但关注民生疾苦、针砭时弊也一直是其创作重要的题材和主题，并且是他们创作中最具有积极思想价值意义的部分。清代诗人陈景星的《黄平行》《大水行》、民国诗人董炳麟的《讨民国苛捐檄》以及当代诗人冉庄的诗集《沿着三峡走》都可堪称现实主义诗歌的代表力作。当代诗人冉庄指出：“诗歌必须是时代的”“必须反映时代精神”[①]。我以为这不只是冉庄的个人主张，也是重庆少数民

① 冉庄：《当代诗歌的创新与民族化思考》，重庆教育学院学报，2002 年第 2 期。

族文学的一种内在的精神品质。

重庆少数民族一方面匍匐大地，与生活搏斗，另一方面也仰望天空，追寻着理想。他们的文学世界不只有艰辛窘困的现实抒写，也有许多美好的想象与诗意的生活追求，由此使得重庆少数民族文学又呈现出鲜明的浪漫主义色彩。那些人类诞生的奇异的神话想象和对先祖英雄事迹的追忆与夸赞，那些富有传奇色彩的民间传说故事，那些劳动歌谣中乐观豪迈情感的抒发，那些民俗生活描写的诗情画意，无不使得这些文学充溢着强烈的浪漫色彩。因此说，现实精神与浪漫情调交织是重庆少数民族文学一个突出特征。

2. 鲜明的民族性与地域性。所谓民族性就是“体现在文学作品中的民族的精神特征、心理特征、艺术风格和审美情趣等的总和”[①]。每个民族都有自己不同于其他民族的社会生活方式和心理素质等方面的特殊性，这种特殊性必然会在文学艺术中有所反映。体现在内容方面，则常常表现为以某一民族的社会生活作为题材，真实地再现这一民族的生活方式、风土人情、道德观念、风俗习惯、节庆仪式、服饰饮食或是关系到民族命运的重大社会事件，生动地塑造具有民族性格的人物形象，深刻地表现民族心理结构、思想感情和文化传统等。体现在形式方面来说，则主要表现为运用民族语言，采用符合本民族人民欣赏习惯和审美趣味的艺术体裁和表现手法等。由于历史的原因，重庆少数民族有语言无文字。因此，重庆少数民族文学主要是以汉民族语言文字作为表达工具，借鉴汉文学体式书写而成。然而，汉化的文学形式并不能掩盖其中蕴含的独特鲜明的民族风格。这种民族风格特性不仅表现在浅层的题材内容与文学意象上，也表现在深层的民族思想信仰与民族审美倾向上。土家族与苗族的古歌在人类起源的想象与先祖英雄崇拜上都有着各自鲜明的民族特色，土家族的哭嫁歌与苗族的盘歌也独具民族风情。特别是新中国成立后，国家实行民族平等政策，当代重庆少数民族作家的民族意识也有显著增强。一些作家以高度的民族自信，着意于本民族历史、民族精神、民族风情和地域文化的挖掘和表现，给文坛带来独具民族特色和魅力的文学审美样态。如冉庄诗歌对西南地区少数民族生活风情的描写；何小竹早期诗歌的

① 高清海等：《文史哲百科辞典》，吉林大学出版社，1988 年版，第 216 页。

苗巫风格；冉仲景对藏地风情和酉阳摆手舞的描写；第代着冬的“族性写作”[1]，等等。

所谓文学的地域性就是文学在语言、性格、环境等方面表现出的地域特性的集合。少数民族文学多以本民族生存的地域空间为发生地，表现本民族独具风情的生活方式、民风民俗以及民族的思维方式与性格特征，呈现出独特的文学风貌。重庆少数民族文学的地域性十分鲜明。“三峡”“巫山”“酉阳”“酉水”等作为重庆少数民族的生存繁衍之地，自然成为重庆少数民族文学想象与叙写的地理空间，自古以来，产生了大量有关这些地方民俗风情描写的文学作品。到了当代，一些重庆少数民族作家带着浓烈的民族文化寻根的乡土情结，纷纷叙写着自己的魂牵梦绕的精神故乡与生活故乡。冉仲景诗歌中对酉阳“乡村”的眷恋，冉冉对故乡酉阳“大界”的痛苦记忆，何炬学的“摩围寨”的想象与抒写等，无不显示出浓烈的地域文化色彩。

民族性与地域性是少数民族文学互为一体或一体两面的显著特征。重庆少数民族文学具有鲜明的民族性与地域性。

3. 悲郁沉重与幽默诙谐并存

重庆少数民族在其历史演进中，经历过民族冲撞与融合，在其生存繁衍中经历过自然灾害的威胁与物资窘困的逼迫，以及社会礼教制度的束缚。因此，在他们的文学作品中经常反映着生活的沉重，表现了生命的悲郁。白居易《竹枝词》中云：“江上何人唱竹枝？前声断咽后声迟。”苏轼在其《竹枝歌》自序中说：“竹枝歌本楚声，幽怨恻怛，若有深悲者。”这些唐宋文人在巴人竹枝歌里共同感受到了悲苦幽怨的情调。土家族的哭嫁歌既表达新娘因为离别的伤心之情，也表达婚姻不自由的痛苦，唱出的是她们生命的悲苦。清代诗人陈景星在诗歌《黄平行》《大水行》里叙写了当时人民的苦难，不仅满含眼泪，甚为同情：“我生惯抱屈子愁，忍见哀鸿纷满目？勉为长语慰邦人，热泪且休落盈掬。”当代诗人冉冉在其“大界”系列诗里，对故乡“风”“雪”“寒冷”的记忆与书写最为引人注意，诗人在故乡怀念中满含忧思。由此可见，悲郁沉重一直是重庆少数民族文学一个基本风格。

---

① 熊飞宇：《追寻生存之根 ——第代着冬创作探微》，《当代文坛》，2010 年第 3 期。

然而，重庆少数民族天性乐观向上，幽默诙谐，他们常以调侃、游戏的态度对待生活的磨难和失意。他们对贪官污吏嬉笑怒骂，对自作聪明之人嘲笑讽刺，对寂寞辛苦劳作的自我开解。于是有时政歌谣鞭辟入里，有民间笑话令人忍俊不禁，有薅草锣鼓的劳动狂欢。因此，在悲郁沉重的重庆少数民族文学风格中，又时时飘逸着幽默诙谐的情调。这也是重庆少数民族风格的一体两面。

重庆少数民族文学特色鲜明，成绩显著，影响巨大，不但在重庆文学中占有显著的比重，在整个中国民族文学中也具有绝对不可忽视的分量。随着人们以后研究的不断深入，重庆少数民族文学的价值意义将更加得到彰显。

三、重庆少数民族文学研究的目的、意义与方法

重庆作为唯一拥有少数民族自治区域的直辖市，民族文学作为重庆文化的独具魅力和特色的组成部分，在重庆建设西部文化高地和“文化强市”的战略举措中，理应受到高度重视。2010 年重庆市政府下发的 64 号文件《重庆市人民政府关于进一步繁荣发展少数民族文化事业的通知》中明确提出要“加强民族民间文学、民俗文化、民族音乐和舞蹈、民族戏曲、民族医药等非物质文化遗产的抢救和保护”，表明政府已将繁荣少数民族文化事业作为工作重点予以考虑。而其实早在政府政策出台前，重庆文学界就已积极开展了对重庆少数民族文学的研究。2009 年，周晓风先生出版《20 世纪重庆文学史》，其中设“少数民族诗人的诗歌创作”一节对新时期以来重庆少数民族诗人的诗歌创作予以关注，2004 年，吕进先生出版《20 世纪重庆新诗史》，专列“少数民族诗群”予以介绍。1997 年重庆直辖始，《涪陵师范学院学报》原主编冉易光先生就在该校学报设专栏对“重庆文学”予以持续关注，特别是作为土家族身份的易光先生更是有着强烈的民族意识，他在批评中特别提出了“乌江作家群”的概念，对重庆少数民族作家如冉冉、第代着冬、陈川等给予了较多的关注。此外，其他学者也从不同方面关注过重庆少数民族文学。熊笃先生（2005）深入考究过竹枝词的起源，黄洁教授（2004）对土家族民歌进行了搜集与研究，编著有《民间口传文学的珍贵遗产——重庆土家族民歌》《重庆土家族民歌选集》等书，对土家族民歌进行了分类整理和思想文化蕴涵与艺术特征的探讨。张媛媛（2012）对重庆民族地区历

代作家的地理分布与原因进行过探析，彭思远（2002）讨论了当代重庆少数民族作家孙因、冉庄等人的创作。重庆作协和重庆民族宗教事务委员会也曾先后组织编选有《羊皮的风——重庆市少数民族优秀文学作品选》（2000）、《重庆少数民族诗选》（2002）、《重庆少数民族文化文丛·第6辑·古代诗文选》、《重庆少数民族文化文丛·第7辑·现当代文学作品选》、《重庆少数民族文化文丛·第8辑·民间文学作品选》（2013）等文集，这些研究事实表明，自1997年重庆直辖以来，重庆学界基于重庆“文化主体性”的建设意识，早已自觉开展重庆少数民族文学的相关研究。当然，这些研究还存在一些问题，比如，研究视角上局部研究、作家个案研究较多，例如对土家族山歌的研究，对当代重庆少数民族文人文学的研究较多，而从文学史的视野进行审视，作整体考察和系统的研究还不够；研究对象上着眼于当代文人文学较多，对口传的少数民族神话、传说、民间故事等的研究还不多等等，但也正是这些学者的零散的个案研究为本课题的集成研究奠定了厚实的基础。

“重庆少数民族文学研究”是一项系统的工程，我们期望以文学史的宏大眼光，对重庆少数民族文学进行整体打量、系统研究，深入阐释重庆少数民族文学所蕴含的民族的、历史的、文化的、文学的意义与价值。这项研究的意义主要有两个方面：

从学术意义上说，这项研究为首次全面系统的开展对重庆少数民族文学的勘察和研究，有力弥补了过去重庆学界关于重庆少数民族文学系统研究的不足，并为后来研究者提供较为全面的基础的文学史料。

从现实意义上而言，这项研究既为重庆少数民族文学创作提供理论指导，也为文化政府部门提供决策参考，对促进重庆少数民族文学的繁荣，促进多元并存的重庆文化建设，促进重庆少数民族与重庆汉民族的均衡发展，无疑有着积极的意义。

开展这项课题研究，我们将坚持如下几个基本的学术理念：

一是以“大文学观”确立文学批评视野，建构文学批评框架。所谓“大文学观”，按照杨义先生的说法，就是“吸收了纯文学观的学科知识的严密性和科学性，同时又兼顾了我们杂文学观所主张的那种博学深知和融会贯通，把文学生命和文化情态沟通起来，分合相参，内外互证”，“大文学观的提出，主要是要给文学研究提供一个大视野、大资料、大逻辑，把文学研究做大、做厚、做深，同时又把它做活”[①]。杨义先生提出的大文学观，主要是突破既有纯文学研究的学科限制和方法局限，为中国文学研究提供新的视角和方法，其理论价值和实践价值不容低估。而在少数民族文学研究中，杨义先生的“大文学观”或许是最为适合采用来作为学术的基本理念与方法。与精英文人文学相比，少数民族文学质地复杂——民族文学、地域文学、通俗文学和民间文学皆内含其中，边界宽泛——民间文学、文人文学乃至文学批评，互有差异又相互关联。因此全面系统研究少数民族文学，就必须采取“大文学”的学术观念与方法，多维架构，系统审视，方能获得全面深入的认识。

二是在研究对象选择上坚持两个基本原则。

全国56个民族重庆都有，但是除了土家族、苗族、蒙古族、满族、回族、侗族等民族较早就在重庆这片土地生存繁衍，其他民族都是后来因婚姻、经商、工作等各种原因来到重庆，这些民族人口也都稀少，并且在文学创作方面也无突出成就。而土家族、苗族等世居少数民族，他们不但人口相对较多，而且也拥有辉煌的文学成就，无论是民间文学，还是文人文学。因此，以世居少数民族作为我们研究的主要对象，这是我们要坚持的一个基本原则。

在考察的民族作家分布上，虽然我们试图兼顾作家的民族身份与民族分布的某种均衡，但我们更注重其文学价值和文学史地位，文学性是我们选取作家进行评价的主要依据。

三是主要采用马克思主义的“美学的历史的方法”展开文学批评。

以“美学的和历史的观点”进行批评，是马克思主义文学批评的精髓。“在马克思主义文学批评方法中，历史的观点与美学的观点是相互联系的、辩证统一的。它既是作品思想内容的批评，又是作品艺术形式的批评，既是社会的、历史的批评，又是文学的、审美的批评。”[②]这一方法要求我们面对文学批评对象，既要结合作品产生的时代考察其蕴含的具体的思想性和历史内容，又要站在文学艺术的高度用美学的观点审视与评价作品达到的艺术水准，检验作品是否符合文学

① 杨义：《读书的启示——杨义学术演讲录》，安徽教育出版社，2006年版，第73页。
② 童庆炳：《文学概论》，武汉大学出版社，2000年版，第567页。

的创造规律，是否具有艺术独创性与审美价值。在本课题研究中，我们将采用马克思主义的“美学的历史的方法”来比较全面的探讨重庆少数民族文学所反映的社会历史内容、表现的意识形态及其蕴含的民族审美品格与文学价值。当然，在研究中，我们还将根据研究对象的不同而分别采用民族学、文学人类学、文化批评等方法，力求批评方法与批评对象相适应，从而获得文学意义的准确解读。

重庆少数民族文学是一座矿藏丰富的宝藏，经过一代一代学者的开掘，正日益显露出它的炫目光芒。在充分吸收前人研究成果的基础上，我们进一步开展系统集成研究，我们期待这项研究能全面呈现重庆民族文学的成就与风貌，但愿最终的成果能实现我们的学术初衷。

上　编

重庆少数民族的民间文学

第一章　概述

民间文学是民间劳动人民口头创作和口头流传的文学，远古时代人类文字发明以前即已产生。所谓“诗者，志之所之也，在心为志，发言为诗。情动于中而形于言，言之不足故嗟叹之，嗟叹之不足故咏歌之，咏歌之不足，不知手之舞之，足之蹈之也。”《毛诗·关雎序》这段诗学论断道出了文艺产生的文艺心理学缘由。远古时代，“我们祖先的原始人，原是连话也不会说的，为了共同劳作，必须发表意见，才渐渐地练出复杂的声音来。假如那时大家抬木头，都觉得吃力，却想不到发表，其中有一个叫道‘杭育杭育’，那么，这就是创作。”[①]鲁迅这番从文艺心理学角度所作出的溯源想象算是最早的民间劳动人民的口头创作了。再后来，人类文明有了进步，人们在劳动中前呼后应，“前呼‘邪许’，后亦应之”[②]，便产生了最早的劳动歌谣——劳动号子了。人们在为劳动收获而愉快地敲击石块、木棒，以及手舞足蹈发出的欢呼声和歌唱声，这便形成了最早的民歌。人们在春种或秋收时设坛祭祀天地鬼神，便产生了民间戏曲的雏形。祭祀中巫师的颂祖讲史便产生了最早的神话故事。人类的民间文学就是这样的先后或同时的在生产生活中自发产生了。

---

① 鲁迅：《门外文坛》，《鲁迅杂文全集》，河南人民出版社，1994 年版，第 727 页。

② 刘安：《淮南子·道应训》，上海古籍出版社，1986 年版。

重庆少数民族民间文学正是这样伴随着劳动和宗教很早就已产生了，并且因古代巴人“歌舞以凌殷人”[①]助周伐商而在商周时期就产生了较大的社会影响。在随后的两千多年里，重庆少数民族在长期的生产生活中不断地创造和传承，于是积淀下了今天为我们所知的丰富厚重的民间文学。迄今为止，人们已经整理出版了《土家族花灯词》（张如飞、肖田，四川民族出版社，1989）、《酉水流域摆手舞》（周益顺，国际文化出版社公司，2001）、《酉阳土家族苗族自治县民间故事资料集》（戴相惠等收集整理，1987）、《重庆土家族民歌选集》（黄洁，中国文史出版社，2004）、《彭水民间故事》（汪家生，中国戏剧出版社，2010）、《彭水民间歌谣谚语》（孔庆余主编，1988）等文献资料。仅就这些已经整理出来的文献就足以显出重庆少数民族民间文学的辉煌和厚重了。

重庆少数民族民间文学生动地反映了重庆少数民族的历史文化与社会生活，包含着许多珍贵的“地方性知识”。《酉阳古歌》和《苗族古歌》记叙了土家族和苗族迁徙的历史，“八部大王”“苗族服装的图案”和“铁改余”等传说故事流传着重庆土、苗民族发展的许多历史片段。武陵山区地处偏远、自然地理独特，生活在那里的少数民族人文风情特殊，人们刀耕火种，渔猎采集，“终岁勤力”，生产劳动充满艰辛甚至危险；人们喜好酸辣，腌制腊味，酿酒饮酒，种茶饮茶，生活方式特殊；人们聚族而居，多居窝棚或吊脚楼，以自制土布为服，有自己独特的节令习俗和民族信仰；人们谈情说爱以歌定情，“只用木叶不用媒”，时兴“哭嫁”习俗[②]。如此等等的文化习俗与生产生活内容都在他们的民间文学诸如“劳动歌”“情歌”“哭嫁歌”等中得到生动的反映。可以说，民间文学不仅生动反映了重庆少数民族丰富的生产生活内容，记录了他们的历史与文化，更留存了他们许多宝贵的生产生活智慧，重庆少数民族文学不仅具有历史学、社会学和文化学的意义，也具有少数民族“生产生活教科书”的价值。

重庆少数民族民间文学生动表现了重庆少数民族独特丰富的精神世界。他们对天地诞生、人类和万物起源的独特想象包含着朴素的唯物主义的世界观。他们崇拜白虎，崇拜祖先，“崇巫信鬼”，崇拜自然，有着独特的人生信仰。他们鞭

---

① 《华阳国志卷一・巴志》，中国西南文献丛书：《西南稀见方志文献》，第十卷，第6页。

② 彭福荣、谭清宜、莫代山：《重庆世居少数民族研究・土家族卷》，重庆出版社，2011年版，第435—480页。

挞假丑恶，歌颂真善美，赞美机智勇武，讽刺愚笨懒惰，坚持和弘扬正确的价值观。他们勤劳坚忍，不惧艰险，不畏强权，战天斗地，豪迈奔放，敢爱敢恨，至情至性。他们的这些民族精神都在那些神话传说、民间故事和民间歌谣中得到了生动的表现。也因此，这些民间文学便具有重要的民族学的意义，对于我们认识重庆少数民族具有十分重要的文献参考价值。

就文类来说，重庆少数民族民间文学涵盖有民间文学的全部，神话传说、民间故事、民间笑话、民间歌谣、民间谚语、民间戏曲等都有创作，每种文类中又包含着许多次生的文类，它们题材主题各异，风格意味不同，神话传说想象神奇，民间故事趣味浓郁，民歌情深意切，戏曲热闹狂欢，整体呈现出重庆少数民族民间文学形式的丰富和审美品格的独特，展现了重庆少数民族非凡的文学创造能力。

第二章　重庆少数民族的神话传说

第一节　重庆少数民族的神话

神话是远古时代的人们对其所接触的自然现象和社会现象所不自觉地幻想出来的具有艺术意味的集体的口头描述和解释。“远古社会，人类在同大自然的斗争中和社会生活中，为了表达自己的理想、愿望，并对世界起源、自然现象、社会生活做出解释，通过想象和幻想做出许多神奇的故事与传说，在口头流传。后世把这种民间文学体裁称之为神话。”①神话按其类型大致可分为创世神话、起源神话、英雄神话以及关于日月星辰、动植物、文化起源等等神话。重庆各少数民族在他们的童年时期都幻想创造出了许多神话，以表达他们对宇宙发生、族群起源以及征服自然的种种神奇幻想，并各成体系。

重庆土家族神话涵盖了土家族关于开天辟地、人类创世、天灾及人类繁衍等诸多方面的内容，主要保存在酉阳摆手舞由祭司讲唱的“古史歌”中。其“人类起源歌”讲述了开天辟地、人类起源的神话。认为，远古洪荒时期，天、地挨得很近，地上鸟叫、青蛙打鼓吵得天上人日夜不安宁，便要打鸟和青蛙，所以“从此画眉树林深处藏身”“青蛙从此岩板脚下藏身”，又有葛藤、芭茅、马桑树长

---

① 马名超、王彩云：《中国民间文学大辞典》（上），黑龙江人民出版社，1996年版，第52页。

到天上，让天上人很是烦恼，要给予惩罚，所以“从此葛藤趴着不敢伸腰起身”，“芭茅在小沟两边藏身”，“马桑树只敢长三尺”。东海大鱼翻身，翅膀把“天上捅了大眼，地上捅了大坑”，从此天地一片漆黑，世上混混沌沌。天上大神墨贴巴便命张古老和李古老两位神仙分别修补天地，两位神仙把天地补好后，却发现天脚下没有人，地上冷清清。墨贴巴又先后命张古老和李古老做人，结果两位神仙都没有做成人。于是墨贴巴便命依窝阿巴去做人，依窝阿巴以“葫芦做脑壳”，以“竹子做骨架”“和合泥土做肌肉”“剥张树皮作皮肤”“摘张树叶做肝肺”，又将“豇豆做肠子”，还用“茅草做汗毛”，辛苦十天十夜终于做成了人[①]。类似的起源神话，土家族流传着几种版本：依窝阿巴造人、咿啰娘娘造人、卵玉吞桃生人、苡禾娘娘吞茶生人、李古娘吞丹生人、阴龙与阳龙相交生人等。除二龙相交生人外，其他几则神话中造人的都是一位女性，表明这些神话应产生于母系民族社会，体现了土家族人的女神崇拜的民族文化心理。同时“它又与农耕和竹联系在一起，成为独特的‘植物造人’说。”[②]

土家族人类繁衍神话《布所和雍妮》讲述大洪水发生，世间人类几乎被淹死绝，只有布所和雍妮兄妹二人因躲在葫芦里得以幸免于难。洪水过后，大地一片萧条，乌龟等动物反复规劝布所和雍妮兄妹成亲以繁衍人类，雍妮总是以一母所生为由不肯和哥哥成亲。后来历经种种难题考验，雍妮终于答应和哥哥成婚。成亲百日后，雍妮生下一个血肉坨坨，在天神的指示下，他们把肉坨切成肉块和上沙子、泥巴、树枝撒向四方，于是世间有了汉族、土家族和苗族，世上的人就一天天地多了起来[③]。这则神话一方面表达了土家族与汉、苗等民族同根同源的思想。另一方面也表明人类远古时代曾有过洪水滔天的惨烈经历。类似的洪水神话在世界其他民族中也有表述，说明它曾是人类共有过的遭遇，它已形成了人类共同的集体意识和集体表象。

《卵雨射日》是土家族的射日神话，讲述洪水过后，布所和雍妮兄妹成亲使地上又有了人类，玉皇大帝知道凡间的人又发展起来了，就放下十二个太阳，企图将人类晒死。十二个太阳把河水晒干，石头晒炸，树木晒枯，花草晒焦，地上

① 周益顺主编：《酉水流域摆手舞》，国际文化出版社公司，2001 版，第 159—171 页。
② 李绍明《川东酉水土家》，成都出版社，1993 年版，第 290 页。
③ 周益顺主编：《酉水流域摆手舞》，国际文化出版社公司，2001 年版，第 57—69 页。

一百二十姓人只剩一百姓了。在这危急时刻，一个土家族后生卵雨勇敢站出来，誓言用箭去射落火球。在众人的帮助下，人们砍下最大的桃树做成弓，砍下最大的柳树做成箭，交给卵雨，卵雨爬上与天齐高的马桑树，用箭射落了十个火球，余下的两个火球乖乖的听从卵雨的吩咐，一个走白天，一个走黑夜，日日夜夜为人们做事，这就是今天人们知道的太阳和月亮①。这则神话在我国其他民族那里也有类似的讲述，如汉民族的后羿射日，壮族的特康射日，布依族的勒嘎射日，瑶族的格怀射日，苗族的桑扎射日等。虽然太阳并出的个数有不一致，有十二个、十个、九个、七个等种种不同，各民族射日英雄的身世和姓氏也不一样，但射落多余的太阳，保留一个太阳（或一个太阳和月亮）给世间以合适的温暖和光明，让人类恢复正常的生活是这些神话的共同内容。射日神话从人类学角度一般理解为人类的抗旱意识与想象，面对“十日并出，焦禾稼，杀草木，民无所食”的极端干旱气候，原始人类自然会认为是多个太阳一起出来祸害人间，并由此幻想出现一位英雄，射杀害人的多余的太阳，恢复人类安详幸福的生活。这应是原始人类面对恶劣环境朴素自发产生的原始心理和原始思维。也有人从人类历史发展的政治角度将后羿射日理解为部落统一的“喻言”。如王夫之认为，射日神话实为一个“喻言”，“或尧承挚乱，天下僭为帝者不一，羿灭其九，《庄子》谓尧伐丛枝、胥敖是已”。这一观点从文明演化、历史发展的角度解释了射日神话（“羿射九日”）实际上蕴含了部落统一的寓意。这一解释得到了部分人的认同②。

重庆土家族还有《虎儿娃》等族源神话和“白虎廪君”英雄神话。《虎儿娃》讲述一只老虎抢走新娘，后生下个半人半虎有人类的智慧也有老虎的勇敢的“虎儿娃”，虎儿娃打败魔王救出皇帝三公主，并与之成亲，其后裔就是土家族③。神话体现了土家族的白虎崇拜的文化心理。范晔《后汉书·南蛮西南夷列传》记载的廪君神话，其实就是土家族先祖巴人对本民族祖先创世的想象和传说，智慧能力超凡的先祖廪君率领族人创造了巴人辉煌的历史。

苗族的神话同样涵盖关于开天辟地、人类创世、天灾及人类繁衍、人类与自然相抗衡等诸多方面的内容，不过自有独具民族特色的想象与讲述。苗族神话主

---

① 周益顺主编：《酉水流域摆手舞》，国际文化出版社公司，2001 年版，第 69—71 页。

② 杨原芳：《中国西南少数民族射日神话之母题类型研究》，云南大学，2012 年

③ 朱世学：《论土家族白虎崇拜的起源与表现功能》，《湖北民族学院学报》，1996 年第 1 期。

要保存在《苗族古歌》中，《苗族古歌》[①]可谓苗族古代神话的总汇，共包含三组十二首古歌，依序讲述了开天辟地、宇宙诞生、万物和人类的起源。

《开天辟地》讲述宇宙生的最早的是云雾，然后云雾孵出科啼和乐啼两种巨鸟，这两种鸟才孵出了天和地。天地刚生下来时相叠在一起，剖帕举斧猛一砍，天地才分开，府方用力一顶一踩，天才升上去，地才降下来，天地产生后，人类与动植物随之产生，人类生得晚，是姜央造了人。神话还歌颂了养优、修狃、耙公、秋婆、火耐等几位神化的先人，他们造山造岭，造江造河，发明火种，共同为人类的诞生与繁衍创造了基本的条件。苗族神话还讲道，天地产生后不稳固，一片黑暗，需要找到金银打造天柱以便牢固支撑天地，打造太阳月亮给世间以光明。人们历尽千辛万苦最终找到并运回了金银，由宝公、雄公、且公、当公四位祖先冶炼金银，打造出 12 根金银天柱，取代原来的蒿草，将天牢牢地撑住了。又费尽艰辛万苦铸造出 12 对金太阳和银月亮，并把它嵌在蓝天上。由于十二对日月不听冷王嘱告按地支顺序轮流执勤，导致大地焦赤。好汉桑扎挺身而出到东海去射下了十一对日月，吓得剩下的一对日月躲了起来，弄得大地黑茫茫一遍。好心的公鸡主动承担叫喊太阳和月亮的责任，从此人们过上安稳的生活。苗族的开天辟地神话想象宏伟而奇特，虽与其他民族的“补天”和“射日”神话为同一谱系，但有自己独特的创造，十分生动精彩。这则神话最独特的是将云雾（水汽）想象为天地万物产生最初的物质，或许宇宙产生最初的状态就如云雾一般的混沌，又或许云雾产生雨水，雨水滋养万物生长，苗族先人由此推断出天地起源的道理，里面包含着苗族先人某种朴素的唯物主义思想。

《枫木歌》是苗族的物种与人类起源的神话。讲述在远古洪荒时代，生在天角角，洪水淹不到，野火烧不着的唯一幸存在世的白枫树是世间万物之祖。白枫树的树种落到地上，生出了世间万物，白枫树的树干树心变成了人类的母亲——妹榜妹留。妹榜妹留生出后长大，因和水泡沫“游泳”怀了孕，生下十二个蛋，这十二个蛋生出了雷公、姜央和龙、象、虎、蛇等各种动物。他们出生后都争着当管家当大哥，聪明的姜央设了计策战胜雷公和各种动物，被推举为大哥。这则由六支歌组成的神话表现了苗族先民对物种和人类起源的奇异想象和理解，其

---

① 田兵编选：《苗族古歌》，贵州人民出版社，1980 年版。

中，认为人类和动物同时产生，同居一处，由于人类的超凡智慧，最终战胜了其他动物。这种理解折射了人类童年时代的某种生活的影子。

《洪水滔天歌》是苗族的洪水神话。主要讲述洪水始末和洪水后幸免于难的相两相芒兄妹历经考验成婚繁衍人类的故事。这则神话在土家族那里也有类似的讲述，基本上属于同一个神话母题。

彭水苗族的《伏羲姐弟造人》讲述了另外一个洪水滔天人类繁衍的神话：洪水过后，幸存的伏羲姐弟为繁衍人类历经诸多考验只得结婚，婚后不久他们生下一个肉团，他们用刀把肉团割成肉块挂在树上，各地因此有了人，他们因树名而得姓①。这则神话与苗族古歌中的洪水神话是同一个母题。不过从神话人物伏羲可以判断，应受到了汉民族文化的影响，是后来产生的一个神话。

此外，侗族有姜良姜妹兄妹洪水后结婚生育人类的人类繁衍神话和杨天因戳地通天的英雄神话，满族有《三仙女》的创世神话和《他拉伊罕妈妈》《多龙格格》等英雄神话。

重庆少数民族带着对天地、人类与世间万物的好奇探索，大胆想象创造了风格各异的神话。土家族的神话神人同形同性，比较世俗化、生活化；苗族的神话想象宏阔幽远奇妙，给人一种强烈的陌生感和神秘感。两个民族的神话虽然母题相同，但各有生动的具体创造，展示了各民族的独特的文化个性与卓越的文化创造力。

第二节　重庆少数民族的民间传说

民间传说是劳动人民创作的与一定的历史人物、历史事件和地方古迹、自然风物、社会习俗有关的故事。传说中的主人公大多有名有姓，而且不少还是历史上的有名人物；他们的活动遗迹，常常联系到地方上某些自然物、人工物及社会风习上面，于是有不少传说就成了这些事物来历的一种说明②。它与神话有联系也

① 汪家生主编：《彭水民间故事》，中国戏剧出版社，2010年版，第3页。

② 钟敬文：《民间文学概论》，上海文艺出版社，2010年版，第183页。

有区别，最主要的区别是传说与神话的主人公身份和属性不同。传说中的主人公，很多是基于历史上存在过的真人，其故事比神话更接近现实生活，故事中存在的超现实因素的内容是有限度的，不会占据主导地位。而神话的主人公是超人和超自然力量的神，其故事是以神格为中心的，即是各种动植物人格化和各种社会生活力量神格化的结果。传说按内容的性质可分为人物传说、历史事件传说和地方风物传说三个类别。重庆各少数民族都有关于自己祖先历史、名胜古迹、风俗习惯的口述叙事文学。

一、人物传说

人物传说是以历代社会生活中的著名人物为中心，通过幻想、虚构等手法，叙述他们的行为、事迹或遭遇等的传说。在中国民间传说里，人物传说十分丰富，根据传说中人物身份的不同又可以大致分为神仙传说、文人传说、巧匠名医传说、帝王将相传说、英雄传说、政治历史人物传说等六种类型。这些人物传说多以夸饰的手法突出人物的能力与品质，从而使其极富传奇色彩。

重庆土家族的人物传说主要有《洛蒙挫托》《将帅拔普》《彭公爵主的传说》《秦良玉的传说》等英雄传说。《洛蒙挫托》为土家族语言 LovmgIts“ovt”aol 的音译，用汉语解释是：“人没有屋坐了”，也有音译为“卵蒙挫套”[①]。主要讲述土家族先祖八部大王的英雄事迹。八部大王即土家一母所生的八位兄弟，个个身强力壮、聪明能干。他们还有一个妹妹也心灵手巧，她绣的花鸟活灵活现，被皇帝看中，因而选去做了皇帝娘娘。八位兄弟受召帮助皇帝打败了敌人，却未得到皇帝应有的礼遇。后来经过斗争，皇帝认识到了自己的错误，封赏他们为“八部大王”。“八部大王”的传说生动表现了土家族先祖不畏强权、敢于斗争的英雄气概和淡泊名利的高尚品质。

《将帅拔普》主要讲述土家族英雄将帅拔普英勇善战，使遭受来犯官兵抢掠欺负的毕兹卡（土家族自称）扬眉吐气。“大风呼呼吹，牛角号声声响”，将帅拔普坚如磐石，挺立山口。侵略者官兵如蚁，漫山遍野开来。“将帅拔普一声吼，

① 周益顺主编：《酉水流域摆手舞》，国际文化出版社公司，2001 年版，第 41 页。

天也震动地也抖”，杀得官兵喊天叫地，狼狈逃窜。侵略者不甘心失败，纠集更多兵马卷土重来。将帅拔普组织土家人，巧妙地给一群水牯牛每头牛角绑上红布和尖刀，点燃捆在牛尾巴上的火把。水牯牛群狂冲敌阵，青年勇士们借着狂奔乱踩向敌阵的水牛群，杀得入侵者溃散逃回，不敢再犯。传说记叙了古代土家族人民的反抗斗争历史，塑造了将帅拔普的英雄形象，表现了土家族先祖的勇敢和智慧。

《彭公爵主的传说》讲述的是古代土家族的一个土王彭公爵主的传奇事迹。彭公爵主是湘西最早的土司王，其原型是曾任溪州刺史的彭士愁。《史记》记载，他曾从江西率工匠千余人入住湘西称王，其子孙再次维系了八百余年的世袭统治，在当地及周围影响很大。其卒后，湘西土民将其作为土司始祖和祖先普遍供奉。传说彭公爵主非常聪明能干。最初，他非常轻松地从六个哥哥手中争来当家权。为了扩大自己的地盘，他计杀兵力强大的吴王，成了这一带的土王。彭公爵主称王后客王不服，带兵前来攻打，土王为了使自己的百姓不受战乱之苦，他不动刀枪，与客王打赌，靠自己的智慧战胜客王。他要客王把一坨豆腐煮烂。客王一煮，越煮越硬。客王要他把牛角拉直，彭公爵主烧起稻草将牛角熏烤后，一下就拉直了。随后，土王和客王一起上山，问山山水水，看它们是谁的，山山水水都回答：“我们是土王的！”原来，土王早在山洞里藏了人，客王只得认输，并立铜柱为界。传说赞颂了土王彭公爵主与客王打赌的聪明智慧，彭公爵主不卑不亢地维护了疆土的完整。

重庆土家族其他人物传说如《冉广盘的故事》《“唐大马棒”的趣事传说》《白云姑娘》等主要属于能人传说。《冉广盘的故事》主要讲述穷人出身的冉广盘，为人忠诚正直，善出点子，为穷人打抱不平，每每取得胜利。《“唐大马棒”的趣事传说》主要讲述酉阳直隶州牧唐我圻在任职期间爱用棍棒打人以教育民众等趣事，赞颂了这位官员善断案，敢于主持公道等好品质。《白云姑娘》则主要讲述酉水土官白总管妹妹保护家园的功劳，白云姑娘美智勇武，智退侵扰家园的客兵，保住了土家人的家园。这些传说主要讲述土家族的能人奇事，歌颂他（她）们的勇敢和智慧，表达对他们的敬仰。

重庆苗族的人物传说主要有《蚩尤的故事》《满朝荐》《蛮人龚启禄》《秦牯牛的传说》《蔡龙王的传说》等。《蚩尤的故事》主要讲述苗族先祖蚩尤持有“劲多宝剑”威力无穷，后遭汉王设计破坏了宝剑的神力，导致蚩尤最终败与汉王的故事[①]。传说表现了苗民对先祖蚩尤的敬仰夸饰和对蚩尤败绩的惋惜。《满朝荐》主要讲述苗族最早的科举文人满朝荐的诸多传奇事迹。历史上这位奇人是明朝湖广辰州府麻阳县通府乡烂泥坪（今湖南麻阳苗族自治县兰里镇）人，四十三岁中进士。官拜陕西咸宁知县、南京刑部山西司郎中、尚宝司丞、尚宝司少卿、太仆寺少卿、太仆寺正卿。时称“朝廷怪臣”。有关他的传说较多，主要称颂他过人的智慧胆识和正直耿介的政治品行以及爱国爱民的思想情怀。《秦牯牛的传说》则主要讲述苗族青年秦牯牛力大无穷，能背起千斤重的川黔大界石碑，能抱起近五百斤重的大水牯牛，他敢于反抗封建王权的传奇事迹令人赞颂。

《蔡龙王的传说》讲述蔡小龙从小是一个勤劳勇敢的孩子。有一年，家乡大旱，民不聊生。蔡小龙自告奋勇去找龙王菩萨求雨。历尽千辛万苦，小龙找到了龙王，龙王被他的精神感动，叫他回去在他以前割的那笼草的下面找到一颗宝珠，放在水里能降雨，放在米里能长米，放在肉里能长肉，晚上还会发光。小龙回家照着龙王的指引找到了宝珠，用宝珠解决了村民的干旱和生计问题。不曾想，这事被财主知道，要带人抢走宝珠，小龙为保护宝珠，情急之下将其吞进了肚里，随即变成了一条巨大的长龙，它吐出口水，把那些坏人全淹死了，然后告别母亲和乡亲们沉入了水中。后来，人们为了祭奠他，都称他为“蔡龙王”[②]。这则传说表现了古代苗族人民的美好愿望和不屈的抗争精神。

侗族的人物传说《杨太公救飞山》讲述古代叙州出了杨再思、潘大虎、杨承雷、姜士奇四个英雄。四人比武结拜弟兄，拜最终胜者杨再思为大哥。四兄弟各奔一方创家立业，各自成为族长或酋长。后来在反抗封建官员欺压的斗争中，潘大虎、杨承雷兵败被官兵杀害。杨再思听说这个消息后，带兵前去解救，赶跑了官兵，从此以后杨再思就保护飞山洞民，人们生活就比较平安。杨再思死后，洞民们尊称他为杨太公，建立飞山庙年年拜祭，在桥上立杨太公的神像。《吴勉的故事》讲述的是侗族大英雄吴勉的故事，吴勉生下来非常人，英俊威武，有神

① 李良品、谭杰容：《重庆世居少数民族研究・苗族卷》，重庆出版社，2011 年版，第 257—258 页。
② 汪家生主编：《彭水民间故事》，中国戏剧出版社，2010 年版，第 327—328 页。

能，率领族人反抗封建王朝的压迫，深受民众的拥戴和期盼[①]。两则传说反映了过去侗族人民反抗封建暴政的历史事实，表达了人们对救世英雄的歌颂期盼以及对和平生活的渴望。

二、史事传说

史事传说以叙述历史事件为主，是劳动人民对历史的认识。它一般是以某一历史事件为中心，广泛刻画各阶层、各方面人物的动态，揭示历史的真实，表现人心的归向[②]。重庆少数民族创造了十分丰富的史事传说，比如有关于土家族、苗族和蒙古族的族群迁徙与族源历史的传说。土家族的古史歌《民族迁徙歌》中讲述了土家族先民因为人口增多，为了找到适合生存之地，不得不长途跋涉，进行生存迁徙。包含“走水路”“攀山坡”“到勺哈”“分家走”“到农车”“战猛兽”[③]等内容。这段迁徙歌真实记载了土家族先民曾经经历过的迁徙发展的情况，对我们了解土家族的历史十分重要。通过迁徙的情形，也生动反映了土家族人民的勤劳勇敢、吃苦耐劳和团结合作的精神。其《农事活动歌》则叙述土家族经过迁徙，在湘西山区定居后进行生产劳动的情形。包括“挖土”“种苞谷”“栽秧”“薅苞谷草”“收桐茶”“织西兰卡普”“庆丰收”[④]等，反映了土家族人民勤劳、乐观和团结互助的精神品质。

重庆苗族古歌中的《跋山涉水歌》是苗族迁徙历史的传说，讲述很早时候，居住在东方的苗族先民因为人口增多，原住地条件已无法满足人们的生存需要。于是民族首领五支奶和六支祖商议迁西方，寻找好生活。经过跋山涉水历经辛苦最终来到了“方先”（即现在的榕江地方）这个富饶之地，从此过上了富足美好的生活。这则迁徙传说一方面记载了苗族先民迁徙的真实历史；另一方面也表现了苗族先民对美好生活追求执着、智慧与乐观的精神风貌。

《苗族服装的图案》也是一则生动的苗族史事传说。主要讲述苗人原本生活

---

① 莫代山、王希辉：《重庆市居少数民族研究・侗族蒙古族卷》，重庆出版社，2013 版，第 96—97 页。

② 马名超，王彩云主编：《中国民间文学大词典》（上），黑龙江人民出版社，1996 年版，第 18 页。

③ 周益顺主编：《酉水流域摆手舞》，国际文化出版公司，2001 年版，第 71—81 页。

④ 周益顺主编：《酉水流域摆手舞》，国际文化出版公司，2001 年版，第 81—91 页。

在黄河流域，一次大战打败了，被赶到长江边。苗人涉水过黄河的时候，水淹到小腿，后来做衣服，就在裤脚上做了一个标记，缀上两布条。后来，苗人在长江流域建立了三苗国，种庄稼种得好好的，人家又侵犯，这次一打败，就被赶到了九州万国，又一次涉水过河，这次水有齐腰深，后来做衣服，又在上衣的下摆做了一个标记，缀上两布条。最后来到西南落了脚，做衣服的时候，就在胸襟边缘做上连续的斜方块，里边绣上花，表示苗人来到了美丽的大西南[①]。传说中包含了苗族因战争被迫迁徙的诸多历史信息。

蒙古族的史事传说主要是有关其先祖勇智圣明和族源历史的故事。“铁改余”与余（于）氏来源的故事主要流传于石柱县、彭水县和主城区一些余（于）姓蒙古族中。传说铁木见是铁木真的五世孙，四十岁还没有生育儿子。母亲潘氏盼孙心切，天天积德行善、求神拜佛，终于感动上天。一天，一位疯癫和尚受上帝派遣来到铁木见家引渡指点迷津，铁木见言听计从，将病逝的母亲葬于风水宝地五凤岭，铁木见终得九子一女，九子一婿均先后进士及第，时称“九子十进士”，九子中有四人职任太守，五人职任尚书，婿任兵部侍郎，唯一一女铁金莲是一名女将，随父征战。后元朝灭亡，败退湖广麻城的九子一女一婿，为避祸被迫改姓“余”随从一律改姓“于”，并留八句诗以作后人认亲的依据，诗云：“本是元朝帝王家，红巾赶散入西崖。沪阳岸上分携手，凤锦桥边插柳桠。否泰是天皆由命，悲伤思我又思他。余字并无三两姓，一家分作万千家。十人誓愿归何处，梦里云游浪卷沙。”[②]另一则“向家村八角庙供奉白马”的历史传说，讲述了蒙古族白马崇拜的历史渊源[③]。

其他史事传说还有《金头和尚是啷个死的？》《“救兵粮”的传说》《猫猫山起义的传说》《“酉阳教案”的传说》《水寨苗家斗官军》《肖聂汪汤易割耳是杀不尽的残苗》《贺龙招神兵》等讲述土家族和苗族古代斗争历史的传说以及近现代贺龙和红军在酉阳的革命活动的传说等。

---

① 重庆市民族宗教事务委员会：《重庆民族志》，重庆出版社，2002 年版，第 239 页。

② 莫代山、王希辉：《重庆市居少数民族研究 · 侗族蒙古族卷》，重庆出版社，2013 年版，第 217—218 页。

③ 莫代山、王希辉：《重庆市居少数民族研究 · 侗族蒙古族卷》，重庆出版社，2013 年版，第 218—219 页。

三、风物传说

风物传说，是关于某一地区山川、风物等的解释性传说，主要通过生动的故事情节，对于特定的自然物或人工物的来历、特征、命名原因等，给以说明解释，具有解释性、历史性和神奇性等特点。这类传说往往包含着大量关于特定风物、山川、建筑、特产、民俗等的知识，广泛地反映了民族历史和社会生活以及地方风物的种种特点，表现人民要求了解生活、探求事物的历史的兴趣与美好的愿望，有的有很强的哲理性，更多地表现了对祖国壮丽山川、丰富物产的赞美[①]。

重庆少数民族的风物传说十分丰富，具体有山川景物传说，对地方山川河流、地方名胜等予以说明解释。如酉阳土家族揭露反动统治残暴的《二酉藏书》，描写川东酉水土家人民与压迫者斗争的《擦耳岩》《犀牛潭》，赞美祖国壮丽河山的《冠军山》《酉水河的传说》，赞颂人间美德的《喊水泉》《白鹿仙井》《磨子山》，表现人民征服自然的强烈愿望，歌颂为人民勇于献身的英雄的《老师岩》《斩妖岩》等等。《二酉藏书》是土家族比较著名的山川景物传说。源出秦始皇“焚书坑儒”重大主题，取材于陶渊明《桃花源记》，讲述几位儒生为避秦始皇暴政而逃至武陵山二酉洞，在土民帮助下默写所能记诵的全部诗书而藏诸山洞。因教土民读书习字，儒生被官府活埋而亡，而二酉洞藏诗书则被土民保护而化为岩壁。这则传说揭露了封建统治者的残暴，赞扬了土家族人民爱护祖国文化遗产的精神，在酉阳土家族地区广泛流传。

彭水苗族也有许多地方传说，如讽刺贪官的《下联滩的传说》，表达感恩赞颂美德的《金钗井的传说》《二十四个回头滩》《旋龙山的传说》《天仙寺的来由》，表现人民反抗强权的《张家洞的传说》《苗子沟的来历》和《石方碑的传说》，还有叙说妖魔或神仙故事的地名传说，如《斑竹林》《螺丝凼》《神马槽》《两河口小溪的来历》《挖断山》《烂船沟》《龙门峡》《仙女池》《仙姑洞》《石道士》《仙人洞的传说》《梭米洞》[②]等。《斑竹林》可以说是彭水苗族比较生动的山

① 胡敬署、陈有进、王富仁等：《文学百科大辞典》，华龄出版社，1991 年版，第 563 页。

② 汪家生主编：《彭水民间故事》，中国戏剧出版社，2010 年版。

川景物传说。讲述从前有个村子遭了大旱，原因是村子小河源头被一条妖龙封住了，要有一条真龙战胜妖龙，水才能从山顶流下来。恰逢真龙冉土司巡查到此，当他得知情况后，立即决定去找妖龙算账，他走了三天三夜找到了妖龙并与之决斗，最终斩杀了妖龙，然而，他自己也被妖龙的腥血毒死了。人们知道后，个个失声痛哭，一直哭了三天三夜，连村庄满山的竹子也感动得流泪了，到第四天，村里的竹子全都长上了斑斑泪痕。从此，这个村子便叫斑竹林了。这则传说表达了彭水苗族人民对冉土司的感恩和纪念。

动植物传说作为风物传说的重要组成部分，多以家庭生活为题材，集中反映少数民族的伦理道德观念。如描写旧社会土家妇女悲惨命运的《狗饿雀》《刀刀雀》，谴责后娘虐待前妻孩子的《斧凿鸟》《二佬、二佬》，鞭挞搬弄是非的小人的《百果雀》，教育人们守信自约的《桐梓、棕树和黄桷树》等。《刀刀雀》是关于公婆虐待童养媳的传说，说童养媳没日没夜干活，但仍衣不蔽体。因通宵磨面，累饿相加的童养媳晕倒在柴房，被婆婆用柴刀砍死，并分尸装入坛子。后童养媳娘家人在愤激中踢翻装有尸体的坛子，肉块化作鸣叫“公——柴刀，母——柴刀”的飞鸟。传说谴责了公婆的恶行，表达了对童养媳的同情。《白果雀》是土家族动植物传说的代表作。传说有一善织西兰卡普的土家妹欲织出最美的白果花，她想去观察白果开花，但白果花是寅时到卯时开放，因白天太累连等两晚都没有成功，被嫂子在父亲面前搬弄是非。第三晚，土家妹子终于得见白果花，当她手捧白果花兴冲冲赶回家时，却被父亲从门后一棒打死。临死时红光一闪，化作小鸟，飞去门前树上不停地叫：“我看白果开花！”“嫂嫂是非小话！”“爹爹错把我杀！”土家人因此把这鸟取名“白果雀”。这则传说鞭挞了搬弄是非的小人。土家族的《乌杨过江》传说讲述聪明能干的春牛和貌美手巧的金花是一对幸福夫妻，在春牛上山打猎期间，金花遭到财主儿子猪头的调戏并被抢走。春牛闻讯追赶，因猪头叫人拆掉梅江河上的板桥而坠河并被冲到乌杨树下。春牛无奈吹响凄切的木叶，金花闻声逃至梅江。夫妻隔江而望。土地神受其感动而让乌杨树横江架桥，帮助夫妻脱离虎口。后乌杨树从中折断，把猪头等人扔入梅江淹死。传说借梅江河伸向对岸的乌杨树歌颂纯洁的爱情和斥责压迫者的罪恶。

民俗传说是风物传说的一个门类，是关于民间风俗的说明性解释。我国民间风俗很多，有信仰风俗、成年礼风俗、生老病死在不同地区也有不同的风俗、年节风俗、婚姻习俗、民间娱乐习俗等等。对风俗的解释，就有一则风俗传说，一种风俗及有关的传说均体现了一个民族的政治理想、心理和审美意识。重庆少数民族创造了丰富的民俗传说。土家族民俗传说主要作品有《土家族过“赶年”的传说》《牛王节》《敬梅山草神的传说》《祭竹篼》《敬簸箕神》《敬牛菩萨》《喜罩帕》《抬菩萨》《摆手舞的传说》《土家吊脚楼的来历》《土家人为什么不吃狗肉》《土家小孩为啥戴锁圈》《哭猪》等等。《敬梅山草神的传说》可谓土家族民俗传说的代表作，讲述土家人上山打猎和获猎归来都要敬梅山草神的习俗信仰来历。传说很久以前，武陵山梅山脚下一户猎人家生有一个女子聪明伶俐，漂亮无比，勤奋好学，五岁会绣花，七岁会吹咚咚奎，九岁能打猎，百发百中，人称“梅山姑娘”。一天，听说梅山上出现了七只老虎祸害百姓和牲畜。梅山姑娘独自一人上山除害，她打死了六只老虎，在与最后一只虎王激烈搏斗时摔下悬崖，老虎摔死了，梅山姑娘被天神救下封为猎神，掌管山中百兽。从此，梅山神便暗中赐给土家猎人猎物，卫护着土家猎人。所以，深得土家猎人敬仰和祭拜。这就是土家人敬梅山草神习俗的来历[①]。土家族其他优秀民俗传说《罩喜帕》讲述土家族小伙猪娃善吹咚咚喹，土家族妹子昔比能唱山歌，两人两小无猜。面对猪娃求亲，昔比总不答应，原因是她是光头。猪娃坚持娶昔比为妻，结婚那天送昔比一张红头帕，结果当晚就在昔比头上长出满头青丝。土家族人民认为红头帕能给人带来幸福，就名其曰“喜罩帕”，让土家族新娘都戴，表达对美好生活的向往。《吊脚楼的来历》讲述土家族祖先住山洞大树，靠狩猎捕鱼为生，被张天王深为同情而往东海龙王借殿宇以济之。东海龙王轻视张天王而被借走“一座吊脚三柱二骑的殿宇”，但限期七天归还。张天王借来殿宇让土家族赶紧仿制，并在龙王索还时把所借殿宇扔在一条河的两岸。因无法搬移，故龙王每至雨季都要发怒涨洪水冲毁河边的殿宇。土家族在桥上安上斩龙刀，龙王就不再直闯殿宇，因而人们有房住及有桥过河了[②]。民俗传说表现了土家族独特的历史文化内涵。

重庆苗族的民俗传说也很多，最具代表性的有《羊马节的来历》《赶秋的

---

① 戴相惠等整理：《中国民间文学集成·酉阳土家族苗族自治县民间故事资料集》，酉阳报社，1987年版，第91—92页。

② 戴相惠等整理：《中国民间文学集成·酉阳土家族苗族自治县民间故事资料集》，酉阳报社，1987年版，第120页。

来历》《苗家人头上为啥要包大卷帕》《苗家人为啥不吃狗肉和蛇肉》《敬“五谷神”》等，反映了苗族的历史风俗与民情。《苗家人为啥不吃狗肉和蛇肉》可谓苗族民俗传说的代表作，讲述苗族人不吃狗肉和蛇肉的信仰禁忌来历。传说远古时候，有个高辛氏的苗族部落首领的妻子元后患耳病三年无法医治，有一天来了一位自称神医的人，断定元后耳内有异物，取出便好。神医从元后耳内取出一小虫，不一会儿，小虫变成一只龙犬，高辛氏便将其养了起来，取名盘瓠。盘瓠一天天长大，力大无穷。同时高辛氏部落正遭异族入侵，连吃败仗，形势危急。盘瓠受招挺身应敌最终打败了敌人。高辛氏非常高兴，但想到盘瓠乃龙头犬身，与人有别，便有悔婚之意。盘瓠见状要求将自己密闭在金钟之内，七天后就能变成美男子，再与公主成婚。结果未到七天，公主揭开了金钟致使盘瓠未能变全人身，公主追悔莫及只得与之结为夫妻。因为苗族的祖先盘瓠是龙犬变成人的。所以苗族人不吃狗肉和蛇肉。这则传说想象神奇，表现了苗族独特的民族风习。

重庆少数民族的风物传说多运用奇妙的幻想将地方风物叙说得十分生动有趣，并从中寄予对美好生活的向往，对真善美的褒扬，对假丑恶的鞭挞。

第三章　重庆少数民族的民间故事

民间故事是民间文学的重要门类之一，有广义和狭义两种概念。广义上是指劳动人民口头创作并在民间流传的包括神话、传说、生活故事、笑话、寓言、童话等所有散文作品的通称。狭义上指的是除神话、传说以外的富有幻想色彩和现实性较强的口头创作的散文作品，具体可分为幻想故事、生活故事、寓言和笑话四类。民间故事具有一定的幻想性和传奇色彩，有人物，有生动完整的情节，反映生活的范围很广，是劳动人民从长期的历史经验中所获得的对现实的深刻认识的结果。它反映了劳动人民的善良、勤劳、勇敢、智慧，以及为追求理想而进行斗争的精神[①]。重庆少数民族善于讲传，民间故事十分发达，几乎涵盖了民族生活的全部领域，从开天辟地、人类起源、英雄创世到日常生活的衣食住行、婚丧嫁娶、风俗习惯等等，反映了重庆各少数民族的历史文化，表现了重庆各少数民族的思想与情感。

第一节　重庆少数民族的幻想故事

幻想故事又称“魔法故事”“民间童话”，是幻想性较强的民间故事。其中大

① 马名超、王彩云主编：《中国民间文学大辞典》（上），黑龙江人民出版社，1996年版，第23页。

体包括两类作品：一类是以魔法作为情节发展的主要契机的魔法故事；一类是以动物作为主要角色展开情节的动物故事。幻想故事的基本艺术特征是象征性的幻想。故事中的人物、事物等大都带有超自然的性质，把神奇的千变万化的自然力附会成魔术或宝物的神奇力量，通过离奇的幻想展开情节，从而把人民的憧憬和期望在不能实现的情况下，当作可能的事件而表现出来，如神奇的宝盒、魔杖会促使勤劳善良的人获得更多的劳动果实，却让贪心的恶人遭到无情的惩罚；被勤劳善良的人搭救的奇异的动物总是帮助主人公得到幸福等等。这些幻想建立在现实生活矛盾的基础上，集中体现了人民群众的理想与追求①。

重庆少数民族的幻想故事较为丰富。主要有《神奇的咚咚喹》《金娃娃》《两兄弟分家》《张打枪和李打鱼》《捡银子》《雷公精》《兄弟俩》《没有鼻子的哥哥》《金子、银子、宝石》②《狐狸精》《十兄弟》《贤二富因祸得福分》《土地公公与土地婆婆》《随意珠》《三弟兄分家》《两姐妹的故事》《鲤鱼姑娘与西二成婚》③等。《神奇的咚咚喹》《两兄弟分家》《兄弟俩》和《没有鼻子的哥哥》四则幻想故事属同一类型，主要讲述兄弟善恶有报的故事，叙述程式多为哥哥（嫂子）心肠歹毒虐待弟弟，善良的弟弟得到神仙帮助命运转好，哥哥（嫂子）羡慕嫉妒欲学样弟弟，因心术不正遭到惩罚，每则故事的具体叙述略有差别。《神奇的咚咚喹》讲述兄弟学艺，哥哥一事无成而弟弟学会吹奏精妙的咚咚喹。弟弟练习吹奏咚咚喹，先后感动鸟神、地神、天神，分别获得铜咚咚喹、银咚咚喹和金咚咚喹，让咚咚喹成为土家族的宝贝。哥哥骗去金冬冬喹，想吹金銮殿却招岩鹰叼走鸡鸭，想吹山珍海味却招狼来叼走猪羊，想吹绫罗绸缎却吹火来烧房子。因此经受教育的哥哥认真学艺了，和弟弟一起教会四十八洞的土家族吹奏咚咚喹。《两兄弟分家》则讲述一母所生的两兄弟，哥哥心眼不好，爹妈去世没几天，哥哥嫂子就闹着分家，只将一只狗分给了弟弟。未承想那只狗比哥哥的牛铧土更厉害，哥哥便要借弟弟的狗去铧土，狗因不肯帮忙还咬了哥哥，结果被哥哥打死了。狗死后在它的坟地上长出了如“摇钱树”的 竹子，弟弟靠着竹子摇钱，日子过得富有。哥哥听说后也想借竹子摇钱发财，结果竹子却不为哥哥生金银，哥哥气坏了就把竹

① 马名超、王彩云主编：《中国民间文学大辞典》（上），黑龙江人民出版社，1996 年版，第 14 页。
② 戴相惠等收集整理：《酉阳土家族苗族自治县民间故事资料集》，酉阳报社，1987 年版。
③ 汪家生主编：《彭水民间故事》，中国戏剧出版社，2010 年版。

子砍了。伤心的弟弟把竹子编成鸡窝蔸，竟引来四处的鸡来鸡窝生蛋。哥哥得知后又眼红要借鸡窝蔸去引鸡生蛋，结果鸡来了却不生蛋，哥哥一气之下又把鸡窝蔸踩烂放炉火烧了。伤心的弟弟在火炉里刨出了两颗黄豆子吃了，未曾想打出了香屁，于是靠香屁卖钱发财。哥哥听说后又想学样弟弟，结果他吃了豆子打出的却是臭屁，并因此受到州官惩罚。

《张打枪和李打鱼》《狐狸精》《鲤鱼姑娘与西二成婚》《雷公精》等属于另一类型的幻想故事，其叙述程式多为讲述一善良青年得到一位由狐狸、鲤鱼或龙女等变化而成的美丽女子的报恩，结为夫妻，过上幸福生活，后遭到官府邪恶势力的破坏被迫分离的故事，每则故事的具体讲述会略有变化。《张打枪和李打鱼》讲述善良的猎人张打枪从李打鱼手上救了一条鱼，没想到这条鱼竟是龙王的三女子变的，三女子为报恩化身一个美丽的小姐与张打枪成亲，帮助他过上了幸福生活。后来这事被县官得知，百般刁难想霸占，最终逼得夫妻分离，县官也受到应有的惩罚。《狐狸精》讲述的是一个青年因哥哥嫂子的虐待，日子过得很苦，得到一个狐狸精的同情，变化为一位美丽的女子前来他家暗地帮助。青年最终知道实情，并与狐仙女子结为夫妻，过上了幸福生活。后来狐仙的事情被皇帝知道，强把狐仙带到宫中。历经三年的努力，青年来到皇宫智斗皇帝，最终讨回了妻子，后因缘分已尽，狐仙在生了三个孩子后终于离去[①]。扬善惩恶是这两则故事的基本主题。同时也表达了人们对美好生活的愿望。《雷公精》讲述一个青年名叫西二哥，从小死了爹娘，在山中捡柴为生，西二哥勤劳、机灵，得到山中居住的雷公精的爱慕，雷公精变化为美丽的女子前来帮助西二哥，并与他喜结良缘，生活得很幸福。谁知有个阴阳先生识破了雷公精的身份，设计叫西二哥用滚开水去烫死雷公精，雷公精被烫伤痛醒恢复了人形，对丈夫听信谗言非常伤心，最终死了。不久雷公精的魂魄投胎东山下陈秀才家，生为一个姑娘，“下地就晓得说，三天就晓得吃，十天就晓得走。没过几年就长成一个大姑娘。”一天，西二哥受邀到陈家做客，识得这姑娘就是妻子的投胎转世，于是请媒人下聘，把陈秀才的姑娘娶回了家，一家人又团圆了[②]。这则故事讲述得曲折生动，某些桥段与汉族的

① 汪家生主编：《彭水民间故事》，中国戏剧出版社，2010年版，第76-78页。

② 戴相惠等收集整理：《酉阳土家族苗族自治县民间故事资料集》，酉阳报社，1987年版，第234—237页。

《白蛇传》有些相似。与仙女结缘，虽有曲折，但终得大团圆的结局，表达了人们对生活的美好愿望。

幻想故事因其幻想而具有了超自然超现实的神奇性，同时，也正是这种神奇性寄托着人们对美好生活的愿望和憧憬。

第二节 重庆少数民族的生活故事

生活故事取材于现实生活而加以虚构，亦称“世俗故事”或“写实故事”。它的现实性较强，以反映人物的社会关系和人们日常生活中的事件和经历为主要内容。故事的主人公通常都是为人们所熟悉的普通劳动者，如贫苦的农民、工匠、牧民、渔民、樵夫、妇女、学徒等；而他们的对立面则是贪婪黑心的地主、老财、官僚、皇帝、恶霸、骗子等。故事对前者进行赞扬歌颂，对后者进行讽刺鞭挞，具有尖锐的讽刺性和鲜明的思想倾向性。生活故事按其所反映的不同内容，可以分作长工和地主的故事、工匠故事、反封建礼教故事、巧媳妇和呆女婿故事、机智人物故事、生产经验故事、新生活故事等几大类[①]。

重庆少数民族的生活故事十分发达。酉阳土家族的生活故事主要有《冉广盘救火又救人》《土地菩萨和农夫》《长工和财主》《没有主见的人》《考女婿》《“万事不求人”》[②]等。彭水苗族的生活故事主要有《麻布口袋一代还一代》《三个儿子给父亲祝寿》《木匠祝寿》《四兄弟说四言八句》《毛桃睡梦》《扯谎三的故事》《皇上的妃子》《姑娘挑郎》《聪明的女人》《长工和滑头》《公鸡蛋》《白吃》《三个女婿》《三女婿祝寿》[③]等，这些生活故事讲述的多是有关斗智的故事，表现重庆少数民族人民的聪明才智。

《长工和财主》可谓关于“长工和地主的故事”的代表作。讲述一个狡诈吝啬说话结巴的财主因克扣长工工钱和贪取他人财物而错失财富的故事。财主曾对长工许诺干完一年活，年底给头牛。结果到年底财主以自己结巴为借口，只给了

---

① 马名超、王彩云：《中国民间文学大辞典》（上），黑龙江人民出版社，1996年版，第19页。

② 戴相惠等收集整理：《酉阳土家族苗族自治县民间故事资料集》，酉阳报社，1987年版。

③ 汪家生主编：《彭水民间故事》，中国戏剧出版社，2010年版。

长工一瓢油。受骗的长工决心惩治财主。第二天，他来到财主家声称愿给财主干十年长工，不要工钱，只要一粒苞谷就行了。财主不知是计爽快答应了。谁知十年中长工把一粒苞谷在财主的土地上种成了满地的苞谷，财主发现中计想抵赖不成，长工终于智胜财主，收得一大片苞谷。又一年，财主招工收麦子，与短工们签订苛刻的字约："无鸡鸭也可，无鱼肉也可。唯有青菜豆腐不可少，不得一分钱"。其他长工都不愿干，还是先前被财主开除的长工爽快与财主签了约。等到纠纷发生时，长工把字约念成"无鸡，鸭也可；无鱼，肉也可。唯有青菜豆腐不可，少不得一分钱"。财主抵赖不成又输了。再一年，财主过生日，为寻欢作乐，向众人许诺谁把扇子、鞋子和鸡毛三样东西扔进他楼上的窗口里，就赏五十两银子。还是这位长工把鸡毛拴在石头上扔进了窗户，长工得胜，财主又输了。这则故事赞颂了长工的机智，也鞭挞了财主的黑心狡诈，充分展现了重庆土家族的智慧。类似的故事还有《长工和刘滑头》《两兄弟整财主》① 等。

《"万事不求人"》则属于"巧媳妇和呆女婿的故事"中的优秀作品。讲述山花姑娘人才美貌，聪明能干，嫁给王家三儿子王拐做媳妇，勤劳持家，深得王员外喜欢。员外公公得意之下写了一幅"万事不求人"的条幅贴在家门前炫耀，结果得罪了巡访路过的州府学院大人。学院大人命员外七天之内办四件事："一、软如麻；二、硬如铁；三、天来大；四、海洋深。"若有延误必受重罚。员外焦头烂额对不上，媳妇山花得知后帮助公公应对了学院大人的刁难："软如麻是夫妻打架，硬如铁是兄弟打架；天来大是父母为大；海洋深不算深，父母恩情深。"学院大人得知是山花媳妇应答的，叫来亲自当面考验，对山花媳妇的聪明机智很是佩服，还给了宝银赏赐。故事比较曲折生动，赞颂了三媳妇山花的机智聪明。其他类似作品还有《聪明的女人》讲述三媳妇帮助忠厚老实的丈夫智斗两个哥哥取得胜利的故事。《三个女婿》讲述老丈人偏心大女婿和二女婿，让老实耿直的三女婿吃亏，但最终取巧的大女婿和二女婿得到了报应。《三女婿祝寿》的讲述略有不同，幺女婿十分聪明，不再是一般讲述套路中的那个憨傻的人，他以扯谎骑"彪"骗得了大女婿和二女婿很多金银，上当受骗的倒是大女婿和二女婿。这则故事讲述有新意。但无论讲述内容如何变化，这类故事的共同主题都是讽刺鞭

① 汪家生主编：《彭水民间故事》，中国戏剧出版社，2010 年版，第 150—151 页，第 154—155 页。

挞奸佞，赞颂善良诚实，其中展示了少数民族积极正面的伦理价值倾向。

重庆少数民族还有许多机智人物的故事。如“扯谎三的故事”在酉阳土家族和彭水苗族地区都有许多讲传。酉阳有《扯谎三的故事》，包含《说扯谎》《屙金马》《自烘锅》《火袯衫》《还魂棒》《游龙宫》六个情节连贯的小故事，彭水有《谎三的故事》，包含《谎三》《扯谎三的故事》《谎三发财》《扯谎女婿》四个小故事。内容主要是讲述扯谎三善于扯谎，把老丈人次次都骗过了。扯谎三为对付讨账的老丈人，第一次设计让马屙金子骗得老丈人相信，牵走马匹以抵销欠账；第二次设计用自烘锅哄骗住老丈人，愿用屙金马换取自烘锅；第三次设计用火袯衫换得老丈人的五件皮袄；第四次用还魂棒骗得老丈人用高价换去，结果老丈人用这根棍棒杀死了全家人。气不过的老丈人请来十多人把扯谎三捉去装进麻布口袋里准备午饭后投河沉水。这时恰遇驼背羊客赶羊经过，扯谎三谎称能治驼背，骗得路过的驼背羊客替换自己进了麻布口袋，自己乘机溜走了。驼背羊客成了替罪羊被老丈人沉水处死了。半年后，扯谎三又登门拜访老丈人，谎称是去了龙宫回来，龙宫宝物很多，骗得老丈人相信，也想去龙宫游玩和捡宝物。结果老丈人沉入河中一命呜呼了。这个故事突出表现了扯谎三的机智，讽刺鞭挞了老丈人的贪婪和愚笨。落脚点在宣传“贪财终为财死，害人终为人害”的思想。其他机智人物故事还有“聪明女子的故事”，包含《皇上的妃子》《巧女对私塾先生》《聪明的媳妇》《王半城》等许多小故事，赞颂女子的聪明。还有关于“聪明汉的故事”，包含《七个童生去考试》《查学》《老实汉》《阮三的故事》《聪明的农夫》《白吃》《公鸡蛋》等，赞颂男性的机智。

机智人物故事在我国乃至世界各民族那里都有，它的产生一方面源于生活中可能曾经出现过的机智人物；另一方面更多还是源于人们面对困难处境时产生的心理幻想。通过机智人物的塑造，人们获得了战胜邪恶、主持正义的心理代偿。这是机智人物故事颇受社会大众喜爱的重要原因。

第三节 重庆少数民族的民间笑话

民间笑话又称“民间趣事”“滑稽故事”，是具有强烈喜剧性的民间故事。它叙述的是滑稽境遇中展开的插曲式的事件，一般都只有被讽刺、被揶揄的对象登场。民间笑话内容丰富，讽刺统治阶级的作品占多数。这些笑话揭露统治阶级的贪婪、无耻、愚蠢、可笑、残暴无能、悭吝、虚伪。也有对人民当中存在的痴呆懒惰、自作聪明、盲目迷信等缺点，进行善意的讽刺和温和的规劝的作品。还有一小部分讽刺意味不浓，更多的是诙谐，是劳动者闲时打诨逗趣的作品[①]。民间笑话从内容上有多种大同小异的分法，本书主要将其简单分为嘲讽笑话、劝诫笑话、谐趣笑话三类。

一、嘲讽笑话

嘲讽笑话是民间笑话的一类，指以嘲笑、讽刺为主旨的笑话。内容大多为揭露权贵、豪绅、财主、奸商、地痞、流氓的阶级劣根性和各种丑态，给予辛辣的讽刺、无情的嘲弄，往往锋芒毕露，一针见血，阶级性、政治性较强[②]。在各民族的嘲讽笑话中，反抗者的形象都是机智人物，并有固定的名称，如阿凡提、阿古登巴、反江山等。所以，嘲讽笑话往往也是机智人物故事，机智人物故事有许多是嘲讽笑话。

“冉广盘的故事”就是酉阳土家族地区广泛流传的机智人物故事，也是一个系列的嘲讽笑话，包含《整治“疯猪”》《棉絮还给原主》《打赌》《税官挨打》《和财主斗智》《两个字得了长工钱》《借棒打死吝啬鬼》等七则小故事。故事讲述冉广盘为人机智，爱为穷人打抱不平，智斗无良官吏、财主奸商和地痞流氓，常常取得胜利。财主可恶剥削欺压乡邻，冉广盘设计用苞谷面引来财主家的肥猪，假装被肥猪咬伤要求财主赔偿，财主无奈只得赔了一头肥猪了事。狡猾的扒手偷了逃荒母女的一床棉絮，被认出来了不认账还反诬一口。冉广盘借机靠近扒手将其灌醉，在棉絮上写下名字，在州府打赢官司，逼迫扒手归还棉絮，道歉赔礼。冉广盘与两个恶少爷打赌，以飞快的速度对少爷和少爷家两边说谎，致使哄骗成功。财主三个老婆长相一样，外人不易分辨清楚，财主和冉广盘斗智，要他

---

① 阎景翰、刘路、张国俊:《写作艺术大辞典》，陕西人民出版社，1990年版，第1015页。

② 中国社会科学院文学研究所《中国传说故事大辞典》编委会、祁连休、肖莉:《中国传说故事大辞典》，中国文联出版社，1992年版，第24页。

分辨出三个老婆谁大谁小。冉广盘以单个褒扬刺激法凭借神色变化很快识别出了财主三个老婆的身份。财主不服，冉广盘又以“我郎么写，你就会郎么做”，最终让财主哑口无言。财主黑心狼想方设法克扣长工工钱，他要求长工一人说两个字，一个字要逗员外老婆子笑，一个字要惹她哭，办不到就不给工钱。其他长工绞尽脑汁也办不到，冉广盘听说后决定帮长工们办。他借着一条黑狗在员外老婆身边捡骨头，对着黑狗叫“爹”，逗笑了员外婆子，又对着员外老婆叫“妈”，暗意是骂员外老婆是“黑母狗”，惹哭了员外老婆，员外老婆一笑一哭，冉广盘得胜，帮长工们讨回了工钱。故事赞颂了冉广盘的机智，也对财主无赖进行了辛辣的讽刺。

其他嘲讽笑话还有《不准说话》《县官画虎》《打官司》《再打三斤》《抬猪》《陈二郎》等。《不准说话》讲述长工太元报复土家族财主，财主老婆碍于迷信魔芋豆腐制作中不能说话的禁忌而不让太元说话，太元看到石磨碾出来的魔芋浆没有被接住也不开腔。虽几次想说也被财主老婆制止，直到“推了一半天的魔芋浆，全部流到了地上”，让财主老婆气得“半天说不出话”。笑话对财主予以了辛辣的嘲讽。《县官画虎》讲述强横的县官画虎类猫，却不允许他人道出，结果聪明的丫头围绕“怕”字，引出了“老鼠怕大人画的那个东西，”令人忍俊不禁。《打官司》讽刺了县官糊涂办案的行径。

二、劝诫笑话

劝诫笑话是指以规劝、讽诫为主旨的笑话。内容大多为批评各种陈腐、自私、落后的思想意识，以及个性和思想方法方面的缺点、毛病。它们通常是针对人民群众自身的。此类笑话的调子一般比较温和，与嘲讽笑话有所不同。

重庆少数民族的劝诫笑话主要有《没有主见的人》《三兄弟读书》《少爷认字》《愚蠢的父子》《傻女婿的故事》等。《没有主见的人》讲述苗寨有个做事没有主见的人牵五匹马出门做生意，出门前，妻子再三叮嘱他要有主见，不能老听别人说什么就是什么，以免上当。结果这个没有主见的人禁不住别人劝说，不断上当，亏完了买卖。他首先遇到一个吆着六只羊的人，禁不住别人吆喝，把五匹马换成了六只羊，接着又遇到一个卖鸡的人，用六只羊换了一只鸡。又遇到一个卖黄瓜的人，劝他用一只鸡换了三根黄瓜，回家途中口渴把三根黄瓜也吃了，最后突然感到两手空空，不是滋味，担忧被妻子责怪。失声道："黄瓜吃了是泡水，黑来回家要见鬼；只因自家没主见，想来想去打后悔。"[①]笑话讽诫了没有主见的人。

《三兄弟读书》讲述一个财主有三个儿子，财主想方设法送他们读书以求取功名。结果三个儿子读了三天书，听先生讲了李白梦中作诗的故事、"读书破万卷，下笔如有神"的诗句和"墨吃得多"的名人故事，就不读书了。声称读书没什么了不起，自己能写文章了。财主便要考考他们，要求从早上开始，吃午饭之前交一篇文章。三兄弟便回各自房间做文章去了。到了午饭时间，三个儿子还未交出文章，财主便逐一询问。大儿子正在睡瞌睡，叫醒后说正在学李白梦中作文，梦还没做完，文章也写不成了。二儿子房间满是撕碎的书，说读书破万卷，才破了几百本，还差得远呢。三儿子满嘴是墨，口里还含着一大截，说待会儿这截墨吃完，文章就可以交卷了[②]。这则笑话令人捧腹大笑，对望文生义、一知半解的思想方法和学习态度予以了讽诫。这其实是一则"傻子讨见识"或"傻子学艺"类型的笑话，类似笑话还有《讨见识》《傻子高双》《傻子学艺》《傻子做生意》等。这些笑话主要讽诫傻子愚钝僵化，不会根据情况变化运用知识，误打误撞闹出许多笑话来，也得了许多教训。另一则笑话《傻子高双》也比较有代表性。主要讲述傻子高双把从媳妇教给他的知识方法用错地方，得了很多教训，最后丢了性命的故事。傻子高双没有估算出一头猪脑壳有多重，挨了杀猪匠的欺负，回家去媳妇叫他以后碰到了就说有七斤八两。高双一天碰到一家在埋人，急忙跑过去说"莫埋莫埋，我估计这个猪脑壳有七斤八两"。结果又挨了一阵打。回去媳妇又教他"以后碰到这种场合就帮到埋"。一天遇到一家接媳妇，傻子赶忙跑过去说："莫忙莫忙，我来帮你们埋"，结果又挨了送亲的人一顿打。傻子回去媳妇又教他"以后看到有红柜和红箱子，就帮忙往屋里搬"。当晚就碰到一家房子烧起来了，救火的人把红柜子和红箱子搬出来，傻子急忙去给搬进去，结果又挨了一顿打。媳妇又教她"碰到在燃嘛就拿水帮别人淋熄才对"。傻子一天出

---

① 戴相惠等收集整理：《酉阳土家族苗族自治县民间故事资料集》，酉阳报社，1987 年版，第 284—285 页。

② 汪家生主编：《彭水民间故事》，中国戏剧出版社，2010 年版，第 190 页。

去耍，看到两个人在打铁，他将烧红的铁一取出来就浇一瓢水，气得铁匠打了他一顿。媳妇又教她“别个你一锤我一锤地打呀，你就帮到一边打一锤嘛。”傻子第二天出门碰到两个人在打架，就上去朝别人一个打一锤。结果傻子被两个打架的打了。回去媳妇又教他“看到在打架的话，你就帮忙拖开嘛”。隔了几天，傻子出门耍碰到两头牛在打架，他赶忙站到中间劝架，结果被牛憋在中间卡死了。这则笑话讲得比较复杂生动，也颇有教育意义。

傻子作为聪明人的反衬，常常被世人拿来嘲笑愚弄，给人以教训和启迪，这是傻子笑话思想意义的一个重要方面，人们也常常从这个角度去理解它。但傻子身上的某些精神品质又恰是聪明人所缺乏的，比如真诚，“真诚也是傻子们之所以犯傻遭人嘲笑的内在基因，任何傻子做错事的根基都是真诚过了头”。“没有傻子对真诚的认真和固执的态度，就不可能有傻事发生。”又如善良，“善良，也是傻子性格的特质。只可惜善良用错了对象，上了当而变成了笨蛋。”还有就是理想。“傻子故事之所以让我们发笑，一个重要的原因是傻子们对现实世界中某个部分的完全无视和忽略，他们完全沉浸在自己的世界中，有时甚至可以无视自然法则，全凭理想甚至是幻想做事。”因此，傻子故事不应当只是作为笑话来读，“傻子行为寄寓着许多聪明人、强者、正常人所应该具有而现实中却又有所缺失的可贵品质”[①]。这是傻子故事能带给我们的另一层强烈而深沉的启示意义。

三、谐趣笑话

谐趣笑话是指以诙谐逗趣为主旨的笑话。它们的娱乐性较强，给人们带来轻松、愉快的笑声，而不一定有明显的思想意义。重庆少数民族的谐趣笑话主要有《一上桌子就捞菜》《都是我的》《傻子女婿》《指哪点，打哪点》《傻子卖药》《“逗你的”》《白字先生》《一眼看中》《滚回去》《住宿》《少爷认字》《傻子冯大》《祝寿》《蠢妇人》《懒婆娘》《傻媳妇取名字》等[②]，多是有关傻子（傻儿子、傻女婿或傻媳妇）和懒人的故事，或身体有缺陷的人的故事，令人忍俊不禁。

---

① 王晶：《“傻子”的智慧——论中外民间故事中的傻子母题》，《云南民族大学学报》（哲学社会科学版），2004年，第21卷第3期。

② 汪家生主编：《彭水民间故事》，中国戏剧出版社，2010年版。

关于“傻女婿”的笑话很多，有的有讽诫意义，有的纯粹就是逗笑，没有什么思想意义。属于谐趣笑话的傻女婿故事主要有《一上桌子就捞菜》《都是我的》《傻子女婿》《王保祝寿》等。《一上桌子就捞菜》讲述一对年轻夫妻要去给岳父大人祝寿，丈夫有点傻，妻子怕丈夫到岳父家去不懂礼节丢丑，就吩咐他要听自己安排。妻子用一根细麻线捆在自己手上和丈夫脚上，由妻子在桌子下面拉一下麻线，丈夫就搛一次菜。开始时，傻丈夫守礼貌，从不乱来。吃到中途时，桌下几条狗争抢骨头乱蹦乱扯扯到了麻线，傻丈夫以为是妻子在扯动麻线提示，就不停搛菜吃，吃得嘴里塞满了菜，咽都咽不下，把客人搞得莫名其妙叹气走了，傻丈夫的愚笨和误会闹出了笑话①。《王保祝寿》讲述王保因为娇生惯养，二十来岁，接了媳妇，还未见过世面。一次去给岳父祝寿，按照媳妇对岳父“头戴官帽子，身穿白袍子，满嘴白胡子，后面跟着一群白衣小伙子”的描述，竟然错把一头白羊认作了岳父，闹出笑话来。《傻子女婿》讲述傻女婿结婚生了娃，去给老丈和老丈母报喜。老丈母既欢喜又心急，打发两升米、一包腊油、两把面叫女婿先走，并吩咐女婿回去等锅烫人时就熬油，掺点汤，等汤开了就下米。结果傻女婿走在路上见地面很烫，就把腊油取出来在石板上擦化完了，见到河沟里水流急以为是水烧开了，就把两升米倒下河了，结果回去挨了媳妇的责怪。傻女婿连人和动物都分不清，把白羊看成了岳父，连锅灶煮饭都分不清，把米下到了河里。这样的傻子故事编得太不符合应有的生活逻辑，只能说是纯粹为了逗笑而逗笑了，没有什么思想意义。

《懒婆娘》和《学懒》是关于懒人的笑话。《懒婆娘》讲述懒婆娘做饭不洗锅，以致锅巴厚得锅装不下什么水了，丈夫叫烧茶只烧了酒杯大一碗茶。丈夫很生气顺手操刀向懒婆娘脖子上砍去，竟然都没有砍到肉，而砍到汉甲甲上，只砍起个深深的白印，丈夫气得从此再也不回家了。《学懒》讲述一个好吃懒做的小伙要拜师学懒，以致懒得师傅自愧不如，不愿教他了。懒汉颈子上套一个麦面粑粑随师傅出去耍，懒得走也懒得吃，最后饿死在山坡上，颈子上的麦面粑粑只吃了下巴下头的一半，真是懒得出了奇。

① 戴相惠等收集整理:《酉阳土家族苗族自治县民间故事资料集》，酉阳报社，1987年版，第274—275页。

《“逗你的”》讲述地主婆在院坝晒绸缎衣服，叫儿子毛儿照看，并吩咐儿子“如果有人来了，你就喊，给我问他是啥子人，叫啥子名字哈。”结果这话被一个过路人听到了，他以“我是家里人”和“我叫逗你的”，骗过了地主婆，偷走了她晒的衣服。语言歧义造成了这段笑话，也成就了骗子的成功。这样语言歧义的笑话还有《一眼看中》，讲述姑娘被媒人说的“公子一眼就看中了你”的话语欺骗，结婚后才发现丈夫竟然是独眼。她后悔要与媒人理论也无可奈何，因为媒人也没有说错。

谐趣笑话，虽然没有什么思想意义，但它给人们贫乏寂寞的生活带来了欢笑，起到了人民群众自我娱乐的作用，这是它深受人民群众喜爱的原因，这也是它得以流传的价值所在。

第四章　重庆少数民族的民间歌谣

第一节　源远流长的重庆少数民族民歌

我国少数民族几乎都是能歌善舞的民族，他们喜欢在生产劳动、朋友交往和节庆礼俗等场合中以歌舞娱人，以歌传情。至于他们喜欢唱歌的原因归纳起来主要有这样几个方面：首先是自我抒情，排解内心寂寞忧愁的情绪。正如他们在山歌中所唱那样“不唱山歌不开怀”“不唱山歌冷湫湫”“我个人唱歌解忧愁”[①]，唱山歌是为了宣泄情绪，舒畅情怀。其次是交流需要。为了劳动协作，为了感情交流，为了教化别人，少数民族也常常以歌表意，以歌传情，以歌为媒，以歌为教，通过民歌实现他们交流思想感情的目的。最后是所谓“以歌养心”。就是通过唱歌来滋养心灵，陶冶情操，源出于侗族“以饭养身，以歌养心”[②]的民歌观念，其实也是几乎所有少数民族共同的民歌思想。总之，基于多方面的原因，我国少数民族民歌十分发达。

重庆土家族、苗族、侗族等世居少数民族都是能歌善舞的民族，民歌也是重庆少数民族见诸历史文献较早的民间文学样式。远古时代，古代巴人就是能歌善

① 黄洁：《重庆土家族民歌选集》，中国文史出版社，2004 年版，第 6—7 页、262 页。

② 张泽忠、韦芳：《艺术化生存的淡化与侗族歌师的精神皈依 —— 侗歌艺术传承研究系列比（七）》，《广西民族研究》，2010 年第 1 期。

舞的民族。《华阳国志·巴志》载周武王伐纣时：“巴师勇锐，歌舞以凌，殷人倒戈，故世称之曰‘武王伐纣，前歌后舞也’。”[①]由此可见，巴人能征善战，也能歌善舞的民族形象较早就载入了史册，并发挥过重大的历史作用，产生了巨大的社会影响。他们吟唱的巴渝歌的独特魅力还引起汉高祖刘邦的重视，将其引入宫廷，《华阳国志·巴志》载：“賨民……，天性劲勇，初为汉前锋，陷阵，锐气喜舞，帝善之曰：‘此武王伐纣之歌也’，乃令乐人习学之，所谓巴渝舞也。”[②]直到魏文帝“黄初二年，改巴渝舞曰昭武”（《通典》卷17）。这些史料表明，巴渝民歌魅力独特，不但为世人喜爱，还被引入宫廷，为贵族所崇尚。

巴人歌舞的热闹情景还为文人所关注和描绘。战国时期楚国宋玉在《对楚王问》中写道：“客有歌于郢中者，其始曰《下里》《巴人》，国中属而和者数千人。”其中的《下里》《巴人》据说就是巴人民歌，而其“和者数千人”，表明巴人民歌传到楚国广为人民熟悉和喜爱。汉司马相如《上林赋》中对巴渝民歌更有生动描绘：“千人唱，万人和，山陵为之震动，川谷为之荡波。巴渝宋蔡，淮南干遮，文成颠歌，族居递奏，金鼓迭起，铿鎗闛鞈，洞心骇耳。”可见其时巴人歌会规模之大，情景之壮观。左思《蜀都赋》亦曰：“若乃刚悍生其方，风淫尚其武。奋之则賨旅，玩之则渝舞。锐气剽于中叶，蹻容世于乐府。”对巴人的勇武和喜歌舞的民族精神极尽赞美。

由于年代久远，加之文献缺失，古巴人民歌存世极少，仅《华阳国志·巴志》有少量记录。有关于农事的诗歌：

川崖惟平，其稼多黍。旨酒嘉谷，可以养父。
野惟阜丘，彼稷多有。嘉谷旨酒，可以养母。[③]

吟唱的是巴人种植黍（黄米）和稷（小米），食用美酒和谷物的生产生活情况。有关于祭祀先祖的诗歌：

---

① 《华阳国志卷一·巴志》，中国西南文献丛书：《西南稀见方志文献》，第十卷，第6页。
② 《华阳国志卷一·巴志》，中国西南文献丛书：《西南稀见方志文献》，第十卷，第8页。
③ 《华阳国志卷一·巴志》，中国西南文献丛书：《西南稀见方志文献》，第十卷，第6页。

惟月孟春，獭祭彼崖。永言孝思，享祀孔嘉。
彼黍既洁，彼牺惟泽。蒸命良辰，祖考来格。[①]

意思是巴人在孟春之月，也就是正月，用“獭”、“黍”、和牲畜来祭祀祖先。其好古乐道之诗曰：

日月明明，亦惟其夕；谁能长生，不朽难获。

又曰：

惟德实宝，富贵何常。我思古人，令问令望。[②]

表达巴人对生命短暂的慨叹，对道德名声的珍视，这些诗歌显示了古巴人生产生活的一些情况和他们尚德崇孝的人生观与价值观。

巴人还有揭露时弊颂扬美政的诗歌。东汉安帝时期，巴郡前后几任太守皆以腐败无能著称，巴郡人作诗讽刺曰：

明明上天，下土是观。帝选元后，求定民安。
孰可不念？祸福由人。愿君奉诏，惟德日亲。[③]

奉劝当政者要奉诏为民，注重德行。

桓帝时期，李盛为巴郡太守，贪财重赋，巴郡人讽刺道：

狗吠何喧喧，有吏来在门，披衣出门应，府记欲得钱。
语穷乞请期，吏怒反见尤。旋步顾家中，家中无可为。

① 《华阳国志卷一·巴志》，中国西南文献丛书：《西南稀见方志文献》，第十卷，第6页。
② 《华阳国志卷一·巴志》，中国西南文献丛书：《西南稀见方志文献》，第十卷，第6页。
③ 《华阳国志卷一·巴志》，中国西南文献丛书：《西南稀见方志文献》，第十卷，第8页。

思往从邻贷，邻人言已匮。钱钱何难得，令我独憔悴。①

诗歌对贪官的贪婪暴戾与老百姓的困苦无奈反映得十分生动，是对当时贪官污吏的血泪控诉。

东汉末年，政治衰败，牧守割据，混战不休，人民思治。于是作诗曰：

混混浊沼鱼，习习激清流。
温温乱国民，业业仰前修。②

表达乱世中的百姓渴望有贤人来治理的心愿。

巴人对贪官污吏疾恶如仇，对品德高尚，为民办实事和好事的好官则由衷爱戴和歌颂。西汉谏议大夫巴郡人焦玄，字君黄，多次为皇帝进谏忠言，王莽篡权后拒不侍奉，也不惧威胁。后来巴人作诗称赞说：

肃肃清节士，执德实固贞，违恶以授命，没世遗令声。③

巴郡陈继山为汉司隶校尉，严明刚直，巴人歌曰：

筑室载植直梁，国人以贞真，邪娱不扬目，枉行不动身，奸宄辟乎远，理义协乎民。④

称赞其品行高洁。巴郡人严遵爱民如子，施民以恩惠，深受民众爱戴，他死后，民众像死了自己父母一样伤心，巴郡太守作诗称赞曰：

乘彼西汉，潭潭其渊，君子孝悌，作民二亲，没世遗爱，式镜后人。⑤

---

① 《华阳国志卷一·巴志》，中国西南文献丛书：《西南稀见方志文献》，第十卷，第 9 页。
② 《华阳国志卷一·巴志》，中国西南文献丛书：《西南稀见方志文献》，第十卷，第 9 页。
③ 《华阳国志卷一·巴志》，中国西南文献丛书：《西南稀见方志文献》，第十卷，第 8 页。
④ 《华阳国志卷一·巴志》，中国西南文献丛书：《西南稀见方志文献》，第十卷，第 8 页。
⑤ 《华阳国志卷一·巴志》，中国西南文献丛书：《西南稀见方志文献》，第十卷，第 8 页。

汉孝顺帝永建中，巴郡太守吴资勤政爱民，屡获丰年。巴人感激他，作歌曰：

习习晨风动，澍雨润乎苗。我后恤时务，我民以优饶。[①]

等到吴资任满离去时，民众又十分思念他，不忍离去，歌曰：

望远忽不见，惆怅当徘徊。恩泽实难忘，悠悠心永怀。[②]

从《华阳国志·巴志》所记录的上述少量的民歌看，古巴渝民歌主要有五言和四言两种形式，方法多直陈其事，直抒胸臆，少比兴。这种文学风格或与古巴人朴质的民性有关，如《华阳国志·巴志》所言："其民质直好义，土风敦厚，有先民之流"，"而其失在于重迟鲁钝，俗素朴，无造次辩丽之气"[③]。

巴渝民歌至唐时大放异彩，产生并流行于巴山渝水的竹枝歌受到文人的广泛关注和模仿，文坛因此出现一种新文体——"竹枝词"。宋人郭茂倩《乐府诗集》云："竹枝词本出于巴渝"，《太平寰宇记》"万州风俗"云："正月七日，乡市士女渡江南峨眉碛上作鸡子卜，击小鼓，唱竹枝歌。"《夔州府志》也记载有万州开县民俗："渔樵耕牧，好唱竹枝歌。"这些史料提供了竹枝词的起源以及古巴渝人民好唱竹枝歌的有关史实。

竹枝歌本质上是歌、舞、乐一体的民间文艺形式，歌唱有集体合唱和个人吟唱两种形式。集体合唱多在节日或祭祀婚嫁等重大活动进行，曲调激昂婉转。个人吟唱自然随性，多抑郁悲情。白居易《竹枝词》中云："江上何人唱竹枝？前声断咽后声迟。"顾况《竹枝曲》中也写道："巴人夜唱竹枝词，肠断晓猿声渐稀。"苏轼在其《竹枝歌》自序中说："竹枝歌本楚声，幽怨恻怛，若有深悲者。"应是对竹枝歌调的准确判断。

由于文献缺失，古巴人吟唱竹枝歌的原声音像我们无从得知。今天人们看到的主要是文人依其声律格式填作的歌词。倒是刘禹锡在其《竹枝词序》中给我们

---

① 《华阳国志卷一·巴志》，中国西南文献丛书：《西南稀见方志文献》，第十卷，第8页。

② 《华阳国志卷一·巴志》，中国西南文献丛书：《西南稀见方志文献》，第十卷，第8页。

③ 《华阳国志卷一·巴志》，中国西南文献丛书：《西南稀见方志文献》，第十卷，第6页。

描绘了其时巴渝民众吟唱竹枝歌的生动情形：

> 四方之歌，异音而同乐。岁正月，余来建平，里中儿联歌《竹枝》，吹短笛，击鼓以赴节。歌者扬袂睢舞，以曲多为贤。聆其音，中黄钟之羽，其卒章激讦如吴声，虽伧儜不可分，而含思宛转，有淇、濮之艳。昔屈原居湘、沅间，其民迎神，词多鄙陋，乃为作《九歌》，到于今荆楚鼓舞之。故余亦作《竹枝词》九篇，俾善歌者飏之，附于末，后之聆巴歈，知变风之自焉。

序中描绘了竹枝歌集体合唱的情形，正月节日里，乡里孩子们一边唱着“竹枝歌”，吹着短笛，用鼓打着节拍，一边跳舞，一派欢乐的景象。至于音调，有黄钟之音律，庄严正大，宏大响亮，结尾激越清脆，如“吴声”之婉转优美。其意虽听不太懂，但含思宛转，多涉及男女情爱之意。

竹枝词的基本特点是七言四句，俚俗本色，内容多写山水风俗和男女情爱，语言清新，生活气息浓厚。刘禹锡的《竹枝词二首》中的第一首最为典型：

> 杨柳青青江水平，闻郎江上唱歌声。
> 东边日出西边雨，道是无晴却有晴。

词中语意双关，含蓄表达男女情爱，风格清新，深受人们的喜爱。也引来后世诗人的争相效仿。

由于唐代刘禹锡、白居易等大批文人的发掘整理和模仿创作，巴渝竹枝词迅速传播到洛阳、长安等地。而竹枝也成为唐教坊曲名。两宋时期，黄庭坚、范成大等大批文人继续推动竹枝歌舞，成为发展兴盛时期。以至陆游任夔州通判时写有“其地民风杂，野鄙可嘲诮。通衢舞竹枝，谯门对山烧……”（《将赴官夔府书怀》）的诗句。“通衢舞竹枝”表现了其时大街小巷都在歌舞竹枝的盛况。

元、明、清时期，竹枝歌舞进入新变时期。元人杨维祯大力推行竹枝歌舞创作，与人声合辑成《西湖竹枝》。此后，不少地方出现冠以地名的竹枝，在继承巴渝竹枝词七言四句的基本形式上形成各具特色的地方竹枝。至今，竹枝歌仍在渝东南少数民族地区奉节一代流传。

在以后的历史进程中，伴随民族的碰撞融合与演变，在重庆地区形成了土家族、苗族、侗族等少数民族，重庆少数民族民歌因此发展多元化了，表现为土家族民歌和苗族民歌、侗族民歌等多种民族民间歌谣。它们有各自的民族传承，也相互交叉影响，创造、传承、变异而形成今天丰富多样的民歌样态。按其功能与服务对象，今天的重庆少数民族民歌体式一般可以分为劳动歌、生活歌、情歌、时政歌、仪式歌、儿歌等六类，每类民歌各有其丰富的内容和独特的审美意味，值得我们深入探究。本书将主要选取劳动歌、情歌、哭嫁歌、盘歌、古歌等几类民歌进行分析和介绍。

第二节　重庆少数民族的劳动歌

劳动歌是人们在劳动时自发吟唱的歌谣，用以缓解劳动的疲乏、娱乐氛围和促进劳动。有狭义、广义之分。狭义专指号子，以与劳动动作相配合的强烈声音节奏和直接促进劳动的功用为其基本特征。广义包括在劳动中唱的歌，如田歌、山歌、牧歌、采茶歌等。重庆少数民族的劳动歌谣十分丰富，每类歌谣都有其丰富的内容和独特的审美意味。

重庆少数民族的劳动号子十分丰富，有所谓抬工号子、打夯号子、石工号子、船工号子等多种号子，比如盐运时唱《盐运号子》："翻坳要翻三十岭，过关要过九十湾。一根扁担两条腿，千里迢迢去运盐。上坡莫等肚皮空，歇气莫等汗水干。肚皮空了流虚汗，汗水干了晒成盐。下坡脚杆打闪闪，上坡脚杆酸溜溜。任你铁肩铁脚板，过得垭口是好汉。"[①]提醒劳作的同伴要一鼓作气，咬牙坚持。抬工唱抬工号子《轿夫歌》："轿儿两空，脚踩当中。当中有个眼，脚踩边边点。天上明晃晃，地下水凼凼。稀泥烂凼，脚踩边上。稀泥烂滑，脚板稳踏。

① 宋玉鹏等：《土家族民歌》，四川民族出版社，1987年版，第155—159页。

漂石又带滑，稳踩又稳拿。”[①]一般是走在前面的领喊，提醒同伴注意地面情况，同时协调动作一致。

江上行船时唱船工号子。重庆地区江河多，水运发达，船工是当时很常见的一种职业，船工在开船、拉船、放排过程中喊出号子，就成为今天我们所说的船工号子。重庆船工号子很丰富，有《西水号子·调牌号子》[②]：

一唱天，呃嘿，
不成双，呃嘿，
玉皇天上，呃嘿，
充霸王，呃嘿。
天牌摆出，呃嘿，
天门阵，呃嘿，
天门阵上，呃嘿，
有一人呀，呃嘿。
此人就是，呃嘿，
杨宗保，呃嘿，
宗保不离，呃嘿，
穆桂英，呃嘿。
呃哟哟嗬哟嗬哟嗬嗬。
地牌摆出，呃嘿，
二角星，呃嘿，
二角星上，呃嘿，
包大人，呃嘿。
此人就是，呃嘿，
包丞相，呃嘿，
……

① 酉阳县民间文学集成领导小组：《酉阳民间歌谣谚语资料集》，1987年版，第30页。
② 黄洁主编：《重庆土家族民歌选集》，中国文史出版社，2004年版，第40—41页。

这首《西水号子·调牌号子》有很多衬词，主要是“呃嘿”营造了整齐的节奏，再加上语言的简短有力，唱起来很有气势，很鼓舞人的干劲。这首劳动号子包含了极为丰富的文化内涵，它里面涉及多位历史人物，比如杨宗保与穆桂英、包丞相、行孝模范董永、苏秦等历史人物的故事，将历史典故融入民歌使之得到了极大程度的雅化，但民歌对历史人物只是简要提及，采用的是一种顺口溜的形式便于提振大家劳动的精神。此外，它里面“少年时代，呃嘿，爱玩耍，呃嘿。莫把光阴，呃嘿，混过了，呃嘿”等句子具有训诫的道理，具有教育意义。就这样，这首劳动号子通过整齐简短的语言“摆古”讲历史，语词与衬词相结合，既叙事又抒情，达到了劳动号子的现实功效。

又如《乌江号子》①：

三尺白布四两麻，做个扯扯把滩拉。
大坪大土各顾各，石旮旯里脚蹬脚。
手抠岩壁脸贴地，幺二连三都使力。
一声号子一身汗，一声号子一身胆。
喊声号子再加油，船过滩头把家还。
……

这首号子包含着船工们的生活经验，有加油鼓劲的作用。

重庆少数民族最著名的号子是“川江号子”。川江号子，是川渝地区川江流域船工们为统一动作和节奏，由号工领唱，众船工帮腔、合唱的一种一领众和式的民间歌唱形式。四川东部和重庆是川江号子的主要发源地和传承地。谭宏教授指出“从广义的角度讲，原四川（重庆市成为直辖市之前）境内的长江河段都被称为‘川江’，从狭义的角度讲，‘川江’则主要是指重庆至湖北宜昌的长江河段。”②川江号子主要流传于金沙江、长江及其支流岷江、沱江、嘉陵江、乌江和大宁河等流域。这些航道曲折，山势险峻，水急滩多，全程水位落差较大，特别

① 李良品，彭福荣，余继平：《重庆民族地区非物质文化遗产研究》，重庆出版社，2012年版，第115页。

② 谭宏，徐杰舜主编：《人类学与江河文明》，黑龙江人民出版社，2014年版，第70页。

是经险要的三峡出渝，船工们举步维艰，川江号子正是在这种特殊的地理环境下应运而生的。

一般认为，川江号子是汉族的劳动号子。实际上最早生活在川江航道的人是古巴人和今天的土家族等少数民族，号子也应是他们最早创造的劳动歌谣，后来，随着汉族的大量进入，这一地区形成了汉族为主少量少数民族散居的情况，自然，随着社会变迁，早期的古巴人等少数民族喊唱的号子也随时代变化而变化，随劳动唱歌的人的变化而变化。但是就是在近现代以来，在川江河道讨生活的也有居住在沿岸或散居或群居的少数民族。因此，我们认为川江号子应是汉族和这一区域的少数民族共有的劳动歌谣。

谭宏教授指出，“川江号子表现了川江行船的一个完整的劳动过程，并由这一过程的劳动强度和节奏形成了不同的号子。总体上讲，这一号子体系由《平水号子》（3种）、《见滩号子》、《上滩号子》（2种）、《拼命号子》、《下滩号子》等八个不同的号子构成，每一种号子都与劳动条件和环境紧密相关。”[①] 各类号子是船工们面对江水情况做出的各种反应，如“船行二流下水或平水时，多唱莫约号子、桡号子、二流摇橹号子、龙船号子；要闯滩时，则唱懒大桡号子、起复桡号子、鸡啄米号子；行上水拉纤时，唱大斑鸠号子、幺二三号子、抓抓号子、蔫泡泡号子；过险滩时，唱绞船号子、交加号子……川江号子的唱腔，视劳动状态的不同而有四平腔数板、懒大桡数板、起复桡数板、快二流数板和落魄腔数板等种类。唱词的长短是根据水势的缓急和闯滩拉船的需要而选择，没有定式。”[②]

川江水域危险，人们为了生计不得不做船工，不得不经年累月在这些危险的水域通过，与那些艰难险阻搏斗，因此，川江号子内容很丰富，既表现了船工们生活的艰辛，也表现了船工们与大自然搏斗的勇气与智慧。如《平水号子》唱道：

（领）咳咳清风吹来，凉悠悠，（齐）咳咳！
（领）连手推船下哟涪州，（齐）咳咳！
（领）有钱人在家中坐，（齐）咳咳！

---

① 谭宏、徐杰舜主编：《人类学与江河文明》，黑龙江人民出版社，2014年版，第75页。
② 邓晓：《“川江号子”的文化内涵》，《中华文化论坛》，2005年第1期，第17页。

（领）哪知道穷人的忧哦和哟愁呵，（齐）咳咳！
（领）推船人本是苦中苦，（齐）咳咳！
（领）风里雨里走码咃头，（齐）咳咳！”①

歌词表达了船工们的辛酸无奈。《见滩号子》则唱出了船工们的勇敢精神：

（领）不怕风，（齐）咳咳！
（领）不怕浪，（齐）咳咳！
（领）努把力，（齐）咳咳！
（领）加把劲，（齐）咳咳！
（领）冲过去，（齐）咳咳！”②

川江号子积淀着川江流域船工的劳动经验、生存经验，体现了生存与审美的完美结合，具有极大的文化价值和审美价值。

重庆少数民族的号子著名的还有流传于黔江土家族地区的南溪号子。南溪号子盛行于黔江鹅池镇南溪村一带，渊源要追溯到唐朝，它的雏形是土家族农民在劳动中解乏鼓劲的劳动号子和山歌号子。南溪号子歌词多属即兴创作，但其腔调和唱法却比较固定。唱腔主要有“大板腔”“九道拐”“三台声”“打闹台”“南河号”“喇叭号”等10余种。基本唱法为：喊号子一般不少于7人，1人领唱，2人或3人扮尖声（高音），其他人唱低音，众人帮腔。从而形成高中低声部互相应和、在山野间悠扬激荡的天籁之音。

南溪号子多为七言四句体，杂有大量衬词。其内容“既有山野俚语展现土家人生产生活的题材，也有涉及历史地理及土家族民俗文化、民间传说等方面的题材，是当地人民喜爱的口头文学。它不仅深入反映了重庆黔江南溪人民的生产生活，也体现了土家族人民积极乐观的生活态度和平等自由的爱情观念。”③南溪号

① 杜宇、朱中庆等整理：《川江船夫号子》，四川人民出版社，1959年版，第2页。
② 杜宇、朱中庆等整理：《川江船夫号子》，四川人民出版社，1959年版，第6页。
③ 彭福荣：《重庆黔江南溪号子的内涵、现状与保护》，《重庆邮电大学学报》（社会科学版），2009年第5期。

子是以土家族为主的南溪人民的艺术结晶，有浓重的土家族文化内涵。

除号子外，劳动歌谣因劳动内容和场所性质不同还有田歌、牧歌、猎歌、渔歌、采茶歌、织锦歌等等。

田歌，顾名思义是指人们在田间劳作时吟唱的民歌。一年四季春种、夏长、秋收、冬藏，每个季节的劳动都有相应的民歌。

春天时节，土家族要唱《春耕田歌》[1]：

十五吃了爬坡饭，展劲办出好庄稼。
二月逢春好盘花，新打犁头配旧耙。
新犁犁起千条路，磨耙磨得水开花。
三月逢春好盘花，满山阳雀叫喳喳。
一来报知阳春早，二来催动种庄稼。

栽秧时节，土家族要唱《栽秧歌》[2]：

大田栽秧歌接歌，栽了几丘歌成河。
今年人勤春来早，山歌唱绿满田坡。
大田栽秧行对行，小妹下田追小郎。
小郎见妹落了后，侧边悄悄栽两行。

歌词结合劳动与爱情，唱出了人们你追我赶奋力争先的劳动场景，颇有趣味。

薅草时节，土家族要唱薅草锣鼓歌。薅草锣鼓又称薅草号子，俗称“打闹歌”。是土家人在薅草季节，聚集数十人乃至数百人进行集体劳动时，请两名歌手一个击鼓，一个敲锣面对薅草的众人，随着锣鼓声的起起落落而吼唱的一种土家族民歌。历史上，土家族地区山大人稀，单家独户劳力不足，加上野兽出没，窃食庄稼，伤害人畜。在这种特定的自然条件和劳动环境中，土家族人形成了换

① 黄洁主编：《重庆土家族民歌选集》，中国文史出版社，2004年版，第11页。
② 黄洁主编：《重庆土家族民歌选集》，中国文史出版社，2004年版，第12页。

工互助、结伴成群、协作生产，并配以锣鼓敲击，既可为劳作的信息，又可起惊吓野兽的作用。久而久之，就形成了风格独具的“薅草锣鼓”。这是薅草锣鼓歌形成的现实原因。从艺术源头来看，薅草锣鼓的起源可以追溯到能歌善舞的远古巴人时代。那时土家族先民巴人就在生产生活中自发创造了巴渝歌舞。这种巴渝歌舞就构成了后世土家族各种歌舞的源头。明代曾任夔州府佐成都守何宇度在其《益部谈资》上记有：“献春及田间秧种时”击鼓而歌并“杂以巴渝之曲”[①]，被学者视为重庆土家族薅草锣鼓歌的最早记载[②]。

薅草锣鼓歌一般由“歌头”（俗称“引子”）、“请神”、“扬歌”、“送神”几部分组成，“歌头”通常无固定的形式，既可以循规蹈矩，也可以即时编唱。“请神”顺序是固定的，先请“歌爷，歌娘”，再请“五方神灵”、太阳、“土地”、“八部大神”等，请的神不同，歌词就相应的不同。“扬歌”是整个打闹歌的主要部分，也是最为精彩的部分。其唱的歌词既可以是固定的，也可以根据当时的劳动场面而立时编唱，还可以采用盘歌的形式一问一答。吼唱的时候，歌手可以尽情发挥，借以激发薅草人的劳动激情。其内容广泛，有民间传说故事，现实社会生活，也有从汉族传入的故事。“送神”部分，唱词不多。送走神灵后，还要唱几句颂祝东家五谷丰登的话。整个打闹歌的过程方才终止，而一天的薅草劳动也到此为止。薅草锣鼓歌运用夸张、比拟、比喻、用典、谚语俗语等多种表现手法讲述故事，生动有趣，具有请神求愿、组织生产、鼓舞生产、调节情绪等功能，是土家族人的劳动进行曲。

薅草锣鼓是彭水苗族土家族最具有特色的田歌之一。由两名男歌手在薅草土中敲锣击鼓边奏边唱，以鼓舞和催促薅草人，使之情绪饱满，干劲频添。“彭水的薅草锣鼓有其独到之处，曲牌众多，旋律优美，节奏明快，唱腔高亢激越是其特点。唱词内容十分丰富，有赞古谕今的，有安神祈福的，有讽时责非的，有传教知识的盘歌，有戏谑打趣的诮语，而最优秀的，当数‘冷号’中的情歌，实属打闹号子中的精品，或蕴藉婉约，或泼辣狂放，仅凭打闹人一曲出口，叫薅草人精神倍增。”[③]

---

① （明）何宇度：《益部谈资跋》，《学海内编·益部谈资》，第117册。

② 莫代山：《土家族薅草锣鼓艺术的文化内涵》，《四川戏剧》，2009年第4期。

③ 彭水民间文学编委会：《彭水民间歌谣谚语》，涪陵日报印刷厂，1988年版，第34页。

《薅草锣鼓歌·打闹歌》是酉阳土家族自治县内流传最广、影响最大的一首薅草锣鼓歌。其“歌头”歌词如下：

早早起 雾沉沉，层层浓雾不见人。
东方一朵红云起，西方一朵紫云腾。
红云起 紫云腾，满天白雾变红云。
红云映红山溪水，太阳照着唱歌人。
锣声惊得河水响，鼓声震得山谷鸣。
百鸟惊得满天飞，野兽吓得避山林。
唱得天色多晴朗，唱得日月放光明。
土司不敢抽歌税，三天不敢开衙门。
阎王听了打颤颤，谷神听了喜盈盈[①]。

歌词生动描绘了土家人劳动的美好情景：有“红云映红山溪水”的自然美景，有锣鼓惊天动地，更有歌儿“唱得天色多晴朗，唱得日月放光明”，一幅诗化的劳动生活情景，表现了土家族人民的豪迈乐观的生活态度。

另一首薅草锣鼓歌则生动形象地表现了薅草劳动时你追我赶的热闹情景：

清早起来雾沉沉，雾气沉沉不见人。
东边一朵红云起，来了你我唱歌人，
花锣花鼓闹阳春。

锣鼓敲来锣鼓打，土头薅得亮沙沙。
兜兜壅起肥泥巴，垒起就像小宝塔，
草薅三道出庄稼。

土头摆起长蛇阵，中间起了箩兜形。

① 李良品、彭福荣：《乌江流域口承文学研究与集成》，中国戏剧出版社，2011年版，第227页。

中间几个没展劲，比起两头太丢人，
勤薅几锄赶前行。

太阳露面坡背黄，打闹锣鼓震天响。
锣鼓催动阳春早，薅草薅过几道梁，
转过头来笑太阳[①]。

《薅草锣鼓歌·十把扇子》是石柱土家族自治县一首比较有意思的薅草锣鼓歌：

一把扇子重一分，送给牛郎一个人。
牛郎拜寄周天子，玉帝勒令管万民。
两把扇子重二分，送给二郎一个人。
二郎锁在灌州坐，孽龙锁在灌州城。
三把扇子重三分，送给关爷一个人。
关爷骑的原足马，手提钢刀八百斤。
四把扇子重四分，送给四姐一个人。
四姐配合崔文瑞，弄乱江山不太平。
五把扇子重五分，送给五郎一个人。
只有五郎胆子小，五台山上去修行。
六把扇子重六分，送给六郎一个人。
只有六郎胆子大，手提钢刀保皇城。
七把扇子重七分，送给七郎一个人。
只有七郎死得苦，七十二箭命归阴。
八把扇子重八分，送给宝爷一个人。
宝爷是个成天种，霸王是个混天星。
九把扇子重九分，送给司马一个人。
黄司马儿马上死，三十六节转人生。

① 宋玉鹏等：《土家族民歌》，四川民族出版社，1987 年版，第 145—147 页。

十把扇子重一钱，送给当朝王一龄。
上头摆的象牙筷，五子登科点状元。[1]

这首薅草锣鼓歌主要是以历史传说为讲唱内容，摆古说史中达到娱乐劳动群众的目的。

《大田薅秧先薅角（山歌号）》则是彭水苗族土家族自治县的一首薅草锣鼓歌：

大田薅秧先薅角（哟），（娇啊咿）妹妹下田先脱脚（哦）。
过路哥哥你莫见笑（哦），（娇啊咿）那个年轻靠不着（哦）。
大田（罗嗬）薅秧（噢）先薅（哦）角（耶含嗬）（哟嗬哟嘿嗬），
妹妹（的哪）下田（哪咿呀耶舍嗬）（咿呀咿咿呀咿哟 咿呀哟嗬嗬嗬咿）先脱（哦）脚（咿含嗬）（咿儿呀儿哟哩啰）。
过路（啰嗬）哥哥（噢）莫见（哦）笑（耶含嗬）（哟嗬哟嘿嗬），
那个（的哪）年轻（哪咿呀耶舍嗬）（咿呀咿咿呀咿哟 咿呀哟嗬嗬嗬咿）靠不（哦）着（咿含嗬）（咿儿呀儿哟哩啰）。[2]

这首苗族薅草情歌语言都很直白，也很蕴藉含蓄。大量衬词的夹杂是其形式上的特点。歌词用下田劳动的场面和劳动的知识唱出了男女之间情感的微妙联系和微妙变化，通过“比兴”艺术手法，其语言显得蕴藉含蓄，具有深刻的含义。

重庆少数民族还有放牛娃唱的“牧歌”。如《照牛娃儿上了坡》《放牛号子》等。猎人打猎时唱的“猎歌”，如《清早起来去上坡》唱到：“清早起来去上坡，背上背个火药角；看到金鸡翻了坳，还不开火要打脱。”[3] 有渔夫打鱼时唱的“渔歌”，如《西水渔歌》《月亮出来亮堂堂》等。有农人伐木时唱的“伐木歌”和樵夫砍柴时唱的“樵歌”，如《大山砍柴不用刀》唱道：“大山砍柴不用刀，大河挑水不用瓢。恋郎不用郎开口，只要起眼动眉毛。”这首樵歌别有情趣，唱出了砍柴劳作中男女调情的民族风情。

---

① 黄洁主编：《重庆土家族民歌选集》，中国文史出版社，2004 年版，第 19—20 页。
② 彭孝纲、王明凯主编：《重庆民族民间歌曲选》，重庆出版社，2002 年版，第 42—43 页。
③ 黄洁主编：《重庆土家族民歌选集》，中国文史出版社，2004 年版，第 31 页。

重庆少数民族有茶叶生产的地方就有采茶歌。土家族有《顺采茶》《正采茶》和《采茶歌》，苗族和侗族也分别有《十二月采茶歌》和《采茶歌》等代表性作品。这些采茶歌或吟唱采茶劳动生活的艰辛，或吟唱采茶劳动中男女青年的爱情，较为真实反映了少数民族茶农的生活状况。

土家族的《采茶歌》从正月采茶是新年，二月采茶茶发芽，三月采茶茶叶青……一直唱到腊月采茶是一年，背起包袱收茶钱，其间道尽采茶人采茶制茶卖茶的艰难辛苦。歌词如下：

正月采茶是新年，手拿金簪点茶园。
一点茶园十二卯，采茶姑娘笑开颜。
二月采茶茶发芽，手扳茶枝摘细茶。
左手摘茶茶四两，右手摘茶茶半斤。
三月采茶茶叶青，姐在房中绣手巾。
两边绣起茶花朵，中间绣起采茶人。
四月采茶茶叶长，姐在家中两头忙。
忙得屋里茶叶老，忙得采茶麦又黄。
五月采茶是端阳，茶树脚下歇阴凉。
一把黄伞无人打，手端清茶一人尝。
六月采茶热难当，多栽柳树少栽桑。
多栽桑树无人采，多栽柳树好歇凉。
七月采茶茶叶细，姐在家中坐槁机。
长织衣来短织旗，巧手织起采茶衣。
八月采茶秋风凉，风吹茶花满园香。
一杯清茶一番心，杯杯敬奉二爹娘。
九月采茶是重阳，姐卖茶叶造酒浆。
大姐打酒二姐尝，姐妹双双过重阳。
十月采茶正立冬，十担茶篓九担空。
我把茶篓高挂起，来年发芽又相逢。
冬月采茶下寒霜，挑起茶篓过大江。

南京城里买骡马，北京城里置田庄。
腊月采茶是一年，背起包袱收茶钱。
你把茶钱交给我，双双过个热闹年。①

另一首黔江采茶歌《手提茶篮采茶忙》则吟唱了采茶劳动滋生的爱情。歌词如下：

头遍采茶茶发芽，手提茶篮头戴花；
姐采多来妹采少，采多采少早回家。
二遍采茶正当春，采把茶来绣手巾；
两头绣的茶花朵，中间绣个采茶人。
三遍采茶忙又忙，甩个茶筐去插秧；
插得秧来茶已忘，去采茶来秧又黄。
四遍采茶进茶林，林中过着有情人；
捉到茶叶无心采，你有情来我有情。
五遍采茶茶又青，手提茶篮出了门；
郎采茶叶递给我，你有心来我有心。
六遍采茶茶叶尖，与郎采茶各一边；
细看哪个先采起，郎在后来妹在先。
七遍采茶茶叶绿，郎在房中把书读；
心想与郎说句话，知心话儿说不出。
八遍采茶茶叶黄，手提茶篮采茶忙；
情妹采茶在茶山，情哥读书在书房。②

这首采茶歌既反映了采茶姑娘姐妹二人农事的繁重与忙碌，又比较细腻地表现了她们爱情心理的滋生和恋爱活动，饶有趣味。

① 谢亚平、蔡文：《土家族歌谣中的茶意向》，《贵州民族学院学报》（哲学社会科学版），2010年第1期。
② 黄洁主编：《重庆土家族民歌选集》，中国文史出版社，2004年版，第52页。

彭水苗族《十二月采茶歌》也很有特色，吟唱的是姐妹二人一年十二个月采茶不断，依然过着辛劳的生活，其中有阶级压迫剥削的痛苦，也有亲人病故的不幸，整体反映了彭水苗族茶农旧时的生活情况。歌词如下：

正月采茶是新年，骑匹白马进茶园。
大姐走起莲花步，二姐去进采茶园。
二月采茶茶发芽，姊妹二人去摘茶。
大姐摘起茶四两，二姐摘起茶半斤。
三月采茶是清明，家家打纸上亲坟。
有儿坟上挂白纸，无儿坟上草长青。
四月采茶茶叶团，茶树脚下老蛇盘。
打束长线安慰你，山王土地管茶园。
五月采茶是端阳，采茶娘子哭断肠。
雄黄美酒摆桌上，没见夫君再来尝。
六月采茶热茫茫，上栽杨柳下栽秧。
上栽杨柳培风水，下栽柏相歇阴凉。
七月采茶茶叶稀，姊妹二人坐高地。
姊妹二人高坐起，茶园高坐笑嘻嘻。
八月采茶茶花开，风吹茶花满园来。
大姐捡朵头上戴，二姐捡朵怀中揣。
九月采花菊花黄，菊花泡酒满缸香。
大姐提壶劝二姐，姐妹二人过重阳。
十月采茶十月来，大雪飘飘落下来。
看到奴家冷得很，扎双鞋子穿起来。
冬月采茶冬月冬，我家茶籽大半空。
人人问我茶多少，十担茶籽九担桐。
腊月采茶一年完，背包捞伞付茶钱。
茶钱约在二三月，今年不得等来年。①

① 黄洁主编：《重庆土家族民歌选集》，中国文史出版社，2004年版，第53页。

彭水侗族的《采茶歌》[①]吟唱的是姐妹一年四季采茶“闲中有忙忙中有闲”的劳动生活情景和“苦中有乐”的乐观生活态度。歌词如下：

走了一弯啰又一弯，山绕岭来岭绕山。
姐妹忙忙采茶去，采罢新茶舞蹁跹。舞蹁跹。
头遍采茶茶发芽，手提篮子头戴花。
姐采多来妹采少，采多采少早回家。早回家。
二月采茶正当春，采罢茶来绣手巾。
两头绣个茶花朵，中间绣个采茶人，采茶人。
三月采茶忙又忙，丢了茶叶去插秧。
插了秧来茶又老，采了茶来秧又黄。秧又黄。
新茶采尽旧叶发，姐妹忙忙转回家。
闲中有忙忙中闲，苦中有乐是农家。是农家。

另外，重庆少数民族还有织锦歌，如《姊妹织》[②]吟唱的是一家五姊妹个个心灵手巧，织锦生动，让母亲十分满意：“娘的女儿好织手，称油买盐有钱使。”

重庆少数民族的劳动歌因人们劳动生活的多样而丰富多彩，比较全面反映了旧时少数民族劳动生活的方方面面，生动表现了重庆少数民族勤劳、坚忍的劳动品质与乐观豪迈的精神风貌。

第三节 重庆少数民族的情歌

情歌是重庆少数民族民歌的重心，有“十对男女九对歌，十首山歌九情歌”之说。唱情歌是重庆少数民族青年男女谈情说爱的主要方式，相较于媒妁之言，父母之命，他们更倾向于以歌传情、自由恋爱。他们或在劳动中一见钟情，唱歌

① 莫代山、王希辉：《重庆市世居少数民族研究·侗族蒙古族卷》，重庆出版社，2013年版，第102页。
② 李良品、彭福荣：《乌江流域口承文学研究与集成》，中国戏剧出版社，2011年版，第254—255页。

表意，或在闲暇时间的黄昏或夜晚对自己中意的对象以歌传情。重庆少数民族情歌特色鲜明，有很高的艺术水准和审美价值。其内容十分丰富，婚恋的各个阶段从青春萌动，到相思、相恋、起誓、成婚、思归等各环节各种情况都有歌唱，依据所演唱的具体情景和传达的特定情感，分为春情初绽之歌、相怜相慕之歌、痴情挚情之歌、相思歌、情怨歌、偷情歌、别离歌、情誓歌等类别[①]。

用木叶奏歌，以歌传情，是重庆酉阳一带土家族人很流行的一种谈情说爱方式。当地土家族青年男女为相互倾诉爱慕之情，随手在树上采下树叶吹奏情歌，歌声悠扬婉转，宛如天籁。有人这样唱道：

满山木叶堆打堆，问郎会吹不会吹？
有朝一日学会了，只用木叶不用媒。
千两银来万两银，难买阿妹一颗心，
媒婆嘴巴磨出血，不抵一曲木叶情。

一句“媒婆嘴巴磨出血，不抵一曲木叶情。”生动表现了土家族青年对自由爱情的追求和对木叶传情的喜好。

唱《娇阿依》情歌传情达意则是苗族男女青年谈情说爱的主要交往方式。产生于彭水鞍子苗寨《娇阿依》就是苗族情歌的专用曲调和曲牌名，“基本上所有表现爱情的内容都可以往《娇阿依》的调子中靠，基本的特征是高亢嘹亮，以展示情人间如火的激情”[②]。而所谓“娇阿依”按当地苗语理解，“娇”指美丽心仪的姑娘，“阿依”指美好和幸福，合起来即指称美丽的姑娘。同时，“娇阿依”也是指称苗族的一种歌唱形式，在民歌中，“娇”是对歌时对对方的昵称；“阿依”则是苗歌中的衬词，由此，《娇阿依》后来逐渐演化为苗歌的一种曲牌。在形式上，《娇阿依》一般七言为句，四句为段，每段分领唱和助唱，有主音，有尾调，一唱一和，一问一答，具有独特的审美情调。比如下面这首情歌就颇具代表性：

① 黄洁：《初绽春情的美妙诗化——重庆土家族情歌探析》，《重庆社会科学》，2005 年第 5 期。
② 迷雾等：《无弦苗乡音——诞生〈娇阿依〉的鞍子苗寨》，《城市地理》，2014 年版第 5 期。

山歌不唱哟就不开怀哟，娇阿依，磨儿不推不转来哟；
酒不劝郎郎不醉哟，娇阿依，花不逢春不乱开哟；
那天上有雨又不落哟，娇阿依，情妹儿有话又不说哟；
你是好是歹也说一句哟，娇阿依，等我回去心里落哟；
凉风绕绕哟天要晴哟，娇阿依，庄稼只望雨来淋哟；
庄稼只望雨来长哟荷，娇阿依，情妹只望郎有情哟。

青年男女在一唱一和一问一答中借用生动巧妙的比兴，交流着感情，试探着彼此的心意，情意浓厚。

重庆少数民族情歌内容十分丰富，从情窦初开到最后成婚各阶段都有歌唱。情窦初开时唱《春不到来花不开》[①]，期盼情缘到来：

山歌不唱不开怀，磨儿不推不转来。
酒不劝郎郎不醉，春不到来花不开。

另一首情歌《妹在屋里织绫罗》[②]也很有意思：

妹在屋里织绫罗，哥在门前唱山歌。
山歌唱得人心乱，织错几尺花绫罗。

情窦初开的小妹被情歌扰乱心绪，以至于织错几尺绫罗。这首情歌十分生动有趣。

男女初识时唱《初识歌》[③]：

麻雀欢喜打烂蛋，初次相交心不安。
心中有如打战鼓，脸上好像火烧燃。

---

① 彭水民间文学编委会：《彭水民间歌谣谚语》（内部资料），涪陵日报印刷厂，1988年版，第313页。
② 黄洁主编：《重庆土家族民歌选集》，中国文史出版社，2004年版，第60页。
③ 李良品、彭福荣：《乌江流域口承文学研究与集成》，中国戏剧出版社，2011年版，第257页。

口唱山歌把妹逗，看妹抬头不抬头。
牛不抬头欠嫩草，妹不抬头欠风流。

歌词生动表现了青年男女初次相见时脸似火烧的羞涩、心如打战鼓的紧张和“欢喜麻雀打烂蛋”的不安担忧以及对妹抬头的期望等种种复杂心理。

有了爱恋的对象后，便要大胆追求，多数时候是男青年寻找各种机会接近心中喜欢的女子，唱歌挑逗，表达爱慕。著名的《黄杨扁担》就是一首表达爱慕的情歌，表现下酉州（即酉阳）的男子对酉州（酉阳）女子的爱慕和赞美，情感大胆直露，饶有趣味。该曲经李双江、蒋大为等著名歌唱家的演唱传播，名声大振，被收入《世界曲集》，现已在海内外广泛流传。歌词如下：

黄杨扁担软溜溜哇，
姐哥呀哈里呀，
挑一挑白米下柳州哇，
姐呀姐呀，下柳州呀
哥呀哈里呀。
人说柳州的姑娘好哇，
姐哥呀哈里呀，
个个姑娘会梳头哇
姐呀姐呀，会梳头呀
哥呀哈里呀。
大姐梳个盘龙卷哇，
姐哥呀哈里呀，
二姐梳个插花柳哇，
姐呀姐呀，插花柳呀，
哥呀哈里呀。
只有三姐梳得俏哇
姐哥呀哈里呀，
梳狮子滚绣球哇，

姐呀姐呀，滚绣球呀，
哥呀哈里呀[①]。

歌词对西州姑娘三姐妹进行了赞美，尤其欣赏三姐梳的头发“巧”，“如狮子滚绣球”，爱慕之情溢于言表。

另一首爱慕歌《爱姐》[②]也很生动：

一爱姐，好眉毛，眉毛弯弯一脸笑，好似新月云中飘。
二爱姐，好头发，梳子梳来篦子刮，梳起盘龙插金花。
三爱姐，好双手，恰似荷塘出水藕，巧手一动样样有。
四爱姐，好眼睛，大眼汪汪亮晶晶，乖张好歹分得清。
五爱姐，好身材，就像观音下莲台，脚步轻移彩云开。
六爱姐，好心肠，就像七姐下天堂，不嫌贫穷爱董郎。

对于男子的情歌挑逗，被追求的女子也会给予回应，唱《择男友歌》[③]：

吃菜要吃白菜心，嫁郎要嫁忠实人。
忠实青年哪点好，不去嫖赌劳动勤。

最初交往过程中，感情未固定，担心若情事最终未成会坏了名声，女方会叮嘱男方暂时保密，不要让外人知道，于是唱《两人相好莫露风》：

麻竹架桥肚里空，蜘蛛牵丝在肚中。
燕子衔泥嘴要紧，两人相好莫露风。

交往一段时间后，便要诘问对方的态度，摸准对方的真实心意，于是唱《是

① 黄洁主编：《重庆土家族民歌选集》，中国文史出版社，2004年版，第94页。
② 彭水民间文学编委会：《彭水民间歌谣谚语》（内部资料），涪陵日报印刷厂，1988年版，第363页。
③ 彭水民间文学编委会：《彭水民间歌谣谚语》（内部资料），涪陵日报印刷厂，1988年版，第308页。

好是歹说一句》[1]：

（男）天上有雨又不落，情妹有话又不说。
你是好是歹说一句，等我回去心底落。
（女）凉风绕绕天要晴，庄稼只望雨来淋。
庄稼只望雨来洒，情妹只望郎有情。

甚至还要摸清对方三亲六戚的态度，唱《梳头打扮跟你走》[2]：

（男白）：你不怕你家公家婆晓得？
（女唱）：一笼竹子二笼青，哪有家公家婆管外孙？
（男白）：你家公家婆不怕啥，怕你舅爷舅娘晓得？
（女唱）：一笼竹子二笼慈，哪有舅爷舅娘管外侄？
（男白）：不怕你妈晓得?
（女唱）：我妈今年八十八，耳朵聋来眼睛瞎。
……

一直问到父亲、母亲、伯伯、叔叔、婊婊、姑爷、哥哥、嫂嫂、姐姐、姐夫、妹妹、弟弟等，以了解女方对爱情是否忠贞。有时，女方不急于往来，还须了解或观察，便唱：

苞谷出吊挂红须，二人有意莫同堆。
有情有义百年好，何必天天把妹追。

或者唱：

① 彭水民间文学编委会：《彭水民间歌谣谚语》（内部资料），涪陵日报印刷厂，1988年版，第266页。
② 彭水民间文学编委会：《彭水民间歌谣谚语》（内部资料），涪陵日报印刷厂，1988年版，第291—293页。

新打锄头慢安钢，二人有意慢商量。
哪有一锄挖到底，哪有见面就成双。

女方有意，一般都要给男方赠送亲手所绣的荷包，或亲手所做的鞋子。给荷包时唱：

冬季里来雪花飘，情哥向我要荷包。
哥呀哥喂咿儿呀，熬更守夜把花挑。
交割你呀扎咐你，莫说荷包妹绣的。
哥呀哥喂咿儿呀，妹还是个闺门女。

送鞋子时唱：

天上星星颗对颗，扎双鞋子送情哥。
情哥莫嫌鞋子丑，没得油亮打黑摸。(《情哥莫嫌鞋子丑》)

如果女方表现冷淡或者有了变异，便要询问唱：

（男）久没唱歌忘记歌，久没划船忘记河。
难道情妹情意浅，几天不见忘了我。
（女）山歌好唱难起声，酽茶好吃苦殷殷。
莫怪情妹情意浅，浅水淘沙渐渐深。(《浅水淘沙渐渐深》)

或者唱：

（男）冬天里来开梅花，你然何跟我又跟他！
他有几多强过我，我有几多不如他！
（女）冬日梅花过早开，结出一对青梅来。
你把妹当酸梅子，咬了一口又丢开。

女方则要做出解释，有时，女方还要告诫男方：

一杯难泡两样茶，一树难开两样花。
要学蝴蝶成双对，莫学黄蜂乱采花。

经过长期交往，多次试探交流，彼此加深了解，恋爱关系稳固，感情逐渐加深，这时男女双方进入热恋阶段。这一阶段的情歌往往情感浓厚，十分动人，包含痴情、寻欢、相思、情誓、别离等多方面的内容。

男女情投意合坠入爱河后，往往会做出许多“有违平常”的有趣甚或可笑的痴情举动来，许多痴情歌对此进行了表现。土家族情歌《情哥哨子应山湾》算是痴情歌的代表性作品，把热恋中的男女两情相悦表现得十分俏皮生动：

情哥哨子应山湾，情妹急得床上翻。
听到情哥哨子响，裤儿提到阳沟穿。
情哥哨子应过沟，情妹还在桌背后。
听到情哥哨子起，碗儿筷子--起丢。
太阳落土又落坡，留郎不住双手拖。
心想留郎住一夜，筛子关门眼眼多。
太阳落土又落山，情妹下河洗被单。
心想留郎宿一夜，被单洗起又没干。
吃了夜饭把碗丢，叫声情妹把碗收。
只因桌上人太多，桌子底下伸脚钩。
吃了夜饭天发霞，情妹急急把碗刷。
只因桌上人太多，桌子底下用手掐。

彭水太元乡三合村苗族情歌《女要过岩砍干柴》也是一首优秀的痴情歌作品：

郎打哨子应过沟，
情妹正在灶背后。

情妹听见郎哨响，
瓢儿刷把一齐丢。
娘问女儿“为么子事？”
“湿柴烧火烟子秋。”

郎打哨子应过岩，
情妹屋里在换鞋。
摸双花鞋忙穿起，
飞扬跑马出门来。
娘问女儿“做么子事？”
“女要过岩砍干柴！”

此外，《问妹眼睛望哪里》《情愿挨打不丢郎》《高高山上一树槐》《月儿弯弯照妹房》等作品都可以说是痴情歌的优秀作品。

男女相恋到一定时候便需要起誓，互表忠贞，这便是情誓歌的由来。《黔江情歌》便是土家族情誓歌的代表作，表现的是恋爱中的土家族青年男女在对唱中互诉衷肠，立誓“生要连来死要连，生死要连一百年。哪个九十七岁死，奈何桥上等三年。”[①] 情感浓烈真挚。歌词全文如下：

引：天上白云连白云，地上芭蕉根连根。
　　水里鸳鸯颈挨颈，山中凤凰声连声。
男：太阳出来照白岩，情妹出来晒花鞋。
　　情妹花鞋我不爱，我爱情妹好人才。
女：太阳出来照白岩，白岩脚下刺花开。
　　蜂儿不把花儿采，年年岁岁枉自开。
男：白岩脚下刺花开，又鲜又嫩逗人爱。

① 四川省黔江土家族苗族自治县志编撰委员会：《黔江县志》，中国社会出版社，1994年版，第490—491页。

有心摘花怕有刺，有心恋妹口难开。

女：要吃花椒莫怕麻，要吃海椒莫怕辣。

要摘鲜花莫怕刺，要连为妹莫怕“杀”。

男：要吃海椒哪怕辣，要连情妹哪怕“杀”。

刀子搁在颈梗上，眉毛不皱眼不眨。

满坡苞谷一样青，不知妹爱哪一根？

根根苞谷般般好，哪根才合妹的心？

女：满坡苞谷一样深，我爱最壮那一根。

狂风暴雨赶不到，雷打火烧不死心。

男：满坡苞谷一样深，我是最壮那一根。

山崩地裂打不到，海枯石烂不变心。

女：一笼竹子选一根，一带江水选一人。

湖广川黔人求遍，只有哥你合我心。

男：山歌好唱难开声，细茶好吃甘因因。

莫嫌哥穷莫怕苦，浅水淘沙渐渐深。

女：行船不怕打头风，有心恋郎不怕穷。

只要二人情意好，冷水泡茶慢慢浓。

男：好水洗衣不用槌，好妹爱哥不用媒。

两小相约白岩下，林中双双把歌对。

女：铜匠打铜不安钢，油炒豆子不掺汤。

只要二人有诚意，不要媒人也成双。

男：我要连来我要连，去年想你到今年。

一年想你十二月，一月想你三十天。

女：生不丢来死不丢，生死连你五百州。

葛根上树缠到老，除非阎王把薄簿勾。

合：生要连来死要连，生死要连一百年。

哪个九十七岁死，奈何桥上等三年。

这首情歌比兴生动，语言雅洁，以对歌的形式，表现了男女青年的浓烈而真挚的爱情。

另一首土家族情誓歌《生要爱来死要恋》[①] 则把恋人情比金坚唱到了另一种极致：

生要爱来死要恋，雷打火烧又何妨？
雷公要打一起打，踏破天门见玉皇。
在生同你共双鞋，死后同你共棺材。
生要同食死同穴，同块石板写碑牌。
生要恋来死要恋，生死要恋六十年。
不求神仙不求鬼，只靠你我两心坚。
生不丢来死不丢，同去江边望水流。
两人跳下深潭去，紧紧抱住永不丢。
一棵树上一根藤，一根藤上吊两人。
生生死死在一起，手挽手到枉死城。

这对恋人不畏强权、不惧迫害，“也不求神仙不求鬼”，发誓“只靠你我两心坚”，生死同在，生死不丢，即便被迫害枉死，也要“手挽手到枉死城”。他们为争取爱情的决心和气概十分令人震撼和感动。

此外，《情歌一曲定了音》《石磙打来也不飞》《池中鸳鸯成双对》等都是情誓歌的优秀作品。

恋人之间免不了有分别的时候，而分别自然有恋恋不舍地心情，也会有对分别恋人的某些担忧，别离歌由此产生。别离歌中最有审美意味的应是“送郎歌”或“送朗调”。土家族的《送郎调》可谓别离歌的代表作，在酉阳土家族地区广为传唱，将土家恋爱男女的依依不舍之情、对爱情的忠贞之情表达得淋漓尽致，感人肺腑。

---

① 酉阳县民间文学集成领导小组：《酉阳民间歌谣谚语资料集》，（内部资料），1987 年版，第 262—263 页。

送郎送到屋当头，手拿白帕泪长流。
阿娘问我是为啥？渣渣落在眼睛头。
送郎送到大芦苇，芦花似雪满天飞；
摘枝芦花来赠别，问我情郎几时回。
芦苇坐里好荫凉，飞来一对好鸳鸯；
鸳鸯哪愿长离散，怎能放过好时光？
送郎送到海椒林，一树海椒红沉沉。
要学海椒红到老，莫学花椒黑良心。
送郎送到豇豆林，手摸豇豆诉苦情，
要学豇豆成双对，莫学茄子打单身。
送郎送到梨子坪，摘个梨子有半斤。
左手给郎递梨子，右手给郎指路程。

歌词多为即兴填词，现场发挥，“芦苇”“鸳鸯”“海椒”“豇豆”都是在送别途中偶遇的风物，信手拈来，即兴入歌，同时又能与离别主题很好地衔接起来，浑然一体，富于生活情趣，发人深省，酣畅淋漓。

其他有意思的送郎歌有《十送郎》《送郎送到相思岩》《送郎调》等。如《送郎调》①：

送郎嘛送到那屋檐脚，风又吹来雨又落。一手替郎撑雨伞，一手给郎扯衣角。

送郎嘛送到那清水河，河水清清波连波。要像清清长流水，辈子流在妹心窝。

送郎嘛送到那五里坡，还送五里不算多。再送五里不多送，哎呀妹的小郎哥。

送郎嘛送到那梨子坡，吃口梨子打口渴，吃了梨子分了手，想起梨子又想哥。

① 引自黄洁主编：《重庆土家族民歌选集》，中国文史出版社，2004年版，第153页。

这首送朗调通过女子的语言和行为细节把女子送郎时的对郎的挚爱、嘱托和依依不舍细腻表现了出来，十分生动。

热恋中的男女一旦有离别，浓烈的相思便不可抑制地产生，相思情歌因此产生了。彭水民歌《夫君出外不回乡》[①]便是相思歌的代表作，把独守空房女子的相思情感表现得相当生动：

夫君出外不回乡，妻她独自守空房。
时时刻刻把郎望，朝朝日日不见郎。
正月百花齐开放，蝴蝶双双过粉墙。
二月燕子飞梁上，对对衔泥入华堂。
三月阳雀啼树上，声声叫的是“桂桂阳”。
四月小满水正涨，乡头农人好插秧。
五月龙船河边放，家家打酒兑雄黄。
六月听到蝉声叫，荷花池边好乘凉。
七月初七秋气爽，织女河边等牛郎。
八月中秋把月赏，秋风吹起桂花香。
九月重阳又来到，园内菊花遍地黄。
十月梅花开岭上，苍松翠柏并成双。
冬月长江雪飘飘，渔翁垂钓在此江。
腊月火炮叭叭响，路上行人个个忙。
一年光阴容易混，这场相思怎下场？

在家妇人独守空房，一年四季思君不见君，所以会有“一年光阴容易混，这场相思怎下场？”的感叹，思妇都快变成怨妇了。

此外，土家族的《十想》《望郎》《十望郎》《不知情姐在哪里》，苗族的《正月是元宵》《桃夭歌》《望郎》等也都是比较优秀的相思情歌。如《十望郎》：

① 彭水县民间文学编委会：《彭水民间歌谣谚语》（内部资料），1988年版，第372页。

望郎二十一，不见郎上席。眼睛水汪碗杯盏儿滴，放下酒杯洗。
望郎二十二，点灯进绣房。高点明灯把鞋绱，绱来敬小郎。
望郎二十三，望到姐心肝。情哥不来是枉然，眼睛都望穿。
望郎二十四，心中如钩刺。情哥不来奴是死，难得过日子。
望郎二十五，家家闹年租。把郎闹得作不倒主，想起一场哭。
望郎二十六，不等郎到屋。身上背个横包袱，想住别人屋。
望郎二十七,四身都无力。横竖倒在牙床去，茶饭都不吃。
望郎二十八，家家把年猪杀。给郎留块瘦嘎嘎，过哒年来耍。
望郎二十九,一咳又一呕。相思毛病得到手，不死往啷个走。
腊月三十天，家家在过年。麻雀有个三十晚，惨然不惨然。

这首民歌以数字累积强化表达，将女子望郎相思成疾那份苦情写得很动人。

重庆苗族的情歌《正月是元宵》[①]从正月元宵相交唱到十月成婚，叙述了一对青年男女的情爱史，较为生动有趣。歌词如下：

正月是元宵，与郎初相交。情郎与我俩相好，许郎花荷包。
二月惊蛰节，带信把郎接。陪郎赏花怕花谢，留郎歇一夜。
三月桃花开，郎走后园来。桃之夭夭把花采，给我头上戴。
四月是立夏，郎来把秧插。我为情郎送米酒，酒醉心开花。
五月是端阳，美酒兑雄黄，双手捧酒敬小郎，味浓情又长。
六月热三伏，情妹梦中哭，梦见小郎丢了妹，叫妹好凄苦。
七月过月半，请郎来吃饭，无酒无肉吃光饭，看你惯不惯。
八月是中秋，郎要下苏州，学好手艺往回走，不要久停留。
九月是重阳，小郎转回乡，脸儿热来心儿慌，与郎配成双。
十月大雪飞，夫妻住一堆，郎做手艺妹务农，争个好年岁。

① 彭水县民间文学编委会:《彭水民间歌谣谚语》(内部资料)，1988年版，第415—416页。

重庆侗族的《十想》[①]表现的是情爱中的男子对女子的深切想念：

一想奴的头，头上那黑油油。梳个那个狮子滚绣球，样儿啰样儿挺风流。
二想奴的簪，簪是那枇杷簪。枇杷那个簪子两头尖，越弯啰越弯越好看。
三想奴的眉，眉毛那黑又细。黑细那个眉毛笔画起，适中啰适中最相宜
四想奴的手，白手那像嫩藕。金箍那个银箍戴满手，小巧啰小巧多灵秀。

最后，男从女愿，结为夫妻。有《求亲记》《迎亲》《十二时》《嫁歌》等，反映出嫁迎亲的情况。但大多数贫困的男女青年便不用迎亲：

高山点荞荞杆灰，河下小女不用媒。
肘子肋条都不要，唱首山歌引起回。(《河下小女不用媒》)

尽管不要礼物，但还是要“拜堂”的：

人家拜堂杀猪羊，我们拜堂三炷香。
情哥莫嫌情妹丑，我梳头打扮跟你走。

这时，姑娘已经丢掉了初恋时的羞涩与腼腆，大大方方地同小伙子穿街过桥了。

人家过街我过街，两把花伞一齐开。
人家过桥我过桥，两把花伞一齐摇。
人家过沟我过沟，两把花伞一齐收。

特别值得一提的是，在重庆黔江和彭水地区流行一首长篇叙事性民歌《吴幺姑》，叙述吴幺姑与杨二哥的爱情悲剧，十分感人，被誉为重庆民族地区的《孔

① 莫代山、王希辉：《重庆世居少数民族研究·侗族蒙古族卷》，重庆出版社，2013年版，第108页。

雀东南飞》[1]。这首民歌主要讲述吴幺姑生性聪慧美丽善良，善于唱山歌，并在对歌场上与杨二哥一见钟情。谁知爹妈却把她许配给了县上的王知府。嫁到王家后，吴幺姑仍不忘旧情与杨二哥来往，因此激怒了王知府，遭到毒打。幺姑伺机跑回娘家希望得到亲人庇护，却反被父母嫂子责怪。无奈之下，吴幺姑找到杨二哥商量对策，却被王知府强行抓回家。吴幺姑请求王知府不要杀害杨二哥。杨二哥也前来请求不要杀害吴幺姑。狠毒的王知府将二人双双捆绑毒打，拉到校场角残忍杀害了。叙事诗表达了封建包办婚姻对自由爱情的严重禁锢和封建统治阶级的残暴不仁。同时也对吴幺姑与杨二哥不畏强势，大胆反抗封建礼教，勇敢追求自由恋爱，遭到残酷杀害的悲剧表达了敬意与同情。

重庆少数民族的情歌十分丰富，人们天性自由，敢爱敢恨，以歌传情，以歌结缘，感情直露大胆，比兴生动，充分反映了重庆少数民族的民族性格和婚姻风俗，具有丰富的文化与审美价值意义。

第四节　重庆少数民族的哭嫁歌

哭嫁歌作为重庆少数民族民歌独具特色的部分，主要表现在土家族、苗族、侗族等少数民族的婚俗中，为少数民族姑娘出嫁前一个月内举行哭嫁时所唱。一般要连续哭 7 至 10 天，最多者要哭一个月。哭嫁时，除姑娘哭诉自己的不幸外，另有姑娘的亲人或同伴“陪哭”，内容是从旁安慰，或互诉哭情。包括哭父母、哭哥嫂、哭伯叔、哭姐妹、哭媒人、哭穿露水衣、哭上头、哭扯眉、哭离娘席、哭梳头、哭别祖宗、哭上轿等歌。它们构成了一部少数民族妇女的苦难史，也是揭露封建婚姻罪恶的控诉书。[2]

关于哭嫁习俗的起源，我国学术界众说纷纭。其中，主要观点有掠夺婚姻说和过渡婚姻说。前者认为哭嫁习俗起源于古代抢掠妇女时的哭喊挣扎；后者则认为哭嫁习俗起源于母权制向父权制过渡时期，妇女对从夫居婚的抵制反抗。此

---

① 李良品、彭福荣、余继平：《重庆民族地区非物质文化遗产研究》，重庆出版社，2012 年版，第 100—101 页。

② 段宝林、祁连休：《民间文学词典》，河北教育出版社，1988 年版，第 274 页。

外，还有原始残余婚姻说、奴隶买卖婚姻说和封建包办婚姻说等等。此等种种观点看似有理，但也都只是假说，没有哪种观点具有绝对的说服力。具体到土家族的哭嫁习俗，一般认为大约起于明清“改土归流”时期，在那以前，土家族的婚姻是自由的，人们自由交往，以歌定情，所谓“自许婚来自为媒”，快乐满意的婚姻自然构不成哭嫁的理由。改土归流后，封闭的民族地区被打破，民族地区与域外的文化交流与人员往来增加，汉族礼教制度在民族地区开始施行，封建包办婚姻逐渐取代自由婚姻。在包办婚姻的年代里，土家姑娘不能自由选择自己的配偶、不能自由选择自己的幸福，姑娘的出嫁往往是悲伤的，她们的婚后生活幸福还是不幸福带有很大的“赌注性”，因此，姑娘们在出嫁前都会感到担忧和悲伤，再兼对亲人的依依不舍，哭嫁自然而然就产生了。后来，哭嫁歌形成了固定的套路，哭嫁婚俗也因此形成。再后来，土家族哭嫁习俗演变成了事关家庭个人荣辱的大事：“哭嫁‘哭’得好的，受人称赞，一生荣耀；‘哭’得不好的，就会被人耻笑，甚至一辈子抬不起头来”[①]这样就进一步强化了这种哭嫁习俗，从而使其延续不断。重庆苗族、侗族等少数民族的哭嫁习俗起因与土家族类似，既与包办婚姻有关，也或许是受到了土家族的影响也时兴哭嫁婚俗。

在重庆少数民族中，土家族的哭嫁习俗最浓，哭嫁歌也最为丰富。同治《长阳县志》之《自注十姊妹歌》就较早记有土家族的哭嫁习俗：“其嫁女上头日，择女九人与女共十人为一席。是日父母兄嫂、诸姑伯姊及九女执手牵衣，以次而歌。女亦以次酬之。其词曰：‘长大成人要别离，别娘一去几时归。别娘纵有归来日，能得归来住几时。妹妹去，哥也伤心嫂伤心，门前一道清江水，妹来看娘莫怕深。四川下来十八滩，滩滩望见峨眉山。峨眉山上般般有，只少芍药对牡丹。’歌为曼声甚哀，泪随声下，是《竹枝》遗意。”[②]今有学者考证认为，土家族“哭嫁”多从出嫁前1至3天开始，待嫁新娘手执花帕遮脸哭唱，有若干姑娘作陪但不参加哭唱；哭嫁歌既沿袭固定的“哭书”，也有即兴的“见子打子”。唱哭相兼，或放声或低泣，有曲牌调式，旋律简单优美而流畅；歌词一般七言，长短不齐，多方言土语；韵律以方言为准，多两句一转。[③]

---

① 陈梦飞、李继红：《秀山民歌的“哭嫁歌”》，《重庆教育学院学报》，2009年第5期。
② （清）陈惟模：《长阳县志》，同治五年（1866年）刻本。
③ 陈梦飞、李继红：《秀山民歌的“哭嫁歌”》，《重庆教育学院学报》，2009年第5期。

土家族的“‘哭嫁歌’的歌词有固定的结构，包括每句歌词的句首必称呼对方，然后再发展句子内容，内容必以待嫁或送嫁者的心情道出感怀，最后以感叹的语句结束。‘哭嫁歌’的歌词内容及结构是与婚礼仪式同步进行的。一般来说，‘哭开声’为序歌，提纲挈领点明哭嫁主题，为整个哭嫁做开始的铺垫；第二步是‘骂媒人’，似哭非哭，似骂非骂，极其诙谐有趣；第三步是‘哭爹娘’‘哭哥嫂’‘哭亲友’等，这些内容里包含有大量相互对歌的形式；第四步是‘哭姊妹’等，十个姑娘相互对哭对歌，极富感染力；最后是‘哭穿露水衣’‘哭撒筷子’‘哭上轿’等，一直到新娘出门，哭嫁即告结束。这种程式一般是严格按顺序进行的，实际上这也是婚礼的主要程式，哭嫁结束，婚礼也就结束了。”①

土家族哭嫁歌的“主要内容有‘开声’‘哭父母’‘哭哥哥’‘哭嫂嫂’‘哭伯伯’‘哭伯娘’‘哭弟弟’‘哭姐姐’‘哭妹妹’‘哭孃孃’‘哭舅舅’‘哭舅母’‘哭堂兄堂弟’‘哭表姐表妹’‘哭众亲’‘哭祖宗’‘哭吃离娘饭’‘哭上轿’等。”② 主要表达女子出嫁前、出嫁时对父母、对姐妹、对兄嫂等亲朋好友的感激之情、不舍之情、牵挂之情，对未来生活的恐惧与担忧，以及女子对媒人、姑爷等的埋怨之情，而“土家族女性长辈借声声哭诉，或孜孜教导，或衷心祝福，或耐心劝慰新娘；土家族女性同辈用哭声极力安慰新娘，表达美好的祝福。”③

土家族的“‘哭嫁’从敬祖宗开始：‘一脚踩在格门槛，二脚踏进祖宗堂；先辞祖宗后辞太，离了祖宗由自可，离了祖宗好心寒’，接下来哭祖母、母亲、伯娘、满娘、姑姑、舅娘、哥嫂、表姐妹等，哭嫁的歌词大致相同，”④ 辞祖歌曰：

> 一张桌子四角方，四根板凳鸳鸯相。席上无有珍馐味，父母面上也无光。我在席前陪不恭，我来堂前拜祖宗，我今辞别祖中堂，天地君亲在中央。高僧远祖能赐福，金炉里内烧宝香。一拜天来头上照，二拜地来出黄金，三拜君来在朝中，四拜父母养育恩，五拜师来教弟子，六拜门神大将军。

① 李良品、彭福荣：《乌江流域口承文学研究与集成》，中国戏剧出版社，2011 年版，第 235 页。
② 李绍明：《川东酉水人家》，成都出版社，1993 年版，第 304 页。
③ 彭福荣：《试论土家族哭嫁歌中的女性家庭观念》，《贵州社会科学》，2009 年第 7 期。
④ 陈梦飞、李继红：《秀山民歌的“哭嫁歌”》，《重庆教育学院学报》，2009 年第 5 期。

宗祖祖宗齐拜别，安安稳坐镇乾坤。桌子上面起灰尘，双脚跪在地下尘。亲戚老少齐坐定，我今拜别出祠门。①

然后是哭别父母和各亲人。有《哭别亲人》歌曰②：

我的妈吔，我的娘啊，
我这次打发就出嫁哟，
我穿金戴银离我妈啊。
我左脚跨到祖宗堂哟，
我又离祖宗又离娘啊。
正月栽花辞祖宗啊，
我辞祖宗好伤心哟。
万丈高楼从地起啊，
水有源头树有根哟。
二月栽花辞我父啊，
千树桃花独树红。
风也吹来叶也动，
娘生女儿独守空。
三月栽花辞我婆，
穿衣打柴又向火。
辞我祖宗千年在，
辞我婆来可怜我。
四月栽花辞父亲，
辞我父亲好伤心。
你若盘得男儿命，
千斤担子替你挑，
万斤担子替你乘。
你若盘得女儿命，
千斤担子替别人挑呀，
万斤担子替人家父母乘。
五月栽花辞妈妈呀，
缝衣浆洗把心操。
双脚踏在别路上哟，
我调转脚步走他乡啊。
六月栽花辞我哥呀，
为人莫嫌我兄弟多。
他家也有七兄弟呀，
万事都还要弟兄多啊。
七月栽花辞我嫂呀，
孝敬老的你也好啊。
你为老的多挑担呀，
你到老来福气好啊。
八月栽花辞兄弟，
弟兄姊妹孝和些。
妯娌之间要和睦，
免得遭受外人欺。
九月栽花辞六亲，

① 陈梦飞、李继红：《秀山民歌的“哭嫁歌”》，《重庆教育学院学报》，2009年第5期。

② 黄洁主编：《重庆土家族民歌选集》，中国文史出版社，2004年版，第167—168页。

辞我六亲好伤心。
我父难还你们礼。
三亲六戚要宽怀。
要想还钱二世来。
栽到黄河水倒流。
无情无义枉为人。
红烛上头熏清烟。
离别老少莫多心。

端起茶盘接你礼，
十月栽花一排排，
多谢老少多谢财，
冬月栽花未出头，
有情有义长江水，
腊月栽花照红烛。
得罪老少莫记怀，

《哭别亲人》以时间为顺序，分别记述了“我”哭别的亲人，如辞祖宗、辞父亲、辞婆婆、辞父亲、辞妈妈、辞哥哥、辞嫂嫂、辞兄弟、辞六亲，最后“我”请求“离别老少莫多心”。姑娘哭别亲人是为了表达不舍父母、感谢父母的恩情等感情，也同时表达对兄弟姊妹的不舍之情。这首哭别歌语言通俗，感情真挚，富有艺术感染力。

哭嫁歌中的骂媒歌特别有意思。土家族哭嫁歌所骂的媒人可能是包办婚姻下的“替罪羊”，“因为父母毕竟对自己有养育之恩，加之迁怒父母，难免要受众人奚落。因此对父母的抱怨就只能是哀而不怒。于是，包办婚姻的始作俑者——媒人，就成了出嫁女子控诉的罪魁祸首，往往把一腔怨恨喷泼在媒人身上，即是《哭媒人》的由来。”[①] 土家族姑娘骂媒人极尽能事。《哭媒人》道：

背实媒人真会说，穿针引线来哄人。骗我父母由自可，害了奴家不平生。
当初你被别人哄，如今你来害别人。又说朝中有皇帝，又说他家又仁义。
春天鲜花满山白，百事百样都晓得。万丈高楼从地起，穿针穿线就是你。
你们害人又害己，也是别人来哄你。借人钱米你不还，行媒之人怎晓得。
火烧空锅起青烟，做媒还要看家底。一来要有田和地，二来要有钱和粮。
说句话来又有礼，未成打轿来接你。我家没有好美味，粗茶淡饭来待你。
墙下栽花墙上花，花称百出做得来。当初说得莲花现，许我金银好多钱。

① 陈梦飞、李继红：《秀山民歌的“哭嫁歌”》，《重庆教育学院学报》，2009年第5期。

火烧巴茅起嫩台，空脚空手取苦财。取了苦财又受气，明中去了暗中来。
开天辟地就新起，背时媒人爱哄人。做媒之人是好吃，砍个猪头相谢你。
三个条方四只蹄，背时媒人你拿去。千言万语你绕尽，把我父母哄得碎。
阴阳不明葬错坟，背时媒人冤屈人。

《哭嫁歌》对媒人极尽“诅咒”的能事：

板栗花开球对球，背时媒人想猪头。猪头没有狗头大，比倒媒人脑壳下。
猪头没得狗头香，媒人吃了打标枪。媒人是个撵伙狗，这头吃了那头走。
背时媒人想穿鞋，树上鸟儿哄得来。前头穿起着火烧，后头穿起着狗咬。
前门有个坑，烂掉媒人脚板心。后门有个坎，跌断媒人狗脚杆。[①]

一般而言，苗族没有哭嫁的习俗，但或许是受到相邻的汉族、土家族的哭嫁习俗影响，在一些地方也形成了哭嫁风俗，兴唱哭嫁歌。在重庆彭水苗族土家族自治县鞍子乡及周边地区就有苗族的哭嫁歌。

侗族先民移入重庆后，与土家族广泛接触，特别是与土家族缔结婚姻关系后，受土家族哭嫁习俗影响，也时兴哭嫁风俗。其哭嫁歌的形式内容也与土家族相差不大。由于重庆少数民族婚事有时由自己的伯、叔做主。于是，出嫁的侗族姑娘对于婚事如果不满意，就可以埋怨伯、叔[②]：

一锄挖起黄泥巴，二锄挖起种庄稼。
种起豌豆不结角，种起胡豆不开花。
一笼竹子砍一林，你不看田地就分人。
一笼竹子砍一根，你不看田地就开亲。
一笼竹子砍一坝，你不看田地就放话。

① 李绍明：《川东酉水人家》，成都出版社，1993 年版，第 306 页。
② 李良品、彭福荣：《乌江流域口承文学研究与集成》，中国戏剧出版社，2011 年版，第 237 页。

姑娘埋怨伯、叔轻易草率就答应别人的提亲。

姑娘对婚事不满意，有些是不满意人，有些是不满意男方的家境，因此哭男家贫穷[①]：

当门有个红籽堡，不打红籽吃不饱。
当门有个红籽坡，不打红籽不下锅。
当门有个红籽岩，不打红籽光烧柴。
当门有个红籽岭，不打红籽腰带紧。
当门有个红籽坪，不打红籽饿死人。

姑娘没有直接哭诉男方家贫穷，而用“不打红籽吃不饱”“不打红籽不下锅”“不打红籽腰带紧”“不打红籽饿死人”来间接反映男方家一贫如洗，连饭都吃不饱的现状，其出嫁的“苦”由此可以见。

侗族还有首哭嫁歌表达了对媒人贪图小利鄙夷不满的情绪[②]：

媒人背上背的秤，这头吃了那头混。
媒人背上背的瓢，这头吃了那头逃。
看你来又来得早，你在路上抖格蚤。
看你来又来得晏，你在路上偷鸡蛋。

当然，媒人对这种谩骂早已习惯，知道只是姑娘的一种托词，于是通过回哭给姑娘良好的祝愿：

花花轿子四角方，大女座在轿中央。
一到明年生贵子，金满屋来银满仓。
花花轿子四人抬，朱衣盖头坐上来。

① 李良品、彭福荣：《乌江流域口承文学研究与集成》，中国戏剧出版社，2011 年版，第 239 页。
② 李良品、彭福荣：《乌江流域口承文学研究与集成》，中国戏剧出版社，2011 年版，第 239 页。

总体来看，重庆少数民族哭嫁歌的内容主要分为两个方面，一是哭诉封建婚姻制度对自由婚恋的钳制，也即是诉说包办婚姻的弊端以及诉说媒人的缺点。二是抒发对父母及各位亲人的不舍之情。其情感一是指向社会层面的；一是指向亲情层面的。可以这样认为，重庆少数民族哭嫁歌应是少数民族女性集体意识的传达，形象地展现了少数民族女性的家庭观念和少数民族的生活风俗。具有“体现婚俗史、批判封建的婚姻制度、民族心理宣泄等社会价值”。[①]

第五节 重庆少数民族的盘歌

盘歌是重庆民族地区广泛存在的一种以“对歌”形式互相问答演唱的歌唱形式，盘歌的内容十分丰富，上至天文，下及地理，人世间、神仙界、幽冥地等无所不包，往往是随口随境依照一定的曲牌演唱而出。由于出自天生的悟性，盘歌的理性内容相对较弱，因而常常出现一些逻辑性不强、知识性不严谨的情况。虽然如此，“这种‘野生’的民歌，也表现出了一些依靠天才般的智慧发挥出来的悟性。因而，盘歌所表现出来的悟性，往往令人惊叹不已。”[②]

在侗族居住最为集中的彭水县诸佛乡，盘歌的形式十分流行，由于原生态形态，2008年，在文化部主办的西部民歌（花儿）歌手邀请赛之上，诸佛乡代表重庆市参赛的彭水《诸佛盘歌》一举摘取金奖。据对诸佛盘歌进行过研究的彭水县旅游局简文相介绍，诸佛盘歌有以下几个特点：一是唱法多样，分高腔、平腔两种演唱方法。同样的歌词，高腔、平腔两种方法均可演唱。“高腔采取一领众和的方式盘诘，音域宽广舒展，高亢明亮；平腔则曲调平和，二人盘歌或多人盘歌为常见的演唱方式。”二是演唱不受场地和环境限制。无论田间地头、山坡林间、沟渠河谷、屋角院坝，无论红白喜事、聚会宴请，均可演唱。而且，诸佛盘歌的演唱，也不受人数的限制。“二三人可以盘，十几人可以盘，上百人也可以盘。”三是高腔艺术特色明显。诸佛盘歌音调均以男女高音部唱腔为主，一

① 周兴茂、张牛：《重庆土家族非物质文化遗产的分类、现状与保护》，《重庆邮电学院学报》，2006年第5期。

② 黄洁等：《民间口传文学的珍贵遗产——重庆土家族民歌》，中国文史出版社，2004年版，第226页。

般而言，歌者一出场，即带着声震屋宇的气势，但同时也讲究一波三折，起伏跌宕，从而兼具音调美和变化美，对歌者的音域要求较高。诸佛盘歌的本质就是对歌，它采用问答式，歌词整饬，结构严谨，一般分为三段至五段，每段又分为起歌、问歌、答歌、合歌四个部分。较常采用铺排的表现手法，同时也较多采用比兴手法。诸佛盘歌的主要代表曲目有《石头背上长青苔》《刺芭林里谈家常》《白脸小郎哥》《打鱼郎》《新织米兜焦咪黄》《扬州起火》《牛郎织女》等等。从内容来说，诸佛盘歌主要分为讴歌家园、讴歌爱情和讴歌劳动三大类，并具备着独特的精神内核。[①]。

盘歌根据内容可以划分为“盘古歌”“盘甲子”“盘仙歌”“盘花歌”等，涉及历史、地理、社会、人文、自然等诸多方面。

盘古歌，顾名思义就是盘问古代历史知识或事物根源性知识的民歌。著名的如土家族的《盘古歌》：

问：歌师傅来老先生，我今问你有原因。
哪个年间歌出世，哪个年间歌出声？
歌本又是何人作，谁人制下到如今？
歌爷原是何家子，歌妻原是哪家人？
又是何人挑歌书，挑担歌书哪里行？
挑往哪条湖内过，失落歌书几十本？
哪个山前晒歌书，狂风吹起满山岗？
一本吹在哪里去，二本吹在哪里成？
你今一二讲与我，更是堂前面里人。
答：歌师傅来老先生，我今一二说原因。
起初一年歌出世，旦初二年歌出声。
歌是前朝张郎制，孔子制下到如今。
歌爷原是谈家子，歌妻原是李家人。
董仲仙人挑歌书，挑担歌书山里行。

① 莫代山、王希辉：《重庆世居少数民族研究·侗族蒙古族卷》，重庆出版社，2013年版，第107页。

挑往洞庭湖内过，失落歌书几十本。
西眉山上晒歌书，狂风吹起满山岗。
一本吹到天上去，取名就是麒麟歌。
二本吹到河里去，渔翁拣去唱渔歌。
三本吹到茶林去，取名叫做采茶歌。
四本吹到田中去，农夫拿去唱山歌。
五本吹到院房去，娇妹小郎唱情歌。
六本吹到法坛去，端公拿住法哀歌。
只有田爷解一本，取名叫做闹丧歌。
秦王家内死了母，五门挂榜念思歌。
唱了七日并七夜，重丧推出上西天。
周不周来全不全，也是几句古人言。[①]

在一问一答中，追根溯源。应答者回答的历史知识是否准确，姑且不论，其应答的机智着实令人叹服。

盘仙歌，就是盘问仙界等有关宗教知识的民歌。土家族的《盘仙歌》则通过诘问天上九宫、罗盘八卦、神仙鬼怪等表达土家族巫鬼崇拜的精神信仰及其对客观世界的朴素认识。如《盘仙人洞》片段有云：

问：哪个洞内出符法，哪个洞内出鬼神？
哪个洞内出和尚，哪个洞内出道士？
哪个洞内出端公，哪个洞内出仙人？
哪个洞内出秀士，哪个洞内出阴阳？
哪个洞内出手法，哪个洞内出邪神？
答：锣鼓打得响沉沉，我来与你说分明。
神仙洞内出符法，弟郎头上出鬼神。
三宝殿内出和尚，天仙洞内出道人。

① 黄洁：《重庆土家族民歌选集》，中国文史出版社，2004年版，第275—276页。

玄黄洞内出端公，梅山洞内出仙人。
儒屯洞内出秀士，乾坤良辰出阴阳。
寅官洞内出手法，甲子洞内出邪神。

盘花歌，就是盘问花草植物有关知识。如侗族《盘花》云：

正月里，什么花家家都开，什么人手挽手同下山来。
正月里，十字花家家都开了，梁山伯祝英台同下山来。
二月里，什么花满园黄了，什么人去求官一去不回。
二月里，菜子花满园黄了，蔡伯喈去求官一去不回。
三月里，什么花满园红了，什么人在桃园结为兄弟。
三月里，桃子花满园红了，刘关张在桃园结为兄弟。
四月里，什么花就像旗缨，什么人去学法苦自修行。
四月里，麦子花就像旗缨，地藏王去学法苦自修行。
五月里，什么花牵藤上架，什么人去献瓜借尸还魂。
五月里，黄瓜花牵藤上架，刘治远去献瓜借尸还魂。
六月里，什么花满园白了，什么人骑白马过海征东。
六月里，豆子花满园白了，薛仁贵骑白马过海征东。

应答中显示侗族歌手对自然花草与历史人文的博学，应答如流，对的严丝合缝。

还有盘问其他生产生活知识的民歌。如《什么出来成双对》①：

甲：什么出来成双对，什么出来棒棒敲？
乙：豆子出来成双对，芝麻收回棒棒敲。
甲：什么出来高又高，什么出来半中腰？
乙：高粱出来高又高，苞谷出来半中腰。

① 黄洁：《重庆土家族民歌选集》，中国文史出版社，2004年版，第290—291页。

甲：什么水面打筋斗，什么水面起高楼？
乙：鸭子水面打筋斗，大船水面起高楼。
甲：什么水面撑雨伞，什么水面共白头？
乙：荷叶水面撑雨伞，鸳鸯水面共白头。
甲：什么有嘴不讲话，什么无嘴闹喳喳？
乙：菩萨有嘴不讲话，铜锣无嘴闹喳喳。
甲：什么有脚不走路，什么无脚走天涯？
乙：财主有脚不走路，大船无脚走天涯。
甲：什么抱儿三根柴，什么抱儿在半崖？
乙：斑鸠抱儿三根柴，岩鹰抱儿在半崖。
甲：什么抱儿隔山抱，什么抱儿土内埋？
乙：老虎抱儿隔山抱，乌梢蛇抱儿土内埋。
甲：什么崖上盘脚坐，什么崖下织绫罗？
乙：猴子崖上盘脚坐，蜘蛛崖下织绫罗。
甲：什么会打三棒鼓，什么会唱五更歌？
乙：啄木鸟会打三棒鼓，锦鸡会唱五更歌。
甲：什么穿黑又穿白，什么穿的一身黑？
乙：鸦鹊穿黑又穿白，乌鸦穿的一身黑。
甲：什么穿的式样久，什么穿的瓦灰色？
乙：春鸽穿的式样久，斑鸠穿的瓦灰色。
甲：什么出来管天下，什么出来大又大？
乙：皇帝出来管天下，月亮出来大又大。

盘歌中涉及动植物知识和社会知识，显示出盘歌者社会知识面的宽广。

盘歌的本质之一就是赛歌斗智，诘问一方总是想尽办法难住应答方，可应答者往往能巧妙作答，并且在一些出人意料的应答中，表现对歌人的机智和幽默。

如《哪样出来圆滚滚》[①]（土家族）歌曰：

① 黄洁：《重庆土家族民歌选集》，中国文史出版社，2004年版，第282页。

甲：哪样出来圆滚滚，哪样出来一撮毛？哪样出来吐鲜血，哪样解破两扇瓢？

乙：南瓜出来圆滚滚，苞谷出来一撮毛。苦瓜出来吐鲜血，葫芦解破两扇瓢。

甲：哪样扬花不现天，哪样扬花两头尖？哪样出来爱吊吊，哪样出来做大炮？

乙：小谷扬花不现天，大谷扬花两头尖。豇豆出来爱吊吊，冬瓜出来做大炮。

甲：撞到什么爱打伞，撞到什么都爱穿？撞到哪样钻洞胆子大，撞到哪样白骨老绵筋？

乙：撞到芋头爱打伞，撞到红萝卜都爱穿。撞到红苕胆子大，撞到丝瓜白骨老绵筋。

又如《什么睡起不翻身》[①]（土家族）歌曰：

甲：什么睡起不翻身，什么肚内有眼睛？什么肚内有牙齿，什么吃草不吃根？

乙：石头睡起不翻身，花椒肚内有眼睛。磨子肚内有牙齿，镰刀吃草不吃根。

甲：什么弯弯朝前弯，什么弯弯弯转来？什么弯弯弯下地，什么弯弯弯上天？

乙：打脚弯弯朝前弯，枷担弯弯弯转来。泥苑弯弯弯下地，泥柱弯弯弯上天。

这些盘歌对答巧妙，机智风趣。

盘歌不只有斗智的目的，也起到思想情感交流和历史传承的作用。人们在盘歌的相互问答中交流了本民族的历史、人文、宗教、自然等有关知识信息，这对

① 黄洁：《重庆土家族民歌选集》，中国文史出版社，2004年版，第283页。

民族文化传承无疑起到了十分重要的作用。

第六节 重庆少数民族的古歌

古歌也称“古史歌”，或“民间神话创世叙事诗”。各民族的古歌都是运用口头歌谣记存本民族的历史、宗教、风俗等历史信息，它构成后世进行历史研究的珍贵文献。古歌多为仪式歌，是祭司在举行祭祀活动时吟诵的文辞。正是通过祭司的古歌演唱，少数民族的历史文化得以不断地传承。重庆少数民族的古歌主要有土家族古歌和苗族古歌。

土家族古歌主要表现为酉阳古歌。酉阳古歌是土家族巫师“梯玛”在祭祀活动中吟诵或唱诵的文辞，流传于地处湘鄂渝黔交界处的重庆酉阳土家族苗族自治县，是土家族人民长期累积的自然知识和社会知识的总汇。酉阳古歌作为土家族的文化宝典，源头可以追溯到上古时代的巫歌，世代相传了几千年，然而受到外界关注才是近几年的事。近些年随着非物质文化遗产的发掘、整理与研究的深入，酉阳古歌才被发掘出来，受到人们广泛关注。2011 年 5 月酉阳古歌被国务院批准为第三批国家级非物质文化遗产，列入民间文学项目类别的非物质文化遗产名录。

酉阳古歌吟诵的场合主要是族团性的祭祖祈神活动和零星性的纳吉逐疫活动。前者为土家族最大的民俗活动——跳摆手舞，后者为家庭性的驱邪还愿活动。

酉阳古歌的内容取决于所主持活动仪式的性质，主要有跳神、请师、造桥、招魂、藏身、落阴、盖家先钱、打保符、送茅山、送神等章节，口耳相传，文辞固定。酉阳巫傩诗文分为神灵类和生活类，其代表作有：赞美诗《东岳齐天是齐王》；风俗诗《藏身躲影》《鸣锣会兵》；诀术诗《一年四季》等。包括人类起源、民族迁徙和英雄传说等；又有生活气息，如为家庭性的驱邪还愿活动，包括申文请圣、迎兵架桥、请水翁灶、悬幡解邪、回神安香、扫荡踢刀等程序章节。

酉阳古歌从祭祖开始，敬奉纪念土家族先祖“八部大王”。活动首先祭祀一番八部大王，接着就摆手演唱八部大王的故事。故事的主题叫“卵蒙挫套”，土家族语言为（LovmgIts“ovt”aol），用汉语解释是：“人没有屋坐了。”故事主要讲述八部大王原为一母所生的八个孪生兄弟，因家境苦难，被遗弃在青山上，幸得老虎、大龙喂养长大成人。八兄弟个个身强力壮、力大无穷，回家后，帮助父母劳动，全家人不愁生活问题。不久，母亲又生一妹妹，妹妹长大后心灵手巧绣得一只花鞋，花鞋被喜鹊衔到金銮宝殿让皇上看见了，妹妹因此被皇帝接到京城做了娘娘。八兄弟因妹妹的推荐奉旨出征，打退敌人立下战功。皇帝却忘恩负义不认八兄弟了，连借个屋坐坐歇歇气也不准。八兄弟因此生气放火烧了金銮殿，皇帝得知得罪了八兄弟赶紧派人请回封官赏赐。八兄弟拒绝了赏赐，只要了土地、铁棍、农具等生产工具，高高兴兴回自己老家做阳春去了。皇帝由于再也挽留不住八兄弟，于是给封了个“八部大王”的虚名。这部以诗歌演唱的“八部大王”叙事诗，赞颂了土家族先祖的英勇神武和超凡品格，表达了土家族人对先祖的崇敬和纪念。

酉阳古歌的“人类起源歌”主要叙述张古老补天李古老补地，依窝阿巴创造人类的神话故事，与汉族女娲补天和女娲造人的神话为同一谱系，但又有许多独特的想象和讲述。比如李古老做成了地，张古老做成了天，但两位神仙都急匆匆没有做成人。于是墨贴巴命依窝阿巴去造人：

> 依窝阿巴再做人，忙了十天十夜整。采摘葫芦做脑壳，葫芦脑壳真神气，额门下面两只眼，画些眉毛来遮挡，一个鼻孔栽当中，两个鼻孔呼吸通，两只耳朵左右栽，匀匀称称巧安排。鼻子下面开嘴巴，嘴有舌头又有牙，喉咙当中接气管，肠肝肚肺门门通，斫些竹子做骨架，做的骨架紧紧扎。和合泥土做肌肉，骨架上面紧紧糊，剥张树皮做皮肤，摘张树叶做肝肺。又将豇豆做肠子，还用茅草做汗毛，人的身上门门有，又做脚来又做手。依窝阿巴心真细，肚上肚脐没忘记，屙屎屙尿都想到，生儿育女不用愁。①

这则神话比汉族的女娲造人神话想象更细致具体。

“兄妹成亲”歌叙述补所和雍妮兄妹成亲延续人种的神话故事。古时候，土

① 周益顺主编：《酉水流域摆手舞》，国际文化出版公司，2001年版，第170—171页。

家人中有八兄弟一妹一母的一家人，这八个兄妹中除了小弟（名叫补所）和小妹（名叫雍妮）年纪小外，其他几个哥哥都是力大无穷天下无敌的好汉。为孝顺母亲，他们把雷公捉来关在铁柜里准备杀了给母亲吃。他们出门办事时吩咐弟弟补所和妹妹雍妮要看守好雷公，千万不要给雷公送水送火。两个弟妹年幼经不起雷公的脸言蜜语，就给雷公送了水与火。雷公得了水火后，就把铁柜烧熔成水逃出来飞到天上去了。后来雷公向玉帝请命，要报复他们兄妹。玉帝下旨涨了齐天大水，把天下人类淹灭光了。补所和雍妮得到雷公报恩的救生葫芦得以幸免淹灭。这时，天下只有他们兄妹二人了，经过神仙劝说和滚磨子、栽葫芦、劈竹子、转山堡等多重考验，他们兄妹二人最终成了夫妻，延续了人种。之后，玉帝看到天下又有了人类，便放了十二个太阳企图把人类晒死。在这危难之际，土家人中出了一个名叫卵雨的英雄，他爬到马桑树上用箭射落了十个太阳，得到了天地再造，日月垂明，人类再次得救了。这段古歌包含“捉放雷公”“齐天大水”“兄妹成亲”“人种延续”“卵雨射日”[①]等内容，其讲述的神话与各民族的“创世纪”神话大同小异，里面包含洪水神话，射日神话等共同的神话内容，表明在远古时期，各民族祖先都曾经历过毁灭性的水灾和旱灾，因此，在人类心灵中留下了不可磨灭的印记，成为一种集体表象，伴随着神话一代一代地流传下来，提醒人们对自然灾害保持戒惧的态度。

“民族迁徙歌”叙述土家族先民人口增多了，为了生活找到适合生存之地，不得不长途跋涉，进行生存迁徙。包含“走水路”“攀山坡”“到勺哈”“分家走”“到农车”“战猛兽”[②]等内容。这段迁徙歌真实记载了土家族先民曾经经历过的迁徙发展的情况，对我们了解土家族的历史十分重要。通过迁徙的情形，也生动反映了土家族人民的勤劳勇敢、吃苦耐劳和团结合作的精神。

“农事活动歌”叙述土家族经过迁徙，在湘西山区定居后进行生产劳动的情形。包括“挖土”、“种苞谷”“栽秧”“薅苞谷草”“收桐茶”“织西兰卡普”“庆丰收”[③]等，反映了土家族人民勤劳、乐观和团结互助的精神品质。“从他们整个生产劳动可以看出，当时的土家族是以农业为主，兼营手工业及家庭副业，而农

① 周益顺主编：《酉水流域摆手舞》，国际文化出版公司，2001年版，第62—71页。
② 周益顺主编：《酉水流域摆手舞》，国际文化出版公司，2001年版，第71—81页。
③ 周益顺主编：《酉水流域摆手舞》，国际文化出版公司，2001年版，第81—91页。

业又是农林牧副相结合的自给自足的经济”[①]。

“自卫抗战歌”讲述土家族人民奋起抗敌打退敌人，重获安宁的故事。包含“备战”“初战”“射帝”“埋伏”“牛阵”等内容。故事主要是叙述将帅拔普等英勇善战战胜敌人的情形。

《酉阳古歌》内容丰富，歌词里留存了土家族人丰富的历史文化信息，表现了土家族人的自然崇拜、祖先崇拜和鬼神崇拜的民族文化心理。

从酉阳古歌的体裁来看，有双句押尾韵的自由体和两句一节、四句一节句尾押韵的格律体，多为四言七言句式，穿插连接。有高腔与平腔两种唱腔。颇有韵味。比如："燕子飞过九重天，九重天外好地方。麂子翻过万重山，万重山外有廊场。毕兹卡的祖宗来路远，经过千险和万难。"（《民族迁徙歌》）基本上是双句押尾韵，但又有一定的灵活自由。艺术表达上语言口语化，通俗易懂；多直陈其事，少比方修饰。想象近取诸物，十分生活化。比如张古老补天一段文辞："张古老补天就动手，说做就做精神抖，脱下长衣服，甩开两只手，身上捆根葛藤，高高卷起裤口。天上开的大洞，补上五色石头，钉子牢牢紧固，不让裂缝开口"。这段神话想象十分生活化和世俗化。

酉阳古歌一贯口耳相传，文辞固定，较少即兴创作，保存了大量的原始信息和艺术因子，是后人了解土家族历史文化的珍贵文献。

《苗族古歌》是苗族古代先民在长期的生产生活中创造出来的史诗。分为《开天辟地》《枫木歌》《洪水滔天》和《跋山涉水》四组[②]，共计13首古歌。主要由巫师、老年人、歌手等在“鼓社祭”、民间节日和婚丧嫁娶等活动中演唱。

苗族古歌的内容十分丰富，包含苗族先民对开天辟地、人类和物种的起源以及苗族的大迁徙等神话传说，是苗族古代神话的总汇。《开天辟地歌》是苗族关于日月起源、宇宙诞生的神话，具体包含《开天辟地》《运金运银》《打柱撑天》《铸造日月》四支歌，其中《开天辟地》以盘歌的形式一问一答由近及远追问宇宙起源，一步步追溯到“云雾”这种物质，把这种物质视为天地万物的根源。诗歌讲述道，宇宙生的最早的是云雾，然后云雾孵出科啼和乐啼两种巨鸟，这两种

① 周益顺主编：《酉水流域摆手舞》，国际文化出版公司，2001年版，第81页。

② 贵州省民间文学组整理，田兵编选：《苗族古歌》，贵州人民出版社，1980年版。

鸟才孵出了天和地。天地刚生下来时相叠在一起，剖帕举斧猛一砍，天地才分开，府方用力一顶一踩，天才升上去，地才降下来，有了天和地“风才来回吹，鸟才自由飞，雨才往下降，树才往上长，人在地上住，再不弯腰杆。”“姜央生最晚，姜央算最小”，姜央造了人，“才生下你和我”。神话还歌颂了养优、修狃、耙公、秋婆、火耐等几位神化的先人，他们造山造岭，造江造河，发明火种，共同为人类的诞生与繁衍创造了基本的条件。

《运金运银》大致分为两部分，即“找金银”和“造船运金银”。为什么要运金银，一是为孝敬妈妈，“妈妈得金银，装满柜和箱，妈妈造房屋，好比龙宫样。”运金给妈妈，多少表明这则神话产生于母系氏族时期，所以特别突出母亲的地位。二为打柱撑天和铸造日月。远古时候“撑天用蒿枝，支地五倍树，撑天天摇晃，支地地不稳”，所以要“运金造金柱，金柱撑着天，运银铸银柱，银柱支住地；天才不会垮，地才不会崩”。远古时候“白天无太阳，夜里无月亮，天上灰蒙蒙，地下黑麻麻，”所以要“运金造太阳，运银造月亮。太阳和月亮，挂在蓝天上，白天暖和和，夜里亮光光；”然后诗歌叙述了金银出生岩石里，被修狃放出来住到深潭里。金银从深潭冒出来被人们发现争抢，于是顺江河逃向东方。引来大家阻拦，“金银心害怕，忙往潭里钻”，又躲到深潭里不愿回转去。大家想尽办法要把金银捉住，最后是螃蟹潜入深潭刨断了金银的根根，金银终于被捞上来，大家又想尽办法最终造出一条大船，将金银运回了西方。古诗将苗族先祖勇敢智慧的精神风貌生动地表现了出来。

《打柱撑天》和《铸造日月》主要叙述了宝公、雄公、且公、当公四位祖先冶炼金银，打造出 12 根金银天柱，取代原来的蒿草，将天牢牢地撑住了。又费尽千辛万苦铸造出 12 对金太阳和银月亮，并把它嵌在蓝天上。由于十二对日月不听冷王嘱告按地支顺序轮流执勤，导致大地焦赤。好汉桑扎挺身而出到东海去射下了十一对日月，吓得剩下的一对日月躲了起来，弄得大地黑茫茫一遍。好心的公鸡主动承担叫喊太阳和月亮的责任，“公鸡拍拍翅，抬头高声喊，早晨喔喔叫，太阳出东方，下午喔喔叫，月亮接着上。”从此人们过上安稳的生活。

《枫木歌》是《苗族古歌》的第二组，由《枫香树种》《犁东耙西》《栽枫香树》《砍枫香树》《妹榜妹留》《十二个蛋》六首组成。主要讲述物种和人类的起源。说在远古洪荒时代，生在天角角，洪水淹不到，野火烧不着的唯一幸存在世的白枫树“结出千样种”，仙风将树种摇落下地，固劳和养优盖成树种房，让它们在世间安心居住。谁知妞香“扶天春高粱”打出三朵火烧了树种屋，树种被旋风骗到天上，被雷公锁了起来，是蜜蜂骗得雷公打开仓柜，树种得以逃出来。太阳见树种贪恋天上好玩，给了它一耳光，树种又顺着雨水降到地上（《枫香树种》）。有了种子，榜香公开始犁天下。他用山坳作牛轭，捉旋风做犁索，驾着修狃，犁尽天涯海角，驱散山禽野兽，把大地犁好（《犁东耙西》）。然后榜香公播下树种，树秧长大后，他将松、杉等树栽满山坡外，又将枫香树移栽寨边，使村寨美观（《栽枫香树》）。枫香树栽在鱼塘边，树上栖息的鹭鸶和白鹤经常偷吃鱼塘的鱼，养鱼人香两误认为是枫香树偷的，引起争执。后经理老评断，认定枫香树是藏贼的窝家，便把枫香树砍了。枫香树被砍倒后，树桩变成鼓，树叶变燕子，树干树心变成人类的母亲——妹榜妹留（《砍枫香树》）。妹榜妹留生出后长大，因和水泡沫“游泳”怀了孕，生下十二个蛋（《妹榜妹留》）。这十二个蛋由“鹡宇”替她孵，孵了整整十二年才生出了雷公、姜央和龙、象、虎、蛇等各种动物。他们出生后都争着当管家当大哥，聪明的姜央设了计策战胜雷公和各种动物，被推举为大哥（《十二个蛋》）。

《洪水滔天》和《兄妹成婚》主要叙述洪水始末和洪水后兄妹成婚繁衍人类的神话。说的是姜央和雷公分家后，雷公拉牛又拉马，捉鸡又捉鸭只留一条狗给姜央，姜央用狗不能犁田，向雷公借来牛犁田。姜央气不过，把田犁后，杀了牛祭祖，惹怒了雷公，雷公报复放洪水淹灭人类，姜央的儿女相两和相芒躲到葫芦里才免于死难。洪水消退后，地上一片凄凉，相两和相芒兄妹历经多种考验才不得不结为夫妻，繁衍人类。

《跋山涉水歌》是苗族的迁徙史歌。讲述很早时候，居住在东方的苗族先民因为人口增多，原住地条件已无法满足人们的生存需要。于是五支奶和六支祖商议迁西方，寻找好生活。燕子和喜鹊侦察了回来都说：“就在山那边，日落那地方，谷粒柿子大，谷穗马尾长，要吃用手剥，碓子用不上。”这样好的条件怎么不去呢？于是大家跋山涉水历经辛苦寻找西方乐土。来到三江口“一条白生生，一条黄泱泱，一条清幽幽”，黄泱泱的河水来自产金的地方，白生生的河水来自产银的地方，清幽幽的河水飘着稻花香，来自产棉粮的地方。人们选择了“沿着稻花香，去找米粮仓”。最终大家搭桥过渡口，造船逆水行舟来到了“方先”（即现在的榕江地方）这个富饶之地。从此过上了富足美好的生活。这则史歌没有战争逼迁的悲苦，虽有迁徙路上的困难，但都一一迎刃而解，人们一路上更多乐观欢笑，表现了苗族先民的对美好生活追求的执着、智慧与乐观。

《苗族古歌》全诗属五言体结构，押苗韵，长达一万五千余行，以盘歌（问答式对唱）为演唱形式，叙述开天辟地、铸日造月、人类万物产生、洪水滔天、民族迁徙等内容，叙事曲折生动，内部篇章之间有着紧密逻辑联系，塑造了一百多位有名有姓的人物。诗中大量运用比喻、夸张、排比、拟人、反问等多种修辞手法，生动地反映了苗族先民对天地、万物及人类起源的解释和人们艰苦奋斗开创人类历史的功绩，充满了浪漫主义和理想主义色彩。

第七节 重庆少数民族民歌的艺术特征

重庆少数民族民歌题材广泛，内容丰富，人们生产生活的方方面面都可以入歌吟唱。艺术上，为增强表现力，人们历经长期的艺术探索，最终积淀形成了今天所见的民歌艺术传统和鲜明的艺术特征。

一、运用多种艺术手法

重庆少数民族民歌善用赋比兴艺术手段，同时也灵活运用排比、对偶、比拟、夸张、双关等多种修辞手段，艺术表达生动有力。

赋比兴是中国古代对于诗歌表现方法的归纳，根据《诗经》的创作经验总结而来。最早见于《周礼·春官》：“大师……教六诗：曰风，曰赋，曰比，曰兴，曰雅，曰颂。”后来，《毛诗序》又将“六诗”称之为“六义”：“故诗有六义焉：一曰风，二曰赋，三曰比，四曰兴，五曰雅，六曰颂。”唐代孔颖达《毛诗正义》对此解释说：“风、雅、颂者，《诗》篇之异体；赋、比、兴者，《诗》文之异辞耳。赋、比、兴是《诗》之所用，风、雅、颂是《诗》之成形。用彼三事，成此三事，是故同称为义。”具体说来，“赋者，敷陈其事而直言之也”，就是人把思想感情及其有关的事物平铺直叙地表达出来，不借助更多的修辞手段。“比者，以彼物比此物也”，就是借助类比手段使描述的事物更生动形象。“兴者，先言他物以引起所咏之词也”[①]，就是在触物起兴，产生更多联想或想象。

与《诗经》民歌一样，赋比兴手法在重庆少数民族民歌中同样得到广泛运用。那些讲述历史的古史歌和侧重叙述事情经过的民歌都是以“赋”为主要表现手法的作品。比如土家族的古史歌和苗族的古史歌都是在平铺直叙中讲述天地起源与人类诞生以及民族迁徙的历史。《十望》《十望郎》《十二月采茶歌》《十绣荷包》等民歌就着重铺叙事情经过，强化情感表达。比如黔江《望郎歌》：

正月望郎是新年，情哥一去大半年，望郎三五天，没在奴面前。
二月望郎白花开，情哥一去不回来，相交别家女，把奴两丢开。
三月望郎是清明，情哥一去不回程，情哥说的话，水都点得灯。
四月望郎四月八，神皇庙内把香插，烧的金钱纸，占个文王卦。
五月望郎是端阳，家家户户龙船望，送郎喝三杯，倒在象牙床。
六月望郎三伏热，象牙床儿过不得，要把扇子扇，怎样才过得。
七月里来是月半，情哥外头家门站，怎么不进屋，衣服稀巴烂。
八月望郎是中秋，郎送礼物姐来收，爹妈知道了，明丢暗不丢。
九月望郎九月九，情哥不离灶门口，没有鞋儿穿，你看丑不丑。
十月望郎郎不来，当门有个望乡台，姐在台上望，望郎来不来。
冬月望郎落大雪，家家门外都垫白，外头大雪飞，留郎在家欢。
腊月望郎满一年，杀猪宰羊过新年，打发幺姨妹，过个热闹年。

这首民歌在事情的铺叙中表现了情妹对情郎的痴情，一年十二月，月月都在望郎的煎熬中度过，期间有过对郎“相交别家女”疑心，有过埋怨“情哥说的话，水都点得灯”，有过求神保佑，占卦问期，有过伤心度日“送郎喝三杯，倒在象

① 朱熹：《诗集传》，中华书局，1962年版。

牙床”，终盼得“留郎在家欢”“过个热闹年”。民歌没有过多的修辞，但在事情的铺叙累积中，情感得到了强化表达。

优秀叙事性民歌《吴幺姑》叙述了吴幺姑从出生到长成到被包办婚姻，到反抗以致被王知府迫害的全过程，表现了封建礼教制度扼杀自由爱情的罪恶。这首民歌以赋为主要表现手法，同时也兼用类比，将吴幺姑形象刻画的十分美丽动人。比如：

吴幺姑，好脸巴，脸巴不用水红打，盖过南海女菩萨。
吴幺姑，好颜色，盘子脸现桃红色，盖过中秋天上月。
吴幺姑，好眉毛，眉毛弯弯一脸笑，说话犹如鹦哥叫。
吴幺姑，好张嘴，大红珍珠樱桃嘴，恰似葡萄一包水。
吴幺姑，好牙齿，三十六牙瓣瓣齐，衬着嫩脸鸭蛋皮。
吴幺姑，好双手，白白胖胖像嫩藕，金银戒箍戴满手。
吴幺姑，好件衣，肥瘦长短正合意，穿起犹如神仙女。
……

而在另外一些民歌中，重庆少数民族则善用比兴，使情感生发自然，表意生动。如“花儿不开蜂不采，妹不逗郎郎不来”，意指情郎追求的前提是要有情妹的情窦初开与暗示，否则“花儿不开蜂不采”。“牵牛缠树死不放，情哥缠妹要成家”则是表示要像牵牛花缠树那样的追求情妹直至成家。“走路不知路远近，过河不知水浅深”则暗示男女两情未通。“紫竹马鞭节节通，二人有意在心中。燕子衔泥口要紧，蚕儿有丝在肚中。”是表示男女已珠胎暗结情意相通了。这些民歌都感物贴切，兴得自然，情感表达强烈，形象生动。

重庆少数民族还特别善用数字手段来结构谋篇，增强艺术表达效果。这些数字既有序数的意思，表达先后顺序，又有量数的意思，显示程度、分量等意义。有以自然顺序叙述的民歌如《十望》《十想》《十把扇子》《十绣荷包》《十送郎》等从一叙述到十，从数字列举的事项累积中强化了情感表达。比如《十绣荷包》：

一绣荷包绣起头，妹在绣咧有人牟。
妹绣荷包自有主，莫为荷包结冤仇。
二绣荷包二面青，荷包绣送哪一人？
荷包绣送哪一个？绣送表哥是真情。
三绣荷包彩丝长，手绣荷包心想郎。
绣个海椒红到老，莫绣昙花不久长。
四绣荷包在绣楼，多买彩丝绣风流。
把郎绣在荷包上，再绣鸳鸯水中游。
五绣荷包绣得妙，千针万线要妹挑。
千针万线情难尽，绣个相思路一条。
六绣荷包绣麒麟，早绣鸳鸯夜绣人。
把郎绣在云板上，太阳不晒雨不淋。
七绣荷包郎在求，劝郎莫在江边游。
莫叫荷包沉下水，荷包沉水情要丢。
八绣荷包绣枕头，绣皮白马走郎家。
万花丛中心莫变，海枯石烂心不花。
九绣荷包起心潮，绣对情人坐彩桥。
二人曲膝谈终身，相依为命偕百老。
十绣荷包都绣完，河边挑水送情郎。
长线短线你莫笑，背着爹娘绣得忙。[①]

作品通过十绣荷包从起绣到绣完过程的叙述，把情妹借绣荷包寄托情感，想郎恋郎的情思与情事表现得十分全面和生动。

有以日月时序数字来结构内容，强化情感表达的。这些民歌在日月时序的叙述中，逐渐推进和强化情感表达，其中蕴含着事件的先后顺序和情感的因果关系。如《不知情姐在哪里》[②]：

---

① 黄洁：《重庆土家族民歌选集》，中国文史出版社，2004年版，第116—117页。
② 黄洁：《重庆土家族民歌选集》，中国文史出版社，2004年版，第116—117页。

子时想姐半夜中，想来想去想不通。翻来覆去都在想，一心想姐来相逢。
丑时想姐鸡快啼，想来想去眼泪滴。双手擦干眼泪水，不知情姐在哪里？
寅时想姐天朦胧，明月还在天空中。双手推开窗前望，眼望明月手拍胸。
卯时想姐大天光，不知情姐在何方？不知情姐在哪里？没情何时得成双。
辰时想姐太阳红，想来想去心朦胧。想来想去心不定，哪时和姐来相逢？
巳时想姐梦沉沉，出门进屋不出声。别人问我不答应，想姐得了一身病。
午时想姐日正高，想姐想得心头慌。想姐得了周身病，南海崖上求药方。
未时想姐日偏西，不知情姐在哪里？时时想姐没忘记，你在东来我在西。
申时想姐日落西，不见情姐在哪里？白天夜晚都在想，枉自是个空欢喜。
酉时想姐黑了天，为弟坐在大门边。为弟坐在大门口，喝口凉茶吃口烟。
戌时想姐没下落，又冷手来又冷脚。为弟八字生错了，想姐得个病来磨。
亥时想姐想不通，捏着鼻子捶着胸。看到人家花园美，眼泪汪汪滴胸中。

这首民歌以一天的十二个时辰来夸张性的抒情，十二个时辰，十二种思念，十二种回忆，十二种结果，将男主人公的痴情表现到无以复加。以月份和日子来抒发情感的则有《十二月采茶歌》《十望郎》《一心想妹两相逢》《望郎小调》《望郎歌》等，皆是通过时间递进和事情回忆强化情感表达。

二、歌唱方式多样

重庆少数民族民歌的歌唱方式多样，有个人的吟唱，有一领众和的群体应和，还有你来我往的对唱。

个人吟唱最常见，主要是抒发个人情感。有的有针对对象，如《只爱妹妹好个人》：

油菜开花黄似金，萝卜开花白如银。
黄金白银我不爱，只爱妹妹好个人。

有的则没有明确的针对对象，只是独自抒发情感或表达思想认识。如《不唱山歌不开怀》：

不唱山歌不开怀，磨子不推不转来。
刀子不磨要生锈，大路不走草成窝。

一领众合的歌唱形式主要在劳动场合中或节庆仪式表演中出现。劳动中喊号子多是一领众合的歌唱形式。如秀山《打闹号子·梭梭号》[①]：

领：大家都往前梭哦，
　　薅草都往前去唷，
　　哦吼！
合：喂呀喂呀吼吔吼吔嗨吼，
　　吼吼吔嗨吼喂嗨喂呀吔嗨嗬喂，
领：要来嗨吆咿吆噢吼吔嗨嗬喂。
合：阳山打闹唷吼噢吼吔嗨吼唷吔嗬。
领：要来要来真哟要的来哟嗬勒嗬喂！
合：要来嗨吆咿吆噢吼吔嗨嗬喂，
　　阳山打闹噢吼噢吼吔嗨吼唷吔吼噢吼！

至于仪式表演中的群体应和歌唱主要表现在酉阳的摆手舞以及侗族大歌的演唱中。那种场面的歌唱还要配以锣鼓等乐器，使得演唱效果非同一般，别有一种艺术情趣。

对歌又有不同情况，有男女对唱以歌传情互诉衷肠。如《唱支山歌试妹心》：

男：隔河看见妹传情，人无言语水无声。捡个石头试深浅，唱支山歌试妹心。

女：铜打灯盏锡打脚，久闻情哥爱唱歌。亮开金喉银嗓子，唱座彩桥架

① 黄洁：《重庆土家族民歌选集》，中国文史出版社，2004年版，第20页。

过河。

男：天上群星伴月行，地上千个万个人。千个万个我不爱，只爱我心中一个人。

女：哥在门前学鸟叫，妹在窗前把手招。娘问女儿招啥子？风吹头发用手捞。

男：大田栽秧篼对篼，情妹恋郎郎恋妹。情郎恋妹会当家，情妹恋郎勤劳动。

女：郎有意来妹有情，好比隔沟水竹林。沟把竹林两边分，沟底竹根紧相连。

男：小小菜园隔堵墙，苦瓜丝瓜分两厢。我吃苦瓜苦想妹，妹吃丝瓜思想郎。

女：我端起碗来想起郎，好像郎影进我房。快步跨进屋里去，只见空房不见郎。

男：太阳出来照白岩，我见岩上晒花鞋。情姐花鞋我喜爱，更爱情姐好人才。

女：大田栽秧行对行，情郎栽秧妹帮忙。妹郎都盼收成好，天姻地缘共枕长。[①]

也有甲乙对歌盘诘，赛歌斗智。如《盘花歌》[②]：

甲：什么开花卷筒筒，什么开花细绒绒，
　　什么开花颠倒挂，什么开花打灯笼？
乙：梧桐开花卷筒筒，绣球开花细绒绒，
　　豇豆开花颠倒挂，茄子开花打灯笼。
甲：什么开花四季红，什么开花东转西，
　　什么开花人不爱，什么开化过得冬？

① 黄洁：《重庆土家族民歌选集》，中国文史出版社，2004年版，第81页。
② 黄洁：《重庆土家族民歌选集》，中国文史出版社，2004年版，第284页。

乙：月季开花四季红，葵花开花东转西，
　　海椒开花人不爱，红梅开化过得冬。

……

此外，重庆少数民族民歌的歌唱方式还有“你不来啥我又来”“一个一首唱起来”的轮唱，和“唱歌不许歌头断”“唱歌要唱歌赶歌”的赶歌等等形式。

三、形成较为固定的艺术形式

重庆少数民族民歌在长期的创造传承中，逐渐积淀形成了比较固定的艺术形式。体式上常见的是七言四句的“绝句体”民歌和七言律诗体民歌。四句表达一个意思的绝句体最为常见，如《花不逢春不乱开》：

不唱山歌不开怀，妹不约郎郎不来。
酒不劝人人不醉，花不逢春不乱开。

由于绝句体形制短小，只适合表达简单的情感。面对复杂的情感内容，就需要七言律诗体来表达，如《不唱山歌不开怀》：

不唱山歌不开怀，妹不约郎郎不来（吔）。
酒不劝人人不醉，花不逢春不乱开（哟）。
唱歌要唱新鲜歌，打锣要打大铜锣（吔）。
好锣不用重锤打，有缘不用话多说（哟）。
阿哥阿妹情意浓，眉来眼去一点通（吔）。
阿妹羞答半遮脸，阿哥阿妹别害羞（哟）。
情歌一曲定了音，阿妹劝哥请放心（吔）。
妹是山寨芭蕉树，芭蕉换叶不换心（哟）。[1]

① 黄洁：《重庆土家族民歌选集》，中国文史出版社，2004年版，第84页。

七言律诗以八句最常见，其他则有十句、十二句、十四句、十六句及其以上的偶数句。

重庆少数民歌在长期的传承积淀中也形成了比较固定的腔调或者说曲牌，有所谓“娇阿依”“送朗调”“五更调”等多种调式，“高炉号子”[①]与“南溪号子”[②]更有复杂的曲调，音调与歌词配合，呈现出更完美的抒情效果。

① 刘壮：《歌从武陵山上来——黔江高炉号子调查报告》，《民族艺术研究》，2010年第2期。

② 彭福荣：《重庆黔江南溪号子的内涵、现状与保护》，《重庆邮电大学学报》（社会科学版），2009年第5期。

第五章　重庆少数民族的民间戏曲

民间戏曲就是由民间群众创造和表演，与民间生活紧密相连，反映民众审美情趣，融民间音乐、舞蹈、说唱、美术等为一体的综合性艺术[①]。其起源多被认为与早期的巫术、祭祀等宗教信仰活动有关。“从发生学的角度去追溯戏剧的起源，我们可以一直追寻到原始人类部落里的宗教仪式歌舞。一般认为，戏剧源于模仿……模仿的动机从属于原始宗教意识，例如交感巫术观念使原始人类相信模仿活动能够导致其自身命运的改变。这种认识和实践的结果导致了原始戏剧形态的诞生。”[②]因此，自古迄今，在一些祭祀活动中，戏曲常常作为其仪式的重要构成部分。民间戏曲由于是人们娱乐生活与宗教祭祀交互产生的结果，因此具有生活性、通俗性、娱乐性和仪式性等特点[③]。重庆少数民族在漫长的历史进程中创造了属于自己的民间戏曲，主要有傩戏、阳戏、土戏和花灯戏。

---

① 田兆元、敖其著：《民间文学概论》，华东师范大学出版社，2009 年版，第 214 页。

② 廖奔、刘彦君著：《中国戏曲发展史》第一卷，山西教育出版社，2000 年版，第 3 页。

③ 田兆元、敖其著：《民间文学概论》，华东师范大学出版社，2009 年版，第 215—219 页。

第一节　重庆少数民族的傩戏

傩戏是重庆土家、苗、布依、侗、彝、汉等10余个民族共同拥有的古老剧种。据史料考证，傩戏最初起源于商周时期的方相氏驱傩活动，是一种官府祭祀鬼神驱逐疫鬼的巫术仪式活动，常于逢年过节举行，设有专职人员掌管，并以一定形式固定下来，代代相传，古代各朝都有关于傩祭的记载并盛行此俗。如《周礼·夏官》记载："方相氏，掌蒙熊皮，黄金四目，玄衣朱裳，执戈扬盾，帅百隶而时傩，以索室殴疫。"又如《吕氏春秋·季冬》说："命有司祭大傩。"高诱注称："大傩，逐尽阴气为阳导也，今人腊岁前一日击鼓驱疫，谓之逐除是也。"这些文献记载表明了傩仪最初的巫术性质。

傩仪由天子所命的庄严祭祀，渐变发展到民间，经历了逐疫、酬神、世俗化三个阶段：第一，随着道教的兴起和汉末佛教传入中国，变驱鬼逐疫而为酬神纳吉。第二，主角方相氏让位于青龙、白虎及佛教中的金刚、力士等护法神。第三，随着宗教的世俗化，变酬神而为娱人，传统的不可侵犯的神祇，一变而为傩公、傩母；再变则成灶公、灶母；至晚唐，连乞丐也加进了傩仪的行列。至宋，神秘的宗教色彩逐渐淡化，而现实社会的习俗充塞傩祭仪式，自元旦至元宵，丐户戴面具，穿红衣，挈党连群，通宵达旦，遍索酒食，场面十分壮观。约在元明时，嬗变而成傩戏①。

在古代，傩祭、傩戏曾经流行面很广，黄河流域、长江流域、嫩江流域、西南地区都有流行。但随着社会的发展和文化的演进，傩祭、傩戏在嫩江流域、黄河流域、长江中下游一带则日趋衰亡。而在偏僻的西南地区特别是少数民族地区由于封闭的社会环境和信仰巫文化的民族文化个性而留存了下来，且至今还活跃流行着。

傩戏是按一定的坛规迎请神灵为还愿者充傩，以驱鬼除疫。这种带有民间宗教性质的戏剧形式，戏名繁多，或叫"端公戏""傩堂戏""傩坛戏""傩愿戏"

---

① 见《傩——世俗化的三个阶段》，中国非物质文化遗产网，http://www.zh5000.com/JS/mianju/tianxi5.htm。

等等。《沿河县志》记载说："男巫曰端公，凡人有疫病，多不信医药。属巫诅焉，谓主跳端公。跳一日者谓之跳端公，三日者谓之打太保，五日至七日者谓之大傩。城乡均染此习，冬季则无时不有，胡端《禁端公论》，谓黔蜀之风教之至。"[①] 这则文献准确生动记录了其时黔蜀地区傩戏盛行的情形以及巫文化对傩戏的影响。

傩戏演出由祭祀法事和戏剧表演两部分组成，是祭中有戏、戏中有祭、祭戏合流、人神一体的表演形式。其中开坛和闭坛是傩戏的首要法事，法事完毕后，随即开坛出戏。演出的戏分为"正戏"和"外戏"，正戏是傩仪的组成部分，外戏则与傩仪无多大关系，只为娱人和戏乐。傩戏剧目繁多，各地存在较大差异。彭水县木蜡庄傩戏的剧目主要有《伏羲姊妹制人烟》《兴周灭纣》《出二郎》《出灵官》《出土地》《包文公问案》《领兵土地》《丙灵出场》《勤头开道》《安童老娘》《三王出巡》《先锋助阵》《将军出阵》《勾愿还愿》《和尚扫堂》《打五猖》《押兵赴坛》等。

傩戏在艺术上主要有以下几个方面：一是以面具为其艺术造型的重要手段。面具也叫"脸壳"或"脸子"，分列为一末、二净、三生、四旦、五丑、六外、七贴旦、八小生。演出时演员按扮演的角色要戴上面具，这是代表角色身份的一种夸张脸部形态的化妆手段，是傩文化的象征符号，是神的载体，是傩戏最突出的艺术特色。面具造型根据历史传说人物特征进行想象绘制、雕刻、涂色而成，多用白杨木或柳木制成。有假面、神像、圣相、头盔、鬼面、脸壳等，具体又可分为正神、凶神、世俗面具、丑角面具、牛头马面几大类。还可分为整脸和半脸两种，整脸刻绘出人物戴的帽子和整个脸部，半脸则仅刻鼻子以上，没有嘴和下巴。每一个面具代表一个人物，一个故事。二是以法器为道具。祭祀表演场景布满各种法器，如圣像、挂图、牛角、师刀、牌经、八宝铜铃、占卜竹卦、令牌、长刀、宝剑、打神鞭等等，供端公请神驱鬼，祭坛庄严肃穆。三是演出多伴以锣鼓，演员的唱词、台词，使用本地地方语言。四是表演动作简单，手势通过伸、屈、勾、拧、扭、旋、按、翻等八个姿势来配合和代表语言和唱腔表情达意；舞步多样，随表演内容变化而变化。五是伴有绝技表演，如飞檐走壁、飞叉

---

① 李良品、彭福荣：《乌江流域口承文学研究与集成》中国戏剧出版社，2011 年版，第 364 页。

刺鬼、上刀杆、踩地刀等[①]

重庆少数民族傩戏产生较大社会影响的主要是彭水木腊庄的傩戏和秀山余家傩戏。秀山余家傩戏据传至今已有200多年的历史，现仍在活动的仅存隘口镇的凉桥村余家傩戏班，秀山傩戏在当地被称为“傩愿戏”“傩堂戏”或“跳戏”。

余家傩戏的傩仪部分主要分为“冲傩”和“还傩愿”两大类。“冲傩”即驱邪打鬼，有些事主认为家里“不清洁”，经常出现无法解释的怪事，或者蛇进屋，怀疑有邪鬼作祟，就会请求“冲傩”；“还傩愿”也称“傩堂戏”或者“喜傩神”，是事主向神灵许愿，包括求子、求寿、求病愈等，愿望达成后，就要向神灵表谢，还傩愿筹神；此外还有“还霄愿”，是还傩愿的一种特殊的形式，只有姓氏为唐、秦、陶、刘的家族才还霄愿。秀山余家傩戏的表演分正戏和杂戏两大部分，正戏专为还愿敬神演唱。杂戏则什么戏都可以演。不仅要演傩戏剧目，也可以演秀山境内的其他剧种如辰河戏、阳戏、灯儿戏、花灯戏的剧目[②]。

余家傩戏演出一般为三个阶段：开坛、开洞、闭坛。开坛和闭坛，是酬神和送神傩仪，要做法事念咒语，表示对祖先、神灵、先师的祈求和忠诚。开坛要设置香案，挂上“三清图”“司坛图”，请师请菩萨，开洞才演正戏[③]。

傩堂正戏主要指还愿仪式中的24个戏，分为上洞、中洞、下洞三部分。“上洞”包括《扫地和尚》《开洞》《开路将军》《点名仙官》《引兵土地》《押兵仙师》等，为傩坛祭祀的延续。“中洞”的主要剧目为《千生赴考》，由《千生八郎》《杀生九郎》《算命郎君》《九州和尚》等7个片段连缀而成，总称《买猪》，中洞实为“串戏”。“下洞”的剧目由《开山将军》《二郎镇宅》《钟馗戏判》等组成，为收邪斩魔追鬼打鬼的仙道戏。另外还有《安安送米》《柳毅传书》《董永卖身》《孟姜女送寒衣》等后12戏[④]。

余家傩戏的魅力主要集中在面具、演唱和绝技表演等方面。面具形状色彩各异，象征不同的角色身份，极具视觉冲击力；唱词冗长丰富，有“请神”“报福”“占卜”“贺喜”“讨赏”等，既庄重神圣，也插科打诨，意味浓厚；绝技表

① 李良品、谭杰容：《重庆世居少数民族研究·苗族卷》，重庆出版社，2011版，第295—298页。

② 王剑、唐敏：《重庆秀山余家摊戏唱词中的语言文化研究》，《民间文学》，2013年第1期。

③ 陈与、杨敏：《秀山傩戏·民间风俗的祭坛仪式》，《重庆与世界》，2013年第1期。

④ 余云华，等：《重庆市志·民俗志》，西南师范大学出版社2009年版，第534—535页。

演如捞油锅、捧炽石、过火炕、踩火砖、吞火吐火、踩刀梯等，令人惊叹。总之，傩戏既神怪诡异，又充满了生活气息，深受重庆少数民族群众喜爱。

遗憾的是，由于社会变迁，电视、网络等现代流行文化的冲击，兼以民族地区年轻一代多走出山村涌向城市，重庆少数民族的傩戏正呈现迅速衰亡的趋势，保护和传承迫在眉睫。

第二节　重庆少数民族的阳戏

阳戏是地道的重庆土家族剧种，为土家族创造，重庆土家族、苗族等共有的一种戏剧形式。一般认为，阳戏为傩戏的变种和发展。萌芽于12世纪中叶，盛行于14—19世纪。现酉阳阳戏传人也是明洪武年间的入酉移民，酉阳小河兴隆村“占70%以上的冉、吴二姓均非土著”，“据兴隆村面具阳戏坛班掌坛老师吴长富介绍，他祖上是在明洪武年间（1368 — 1399），从江西新喻县入川到酉，留居其地的。”酉阳阳戏可见《酉阳直隶州总志·风俗志》记载：“州属多男巫，其女巫则谓之师娘子。凡咒舞求佑，只用男巫一二人或三四人。病愈还愿，谓之阳戏，则多至十余人。生旦净丑、袍帽冠服，无所不具。伪饰女旦，亦居然梨园子弟以色媚人者。盖巫风转为淫风，其失礼愈不可问矣。”[①] 说明阳戏为巫道之一，属傩戏的变种。酉阳土家族阳戏产生或更早，“据传在唐朝时就已流传，其创始人为冉发兴、陈法林，起始流行在酉西一带”[②] 关于阳戏的命名说法不一，有的认为它起源于花灯赛会，演戏于阳春三月，故称阳戏；有说阳戏与傩戏同台演出，傩戏属内教主阴，酬鬼神，阳戏演于外台主阳，娱人，因故得名。段明先生认为，“酉阳阳戏，又叫‘跳戏’。它没有明显的内坛与外坛之分，由坛祭仪式和跳正戏两大部分组成。坛班所跳之戏，其内容都是阳间之事，阳戏班也不走丧家做阴斋道场。”[③] 段明先生的研究揭示了阳戏的一些本质特征，从某些方面印证了

① （清）《酉阳直隶州总志·风俗志》，同治三年（1864）刻本。

② 《酉阳县志》编纂委员会：《酉阳县志》，重庆出版社，2002年版，第484页。

③ 段明：《四川省酉阳土家族苗族自治县双河区小岗乡兴隆村面具阳戏》，财团法人施合郑民俗文化基金会1993年版，第15页。余云华等：《重庆市志民俗志》，西南师范大学出版社，2009年版，第535页。

阳戏之名的由来。

阳戏具有鲜明的娱人纳吉性质，其剧目甚多，据有关文献记载，重庆少数民族阳戏保存下来的剧目有一百余个之多，常演的有《打金枝》《打芦花》《打包救主》《侯七杀母》《曹安杀子》《宋江杀惜》《蠢子回门》《谷屯子接妹》等剧目①。酉阳阳戏就有曲目《薛丁山征东》《薛仁贵征西》《薛刚反唐》《瓦岗立地》《二反长沙》《唐王落难》《秦琼反山东》《五虎平南》《穆桂英》《八仙庆寿》《秦叔宝祝寿》《程咬金祝寿》《中唐传元龙太子》《聂洪武投军》《双槐树》《巧姻缘》《仙女配夫》《李子英求名》《五台搬兵》《四郎探母》《陈光蕊赴任》《冬梅花》《吃茶配夫》《三孝记》《大龙记》《兰园采桑树》《官捷试妻》《槐荫配合》等数十个；秀山也有《三娘教子》《白锣裙》《棒打薄情郎》等剧目②。内容多为人物传奇、历史演义和民间传说。其表演艺术与傩戏类似，主要以面具为重要造型艺术，角色类型齐全，主要包括生、旦、净、丑四类，唱腔丰富，伴以锣鼓。

阳戏在重庆民族地区深受民众喜爱，历经长期的发展，也形成了自己鲜明的特色。据学者彭福荣的研究，重庆酉阳的阳戏就具有如下几个鲜明的特点：一是具有鲜明的以戏酬神和娱人纳吉的戏剧意识。二是角色类型丰富明确，主要包括生、旦、净、丑四类。三是表演用具复杂多样，服装、法器、乐器、面具等较为丰富复杂。四是剧本内涵丰富深刻，涉及神话传说、历史故事和日常生活等多种题材，注重教化娱乐功能。五是表演面具多种多样，与傩戏类似。六是音乐唱腔丰富多彩，有“皇上腔”“丞相腔”“小旦腔”“武生腔”等 8 种，配以锣、钹、鼓等打击乐器③。

酉阳阳戏如今在民间有活态存在，但由于时代变迁，人们生活方式的改变，仍然面临一个传承保护的问题。

---

① 余云华等：《重庆市志民俗志》，西南师范大学出版社，2009 年版，第 535 页。
② 李良品、谭杰容：《重庆市居少数民族研究·苗族卷》，重庆出版社，2011 版，第 303 页。
③ 彭福荣：《酉阳阳戏的文化生态与戏剧特征》，《四川戏剧》，2010 年第 2 期。

第三节 重庆少数民族的土戏

土戏是石柱土家族特有的民间戏剧，主要流传于沙子、湖镇、官田、盐井、中益等地。据2002年版《中益乡志》记载，土戏于1731年由座房坝谭一鸳首创，然后由龚姓传邬姓，再传付姓和谭姓[①]。“当时活跃在县境‘上到七曜山，下到大寨坎，左到白羊塘，右到沙子关’的狭长河谷地带，是土生土长的且与傩戏、绕棺、道教、巫教、民歌等杂合而成的地方戏曲。”[②]石柱土戏的得名有多种说法，谭姓土戏艺人认为“石柱姓谭的人……是本地土著人，因叫土巴族，戏就叫土戏”；付姓艺人则称“沙子以外地区的阳戏是洋的，我们的戏是土生土长的。”[③]学者李绍明则认为：“当地直呼为‘土戏’，既有土生土长的意思，又有流行于土家聚居区，系土家族喜闻乐见的戏剧之意。”[④]

土戏作为民间仪式剧，其神事即阴戏，主要酬神还愿，民事即阳戏，主要娱人纳吉，二者常交错进行，情趣横生。土戏具有开放性，以娱乐开怀为目标，“台上演员可根据演出情况随时随口编说戏词来逗乐子。”土戏表演场地不限，主要在寺庙、院落、街面搭台，用长方木设座位、包厢等，无专门剧场。土戏开坛即“引生”，在主家“供案子”，搭戏台，挂三圣神像。“掌坛师”“请神”，邀约诸多神灵、历代祖师降临神坛庇佑神场。此后，根据主家请的戏目进行土戏表演。相关剧目表演完毕，掌坛师举行“送神”法事。土戏的阴戏由引生、请神、发帖、拨路、镗生、回熟、放牛、陈公、急事催愿、土地报台、镇宅、发二奏、清宅、迎圣、勾愿、龙船、狮子、送神等构成，顺序不能紊乱。

石柱土家族“土戏以神话、民间传说为文学内容，以加过工的本地耍锣鼓为伴奏，以加过工的民歌、山歌为唱腔，以‘穿花’‘拜罗汉’等民间舞蹈为基

---

① 东人达：《珍稀的土家族非物质文化遗产石柱土戏》，《四川戏剧》，2009年第6期。

② 刘建平、袁志利：《石柱县土家族非物质文化遗产的保护与传承》，《重庆文理学院学报》，2007年第5期。

③ 杨柳：《土戏申报非物质文化遗产条件分析》，《大舞台》，2008年第6期。

④ 李绍明：《土家族艺术明珠——土戏》，《四川戏剧》，1994年第1期。

本动作进行化装演唱。表演中行当齐全，唱、做、念、打俱重。”[①] 土戏剧目根据东人达先生的研究，有神事和民事两类。“神事剧目主要有：《引生》《请神》《发帖》《拨路》《蹬生》《回熟》《放牛》《陈公》《急事催愿》《土地报台》《镇宅》《发二奏》《清宅》《迎圣》《勾愿》《龙船》《狮子》《送神》等一整套共24折，是根据道教平还坐唱24戏变化而成。民事戏剧目有：《四值功曹》《红灯记》《开路先锋》《八仙庆寿》《二郎降孽》《金童玉女》《武王伐纣》《打菜娇》《安安送米》《二王下山》《谢财神》《苏秦背剑》《山王捉蛇》《太公钓鱼》《背鞭过关》等。”[②]

石柱土戏自产生以后在特定的地域内迅速发展，繁盛了300年的时间，仅沙子乡就曾活跃着6个民间戏班。新中国成立后，尤其是在“文革”时期，石柱土戏停演，剧本、服装、道具因“破四旧”遭到毁坏。改革开放以后，土戏传人谭地权曾重新组织戏班演出。但由于现代影像、娱乐方式的迅速兴起与普及，文化生态环境的变迁，土戏面临濒危失传的境况。

第四节　重庆少数民族的花灯戏

花灯戏是重庆土家族和苗族共有的一种综合性的民族文化艺术，集歌舞、乐曲、灯饰、诗词说唱于一体，具有集体娱乐和宗教祭祀等多重属性。花灯戏源于汉族“灯儿戏”，后融入土家族、苗族的歌舞表演技巧演变而来，流传于酉水流域的叫酉戏，流传于酉阳小坝的叫包谷灯戏，流传于秀山的则为闻名遐迩的秀山花灯戏。根据花灯唱词“灯从唐朝起，灯从宋朝兴”考究，花灯戏或兴起于唐宋时期，至清末民初表演体系基本形成[③]。

秀山花灯的演出时间，一般是农历正月初二至十五元宵节期间的晚上。秀山花灯的演出，有一套完整的程序，主要包括：设灯堂、启灯（请灯）、跳灯、辞灯。演出前先要设灯堂，灯堂设好后，便开始举行祭灯仪式，灯班活动即告开始。

---

① 《石柱县志》编纂委员会：《石柱县志》，四川辞书出版社，1994年版，第526页。

② 东人达：《珍稀的土家族非物质文化遗产石柱土戏》，《四川戏剧》，2009年第6期。

③ 李良品、谭杰容：《重庆市居少数民族研究·苗族卷》，重庆出版社，2011版，第305—306页。

表演内容按主家接灯的要求，由灯头和掌调安排。如主家没有灯堂就表演《参灯》调。若主家红灯高挂、大门紧闭、门外凳上放有红封彩礼，花灯班就先唱《开财门》；待大门开后再进堂屋表演其他内容的节目。若主家是接“孝福灯”（老人去世三年后才接灯），必须表演《二十四孝》《十二大孝》。有六十岁以上的老人之家，就表演《送寿月》。主家是行医者，就表演《参十代名医》。主家是五匠或供有佛教、道教神位，就参师、参坛，唱《参神》调。主家立新房，就唱《闹华堂》。此外，主家还可以另点节目表演。演出结束后，主家都要给花灯班子一些彩礼或请吃醪糟、糍粑和饭菜。辞别主家前还要表演《采茶》《谢酒》《谢饭》等曲调[①]。

花灯一般跳到元宵节后结束。结束时要举行“烧灯”仪式，取下供奉的花灯神位，脱去跳灯时穿戴的服饰，将灯笼、神位送到河边或沟边烧化，并将跳花灯的道具、服饰从火上抛过，以求跳灯人平安。至此，一年一度的跳花灯活动方告结束。

秀山花灯将诗歌、音乐、舞蹈等紧密结合在一起，体裁形式多样，有歌曲、歌舞、戏曲等多种形态，音乐（花灯调）风格亦各不相同。歌曲形态的秀山花灯，演唱形式及环境十分自由，一人或多人、徒歌清唱或乐器伴奏，在山野田头或院落地坝均可表演。歌舞形态的秀山花灯，表演人数的组合很灵活，一般为一男（丑）一女（旦），叫“单花灯”；也有二丑二旦表演的，叫“双花灯”；多人表演的则叫“群体花灯”。戏曲形态的秀山花灯，叫“单边戏”，这种小型花灯戏曲，以“两小”（一旦一丑）或“三小”（一旦一丑一生）为主，长期在农村演出[②]。

秀山花灯的魅力主要表现在如下几个方面：

一是花灯音乐。秀山花灯音乐有器乐和声乐两种，以声乐为主。器乐常用的伴奏乐器有打击乐、吹奏乐及丝弦乐三类。声乐按其演唱内容，可分为“灯调”“正调”“杂调”“小调”四大类。“灯调”运用最为广泛，是“请灯、启灯、出灯、看灯、会灯、送灯、烧灯”等祭祀仪式必须演唱的曲调。“正调”是跳花灯拜年用的曲调，包括“开财门”“送寿月”“谢主”“祝贺调”“参调”五种。“杂

① 参见重庆市秀山自治县人民政府公众信息网—花灯文化，http://xs.cq.gov.cn/zjxs/268/

② 冯光钰：《秀山花灯戏的历史积淀与现代传统》，《中国音乐》（季刊），2006年第1期。

调”是非正统的杂牌曲，直接反映人们的生产生活、爱情婚姻和社会历史等；歌唱生产劳动和生活的曲调有《采茶调》《送郎调》《打谷调》《划船调》《一把菜籽》《黄杨扁担》《盘花》等；唱历史故事的曲调有《唱古人》《参十三代名医》《祝英台》《洛阳桥》与《孟姜女》。“小调”数量最多，题材丰富。一是“地方小调”如《十爱》《十望》《十看》《十绣荷包》《送情郎》《望郎调》等；二是“外来小调”，如《雪花飘》是取自外来小调《茉莉花》[①]。

二是花灯舞蹈。重庆秀山花灯舞蹈多以丑角赖花子、旦角幺妹子的歌舞为主。这种舞蹈在继承土家族祭祀歌舞“跳团团”的基础上，“逐步形成了一旦一丑的单花灯、双旦双丑的双花灯、多旦多丑的花灯群舞等表演形式。”[②]舞蹈动作主要包括身法、步法、扇法，身法主要有“回头望”“古树盘根”“雪花盖顶”“犀牛望月”等，步法主要有“矮桩步”“悠悠步”“梭子步”“过堂步”等，扇法主要有“一枝花”“并蒂莲”“凤点头”“滚绣球”“鱼摆尾”等，大多取法于现实生活。重庆秀山花灯旦角的舞蹈动作端庄、秀丽、乖巧、高贵，丑角舞蹈朴实、健壮、诙谐。赖花子踩着“矮桩步”“梭子步”“顺风起”和“风摆柳”等步法，上身绕着幺妹子作弧线舞动；幺妹子脚踩“丁丁步”，伴以“单摆柳”“单推磨”等动作，与赖花子形成“大团圆”“门斗转”等舞蹈形态。

三是花灯唱词。重庆秀山花灯唱词“刷白”属典型的山歌，以七言句式为主，亦有完整五、十言句式，还有长短不齐的杂言句式。演唱形式或为旦、丑出场互答，或为赖花子插科打诨。内容十分丰富，或为请神祈福如《启灯调》，或为拜年贺喜如《贺喜调》《贺喜》《贺喜主家过新春》《拜年》等，或为以歌传情，表现男女爱情如《花妹唱歌我来贺》《黄杨扁担》等，或为赛歌斗智如《盘花》《花灯盘歌》等，或为歌唱劳动生活《清早起来雾沉沉》《三天田边走九巡》等。

四是花灯戏剧。重庆秀山花灯因在舞台扮演故事，反映社会生活，因而形成了花灯戏剧，叫“单边戏”，有旦、丑、生等角色，将故事演唱、乐器伴奏与花灯舞蹈紧密结合在一起。但严格地说，它只具备了戏剧的雏形，“还没有形成

---

① 李良品、谭杰容：《重庆市居少数民族研究 · 苗族卷》，重庆出版社，2011 版，第 306 页。

② 袁联波：《秀山花灯的存在形式与传承机制》，《戏剧文学》，2008 年第 3 期。

相应的‘曲牌体’或‘板腔体’的戏曲声腔系统”[①]。秀山花灯的主要剧目有：《安安送米》《打鱼救生》《看牛下棋》《三媳敬寿》《小媳妇》《盘花》《三碗饭盘花》《花子醉酒》《徐氏教子》《徐氏做媒》《下南京》《三碗饭》《三星送子》《闹江州》《陈姑赶潘》《四季景》《万花池》《宝儿搂姐》《刘胡子哥哥下棋》《百花赠剑》《闹五更》等30余折。这些小戏大多反映人民群众的劳动、爱情以及日常生活，具有活泼轻松、诙谐风趣的特点，乡土气息浓郁，深受百姓喜爱。

① 张安平：《“秀山花灯”民俗艺术的文化底蕴及其传承发展》，《重庆教育学院学报》，2006年第6期。

中　编

重庆少数民族的文人文学

第一章　概述

本书所要探讨的重庆少数民族文人文学，广义上说，是指在重庆少数民族地区产生的所有文人文学创作，除本民族文人创作外，还应包括在重庆少数民族地区出现的反映少数民族地区自然山水与民情风俗的流贬、宦游或寓居的客籍文人的文学创作。狭义讲则主要是指现重庆市辖区自古迄今产生的少数民族本土文人创作的作品以及与之相关的文学思想和文学现象或文学事件。梳理重庆少数民族文学发展轨迹，大致可以划为唐宋及以前时期的文学，元明清土司时期的文学，清中后期的文学，民国时期的文学和新中国成立以后的文学这样五个时段来考察，唐宋及以前是重庆少数民族文学的孕育期；元明清土司时期是重庆少数民族文学的产生期；改土归流至清末是重庆少数民族文学的快速发展期；民国时期为重庆少数民族文学的缓慢发展期；新中国成立以后至今为重庆少数民族文学的自觉的繁荣发展时期。

重庆少数民族能歌善舞，有其非凡的文化创造力，但由于历来重武轻文，加之地处偏远，文教开化较晚，有语言无文字，导致其文人文学产生较迟。唐宋及其以前，重庆少数民族地区几无文人产生。倒是一些封建朝廷封任官员或流贬于此的罪臣或寓居于此的文人在此写下了不少篇章，抒发流贬的苦楚与落寞，游记山水与风物。这些客籍文人的创作为当时蛮荒偏远的重庆少数民族地区带来了文人文学，启发和孕育了重庆本土少数民族文人文学。

李白、杜甫、白居易、刘禹锡、黄庭坚等都曾在重庆少数民族地区游历或流贬过，留下了不少篇章，为重庆少数民族文人文学的产生奠定了基础。李白一生三游三峡，留下了《巴女词》《早发白帝城》等12首诗作，描绘了三峡沿途的风光景物与民情风俗，抒发人生感慨。杜甫曾在唐永泰元年（765）四月至永泰四年年正月因生活所迫流寓重庆，在两年零八个月的寓居重庆生活期间，共创作了470余首诗歌[①]，或抒发诗人失意和牢骚不平之情，或表达对时局动荡的忧患，或歌咏风土民情，或咏史怀古，内容十分丰富，这段旅行是他创作的一个高峰期。白居易在元和十三年（818），由江州（今江西九江）司马贬任忠州刺史，至元和十五年（820）九月离任，共在重庆生活一年零七个月，其间共创作诗歌108首，另有《竹枝词四首》[②]。身为贬官，白居易的诗作较多抒发了他的怨愤、思乡、痛苦和无奈感伤情绪，同时也较为真实地描绘了唐代忠州的风土民情，对于了解诗人和重庆古代历史都具有重要的史料价值。刘禹锡在穆宗长庆二年（822）至四年（824），近三年间担任夔州（今重庆奉节）刺史，创作了诗作几十首，尤以学习巴渝民歌创作的竹枝词成就最高，影响最大。他的其他农事诗、咏史诗、景物诗等既反映了唐时夔州地区巴渝人民的风土民情，也歌咏了这一带的风光景物。

宋时，同样有大量的文人或官员流寓或贬谪三峡民族地区，留下了大量的文学篇章。著名的有“三苏”（苏洵、苏轼、苏辙）出蜀途径巴渝三峡民族地区，沿途赏景，凭吊先贤，一路歌咏，留下许多记游诗、景物诗、风俗诗，反映了三峡民族地区的风土民情。陆游曾在公元1170年10月至1172年3月间在夔州任通判一年半，写下大量的诗作，抒发心境，描绘风物。范成大1174年任四川节度使，途经巴渝三峡地区，也留下了近60首诗作，描叙巴渝的山川风物、民风习俗和田家农事。

以上这些客籍文人或贬任或宦游流寓三峡民族地区，皆为三峡地区美丽的风光景物、著名的历史遗迹和独特的民风习俗所吸引，从而写下大量的诗篇，构成重庆三峡民族文学的重要组成部分，为重庆少数民族本土文人文学的产生奠定了

① 熊宪光等：《巴渝诗词歌赋》统计，重庆出版社，2004年版，第42页。

② 朱开城：《白居易年谱》，上海古籍出版社，1982年版。

厚实的文学基础。

元明清土司时期，中央王朝以土司制度管理少数民族，为推行文治教化，要求“土官应袭子弟，悉令入学，渐染风化，以革顽冥。如不入学者，不准承袭”[①]。重庆少数民族地区土司才开始注重文化教育，习用汉语文字，吸收汉文化（文学）艺术的营养，冉云、马宗大等一批土司文人终得出现，重庆少数民族文人文学算是正式产生。

由于“土司地区办学，真正有入学机会的多为土司子弟及其族属，因此他们的文化水平提高也就比较明显。”[②]所以土司时期少数民族地区出现的文人也几乎都是土司家族的人。因此这一时期的文学也可以称作土司家族文学，或土司文学。当时，重庆少数民族地区主要有三大土司，即石柱土司，酉阳土司和秀山土司。石硅土司分别由马氏、陈氏和冉氏构成；酉阳土司则主要由冉氏家族掌控；秀山土司则是杨氏家族构成。文学成就较高的主要是酉阳冉氏和石柱马氏两大土司家族。其他土司在文学方面成就不大，相关史料少有提及。

由于土司制度弊端甚多，到清代中叶，清政府以“改土归流”政策，废除了土司制度。随着“改土归流”的全面完成，土司制度的樊篱得以破除，重庆少数民族地区与汉族地区实现了政治一体化管理，文教由土司家族普惠到社会，少数民族与汉民族的人员往来密切，商品贸易以及文化交流频繁，重庆少数民族地区社会的政治、经济、文化得到快速的发展。在此背景下，重庆少数民族文人文学取得巨大进步。一是诗人数量剧增，既有本土科举文人，也有流官客籍文人，总数超百人。而且出现了女性诗人，作者性别上实现了显著的突破。二是文人不再囿于冉氏、马氏等几个大的土司家族，而分布更广泛，无论是地域上还是阶层上，这无疑应被看作是重庆少数民族文人文学的显著进步。

1911 年，辛亥革命爆发，腐朽的满清王朝被推翻，中国历史进入民国时代。民国四十年（公元 1951 年），社会一直动荡不已，军阀混战、国共斗争、抗日战争、解放战争先后爆发甚或交错进行，蒋介石独裁专制的反动统治并未能给重庆少数民族地区社会的政治、经济和文化的发展带来多少进步。总体上，民国时期

① （清）张廷玉，等：《明史》卷 310，上海古籍出版社，1986 年版，第 8649 页。

② 李世愉：《清代土司制度论考》，中国社会科学出版社，1998 年版，第 19 页。

重庆少数民族文学相较清中后期的文学，呈显著衰减趋势。文人数量不多，诗作数量也不多，著有诗文集者甚少，存世不足。并且文类依然以旧体诗词为主，新文学并没有在这里得到生长。

1949年，国民党的反动统治被推翻，新中国成立。新中国《宪法》明确规定“中华人民共和国各民族一律平等”。国家实行以民族平等、民族团结、民族区域自治制度和各民族共同繁荣为基本内容的民族政策。1953年，国家开始组织进行全国性的民族识别调查，1956年又开始少数民族语言、少数民族社会历史调查。到80年代中期，重庆酉阳、石柱、秀山、彭水、黔江等地区少数民族识别完成，相继被批准成立民族自治县。秀山土家族苗族自治县1983年11月7日成立；酉阳土家族苗族自治县1983年11月11日成立；彭水苗族土家族自治县1984年11月10日成立；黔江土家族苗族自治县1984年11月14日成立；石柱土家族自治县1984年11月18日成立。积极有利的民族政策极大地促进了重庆少数民族地区社会政治、经济、文化的发展。重庆少数民族文学进入到一个自觉的繁荣发展时期，特别是1997年重庆直辖以后，随着重庆文化主体意识的建立和增强，重庆少数民族文学真正呈现出了繁荣发展的良好局面。

一是作家的职业意识增强。新中国成立后，我国成立了各级“文联”和“作协”组织，对文艺家、作家进行管理，发展文艺和文学是我国社会主义建设事业的重要任务。因此，文学创作不再像此前历代文人那样被视为业余爱好或附弄风雅，而需认真对待，毕生投入。一批职业作家因此产生。冉庄、何炬学、冉冉、冉仲景等均属职业作家，一生从事着文学创作或文学编辑等与文学事业相关的工作。

二是作家的文学观念跟上了时代。首先，新文学最终为少数民族作家所接纳和积极实践，白话新诗、小说、散文、报告文学乃至话剧、影视文学等新文学体裁都有人涉及，并有佳作出现。这是重庆少数民族文学质的飞跃，由古代文言文学进入现代白话新文学阶段，最终与中国新文学主流同步。其次，文学美学思想也发生了巨变，陈川、第代着冬、何炬学类似于魔幻现实主义的小说写作，冉冉、冉仲景朦胧诗的象征表达和朦胧诗风，何小竹、李亚伟的第三代诗的民间写作和口语化实验，均显示了重庆少数民族文学在文学美学上的积极探索，这种探索对自唐宋以来直至民国时代重庆少数民族文学一直延续不变的古代文学美学是一个极大的突破，显示重庆少数民族文学已朝着多元美学路径向前发展，这是重庆少数民族文学繁荣发展的显著表征。

三是作家的民族意识也有显著增强。一些作家以高度的民族自信，着意于本民族历史、民族精神、民族风情和地域文化的挖掘和表现，给文坛带来独具特色和魅力的文学审美样态。如第代着冬的“地域书写”和“族性写作”[①]、何炬学的小说《摩围寨》就很具有代表性。

四是政府对少数民族文学事业的扶持。从中央到地方各级部门均对少数民族的文化建设和文学事业予以了资金和政策的扶持，国家设有少数民族文学“骏马奖”，重庆也设有“重庆少数民族文学奖”和“重庆文学奖”，激励少数民族文学创作，另外作协还采取创作签约资助等手段来扶持创作，这些管理措施充分体现了政府管理的文学自觉，这种政府管理职能的“自觉”对重庆少数民族文学事业的发展无疑会起到极大的推动作用。

五是文学批评界对文学创作界的热情关注和批评砥砺，一定程度也促进了重庆少数民族文学的创作。重庆学术界自重庆直辖以来加强了对重庆文学、重庆少数民族文学的关注和批评，特别是涪陵师范学院（现长江师范学院）的冉易光先生基于少数民族文人学者的自觉意识，较早就对乌江流域少数民族文学予以了关注和研究，提出了“乌江作家群”的概念，涪陵师范学院还于2002年成立了“乌江流域社会经济文化研究中心”，该中心近些年出版了一系列研究成果，对乌江流域少数民族地区的政治经济文化（包括文学）展开了较为深入的研究。这些学术活动反过来对重庆少数民族文学的发展无疑会有极大的促进作用。

总之，基于以上多种原因，重庆少数民族文学自新中国成立后，特别是1997年直辖以来，取得了巨大的进步。作家创作数量和质量显著提高，一些作家先后获得少数民族文学“骏马奖”等奖项，当代重庆少数民族文学在中华多民族文学中正日益闪耀光芒。

从文体发展看，诗歌无疑是新中国成立后重庆少数民族文学成就最为突出的部分。重庆是当代中国诗歌的重镇，少数民族诗人又是重庆诗歌重镇的中坚力量，先后产生了冉庄、何小竹、李亚伟、何炬学、冉冉、冉仲景、冬婴、张万新、张远伦、任明友、亚军等十余位诗人。他们中如冉庄、何小竹、冉冉等好

---

① 熊飞宇：《追寻生存之根——第代着冬创作探微》，《当代文坛》，2010年第3期。

几位诗人先后获得过中国“少数民族文学奖”以及“四川省文学奖”、“重庆文学奖”等各类奖项，在当代中国诗坛具有一定影响。小说是近些年风生水起的一个领域，创作的人数逐渐增多，佳作频出，不断引起文坛的惊呼。陈川、第代着冬、苦金、何炬学、阿多等成就较为突出。散文也是重庆少数民族文学的一个重要领域，几乎重庆少数民族作家都写有散文，或出版有散文集，不过总体上是数量多于质量，有影响的作品不多。报告文学、戏剧影视最次，创作人数最少，但终究有胜于无。文学评论方面，近些年学人有所增多，刘扬烈和冉易光是其中的代表。

第二章　唐宋时期的文人文学

先唐时期，重庆少数民族地区由于历来重武轻文，加之地处偏远，文教开化较晚，有语言无文字，导致巴渝地区出现的文人和创作的数量很少。根据文献统计："先秦有歌诗4首、《鹖冠子》文19篇，两汉民歌9首。晋代文立存文3篇。"① 这些数据充分表明了在先唐时期漫长的岁月里，巴渝文学发展的缓慢和贫弱。然而，这种情况到了唐宋时期开始有了显著的改善，主要原因就是流寓文人的参与程度显著增强。具体来说表现在两个方面。其一，一方面，流寓文人开始越来越多地关注巴渝的风土人情，积极向当地民间文学吸取营养，创作新的文学作品。另一方面，参与和关注巴渝民歌的文人数量亦渐趋增多，而且他们都是当时最为优秀的诗人。其二，巴渝竹枝词作为一个文学和当地民歌结合的典范，正是在这一时期由区域走向全国，经久不衰，流芳百世。可以说巴渝竹枝词是唐宋时期流寓文人创作和巴渝风情结合的典范，是当时巴渝地区最为重要的文学体裁。

① 熊笃：《巴渝文化论纲》，《重庆大学学报》（社会科学版），2007年第1期，第70页。

第一节 唐宋文人对巴渝民风的文学抒写

唐宋时期，巴渝本土民族文人尚未产生，巴渝民族地区的文学主要表现为少量巴渝籍贯的文人创作和大量的外籍流寓文人对巴渝民族风情的抒写。据统计，当时巴渝籍贯的作家主要有："唐代诗人李远存诗41首、文赋5篇，五代辛寅逊存诗3首，文1篇。宋代冯时行《缙云文集》4卷，存诗294首、词13首、文70篇，杨甲《隸华馆小集》1卷，度正《性善堂文集》15卷，陈德荣《云山翁诗集》等。"[①]虽然我们不能就此认定他们的全部作品都与巴渝土著文化有关，但是他们的作品或多或少都有对巴渝民俗和风情的记录和描述。这里不妨以李远为例来考察。李远，字求古，夔州云阳人，唐文宗大和五年的进士。《全唐诗》记录其诗有35首，有一卷诗歌传世。他也是整个《全唐诗》唯一的一位籍贯巴渝的诗人。曾经担任当涂县令以及岳州、建州、杭州刺史。例如他在《及第后送家兄游蜀》"玉京烟雨断，巴国梦魂归。"以及另外一首《送人入蜀》"蜀客本多愁，何处梦万州"中就抒发了他对巴渝故地的思念。再如宋代冯时行，他的作品中也颇多对巴渝的民风民俗记叙和描写。他积极向民歌学习，常常以当时的俗语口语入诗。例如他在《涪州北岩》中写道："山从幽处亭亭绿，日倚闲边故故长。""故故"就是唐宋时期当地的俗语，犹谓常常，或频频的意思。还有"飞蛾故故扑灯火，风雨潇潇打纸窗。"（《村居》）"草侵吟枕依依梦，花傍愁襟故故春。"（《和向文叔见寄》）都是类似的例子。再如"辟掠闲愁自不干，因春成老亦看看。花枝本自能时样，燕子从前有岁寒。"（《和刘仲廉新年春望之二》）中"看看"一词，也是当地俗语，犹谓刚刚，转眼之间的意思。再如《龙鹤祈雨》，这是一首记叙他在绍兴六年祈雨一事的作品，这首诗歌完整地记录了当地祈雨的风土人情。再如《绪云寺》，更是以饱满的热情地描绘了巴渝民寺的风景："借问禅林景若何？天半楼殿冠嵯峨。莫言暑气此中少，自是清风高处多。岌岌九峰晴有雾，弥弥一水远无波。我来游览便归去，不必吟成证道歌。"

---

① 熊笃：《巴渝文化论纲》，《重庆大学学报》（社会科学版），2007年第1期，第70页。

相较于巴渝籍贯文人的文学创作，唐宋时期巴渝文学最显著的表现还是大量的外籍流寓文人对巴渝风情的歌咏，其中有很多都是当时最著名的诗人和文学家。根据统计可以发现流寓巴渝的作家写巴渝题材的有如下这些作品："唐代杨炯 2 首，陈子昂 8 首，李白 12 首，王维 4 首，孟浩然 2 首，戴叔伦 4 首，李端 3 首，司空曙 5 首，杜甫 470 首，白居易 112 首，刘禹锡诗 44 首、文 14 篇，孟郊 13 首，张籍 13 首，元稹 18 首，韦处厚 12 首，李涉 4 首，张祜 5 首，许浑 3 首，项斯 3 首，李群玉 5 首，李频 7 首，李咸用 4 首，郑谷 8 首，李洞 3 首，唐求 3 首。宋代三苏巴渝诗数十首，黄庭坚 20 余首，王十朋夔州诗 300 多首，陆游夔州诗 60 多首、散文《入蜀记》，范成大 60 多首、散文《吴船录》，此外李复、周敦颐、邵雍、王延禧、宋肇、曾慥、宇文虚中、郭印、张俞、晁公溯、项安世、李焘、阎苍舒、朱熹、余玠、程公许、李石、李曾伯、陈谦、汪元量等都有巴渝诗。"①这些文人对巴渝的民间风俗、民间文学的语汇和体裁积极借鉴吸收，在不同程度上对巴渝地区的民间文学起到了推波助澜的作用。具体说来，他们对巴渝民间的吸收和参与主要体现在风情描述、题材吸收和语言借鉴等多方面。

关注和描写巴渝风情可以说是唐宋客籍文人参与巴渝文学最显著的一个特点。作为当时重要的水路和政治流放地，巴渝地区迎来了一批又一批的文人作者。他们对巴渝的风土民情表现出了强烈的新鲜感和喜爱，并以此为题抒发自己的伤今悼古之情。例如：李白的《早发白帝城》"朝辞白帝彩云间，千里江陵一日还。两岸猿声啼不住，轻舟已过万重山。"这首作品不但写出了李白穿越长江三峡的轻松愉快的心情，更记录了长江三峡湍急的水流，两岸的猿啼，险恶陡峭的山势等巴渝风貌。不过从数量来看，长居夔州的杜甫显然是巴渝文学最重要的诗人。据不完全统计，杜甫有关于夔州诗歌 470 首之多，这些诗歌分别在民俗风情、修辞借鉴、题材化用方面体现了巴渝地域的民歌艺术风格。作为一名来自北方的诗人，巴渝夔州的自然景色和风土人情深深地吸引和唤醒了作者的诗兴。杜甫满怀激情地高唱："巫峡忽如瞻华岳，蜀江犹似见黄河。"（《峡中览物》）"中巴之东巴东山，江水开辟流其间。白帝高为三峡镇，瞿塘险过百牢关"（《夔州歌十绝句》其一）。他在诗歌中不仅描写了巴渝夔州的险要地势和壮丽风景。而且

① 熊笃：《巴渝文化论纲》，《重庆大学学报》（社会科学版），2007 年第 1 期，第 70—71 页。

还详细地记载了这里的风土民俗。“峡束沧江起，岩排古树圆。拂云霾楚气，朝海蹴吴天。煮井为盐速，烧畬度地偏。有时惊叠嶂，何处觅平川。鸂鶒双双舞，猕猿垒垒悬。碧萝长似带，锦石小如钱。春草何曾歇，寒花亦可怜。猎人吹戍火，野店引山泉。”（《秋日夔府咏怀奉寄郑监李宾客一百韵》）诗歌中描写的“煮井”“烧畬”“吹戍火”“引山泉”都是巴渝当地特有风情民俗。流寓巴渝地域的经历，让当地民间的生活方式融入了杜甫的生活，也走进了杜甫的诗歌，从而成为杜甫诗歌中重要的素材。“草阁临无地，柴扉永不关。鱼龙回夜水，星月动秋山。久露晴初湿，高云薄未还。泛舟惭小妇，飘泊损红颜。”（《草阁》）“仲夏流多水，清晨向小园。碧溪摇艇阔，朱果烂枝繁。始为江山静，终防市井喧。吐蔬绕茅屋，自足媚盘珍。”（《园》）“瀼东瀼西一万家，江北江南春冬花。”（《夔州十绝句》其五）“东屯稻畦一百顷，北有涧水通青苗。”（《夔州十绝句》其六）“峡中都是火，江上只空雷。”（《热三首》其二）通过这些作品，巴渝土著的生活画面跃然纸上。

巴渝文化对杜甫诗歌的影响不仅表现在风情记录、题材内容的选择上，而且还体现在语言借鉴方面。杜甫在夔州的诗歌大量采用口语化的语言。特别是当地的口语、俚语、俗语，都被作为一种地域文学的元素被纳入诗歌创作之中。“上马不用扶，每扶必怒嗔。”（《寄薛三郎中据》）“令儿快搔背，脱我头上簪。”（《阻雨不得归瀼西甘林》）“一双白鱼不受钓，三寸黄甘犹自青。”（《即事》）“家家养乌龟，顿顿食黄鱼。”（《戏作俳谐体遣闷二首》）“令儿”“不用扶”“不受钓”“听说”“都是火”“顿顿”都是些俗字、俚语或口语，由此可见土著口语对杜甫诗歌语言运用影响是很大的。

不仅唐代，宋代著名的文人也颇多对巴渝民俗的关注，如“三苏”父子、黄庭坚等都曾在巴渝大地上留下对当地民俗的书写。如果单单以数量和对巴渝夔州民俗的关注度而论，王十朋的此类诗歌无疑是最多的。他的诗歌中大量记录了当地各种民俗和政治活动。例如关于下面这首关于“人日”的诗歌就描述了宋代夔州居民在“人日”倾城出游的盛况：“好遨蜀风俗，夔人贫亦遨。今日日为人，倾城出江皋。遨头老病守，呼宾酌春醪。归来及初鼓，繁灯照霜毛”。（《人日游碛》）再如：“蜀江险处是夔州，滟滪堆边看竞舟……台前八阵已陈迹，水底三闾何处招。手把菖蒲对佳节，兴来呼酒劝同僚。”（《五月四日与同僚南楼观竞渡因成小诗四首明日同行可元章登楼又成五首》）该组诗生动地描绘了夔州土著居民在端午节参与龙舟比赛的盛况，其中提及的菖蒲、龙舟竞赛，其习俗今天在当地也依然如故。又，“巫峡逢生日，夔州见立春。行年五十五，羞作戴花人。”（《立春》）该诗见证了立春时节男女老幼皆佩戴鲜花的风俗，即使年过五十五岁也不例外。与此类似，下面这首《榖日立春》就表现了立春时节淳朴的土著生活场景：“榖日逢春日，江天弄佳气。蔬盆杂蒿韭，一箸异乡味。西畴农事动，问我归何未。岂无二顷田，奚用五马贵。”而下面这首《食薏苡粥》则记录了当地居民守暑热困扰染病，用薏苡熬煮成粥的食疗传统。“夔州再见夏，炎瘴侵我肌。两股忽浮肿，百药竟未治。或言薏苡良，可以做粥糜。恐坐伏波傍，腹中有珠玑”。

初为巴山渝水的风光景物所吸引，继为巴渝民俗所感染，再为巴渝民生所同情，唐宋时期的外籍流寓文人对巴渝风情的书写由表入里逐渐深入。他们的创作不只是构成此一时期巴渝文学的重要组成部分，也为巴渝土著文学的产生奠定了坚实的文化基础。

第二节　唐宋文人的巴渝竹枝词创作

在唐宋时期巴渝地区的少数民族文学创作中，竹枝词应该算是一个最为著名的文学形式。自从唐宋文人介入创作后，巴渝竹枝词逐渐传播到全国各地，根据《中华竹枝词》一书的收录，竹枝词目前存世的数量已经超过60000首，虽然这其中收录的标准或许比较宽泛，但是如此庞大的数量充分说明巴渝竹枝词的流传不仅非常广泛，而且影响更是极其深远。从巴渝地区民间文学的发展史来看，巴渝竹枝词不仅是巴渝古代民间文学的优秀典范，也是巴渝民间文学的重要组成部分，而唐宋时期的文人竹枝词，作为巴渝文化和民间文学的特殊产物，更是巴渝文人文学不可忽略的辉煌和珍贵文学遗产。

一、巴渝竹枝词的缘起

巴渝竹枝词又名“竹枝”“竹枝歌”“竹枝词”“竹枝曲”“巴渝曲”等。究其本意，当是配合巴渝民歌演唱的民歌歌词，但是这种歌词在民间的流传过程中，应该都是即兴而歌，曲同而词不同的歌词，所以虽然关于竹枝词起源的研究还存在着不少有待争议的话题，但是竹枝词源出巴渝地区，是巴渝民歌歌词的结论基本已成学界共识。例如刘禹锡《竹枝词》序言称：

> 四方之歌，异音而同乐。岁正月，余来建平。里中儿联歌《竹枝》，吹短笛、击鼓以赴节。歌者扬袂睢舞，以曲多为贤。聆其音，中黄钟之羽，卒章激讦如吴声。虽伧宁不可分，而含思婉转，有淇濮之艳。昔屈原居沅湘间，其民迎神词多鄙陋，乃为作《九歌》，到于今荆楚鼓舞之。故余亦作《竹枝词》九篇，俾善歌者飏之，附于末，后之聆巴歈，知变风之自焉。①

宋人郭茂倩在继承刘禹锡说法基础上，进一步明确主张竹枝词是巴渝地区古代民歌的产物。他说：

> 竹枝本出于巴渝。唐贞元中，刘禹锡在沅湘，以但歌鄙陋，乃依骚人《九歌》作《竹枝》新辞九章，教里中儿歌之，由是盛于贞元、元和之间。禹锡曰："竹枝，巴歈也。巴儿联歌，吹短笛、击鼓以赴节。歌者扬袂睢舞，其音协黄钟羽。末如吴声，含思宛转，有淇濮之艳焉。"②

类似的说法还可参见黄庭坚的诗歌集中注释，以及明代胡震亨的《唐音癸签》的记载。③但也有个别人主张的是起源于楚地，即湘楚之地的说法。其说早见于苏轼《竹枝歌（并叙忠州作）》。④今天也有研究者持有这样的观点⑤，但终究认同者不多，多数人还是认同巴渝地区是竹枝词的起源地的说法。

如果探究这种民歌的缘起时代，则有更多不同的说法。总体来看关于巴渝竹

---

① （唐）刘禹锡：《瞿蜕园笺注证》，《刘禹锡集笺证》，上海古籍出版社，1989年，第852页。
② （宋）郭茂倩：《乐府诗集》第四册，中华书局，1979年版，第1140页。
③ 详见（宋）黄庭坚，《豫章黄先生文集》卷五，四部丛刊本；（明）胡震亨：《唐音癸籤》，卷十三。
④ （宋）苏轼，《集注分类东坡先生诗》，卷第二十四，四部丛刊本。
⑤ 陈杰：《竹枝词的发展史》，复旦大学博士论文，2012年。

枝词的起源一共有四种代表性的说法：六朝说、唐前说、隋末唐初说、原始社会的竹王崇拜。竹枝词起源于六朝的理由主要与南朝乐府有关，因为在南朝乐府中就有关于巴渝歌舞的记载，后人据此以为巴渝歌舞的歌词就是竹枝词，而这个观点在明代已有所体现。明人许学夷《诗源辩体》卷二十九“中唐”条云：“梦得七言绝有《竹枝词》，其源出于六朝《子夜》等歌……”此外，明人方以智、清人王文浩，当代学者王运熙都表达过类似的观点。李良品认为：“竹枝词是我国古代山歌，它孕成于民间，最初多用于赛神活动。从起源的时间上讲，它‘源出于六朝’。”[①]认为竹枝词起源唐前的主要证据来自于白居易的诗歌：“幽咽新芦管，凄凉古竹枝。”（《听管》）其代表性观点可参考梁沙沙《民间竹枝词考》[②]，他们认为既然白居易都认为竹枝词是一个古曲，那么显然其产生年代自然应该在唐代之前，但是仅仅以此为据，似乎也很难给出一个确定的时间点。不过根据如下这一条材料判断，竹枝词的来源歌曲——竹枝歌在隋代就已经在巴蜀地区流传开了。“隋人杜台卿云：‘蜀中乡市，士女以人日击小鼓，唱《竹枝歌》，作鸡子卜。’”[③]当然，也有人从人类学的视角得出结论：“《竹枝词》其实源于西南地区的巫歌，是在‘竹王崇拜’这类原始宗教活动中用于迎神的；而‘竹王崇拜’又与‘竹枝’这种植物图腾的崇拜直接关联着。”[④]

综上所述，相较而言，严格意义的竹枝词应该定在隋唐之际比较合适。因为一个文体或者说是艺术形式都有一个流变和发展变化的过程，而源头未必就等于它的本身。根据隋唐人们命名的习惯和以上文献的综合佐证，隋唐之际的竹枝歌必定是竹枝词配唱的曲调，之前或许另有曲调与其有着某种源流关系，但明确有据可查的是隋代的竹枝歌。所以竹枝词的起源时段定在隋代是最合适的。

二、唐代巴渝地区的文人竹枝词

早在刘禹锡之前，唐代文人例如顾况、刘商、孟郊、张籍等多有关于巴渝地

① 李良品：《竹枝词源流考》，《重庆教育学院学报》，2000 年第 4 期，第 50—54 页。
② 梁沙沙：《民间竹枝词考》，《中央民族大学学报》，2007 年第 3 期，第 94—96 页。
③ 李光地：《御定月令辑要》，卷五引隋代杜台卿编《玉烛宝典》，吉林出版集团，2005 年版。
④ 黄崇浩：《“竹王崇拜”与〈竹枝词〉》，《黄冈师专学报》，1999 年第 1 期，第 55—59 页。

区以及邻近的荆楚之地民间传唱竹枝词描写的诗歌。

撤激春生楚水波，楚人齐唱竹枝歌。与君皆是思归客，拭泪看花奈老何。（顾况《早春思归有唱竹枝歌者坐中下泪》）

巴人远从荆山客，回首荆山楚云隔。思归夜唱竹枝歌，庭槐叶落秋风多。曲中历历叙乡土，乡思绵绵楚词古。（刘商《秋夜听严绅巴童唱竹枝歌》）

十岁小小儿，能歌得朝天。六十孤老人，能诗独临川。去年西京寺，众伶集讲筵。能嘶竹枝词，供养绳床禅。能诗不如歌，怅望三百篇。（孟郊《教坊歌儿》）

老着青衫为楚宰，平生志业有谁知。家僮从去愁行远，县吏迎来怪到迟。定访玉泉幽院宿，应过碧润早茶时。向南渐渐云山好，一路唯闻唱竹枝。（张籍《送枝江刘明府》）

甚至不少人也把杜甫《夔州歌》视为唐代竹枝词的滥觞，但是截至目前，仍然缺乏直接证据，断定竹枝词和《夔州歌》是一回事。而白居易毫无疑问是首先创作竹枝词的唐代文人。传世的白居易《竹枝词》四首如下：

瞿塘峡口水烟低，白帝城头月向西。唱到竹枝声咽处，寒猿闇鸟一时啼。（其一）

竹枝苦怨怨何人？夜静山空歇又闻。蛮儿巴女齐声唱，愁杀江楼病使君。（其二）

巴东船舫上巴西，波面风生雨脚齐。水蓼冷花红簇簇，江篱湿叶碧凄凄。（其三）

江畔谁人唱竹枝？前声断咽后声迟。怪来调苦缘词苦，多是通州司马诗。（其四）

显然，白居易的竹枝词就是对当地土著民歌的仿写。从以上四首作品，我们可以发现这些作品具有以下一些艺术上的特色：从题材上来看，这些作品是对当地土著居民演唱竹枝歌的描写，以及自己聆听这些歌曲后所思所感；从语言风格来看，这些作品语言通俗直白，近似于口语。例如“巴东船舫上巴西”“多是通州司马诗”；从整体风格来看，充满着一种哀怨、悲伤的气氛和格调。通过这些作品我们可以清晰直观地看到巴渝土著传唱竹枝歌的生动画面。

与白居易相比，刘禹锡和竹枝词的关系不仅更密切，而且他对竹枝词的推广传播产生的影响也更为巨大。可以说，正是他创作的十一首竹枝词，才让竹枝词流传到了中国的其他地区。正如他的诗中所言“二十三年弃置身”，也正是刘禹锡二十三年长期在夔州的生活经历，让他学习领略了巴渝少数民族的风情民俗，熟悉了竹枝词，才创作了脍炙人口的仿写民歌体的十一首竹枝词。这十一首作品分别由九首联章体和两首联章体组成。整体来说，这些作品可以被归为三个类型的题材。

其一，表达愁苦的怀乡之情。巴渝地域由于交通不便，经济落后，长期以来都有贬谪的官员流寓于此。由于当时民歌往往哀怨低回，而且巴山楚水属于丘陵地貌，阴冷潮湿的云雾，常常让很多外来的官员、文人不由自主地产生了愁苦满怀的思乡之情。例如刘禹锡《竹枝词九首》其一：“白帝城头春草生，白盐山下蜀江清。南人上来歌一曲，北人莫上动乡情。”开头两句描写的是巴渝山地在春天时节的美丽山景，但是一曲土著的民歌却让一位身在巴渝的“北人”不由自主地动了思乡之情，一个“莫”字生动地刻画了这种脆弱的情感，不用亲自唱竹枝歌，仅仅是听到都感到很悲哀。再如：“楚水巴山江雨多，巴人能唱本乡歌。今朝北客思归去，回入纥那披绿罗。”（《竹枝词二首》其二）同样也是表达怀乡之感。不过这首诗歌有着更为明显的比兴技巧的运用。诗歌中用江、雨之多，起兴巴人之歌的多，再由曲多，引起思乡之情。同时兴中兼有比，比中还有兴，诗歌中不仅用巴山楚水的阴雨连绵烘托自己内心的凄苦和愁肠百结，还用巴人安居故土歌唱“本乡歌”的愉快心情与自己漂泊此地的羁旅客愁相互反比。

其二，赞美描写当地土著男女的爱情。歌咏爱情是人类不变的永恒话题，但是通过民歌演唱出来的爱情，更具有一种巴渝民间习俗的特别韵味。事实上，通过相互对唱表达男女之间爱情就是竹枝词最初原生态的演唱形式，所以即使在今天的巴渝地区的少数民族歌舞中，表现青年男女爱情也是主要的题材内容。在刘禹锡 11 首竹枝词中，有 3 首是直接歌咏了男女之间的淳朴爱情。最著名的一首便是："杨柳青青江水平，闻郎江上唱歌声。东边日出西边雨，道是无晴却有晴。"（《竹枝词二首》其一）这首诗在刘禹锡竹枝词之中堪称歌咏爱情的千古绝唱。整首诗综合使用了民歌中常见的比兴和谐音的技巧。诗歌前两句直抒胸臆，用杨柳和江水两种物象随意地将眼前见到的巴渝春景勾勒出，进而引出江面上青年男女对唱情歌的画面。随后再度将笔触转入情境的描写，晴朗的天空中，突然下起了太阳雨，所谓"东边日出西边雨"，这其中既是自然景象的描写，也有情人之间心理的刻画，真真假假、假假真真，让人扑朔迷离，又觉得生动有趣。而这种有趣的效果正是来自民歌惯用的修辞手法——谐音双关，"道是无晴却有晴"中的"晴"与"情"谐音。这种既直接又含蓄的表达把陷入恋爱中少女的忐忑、犹豫不安的心理活动表现得淋漓尽致，而清新自然的风土人情也同时鲜活生动地跃然纸上，让人仿佛身临其境，置身于巴渝山区美丽的自然风光和爱情故事之中。诗歌中所流露出来的情态自然而又婉转动人，语言朴素自然，没有丝毫的刻意雕琢。再如，另一首同样描写爱情的竹枝词："山桃红花满上头，蜀江春水拍山流。花红易衰似郎意，水流无限似侬愁。"（《竹枝词九首》其二）诗歌前两句由写景入手，呈现在读者眼前的是一幅繁花盛开、生机盎然、山水依偎，水流绕山的春天美景。但是其中"上头"同样使用了谐音双关的技巧。因为上头既是一个口头俗语，指山上面，也是暗指古代女子插、束发待嫁的意思。非常特别的是，通常古人多用红花比喻女人，而用流水比喻男子的无情，所谓落花有意，流水无情，但是这里却反其道而行之，用花红不长久比喻情郎心意的善变，而以水流的悠长不绝比喻女子忧愁的绵绵无尽。这两个比喻既生动贴切，又与情景相互交融，从而使得感情抒发更加委婉曲折、摇曳多姿。这些文人的提炼在保留土著民歌的风貌同时，也增加作品的内涵。

其三，讴歌巴渝地区的风土人情。夔州地区山势崎岖，土地稀少，巴渝土著居民往往居住在山林之中，田地也分布在层层的山间梯田和峡谷中。刀耕火种是当地最为主要的农业生产方式。在唐代竹枝词中，刘禹锡的竹枝词是吟咏巴渝风土人情的经典之作。"山上层层桃李花，云间烟火是人家。银钏金钗来负水，长刀短笠去烧畲。"（《竹枝词九首》其九）透过这首诗的意境和画面，我们看到了一幅这样的画面。沿着高低起伏的山势，云雾缭绕，一层一层的山坡开满了桃花、李花，点缀在其中的是住在山坡高处的几处人家。他们家里生火做饭产生的袅袅炊烟，随风飘荡，弥漫在山间。诗歌后面两句，用一种跳跃的手法，植入了两幅日常民间劳作的画面。一幅是身着民族服装的女人们背着工具来低洼处打水；另外一幅则是头戴短笠和手拿长刀的男人在山上烧荒肥田。一上一下，男人女人简单朴实的生活仿佛历历在目。诗人用寥寥数笔简单勾勒出了自然淳朴的田园农家图景，而在字里行间流露出的是诗人对简单生活的向往归隐之情。

唐代后期的皇甫嵩、孙光宪也有沿用竹枝歌曲调填写过竹枝词，其风情和韵味和刘禹锡的颇有不同，其中爱情的成分更多一些，自然风情则有不同程度的减少。总体来说，这些作品都充分地运用了传统的比兴和谐音双关技巧，情中有景，景中有情，含蓄委婉而又生动明快地表达了对巴渝风情的赞美和当地人们生活的讴歌。

总之，正是唐代流寓文人不断从巴渝民间歌谣中吸取各种养分，最后才将巴渝竹枝词转化为一种经典的诗歌体裁，流播各地，长盛不衰。

三、宋代巴渝地区的文人竹枝词

宋代文人写作的巴渝竹枝词数量并不多，尤其是和明清两代相比，数量上更显得相对较少，但是宋代的文人竹枝词却有自己的特殊风貌。大致说来，宋代文人巴渝竹枝词有如下三个特点。其一，宋代文人的巴渝竹枝词题材内容广泛，展现的生活画面远比前人广阔和丰富。其二，宋代文人巴渝竹枝词关注民生疾苦，深刻真实地反映了当地土著居民的艰辛生活。其三，宋代文人巴渝竹枝词的风格逐渐由表现美丽风光向表现夔州三峡的奇崛险怪发展，作品的语言有明显的生硬险怪的倾向。

首先，只要我们把宋代和唐代文人的巴渝竹枝词加以比较就会发现，宋代文人巴渝竹枝词一方面继承了唐五代巴渝竹枝词歌咏爱情、吟咏风土的传统题材；但另一方面又进行了新的题材拓展，例如在咏史和当地风物结合之后，出现了不少巴渝风情和咏史怀古相结合的作品。例如在这首范成大《夔州竹枝歌》中，我们依然可以看到唐代巴渝竹枝词的优美的山野风光和庆祝佳节的欢愉场景。

五月五日岚气开，南门竞船争看来。云安酒浓麴米贱，家家扶得醉人

回。(《夔州竹枝歌》其一)

赤甲白盐碧丛丛，半山人家草木风。榴花满山红似火，荔子天凉未肯红。(《夔州竹枝歌》其二)

前者记叙的是夔州端午节的风俗画面，每到五月五，夔州土著居民比赛龙舟，饮酒作乐、人人大醉而归。喜庆丰收、无忧无虑的生活令人羡慕，而归隐之心亦油然而生。后者则笔触细腻、色彩明快地点染出了一幅三峡秋日的风光速写。鲜红似火的石榴满山遍野像是野火在燃烧，而欲红未红的荔枝，则以一种青红相间的色彩点缀其中。再配上赤甲、白盐两山的碧绿为整体背景，相互映衬，画面之美，可以想见。而这其中依稀可见的劳作生活的人们，更是整个画面中充满生气的点睛之作，一幅充满峡谷风情的山水画生动活泼，呼之欲出。但显然宋代文人的巴渝竹枝词不会仅仅停留与此。三峡不仅有着美丽的风景，而且还是一座文化的富矿。在这里曾经发生过的战争和历史大事，还有很多历史古迹与英雄人物、远古传说都与这块土地密切相关。在赞美淳朴民俗和自然风光之外，文人自然而然地纷纷以巴山楚水的历史古迹为载体，抒发了自己吊古伤今的历史咏叹。例如白帝城、昭君坊，还有邻近的楚地传说，如舜帝、湘妃、屈原、项羽等，往往都是触发骚客思古之情的媒介和起兴物象。在宋代文人巴渝竹枝词作品中，关于咏怀吊古最具代表性的作品是苏轼的《竹枝词》。这组仿照屈原九章体例的九首作品，分别各用2首吟咏了舜帝、屈原、怀王、项羽的故事。在其序言中，苏轼清楚地表明他的创作主旨。“《竹枝歌》本楚声，幽怨恻怛，若有所深悲者。岂亦往者之所见有足怨者欤？夫伤二妃而哀屈原。思怀王而怜项羽，此亦楚人之意相传而然者。且其山川风俗鄙野勤苦之态，固已见于前人之作与今子由之诗。故特缘楚人畴昔之意，为一篇九章，以补其所未道者。”①苏轼认为竹枝歌自古悲哀凄苦，源于其地偏远，耕种辛苦，也与当地人对历史掌故和英雄的追思感伤有关。不过他认为犹有未尽之意，需要补充和阐明。其诗曰：

苍梧山高湘水深，中原北望度千岑。帝子南游飘不返，惟有苍苍枫桂林。

① 王广福、熊宪光等编注：《中国三峡竹枝词》，重庆出版社，2005年版，第16页。

枫叶萧萧桂叶碧，万里远来超莫及。乘龙上天去无踪，草木无情空寄泣。
水滨击鼓何喧阗，相将扣水求屈原。屈原已死今千载，满船哀唱似当年。
海滨长鲸径千尺，食人为粮安可入。招君不归海水深，海鱼岂解哀忠直。
吁嗟忠直死无人，可惜怀王西入秦。秦关已闭无归日，章华不复见车轮。
君王去时箫鼓咽，父老送君车轴折。千里逃归迷故乡，南公哀痛弹长铗。
三户亡秦信不虚，一朝兵起尽欢呼。当时项羽年最少，提剑本是耕田夫。
横行天下竟何事，弃马乌江自垂涕。项王已死无故人，首入汉庭身委地。
富贵荣华岂足多，至今唯有冢嵯峨。故国凄凉人事改，楚乡千古为悲歌。

在这一组作品中，苏轼借吟咏古人，清楚地表达了自己的人生观、历史观、世界观。时间是无情的，不论是英雄还是美人，在历史的长河中都不过过眼云烟，甚至还不如花木山石更显得永恒。但是他也清楚地指出，即使是如此，人的精神和丰功伟绩是可以流传和不朽的，正如千载之后，人们依然在纪念屈原，人们祭祀的歌声仍然“满船哀唱似当年”。不过诗人也意识到现实是很残酷的，抚今追昔，他深深感叹当下的时政，国君不明，忠良难求，而他自己也身处政治旋涡之中，不能不扼腕叹息，并且以此“富贵荣华岂足多，至今唯有冢嵯峨。”自勉，表明自己不羡慕荣华富贵的高洁志向。自苏轼以后，咏史怀古的竹枝词在宋代文人作品中不断出现，他们纷纷将对当地历史人物的缅怀与世事无常的感慨，以及自己忧国忧民的政治诉求相互融合，从而让竹枝词在更广阔的领域表现出了它的语言艺术魅力。例如孙嵩的《竹枝歌》：

峡路阴阴无四时，寒云鸟道挂天危。荒亭败驿此何处，望帝江山号子规。（其四）

巴子城荒非昔人，公孙何处问遗民。千年惟有武侯碛，留与踏歌行早春。（其五）

这组诗在继承传统竹枝词描写当地风情民俗的基础上，夹叙夹议，表达了自己对蜀王杜宇，以及西蜀丞相诸葛亮的追慕。

其次，正是由于宋代文人更习惯于从政治的高度来看待夔州和三峡的风俗人情，所以在宋代竹枝词的歌声里，我们更多地看到他们关注民生疾苦的真实和深刻。与唐代侧重吟咏风光和愉快的基调不同，宋人普遍在记录风土民情的传统同时，还大量表达了自己对当地少数民族艰难生活的同情，例如苏辙在作品中谈到了土著居民在打鱼、耕种、婚嫁、饮水等方面所面临的自然环境的威胁。

可怜楚人足悲诉，岁乐年丰尔何苦。钓鱼长江江水深，耕田种麦畏狼虎。（其三）

俚人风俗非中原，处子不嫁如等闲。双鬟垂顶发已白，负水采薪长苦艰。（其四）

上山采薪多荆棘，负水入溪波浪黑。天寒斫木手如龟，水重还家足无力。（其五）

这是一个显著的变化，在其中我们既能看到中唐白居易等人倡导的“新乐府运动”精神，即对现实的关注、对民生疾苦的同情，也能看到北宋文人“先天下之忧而忧，后天下之乐而乐”的政治情怀。他们的吟唱不仅是恶劣的自然环境，他们也在诗歌中贬斥地方官府苛捐杂税对人民的压迫。批判“耕者不得食”的丑恶社会现象。例如范成大的《夔州竹枝歌》就记录和揭露了当地虽然稻米闻名于世，即使是丰收在望，但是土著居民却没有饭吃的残酷现实，诗人通过“一堆石”形象而生动地表达了人们对这种严重不公平现象的愤慨。

百衲畲山青间红，粟茎成穗豆成丛。东屯平田秔米软，不到贫人饭甑中。（其六）

白帝庙前无旧城，荒山野草古今情。只余峡口一堆石，恰似人心未肯平。（其七）

最后，就整体风格而言，宋代巴渝文人竹枝词对巴渝风景的描写开始出现了一种显著的艺术风格变化，即由自然亲切转变为奇崛险怪。通过对比，我们可以看到唐代文人笔下的巴渝竹枝词整体风格还是自然、美丽、亲切、友善的，例如刘禹锡的《竹枝词》“山上层层桃李花，云间烟火是人家。”“杨柳青青江水平，闻郎江上唱歌声。”，这些画面清新而自然。然而在黄庭坚的笔下巴渝的风景不仅是险恶的，甚至是令人惊心动魄的。在这里不用说人，就是蝮蛇，猿猴这些自然界的动物都对此感到害怕和犯愁。

> 撑崖拄谷蝮蛇愁，入箐攀天猿掉头。鬼门关外莫言远，五十三驿是皇州。
> 浮云一百八盘萦，落日四十八度明。鬼门关外莫言远，四海一家皆弟兄。
> （《竹枝词》二首）

导致这种风格变化的原因，显然不完全是因为自然条件的变化。因为巴渝的自然环境从唐代到宋代不可能发生如此之大的变化。所以导致这种差异的原因，一方面应该与宋代文人在诗歌创作中追求生硬险怪的风格有关；而另一方面也与宋代党争不断，以及黄庭坚当时所处的险恶政治环境有关。

总体来说，唐宋两代文人对巴渝竹枝词都投入了极大的关注和热情。他们在积极参与当地民间文学的创作过程中，既有共同的专注焦点，也有表现出了各自的审美趣味和文化诉求。相对而言，唐代文人笔下的巴渝风情是自然、亲切而美丽的，而宋人笔下的巴渝民情充满了土著与险恶自然环境抗争的艰辛，以及他们对历史的深思和对黑暗的现实的批判。这些差异事实上正是宋代文人竹枝词对唐代的开拓和突破。

第三章 元明清土司时期的文人文学

第一节 土司制度与土司文学

我国封建社会后期，即元明清三代时期，“大一统”局面和中央集权不断强化，达到了历史上新的高峰。与此形成对比的是，在西南一些边疆地区和民族地区，如云南、贵州、川西、川东南（1997 年重庆直辖后为渝东南）、鄂西南、湘西北等地，中央政权考虑到这些地区政治、经济和文化发展落后于汉族地区，出于加强对“蛮夷之地”进行控制和巩固民族团结的目的，因地制宜，采取“以夷制夷”的方式，将部分政治权力逐渐下放给当地民族首领或实权人物，以实现军政统管、经济开发、文化融合等目标，这就形成了历史上在西南广大地区存续近千年之久的土司制度。在“大一统”的前提下，中央政府以由高到低的职衔任授当地少数民族首领，以其作为代理人，实现国家对上述民族地区和少数民族的间接统治。

乌江流域地处我国中部偏西南，地跨贵州、重庆、湖北、云南四省市，重庆境内主要管辖秀山、酉阳、黔江、彭水、石柱、武隆、南川、涪陵等区县。这里山高林密，武陵山、大娄山等山脉纵横逶迤；河溪交织，乌江、酉水等河流蜿蜒流淌。在漫长的历史时期里，这一地区交通落后、环境闭塞而又族群众多，社会经济文化发展相对迟滞，一直被汉族地区视为“蛮夷之地”。尽管如此，由于乌江流域毕竟地处华夏腹地，相对于广大边疆地区来说，这里直接与汉族地区交界，“是地理意义上的内地，文化与制度意义上的边缘”[①]因而，有学者认为，至元明清时期，这一带“已非实质意义上的边徼蛮荒之地”。[②]

事实上，距今约二三十万年以前，乌江流域就有人类活动的足迹，因地形复杂、气候适宜、物产丰富，这一地区在漫长的历史进程中，一直是人口和文化输入的重点地区之一。自远古至近代，巴、蛮、濮、越等古老族群在这里繁衍生息，而不同历史时期，由于不同原因，又有大量移民持续不断迁入，这些人群逐渐交流、分化、融合，共同形成了今天彝族、土家族、苗族、仡佬族等少数民族。秦汉至唐宋，中央政权视乌江流域为蛮荒之地而设置羁縻州县以治之，实行的是一种较为松散的管理；而到元朝，随着“大一统”和中央集权的加强，正式开始在这一地区推行土司制度。乌江流域土司制度自元代施行以来，经明代不断发展完善，至清雍正十三年（1735年）实施改土归流，前后历时约四百年。或由朝廷直接任命，或因当地头人率众内附而获朝廷授任，或由于强权人物随朝廷征战立有军功而被授职，“尝考洪武初，西南夷来归者，即用原官授之。其土官衔号曰宣慰司，曰宣抚司，曰招讨司，曰安抚司，曰长官司。以劳绩之多寡，分尊卑之等差，而府州县之名亦往往有之。袭替必奉朝廷命，虽在万里外，皆赴阙受职。天顺末，许土官缴呈勘奏，则威柄渐驰。成化中，令纳粟备赈，则规取日陋。”[③]朝廷赋以义务并允其“世有其职、世有其权和世有其土”，乌江流域先后出现了205家文武职土司[④]，其中，属今重庆辖区的土司，其族属主要为土家族，而尤以三大土司在历史上的影响为著。三大土家族土司即管辖区域以今石柱土家族自治县为中心的石柱土司，由马、陈、冉三大家族构成，管辖区域以今酉阳土家族苗族自治县为中心的酉阳冉氏土司，管辖区域以今秀山土家族苗族自治县为中心的杨氏土司，权力由杨氏四大家族共同掌控。

三代中央政权均认为，乌江流域各土司久居边荒，不习教化，未识礼仪，应对其加强汉文化传播和教育，故历朝都通过崇儒兴庠、开科取士等方式促进当地

① 姚香琴：《李化龙与播州之役》，《平原大学学报》，2004年第1期。
② 彭福荣：《乌江流域土司时期文学探赜》，重庆出版社，2013年版，第15页。
③ （清）张廷玉：《明史》卷310《土司传》，上海古籍出版社，1986年版。
④ 彭福荣：《乌江流域土司时期文学探赜》，重庆出版社，2013年版，第24页。

文化教育发展。而因身份和地位的优越，历代土司及家族子弟自然拥有优先接受汉文化教育的权利，也就获得了更多接触和学习汉文典籍的机会；同时，因居于地方管理者地位，土司及家族子弟又能借进京科考述职、朝贡纳赋及招贤纳士等机会，广交辖区内外的文人墨客，如明永乐五年（1407年），酉阳宣抚使冉兴邦即派人入朝“谢立儒学恩”，兴汉学。①

这一时期，政治上“大一统”，社会局势相对稳定，封建经济文化缓慢发展，在此历史背景下，历代土司及家族子弟在政治意识上形成了强烈的国家认同和文化认同；在文化心理上形成了开放进取和对汉族先进文化的仰慕、学习心态；在文化实践上，广大土司及其子弟、族属崇尚和研习汉文诗词文章典籍而不断提高汉文化修养；在长期主动学习与不断切磋交流的过程中，这些土司文人逐渐能够运用传统汉文文体来较为娴熟地描述当时当地的山水风物、政治态势、市井民情等，并能借以抒发个人政治抱负、情怀感叹，创作的文学作品许多具有认识、教化和审美等多重价值。结合特殊的历史、政治和地域背景来观照这些土司文人，可以认为其中大部分在文学上的成就是瞩目的，其作品在中国少数民族文学史乃至整个中国文学史上都占有特殊重要的地位。

土司文学指的就是历代土司及其族属的文学创作活动和创作的文学作品。“古代土家族的文人创作，最早的要数重庆府酉阳土司的诗文，明末清初有位于川东（今渝东）的石柱土司诗文。”② 三大土司中，以酉阳冉氏家族涌现出的文人最众，作品数量最多，流传最广；其次为石砫土司马氏家族；石柱土司的陈氏、冉氏家族和秀山土司的杨氏家族在文学方面的成就鲜见史料记载。体裁上，土司文学以诗歌创作在数量及影响力上最具代表性，古体诗和近体诗均有涉猎，尤以律诗为重，占到了总数的85%以上；还包括散文和词等文学形式，其中散文主要以游记、书信、碑铭等样式流传，词这种文学样式则被宋代以来的流贬文人如黄庭坚等带入重庆民族地区，但土司文人尝试倚声填词却是自明代才开始的；此外，家族谱牒、公文檄书和地方史志等特殊文学样式也应被纳入这一范畴。③ 题材上，由于地处封闭偏远的环境，山水风光、民情风俗、游历交结、军旅行役等

① （清）冯世瀛辑，马继刚主编：《二酉英华》，长江出版社2014年版，第3—4页。

② 胡绍华：《论容美土司文学与民族文化融合》，《民族文学研究》，2012年第1期。

③ 彭福荣：《乌江流域土司时期文学探赜》，重庆出版社，2013年版，第182页。

生活自然就成为土司文学反映的主要内容，表现出浓郁的地方特色和民族特色。

第二节　酉阳冉氏土司文人

根据对历史文献的梳理和研究，自南宋绍兴元年（1131）始，至清朝雍正十二年（1734）止，酉阳冉氏土司家族共袭职604年，产生土官24世共28人，是重庆少数民族世袭最久，家族势力影响最大的土司家族。酉阳冉氏土司文学的主要作者有：冉兴邦、冉瑄、冉云、冉舜臣、冉仪、冉元、冉御龙、冉天育、冉奇镳、冉永沛等前后十位土司及冉亨、冉天泽、冉永涵等土司舍人（子弟族属）[①]。一门涌现出如此众多的文人并不是巧合，这与冉氏土司重视教育，崇儒兴学密切相关。据载，“自冉守忠官酉以来，历世土司皆一介武夫，重武轻文，无一彬雅之士。传十二世至冉兴邦，袭祖职，始渐改其风。”[②]明永乐三年（1405），宣抚使冉兴邦兴办司学；“族中子弟，皆命入学”，“司中土民及明初避难来酉者，耳闻目染，渐知读书识字”。故后人有诗称颂冉兴邦：

西疆僻陋，酉俗未荒。
至于我祖，雅慕书香。
以功请学，肇建胶庠。
圆观方领，济济升堂。
酉溪人士，食德未央……[③]

万历三十三年（1605），冉跃龙袭宣抚使职，首建“庠序”。[④]这为土司及其子弟接受汉文化教育大开方便之门，极大提升了其汉文化水平，也使酉阳土司地

---

① 彭福荣：《乌江流域土司时期文学探赜》，重庆出版社，2013年版，第183页。

② 四川省涪陵地区民族资料编辑委员会：《土家族文化研究论文集》（渝东南文人文学卷），1986年6月，第1页。

③ 《冉氏家谱·家传录·兴邦公传》，转引自陈梦昭编：《酉阳历代诗词选》，西南师范大学出版社，2008年版，第4页。

④ 重庆酉阳冉氏族谱续修委员会：《冉氏族谱·总谱》，三合彩印有限公司，2007年版，第218页。

区重武轻文的社会风气逐渐得到改变。从这个意义上来讲，冉氏家族文人辈出有其家学渊源。

《冉氏家谱·家传录》记载：冉云“幼好文翰，娴吟咏。”冉元“通经义，能文章”，“常偕道流数人访元山水，览胜留题”，然诗作仅存《题大酉洞》一首；冉舜臣亦有诗文集，惜已散佚，目前仅存一文《飞来山记》和《题大酉洞》一诗；冉仪有诗集已佚，仅存《桃涧》《翠屏山》等诗作数首；冉御龙能诗，有《玉盘仙迹》刻存谱中；冉天育“幼业儒，精文翰，补司学选贡”，有诗集名《詹詹言集》，始安滕之伦伯伦、天台谢国梗圣植二先生校订，宣慰椿松公梓以行世；冉奇镳“吟咏诗酒，修理谱牒”，有《拥翠轩诗集》；冉永沛与入酉文士“相与吟咏诗歌”[①]。另《酉阳土司》有言：“冉天育长于七言律诗和绝句，也工词作，其军旅诗气魄雄浑而悲壮，读之让人回肠荡气。冉奇镳善五言格律，所伤春悲秋之作，稍逊其父文势。”[②]《酉阳县志》亦载：“冉奇镳，字玉岑，酉阳宣慰使职，早年曾著《玉楼诗卷》，惜散失无存。其《拥翠轩诗集》曾付刻，南明相国文安之作序，后杜同春重刻。”[③]冉氏家族能文善诗者层出不穷，亦有大量作品传世，《酉阳土家族冉氏土司家谱·忠孝谱·杂著》记载：“冉氏佳作美不胜收，全载《蟪蛄声》一册。但其书今逸，不获多觑。兹录得一鳞片甲，略而不缺耳。”[④]可见，由于时光流逝及结集不力，这些作品颇有亡佚，但酉阳土司文人以其亲躬勤勉的文学态度和文学实绩，推动了重庆土家族文人文学创作主体由客籍文人向本土文人的转移，对推动重庆少数民族文人文学的发展做出了重要贡献。

第三节　石砫马氏土司文人

石砫马氏土司政权前期长年征战，无暇致力文教，《石砫厅志·学校》云石

① 上引文献均出自四川省涪陵地区民族资料编辑委员会：《土家族文化研究论文集》（渝东南文人文学卷），1986年。

② 邹明星：《酉阳土司》，西南师范大学出版社，2008年版，第77页。

③ 酉阳县志编撰委员会：《酉阳县志》，重庆出版社，2002年版，第483页。

④ 转引自彭福荣：《乌江流域土司时期文学探赜》，重庆出版社，2013年版，第186页。

砫“明季武卫甲全川，县名天下，而军事倥偬，文教未兴，四百余年无科第。”[①]中后期积极兴学向化，《马氏宗谱·马宗大传》载“雍正间，（马宗大）承袭宣慰司职……乃建学校，延师儒，教子侄及民间俊秀。建文庙，兴学校……”大兴文教，同样积极推动了汉文化的传播及邑人文化素养的提升。石砫土司文人主要以马氏家族为代表，其中马千乘、马祥麟、马洪裔、马孔昭、马宗大、马光仁为土司，马斗彗为土司舍人。尤为值得一提的是秦良玉。秦良玉（1574 年—1648 年 7 月 11 日），女，字贞素，四川忠州（今重庆忠县）人，其夫马千乘世袭石砫宣抚使，马千乘被害后，因其子马祥麟年幼，秦良玉于是代领夫职。秦良玉率领兄弟秦邦屏、秦民屏先后参加抗击清军、奢崇明之乱、张献忠之乱等战役，战功显赫，被封为二品诰命夫人。秦良玉死后后世文人赞颂秦良玉所作的诗词众多。明朝灭亡后，南明王朝追谥秦良玉为“忠贞侯”。因其父秦葵为贡生，秦良玉自幼习读诗书，颇有文学造诣，《明史》《石砫厅志》等文献均称其“饶胆智，善骑射，通词翰，仪度娴雅”，但“其诗文亦焚毁无传，《芝龛记》所载皆伪撰”[②]，仅有《固守石砫檄文》等传世。秦良玉是我国历史上屈指可数的文武兼备的女性政治家、军事家。十五世石砫宣慰使马宗大对提高石柱土司地区的文化教育有开创之功，自身亦“善操琴，工诗画，骚人墨客，闻风云集，款洽唱酬，动累年月。”[③]虽无文集存世，但留存有《显英王庙记》和《九日登西山》《咏僧舍美人蕉》《游石峰寺》等诗文于世，足证其有较高的文学修养。其“子光裕、犹子光裁、孙孔昭皆善书能诗，兼工图章琴棋，秉家训也。”[④]次子马光仁曾整理自明以来歌咏秦良玉的诗歌，有《太保祠彙刻名诗碑记》，留有与石砫同知王萦绪交游唱和所作《和王萦绪赏二所亭梅花诗》和《乾隆戊寅咏仙崖古迹》等诗。此外，马千乘、马祥麟、马洪裔和马孔昭等土司亦颇具文才，宣抚使马千乘有《狱中告族书》，宣慰使马祥麟也“胸罗经史，能诗文善书”，马洪裔“日与舍人马寿昌、嵋山化成以及文人好学者谈论诗文为事”。马汤和马斗彗堪称土司舍人作家代表。

---

① （清）王萦绪：《石砫厅志》，乾隆四十年（1775）刻本。转引自彭福荣：《石砫马氏土司文学综述》，《长江师范学院学报》，2007 年第 5 期。

② 彭福荣，李良品：《石砫土司文化研究》，重庆出版社，2009 年版，第 208 页。

③ 转引自彭福荣：《乌江流域土司时期文学探赜》，重庆出版社，2013 年版，第 185 页。

④ 四川省涪陵地区民族资料编辑委员会：《土家族文化研究论文集》（渝东南文人文学卷），1986 年 6 月，第 135 页。

马汤致力经学而身体力行，深得秦良玉倚重，后石砫直隶厅同知史钦义《书马舍人汤逸事》诗可资一读。马斗彗系清初贡生，《石砫乡土志》称其“聪明颖悟，博极群书，尤工诗，才名震巴蜀”[①]。时值川中战乱不休，赴石砫避乱文士络绎不绝，斗彗得以借机与厅外名人如田华国、黄近朱等切磋结社，文学功底日益长进。其壮年著有《搏风社稿》《荒草稿》《泼墨吟》等集，晚年汇为《竹香斋诗集》，因家族式微，诗文遗稿大量失散，后乾隆石砫同知王萦绪网罗时仅得九十余首并捐俸授梓，题名《竹香斋拾遗诗稿》，惜辑本不存[②]。现存散文《宜亭记》一篇；其《八景诗序》则云：“非敢流连景物，炫美饰情，亦曰藏名山，传其人，聊为徵文考献者一助耳。若夫兴怀忠孝，景仰前贤，与夫维风范俗之旨，皆隐约于其中”[③]，表其描摹山水的深意。诗作《宾流玉带》《凤凰叠嶂》《西山翠旗》《仙崖古迹》《龙潭映月》等多歌咏石砫奇特秀美的山水，想象奇特，文采斐然。

第四节　土司文人文学的主要内容和艺术特色

元明清时期，小说、戏曲蓬勃发展，诗、古文等传统体裁逐渐式微，词、骈文等文学样式更已退居陪衬地位。然而，由于深受唐宋及以前时期汉文学范式的深刻影响，此时期的重庆土司文学作品仍主要表现为诗、散文和词等体裁，其中尤以诗为重，散文数量上次之，但形式多样，词作数量较少。这些作品都从不同角度较为全面地反映了重庆土家族土司文人文学在这一时期的水平和成就。

一、诗

重庆土司文人诗作中，律诗和绝句占绝大部分，也有作者尝试创作古体诗。

---

① 转引自彭福荣：《乌江流域土司时期文学探赜》，重庆出版社，2013年版，第185页。

② 四川省涪陵地区民族资料编辑委员会：《土家族文化研究论文集》（渝东南文人文学卷），1986年，第137页。

③ 四川省涪陵地区民族资料编辑委员会：《土家族文化研究论文集》（渝东南文人文学卷），1986年，第137页。

《冉氏族谱·总谱》等地方史志显示，酉阳土司冉云、冉舜臣、冉元、冉御龙等“有诗集，全集已佚”，冉天育存有《詹詹言集》、冉奇镳有《拥翠轩诗集》、土司舍人冉芳林有《蟪蛄声诗集》等诗集，今均难以见其全貌，只能从他人为之所作序言中窥其一斑。

《詹詹言集》现存诗三十一首、词八首，由明代滕之伦、谢国梗校订，后世土司冉永沛结集传世，谢国梗为之作序云：“酉宣慰玉岑爵君树帜吟坛，夺标讲席，一时名下士工韵语擅长言者皆退避三舍，仆仆望下风以拜。有是哉。爵君以英年袭世职，其为娱耳目、悦心志者，无所不具。而乃肆力于诗，且诗之工力至此也，爵君之所得深矣。暇曰乃手一编示予曰：此予先君爵主诗集，子其为我序而梓之。……诗全集凡若干首，近体为多。读之，知本名诸生，投笔从戎，远经辽左。其后师还，泛东海，观涛于广陵，溯大江而上。盖矛头盾鼻之艰危，马背船唇之况瘁，抚事怀人之感慨，伤今吊古之凄凉，不知凡几，而一一发之于诗。故其诗有雄杰之气，有淡远之音，有飘忽之神，有苍莽之致。”由谢序可知，《詹詹言集》所收冉天育诗，以近体为多；而题材，则涉及沙场征战之艰危、旅途辗转之劳苦、睹物思人之心酸、抚今追昔之慨叹等等；诗风“雄杰”，“有淡远之音，有飘忽之神，有苍莽之致”，境界“进于道”。《拥翠轩诗集》又名《竹庐吟草》，现全集已亡佚，土司冉永沛曾重刊，明末文安之、杜同春为之序。文序云：“癸巳，道出酉阳，晤冉子玉岑于道周。风举鸿轩，朗朗如玉山相照，余不觉为之倾洽。玉岑……锐意作著，尤工近体。予得而卒业焉，腴而泽，沈郁而多干，忠爱君父之志缠绵笔端。洵挽疆手也。”杜同春《重刻拥翠轩诗集序》云：“追我玉岑先生，综家学之渊源，洞石室之秘奥，天资学力，独冠一时。磊落襟期，最擅风雅。值楚、蜀寇乱，士大夫避地桃源者甚众。如铁庵文先生辈，皆分稿投伫，欢若平生，每选胜登临，群贤毕集，相与酬唱咏歌，云蒸霞蔚。称极盛焉。居恒，念存君国，有怀莫遂，慷慨激烈之气，发为金戈铁马之声。……共得若干首，诸体略备。”《蟪蛄声诗集》全集亦早已亡佚，今仅能从清人林碓、王长德等为之所作序言略知梗概。林序云冉芳林诗“清声亮节，如秋天鹤唳；媚丰斌致，如春花燕攒。其力之攻坚摘瑕，愈与壮士奋臂疾呼，挽强洞札。其音之惨栗寂历，又胜于崩崖飞瀑，缩人肌肤”。王序则谓“其五七言律体、绝句居多。对之，如逃空谷而见良师友也。浣露静坐，午夜纳泽，则耳目发皇，尘胃荡涤。

移乎如松涛之谡谡，焕乎若春花之荧荧……今复得见其诗，绰有盛唐风致。”由上述序言可推知，重庆土司文人诗作主要反映了以下内容：

（一）寄情山水

乌江流域山高林密，溪河纵横，风景如画。石砫土司辖境形胜众多，如有著名的“凤凰叠翠”“西山翠旗”“龙潭映月”等八景，这些名胜均成为土司文人诗作吟咏的对象，马斗彗就作有《八景诗》并序。酉阳土司辖区更是山清水秀，风光奇峻。大酉洞自古声名远扬，被视为陶渊明笔下“桃花源”原型地。历代土司以大酉洞为题材，创作了多首诗歌，如冉天章、冉舜臣、冉仪、冉元等先后写就《题仙人洞》《题大酉洞》《大酉洞》等诗15首。其中冉天章《题仙人洞》云：

洞里神仙渺莫猜，海风幸不引船回。
四周苍藓雕虫篆，一脉灵泉撒蚌胎。
花自无拘开又落，云如有约去还来。
谁能习尽长生术？向此烧丹扫绿苔。

诗以夸张的想象和形象的比喻，惟妙惟肖地描绘了仙人洞奇绝灵动的景致，表露出诗人追求闲适隐逸生活的心态。又冉舜臣《题大酉洞》：

鬼斧何年此劈开？洞天风景足徘徊。
泉锵佩玉冷丹壑，竹泛纱香上绿苔。
姑射千年流胜迹，华阳六月净尘埃。
莫因仕宦迟吟兴，取此清游览胜来。

诗字里行间流露出对大酉洞鬼斧神工自然造化的兴叹，作者流连山水，暂时忘却了案牍公务之烦忧。

其他如马斗彗还有流传至今的诗作《仲春通黄铨部游鼓楼寺观李太白遗迹》：

晴晖送暖共登台，古寺嵯峨近水偎。

铨部新题添藻色，谪仙遗迹长莓苔。
许多佳目迎春住，无数残梅带笑开。
还欲听鹂同戴子，香醪将进任盈杯。

作者借鼓楼寺秀美的自然景色来赞颂朋友黄铨部的文作，表现出较高的艺术造诣。马斗彗还有《八景诗》(并序)、《游三教寺》等诗作；马宗大亦有游览登临之作，如《游石峰寺》：

泉穿石峡路穿丛，拄杖攀岩访远公。
野鸟投巢依密树，孤猿呼伴啸高峰。
云开短岫霞光照，雨湿深林翠色蒙。
最是客归僧寺寂，为留风月与谁同。

全诗以动静结合的手法描摹山野风光，层次感分明，又寓情于景，别具一格。宗大另有《九日登西山古诗》等写景诗作；冉云作《题仙人洞》，冉舜臣《翠屏山》《桃涧》等，冉御龙《石鸣钟鼓》《玉盆仙迹》《飞泉洒玉》等，冉天育《海阳峰》《避暑西山洞中》《江行闻笛》《题二酉洞》等，这些诗作或描摹山水，或咏怀古迹，或寓情于景，或借景抒情，生动形象地展现了当地自然人文风光，并借机抒发了作者的情怀和抱负。

（二）征战沙场

明万历四十七年（1619），酉阳宣慰使冉天育奉旨率军出征辽宁，援助与后金作战的明军。其间，先后取得了辽阳、虎皮及黄山等捷，然冉氏宗族冉见龙、冉文焕及众多士兵亦战死沙场，为国捐躯。故冉天育等有《出山海关》《从征辽左经阵亡将士处举杯酹之》《过鸭绿江》《归途口占》《酬蓟州陈梅泉指挥来韵襄共事辽左》《出征感怀二首》及《辽旋舟次广陵饮朱子宜苏宅时令第文鼎孝廉北上》等诗。酉阳虽地处边鄙，物乏民稀，但土司及家族子弟却充满了“提封仗节赴雄边，不叫仇葛犯边”的壮志豪情和坚定信心，天育因作《出征感怀》二首：

（一）

提封远览壮怀开，赳赳貔貅拥将台。

胸次虽无韩范略，肯教仇葛犯边来。

（二）

雄边千里暮烟开，仗节重登上将台。

曾是先人题咏处，编头儿女诵诗来。

然而真正的战争是残酷的，《从征辽左经阵亡将士处举杯酹之》一首就表现了战斗的惨烈场面，那震天的杀声仿佛还萦绕在作者耳边，白骨皑皑的画面使人不忍直视：

日惨风更嚎，千军血一刀。

黄沙平地起，白骨比山高。

国师生为戮，健儿死亦豪。

裹尸何处所，薄奠借村醪。

在朝廷的征召下，酉阳土司家族儿郎离妻别子，毅然驰骋疆场，体验了生离死别之痛。战争结束后，激情已逝，唯有对故土的思念，无限悲怆与感慨萦绕在心头，天育因之又作《归口途占》一首：

已拼马革裹轻尸，万里归来感不支。

料想故园今夜月，有人凝望已多时。

《酬蓟州陈梅泉指挥来韵襄共事辽左》二首更是淋漓尽致地表达了作者的这种心情：

（一）

回忆从征辽海间，两人共命各生还。

论功试解君衣看，不是刀瘢即箭瘢。

（二）

三载交情酒一杯，吟笺忽向画堂开。
天边云书重翘首，犹忆枕戈待旦来。

（三）托物言志

重庆土司辖区地处边远，山高水急，交通不便。又因长期以来中央政权对这里推行“蛮不出垌，汉不入境”的隔离政策，故历代土司的生活相对是比较封闭的，这也决定了土司文人诗歌所表现的内容相对局限，主要是当地的日常生活以及特定历史时期的社会面貌。岁月流逝，在这种历史背景和政治环境下，历代土司及家族子弟有感于先贤所立丰功伟业，只能借物抒情，展现丰富的内心世界。酉阳土司冉奇镳有《中秋夜饮》：

把酒邀秋月，壮怀百感生。
长空拥浩魄，万里共孤情。

又有《坐竹庐》：

林壑少尘气，悠然生远情。
竹深寒翠合，露足晓珠莹。
村酒兼花气，山禽学笛声。
吾庐诚可爱，差许傲渊明。

前首兼具李太白之浪漫与苏东坡之洒脱，后一首承袭了陶渊明田园诗之风骨。又，冉天育有《沙市徐园古柳别刘中翰》二首：

（一）

徐园东望泪沾襟，古柳垂条傍水滨。
松紧别离如此树，客中送客见何人。

（二）

此树婆娑忆汉南，名园践客酒初酣。
不须更说桓司马，离怅条条已不堪。

诗借柳咏怀，表达了作者离别友人的依依不舍之情以及寄寓他乡的惆怅。另，石砫土司马宗大作有《咏僧舍美人蕉》：

绿嫩红娇傍佛天，层层心事为僧传。
风流错入昙花梦，绰约争妍白社莲。
何自空中来色相，偏从世外结因缘。
年年面壁寻真悟，暮云朝雨总是禅。

全诗虚实结合，由实入虚，通过对美人蕉的形象描绘，流露出作者对佛法的参悟，表现出诗人较高的精神境界。

石砫马氏还有马光仁《和王萦绪赏二所亭梅花诗》、马孔昭《咏芸菪山庄锦边莲》等诗作。

（四）应和酬答

历代王朝更替之际，天下动乱，部分汉族文士避乱至土司之地；而王朝承平时期，土司家族也不免要履行朝贡纳赋，奉调出征等义务，这就客观上给土司文人提供了接触汉文化，与汉族文人士大夫结交，向他们学习的机会。土司文人通过与汉文化精英唱和雅集等方式，逐渐提高了自身的文艺修养，并创作了一批表现友朋情谊的诗歌。《补辑石砫厅志·承袭志》云土司马宗大“骚人墨客闻风云集，款洽唱酬，动累年月”[①] 夷陵文安之，于明永乐七年（1654）“乃入酉阳，寓久之”，与冉氏土司交往密切。[②]

① （清）王萦绪：《石砫厅志》，乾隆四十年（1775）刻本。转引自彭福荣：《乌江流域土司时期文学探赜》，重庆出版社，2013年版，第195页。

② （清）王麟飞等：《酉阳直隶州总志》，卷17，同治三年（1864）。转引自彭福荣：《乌江流域土司时期文学探赜》，重庆出版社，2013年版，第196页。

这方面的诗作代表性的有酉阳土司冉仪的《赠万族冉斌》：

一从提剑扫狼烟，功在东南半壁天。
铁券不磨唐代铸，虎符遥忆汉时镌。
耕桑奠土三千里，忠孝遗芳亿万年。
族子远来应有意，好将事业继先贤。

冉天育亦有《于役成都初归二弟肖生携酒就饮即席有诗见赠依韵答之》：

经年间别客情孤，喜值欢筵酒一壶。
儿女累多心转畅，弟兄情重老弥孚。
才华未敢夸温季，唱和还因愧大苏。
却幸班行归次弟，荆花无恙可成图。

此类作品一唱一和，你来我往，内容丰富：或是倾诉作者与亲朋之间的衷情，或是对对方的作品予以回应，充分表现出作者与交往名士都具有较高的文学修养，也借以抒发了他们之间真挚的友情。

二、散文

自明代开始，中国散文开始向小品化和美文化发展。重庆土家族土司文人在散文方面也颇有建树，历代文人创作了为数不少的山水游记、碑铭书记等散文作品。另外，土司文人与亲友间的往来书信，也应归入这一体式。

据《冉氏家谱·艺文录·文类》，酉阳土司冉舜臣作有《飞来山记》[①]：

湛月亭背，旧为平地。正德戊辰春，酉坡邀客亭中。少焉，彻幽壁，转竹关，倏成异境。吁，有是哉，胡为乎来哉！峻岭而崔巍，排列而坳垭，

① 四川省涪陵地区川东南民族资料编辑委员会：《川东南民族资料汇编·文艺》第一辑，1986年，第2页。

连峰而接岫。穷窿乎其岩洞，通明乎其门径。棋者对弈，箫者并管，游者息者，登临而偃仰，皆此山之行人以入胜也。顾山之成，匪为一时玩赏而已；又将为世守之镇，以见绥靖之功，皆人力之可为，顾在我之勤勉何如耳！故其矗之重冈，立之青芜，冷冷之清泉，森森之草木，何莫非一地脉、一天恩之生被也哉！实不可以无记。若夫山川之胜景，则自有诸君子为之揄扬，以录其概。

文笔精练峻峭，写景栩栩如生，抒情入木三分，可见作者具有较高的文学造诣。

舜臣还有《留霞洞记》等游记，其他如冉维屏有《大酉洞题记》，冉仪有《铜鼓铭》《霞峰寺钟铭》和《崇圣禅寺钟铭》，冉奇镳有《与沛生叔书》等作品，石砫土司亦有秦良玉《固守石砫檄文》、马宗大《显英王庙记》、马光仁《太保祠汇刻名诗碑记》、马斗慧《宜亭记》等散文佳作。这些散文作品大多内容充实，感情真挚，较忠实地记载和描述了土司时期乌江流域的自然风貌、社会情境以及当时人们的心理活动，对了解彼时彼地的自然环境、社会政治经济文化发展状况等有重要的史料价值。

三、词

词这种文体是在宋代随黄庭坚等流贬文人带进重庆民族地区的。黄庭坚于北宋绍圣元年（1094）被贬谪至黔州（今重庆彭水苗族土家族自治县），其间修建“绿荫轩”，约集社会贤达吟诗作词。[①] 这启发和引导了重庆土司地区文人词的创作，但词作者真正由客籍文人向本土文人转变，是自明代酉阳土司冉天育始。

据《冉氏家谱·艺文录·诗余类》载，冉天育曾有7调8首词作，分别为：《点绛唇·春怀》《玉楼春·春怨》《点绛唇·咏隆康馆前丛桂双叶》《满庭芳·新秋》《捣练子·秋夜》《如梦令·感旧》《满江红·春词》《菩萨蛮·秋夜》等。如《满庭芳·春词》一首：

① 冉景福：《渝东南少数民族诗词的发展》，《涪陵师范学学报》，2001年第10期。

莺斗蝶忙，都只为、流光如掷。更可惜，绿红堆里，飞花狼藉。

柳眼新晴金缕灿，竹梢过雨琅玕碧。问溪头、春涨几多深？刚盈尺。

较酒量，犹三石。疏懒性，看成癖。扪壮心不禁，掀髯如戟。一点离情依梦远。

数茎短发和心白。见楼头，皓魄几回圆，频移席。

作品声韵和谐，用词考究，感情充沛，标志作者已经基本掌握了填词的技巧。

清代酉阳土司舍人冉永涵亦有《沁园春·山居述还》《忆秦娥·饮延翁友莲堂》等词作。

受限于时代背景和地理环境，重庆土司文人词题材相对比较狭窄，多为怀春感秋、咏物言愁之作，但却是这一地区文学发展和进步的重要标志，“作为一种区域文学，巴渝词具有独特的风貌，呈现出鲜明的特征，即奔放恣肆的抒情，感悟生发的理趣，彷徨迷惘的心态。”[①]

第五节 土司时期重庆乌江流域的其他文人文学

元代以降，中央王朝对西南民族地区的统治不断加强，政治权力不断下沉。明代至清中叶，朝廷大力推行“湖广填川”等移民政策，包括汉族在内的东部地区移民逐渐进入乌江流域，重庆土司地区的人口构成开始由“蛮多汉少”向“汉多蛮少”转变。这一时期，除少数由土司直接统治的区域外，其他沿乌江的重要交通干线、商贸重镇、战略要冲均成为人口移入、经济开发、文教发展、制度变革的核心区域。由国家开科取士和土司崇儒兴学双重因素刺激，重庆乌江流域除产生了数量可观的土司文人文学作品外，还涌现出众多身份、地位、职业、背景各异的文人，掀起了一个文学创作高潮，这一地区的文人文学逐渐蓬勃发展起来。

依据籍贯，重庆乌江流域土司时期其他文人作者主要可以分为客籍和本土等

① 熊宪光、宁登国：《巴渝词鸟瞰》，《重庆工商大学学报》（社会科学版），2003年第2期。

两大类。今得见其作品的客籍文人，主要有酉阳土司辖地的王道宏、龙惕庵、薛宣、谢国梗、文安之等。

王道宏，字毅庵，生平事迹不详，存诗《咏冉芳老书院》《和冉芳老 < 新秋夜雨 > 原韵》《酉阳农事久旱忽大雨连日》《酉阳赠元门李天徒医士》等四首；薛宣，生平事迹不详，存诗《咏酉阳山七绝》一首；龙惕庵，明代海州人，生平不详，存诗《桃涧流霞》《飞泉洒玉》二首：

桃涧流霞

洞天深处一亭孤，涧水潺潺绕座隅。
山外已无秦岁月，石边还浸古菰蒲。
花飞逐水流红蕊，客至都疑入画图。
刘阮不知谁洞是，却猜踪迹到渔夫。

飞泉洒玉

百尺飞泉洒玉淙，影摇虚阁落疏窗。
随风吹去空相乱，带雪飘来亦未降。
半幅鲛绡悬石室，一天花雨湿旌幢。
春深燕子衔泥过，银幕斜穿影自双。

此为作者所著《咏大酉洞八景》之二首，《飞泉》一首以形象的比喻实写大酉洞瀑布美景，而《桃涧》一首却展开丰富的联想，另有深意。

谢国梗，明代浙江天台人，生平不详，曾为冉天育《詹詹言集》作序，高度评价天育诗歌成就，其序作本身也颇具文采。文安之，南明大臣，字铁庵，汉族，夷陵（今湖北宜昌）人，曾为冉奇镳《拥翠轩诗集》作序，序文亦颇见文学功力。

本土文人诗作主要有酉阳冉天泽、冉天嗣、冉天雄《题大酉洞》三首，均是吟咏大酉洞自然风光之作。散文有石砫冉永焘《醉仙亭记》《醉仙亭赋》《彭山气传》等三篇，或为山水记游，或为人物传记，体现出作者较深的文学素养。

重庆土司时期文人文学的发生和发展是多重因素交替作用的结果，尤其体现了汉族传统文化强大的内化功能。一方面，由于元明清三代在该地区实施土司制度，订立诸多规约，客观上推动了中原汉族典章制度、崇文尚礼风习播袭至土司地区；另一方面，由于汉文化具有明显的教化功能，历代土司出于维护其统治的需要，也主动接受和大力推广汉文化。这一时期的文人文学成就显示了汉文化强大的影响力，以“文治教化”的形式强化了民族团结和国家统一，同时借用汉族传统文学形式对少数民族地区的自然地理、社会生活等内容进行了宣扬，外部世界得以较为全面地了解和认识土司地区的情况，有利于促进族群政治、经济和文化的交流与互动。因此，重庆土司文学具有包含文学功能在内的多重价值意义。

第四章 “改土归流”至清末的文人文学

第一节 “改土归流”与重庆民族文学的勃兴

土司制度是在唐宋时期羁縻州县制的基础上发展而成的，其实质是“以土官治土民”，承认各少数民族的世袭首领地位，给予其官职头衔，以进行间接统治。但实际上，元朝开始实行的土司制度弊病很多，土司对内残暴统治属民，对中央叛服不常，骚扰与之接壤的汉民，土司之间也不断发生战争。“汉民被其摧残，夷人受其荼毒。”[①] 积弊日久沉重的土司制度亟须改革。清朝雍正年间，国力强盛，雍正锐意进取，大规模推行“改土归流”的条件已趋成熟，清朝廷于是在西南一些少数民族地区废除土司制度，实行流官制的政治改革。雍正四年（1726），云贵总督鄂尔泰奏请清政府取消土司世袭制度，设立府、厅、州、县，派遣有一定任期的流官进行管理。并建议“改流之法，计擒为上策，兵剿为下策，令其投献为上策，敕令投献为下策。”[②] 既要用兵，又不专恃用兵，以武力相震慑，力争以政治手段解决。雍正帝对此甚为赞赏，令其悉心办理。六年，又命贵州按察使张广泗在黔东南推行改土归流政策。在废除土司世袭制度时，对土司本人，根据

---

① 雍正四年九月十九日，《剪除夷官，清查田土，以增租赋，以靖地方事》折

② 鄂尔泰在《改土归流疏》中说：“改土归流，将富强横暴者（指土司）渐次擒拿，懦弱昏者（亦指土司）渐次改置，纵使田赋兵刑，尽心料理，大端就绪。

他们的态度给以不同的处理。对自动交印者，酌加赏赐，或予世职，或给现任武职。对抗拒者加以惩处，没收财产，并将其迁徙到内地省份，另给田房安排生活。在设立府县的同时，添设军事机构。清政府在改土归流地区清查户口，丈量土地，征收赋税，建城池，设学校；同时废除原来土司的赋役制度，与内地一样，按地亩征税，数额一般少于内地。云南、贵州改土归流的目标，到雍正九年基本实现。

重庆少数民族地区的“改土归流”完成稍晚一些。雍正十年（1732），酉阳宣慰使冉元龄年老多病，常在床褥，不能视事。子广煊摄司事，性又残暴，土民不服，元龄第七子广杰与广煊互争权位，赴省同诉其事。成都府通判耿寿平奉委来酉，驻龙潭渤海场，处理酉阳改土归流，安设酉阳县事宜。耿寿平于雍正十三年（1735）将冉土司子女 11 人原议安插于浙江，后因该地“改土之后，官兵驻扎年余虐政悉除，舆情悦服。”改为在省城成都安插。乾隆元年（1736）废黔彭军民厅新置秀山县，升酉阳县为酉阳直隶州，辖彭水、秀山、黔江 3 县。至此酉阳实行六百多年的土司制度即告终结。雍正十三年（1735年），秀山土司迫于形势，各“献土置吏”，清朝廷下令将 4 司及其下属机构废除，秀山地区的土司制度至此结束。乾隆二十六年（1761 年），降石砫宣慰使为土通判，“不预民事”，石柱土司统治历史就此结束。至此，重庆少数民族地区的土司制度也全部终结。

随着“改土归流”的全面完成，土司制度的樊篱得以破除，重庆少数民族地区与汉族地区实现了政治一体化管理，清政府在这里兴办学校，设置考棚，极大地促进了重庆民族地区文化教育水平的提高。据史料查证，改土归流后，酉阳直隶州相继创办了四座书院。即“二酉书院”，原名钟岭书院。乾隆二十二年（1757），州牧李光爽始建，同年继任州牧张兑和落成。院址在州治以北，因面临钟灵山而得名。嘉庆十四年（1809），州牧姚钟英、州判丁必荣捐俸重修。嘉庆二十四年（1819），州牧段逢藻改建于州治之南，以其面对二酉洞，故改名为二酉书院。咸丰五年（1855）州牧凌树棠续修。龙翔书院，乾隆二十七年（1710），当时州同刘复仁首倡捐廉白银，绅民张祖谋、李联柏、熊永乔、任维志、黄显等复捐银，备材鸠工，数月而成。嘉庆二十二年（1817）秋，州同黎永清复捐银，绅民黄永清、田广新、田毓昇、王明典等各捐银钱、田土扩建增修。

道光十八年（1838），州同钟叶篪倡道重建。龙潭经院，光绪初年，龙潭王森泰自置地基修建房屋于龙潭镇的北外灯笼铺（即今龙潭中学内的教工宿舍一带）。西西书院，光绪初年，龚滩镇巡检司郑子从和地方绅士，在龚滩镇创办，院址在其镇中街四方井下边。道光元年（1821）七月初三清廷恩准酉阳设立考棚，道光三年（1823）初行院试[①]。清政府办学校，设考棚，开科取士，极大地促进了少数民族对文化教育的重视，"寒俭之家亦以子弟之诵读为重"，一时之间，习举子业、蔚成风气，走登科路不绝于途，汉文化在本地区的传播进入了一个高潮。在此背景下，重庆少数民族文人文学取得巨大进步，其主要标志是一批学有所成的才子学人脱颖而出，文人的数量较前大为增多。熊宪光等从《国朝全蜀诗钞》统计出重庆土家族聚居的酉阳地区在清代的本土诗人有冉正维、田世醽、冉瑞岱、冯世瀛、蔡世佑、冉崇文、田经畬、曾烨、冯文愿、冉崇治、冉正岳、万松等人 12 人，指出"这么多诗人刺史崛起与本土，不能不说是一个值得重视的现象，更何况这些本土诗人描写自己家乡的山水形胜、风景名胜，其观察的视角、表达的情感和依恋的程度与外籍诗人的纪游诗大不相同"，因为其"地地道道"而有"不容低估的价值"，"清代是巴渝本土诗人崛起的时期"[②]。另据彭福荣统计重庆民族地区改土归流至清末涌现的本土诗人就有 80 位之多，其中，彭水 7 人，秀山 1 人，石柱 7 人，黔江 4 人，酉阳 38 人，其他 23 人。[③]甚至还出现了李贞、李莲航、李香圃、李柳英、女梦云、胡聆之 6 位女性诗人，虽然她们"诗不甚佳"，"但虑及文教落后的实际，女性参与诗歌创作则为清代重庆民族地区的文学增添一道亮丽的风景，打破男性作家一枝独秀的局面"[④]。另外，还有任职少数民族地区的"流官"出于政治教化、朋友交往、闲暇娱乐等目的而留下了大批诗文作品，构成这一时期重庆少数民族文学的重要组成部分，并为今天研究重庆土家族地区的社会、政治、经济、文化提供了重要的资料。下附统计简表：

---

① 有关史料参见阿红：《酉阳诗词脉络》，阿红的博客 http://blog.sina.com.cn/633199ah

② 熊宪光等：《巴渝诗词歌赋》，重庆出版社，2004 年版，第 189—190 页。

③ 彭福荣等：《重庆市居少数民族研究 · 土家族卷》，重庆出版社，2011 年版，第 416 页。

④ 彭福荣等：《重庆市居少数民族研究 · 土家族卷》，重庆出版社，2011 年版，第 434 页。

重庆土家族地区清代中后期地方官员作品简表[①]

区县	姓名	诗歌	散文	说明
酉阳	耿寿平		《新设酉阳州碑记》	山东馆陶耿氏雍正十二年办理安设酉阳州，后擢任知州
	张兑和		《州刺史李公去思碑序》	浙江乌程张氏乾隆二十三年署职知州
	徐日纪	七律：《告假旋里，留别酉阳士民》（四首）		徐氏乾隆五十年署酉阳知州
	吴大勋		《平粜买补记》《节妇徐吴氏碑记》《重修学宫碑记》《题陈如翰孝义行状后》《川主庙碑记》《喜雨斋记》	江苏青浦吴氏号酉亭，乾隆年间“以云南丽江府知府左降来摄州篆”，洁己爱民，以培养人才为务
	章凯	五律：《自麻旺场至龙潭镇，见平野水田，喜而有作》《龙潭河》《至秀山》，七律：《庚午十月赴任酉阳漫成》（四首）。		浙江会稽章氏嘉庆十五年署职酉阳知州
	陆光宗	七律：《六十自嘲时方领酉篆》（六首），七绝：《将回里，因集先渭南伯诗寄意，即以留别同人》（七首）。		浙江海盐陆氏道光五年、十年署职酉阳知州
	汪来溪		《同门冉石云明经偶存草序》	甘肃巩昌陇西汪氏于道光十二年署职酉阳龙潭州同
	罗升棓		《田旦初明经卧云小草序》	广东肇庆阳春罗氏与道光三十年、咸丰二年署职酉阳知州
	李鸿渐	七律：《留别龙潭》《贼退后劳饷局诸君》《五日感怀》		贵州镇远李氏于咸丰四年署职秀山知县，后于八年署酉阳州知州
	黎永清		《树山房诗集序》	正黄旗汉军黎氏于嘉庆十六年任职龙潭州同
	陈怀仁	五律：《酉阳道中》（二首）、《石洞勾三坡》，七律：《留别镇属士民》（二首）、《上巴耳盖作》、《望蒲海坝》。		贵州遵义陈氏于道光元年任酉阳同

① 统计表引自彭福荣等：《重庆市居少数民族研究·土家族卷》，重庆出版社，2011年版，第417—423页。

区县	姓名	诗歌	散文	说明
彭水	周曦		《名宦聂公墓表》《节妇某氏墓表》	河南商城周氏于道光七年署职彭水知县
	沈承勋	七律：《留别汉葭士民》（四首），七绝：《登长寿寺》，词：《望江南·汉葭旅夜听秋声有感》。		浙江嘉兴沈氏于咸丰四年任职彭水县令
石柱	王萦绪	五古：《厅署前溪中白莲盛开，一茎两朵，所谓并头莲也。厅人以为瑞，因赋古体纪之》，七古：《平都山歌》，五律：《山行即景》（二首），七律：《谒秦夫人墓》《谒马宗大墓》《登玉音楼》《癸巳九曰游万安山》《二所亭红梅一株，宣慰马宗大手植也。铁干虬枝，花开繁盛，邀客赏之，口占首倡》，七绝：《谒秦夫人庙》、《谒马黄星墓》（四首）。	《增修文庙戟门泮池记》《上谕坊志》《移建文昌庙碑记》《大禹庙碑记》《龙神庙碑记》《移建火神庙记》《秦宫保庙碑记》《创修萧曹庙志》《南宾书院记》《南宾书院膏火记》《牒城隍神文》《各庙祭期议》《万安山太白祠记》《万安山太白亭记》《四老登高图》《祷雨文》《祭丰都县巉碑梁滩文》《治丰都礼略序》《教养山蚕说序》《自题画像词》《题马宗大画像 |》《黔江三台书院记》	山东诸城王氏于乾隆三十五年由丰都知县升任石砫直隶厅同知
	史钦义	五古：《读前人题秦夫人诗，篇什虽富，近体居多。余恐世之不尽悉其事也。为备述颠末，作五古一章。亦乐府遗意云尔》《书马舍人汤逸事》《吊破山和尚》，五律：《咏石砫天时》，七律：《游三教寺次牧道人韵》《谒秦夫人墓次王天馥韵》《次谒马宗大墓原韵》《咏石砫峰》《琅琊王公天馥以四景八景为郡邑，志滥套，不足录。余偶检马舍人〈八景诗〉，喜而和之，滥套贻讥弗辞也》（八首）	《培修文庙碑记》《培修文昌庙碑记》《续补厅志弁言》	浙江余姚史氏于乾隆五十七年署职石柱直隶厅同知
	刘大经		《创修义学碑记》	陕西长安刘于嘉庆五年、八年署职石砫直隶厅同知

区县	姓名	诗歌	散文	说明
石柱	陈汝秋	七古：《题秦夫人砚歌》，七律：《于役石砫谒秦夫人庙》（四首）。		江苏宝山陈氏于嘉庆九年署职石柱直隶厅同知
	王世棻		《创修教场碑记》	江西鄱阳王氏于嘉庆十一年署职石柱直隶厅同知
	陈大溶		《龙亭培修碑记》	江苏娄县陈氏于嘉庆十七年、十九年署职石柱直隶厅同知
	于蔚华		《重修魁星阁碑记》	江苏江都于氏于道光八年署职石柱直隶厅同知
	徐久道	五律：《游太白祠》（二首），七律：《谒秦夫人庙》（二首）、《谒秦夫人墓》（二首）。		贵州黔西徐氏于道光五年署职石柱直隶厅同知
	何文元		《补修文庙碑记》	四川绵州何氏于嘉庆十八年署职石柱直隶厅训导
	张洲	七律：《过秦夫人墓》《和癸巳九日王公游万安山韵》七律一首：《咏二所亭红梅》。		陕西武功进士张氏系石柱同知王萦绪同年好友，历任广西修仁、浙江德清知县
	张凤翥	七律：《咏二所亭红梅》。		浙江钱塘进士张氏系石柱同知王萦绪同年好友，曾任彭山知县
黔江	王尔鉴	五古：《亭子关》《金子岭》《发成都将之黔江》《由重庆之黔江》，七古：《铜钟歌》，七律：《春兴》（三首）。		河南卢氏王氏于乾隆二十二年署职黔江知县
	翁若梅	四古：《清华轩落成题壁》，五古：《题柳孝子碑阴》《栅山郊行即事》《题柜子岩》《涪江舟行即事》《辛卯仲秋待月于清华轩之桂树下，坐而假寐，觉后神境悠然，诗以纪之》《步顾观察题邵刺史题鉴湖图》，七古：《铜钟歌》，七律：《次僧净石谒三教寺壁韵》《遥和僧舍美人蕉诗》《过彭阳怀长孙丞相》《筑柳子台成，访其墓不得，感而赋此》。	《迁建名宦乡贤节孝祠记》	福建闽县翁氏乾隆三十二年署职黔江知县

区县	姓名	诗歌	散文	说明
黔江	李元丰	七律：《甲申闰月量移雅安，留别丹兴士民》（六首）。	《阖邑士民筹备考棚差务及免夫记》	山西介休李氏于嘉庆十七年署任黔江知县
	朱家庚	五古：《题柳孝子碑阴》，七古：《唐钟歌》，五律：《黔江漫兴》。		安徽含山朱家庚于道光二十一年署职黔江知县
	孟自桓	七古：《题龚生祖母暨母寿屏》，五律：《秋日登八面山》（二首），七律：《述怀》《冬柳》。		山东东平孟自桓于咸丰二年署职黔江知县。
	黄初		《汤存鲁先生传》	云南永北黄氏于道光四年署职黔江县令。
	张九章	五律：《秋日登八面山，步前令孟公原韵》（二首），七古：《双乳虎行》《梅子关怀古》《游国公崖》。	《黔邑赈灾记》《〈齐民术要〉序》	山西平定张氏于光绪十五年署职黔江知县
	李曾白		《节孝向母张孺人墓志》	四川长寿李氏于道光二十六年署职黔江教谕
	吴开聪	七律：《戊寅解官归里，留别诸生》（四首）		四川绵州吴氏于同治十二年署职黔江教谕
	刘康蔚	七律：《题绿阴轩》（二首）		江西都昌刘氏于道光四年署职黔江典史
彭水	龙仲槐	七律：《长孙丞相墓》（三首）		广西雒容龙仲槐于乾隆三十八年署职彭水知县
	张锐堂		《改置云上书院记》	陕西西乡张氏于同治元年署职彭水县令
	邬湘	五律：《题清舫八景小桥落虹》《晚游小岘亭》。		江西南昌邬氏于乾隆五十六年署职彭水郁山巡检
	胡林		《重修丹泉书院碑记》《跋丹泉书院万卷堂额》	顺天宛平胡氏于同治四年任职彭水巡检
其他	张素	五律：《和张九镒〈题小岘亭〉原韵》（二首）。	《钟灵书院碑记》	贵州铜仁张氏曾监修四川贡院于1766年来到酉阳。
	何人鹤	五律：《彭水道中》《各省赴营投效七十余人俱回籍》，七律：《乾隆六十年，苗民不法，王师剿捕，予有从征之行，十月二日买州东下往秀山军营》《离大营将归作》《抵平块孙相国大营》《营中连日大雪》《秀山城中孙老人小圃》《由涪州入峡挽舟上彭水》，七绝：《嘉庆元年丙辰正月十五日宿晏农》。		四川绵州何氏曾随军入重庆土家族地区

区县	姓名	诗歌	散文	说明
其他	何绍基	七律：《酉阳试院阅岁科诸生文皆多佳作，书以志喜》，七绝：《月饼词》（六首）。		湖南道州何氏于咸丰二年署职四川学政，《月饼词》序云："癸丑中秋，酉阳试院与录古诸生同作，冉生崇文诗论甚有怀抱，书扇奖之。"
	张九镒	七古：《黔江玉皇阁观飞来钟》，五律：《酉溪山行》、《小岘亭》（二首）、《午行赵家坝》、《过龙桥里》，七律：《石塔峰》、《牛陂箐》、《扪天岩》、《晓行至沙台》、《渡木棕溪》（五律一首），五绝：《梅子关》《九里坡》。		湖南湘潭张氏官至四川川东道著有《退谷诗钞》二十四卷。
	孙士毅	七律：《初至秀山》（四首）、《逆苗干纪半载于兹，余督运粮储兼防后路，念征夫之况瘁，冀露布之遄闻，即事抒怀，再成七律四首，仍用原韵》（四首）、《连接军营捷报，大兵已渡乌草河而南，知匪苗亡有日矣，既庆蒇功并图善后，再叠前韵四首，聊当铙音之导云尔》（四首）、《九日登凤凰山》（四首）		本浙江仁和孙氏于乾隆五十四年，署职四川总督，因乾隆六十年的湖南"苗叛"，而督兵防边并破之于秀山；嘉庆元年，因湖北白莲教进军酉阳而驰御边界并屡胜之
	吴杰	五律：《以拔萃科试诸生七叠前韵》（二首）、《癸未九秋，按试思州，口口口口口至黄草寺铺，次杨雨南韵》（二首）、《晚宿黔江叠前韵》（二首）、《癸未九秋，岁试思州，重阳至牛庐铺，次杨雨南别驾韵》（二首）、《自牛庐铺至二凤关遇雨叠前韵》（二首）、《晓发白蜡园》（二首）、《晚宿黔江叠前韵》（二首）、《辰发青桐坪抵濯河坝》（二首）、《由两河口至土塘坝》（二首）《将抵酉阳息足楠木箐》（二首）。		浙江会稽吴氏于道光二年督四川学政

区县	姓名	诗歌	散文	说明
其他	姚文田		《资政大夫太仆寺卿前任河南贵州布政使司布政使署贵州巡抚麋奇瑜墓志铭》	浙江归安（今湖州）姚氏曾官至道光礼部尚书。
	刘沅		《与台湾道糜朗夫书》	四川成都双流刘氏曾著《槐轩全书》，立槐轩学派，名噪一时。

依据史志文献记载，清中后期重庆少数民族地区能文能诗者确乎不少，数量远超土司时期，显示了此一时期重庆少数民族地区文学有了较大的发展。惜乎多有散佚，不得见完整的文本。

或承续土司时期奠定的优势，本时期冉氏家族文人仍有很多。冉广鲤，字海容，清季酉阳直隶州岁贡，性好诗文，有《信口笛吟草》二卷，现存诗六首。或摹写山水，吟唱酉阳名胜，或感物伤怀、咏史怀古，诗歌富有田园气息，风格平易，“老妪能解，孺子可歌”。冉正维，字地山，清季酉阳直隶州拔贡。以塾师为业，擅诗词，著有《老树山房诗集》，现存诗七首，均写及乡土风物，造词炼句颇为考究。酉阳龙潭州同黎永清序称其诗“脱口有奇气”“高古简远，非有道德之人不能为是语”[①]。冉瑞岱，字石云，系冉正维之子，清道光酉阳拔贡。曾仿宋洪迈《容斋随笔》、明杨慎《丹青录》体例辑成《唾余录》二十卷，条分缕析，远绍旁搜，成浩然巨制。又著诗文《偶成草》若干卷[②]，现存诗13首，除两首古体歌行外，其余均为七律。冉崇文，字右之，酉阳直隶州泔溪人，为道光时州廪生，工文章擅诗词，善书法，平生著述有：《酉阳直隶州总志》二十四卷，《彭水县志》（同治）卷，《冉氏家谱》十二卷，《二酉纪闻》十六卷，《访樵联吟》四卷，《小酉山房杂录》四十卷，《廿四史节抄》。现存增修《酉阳直隶州总志》（同治）、《彭水县志》（同治）、《冉氏家谱》、散文《洋烟赋》、《新婚赋》，诗歌72首，见于孙小峰所编《国朝全蜀诗抄》。冉永焘，拔贡冉天拱长孙，石柱人，乾隆己亥（1779年）举人，留有散文《醉仙亭记》《彭山气传》《醉仙亭赋》三篇，

① 四川省涪陵地区民族资料编辑委员会：《土家族文化研究论文集》（渝东南文人文学卷），1986年6月，第25页。

② 四川省涪陵地区民族资料编辑委员会：《土家族文化研究论文集》（渝东南文人文学卷），1986年6月，第29页。

《题云集寺》《题大兴寺叠前韵》《游三教寺三首》等诗歌五首。冉正岳，字崧维，清道光时拔贡，工五言诗。存《清溪有怀》《清溪纳凉》《秋夜清溪寺外偶成》《将居北上留别壶川夫子》等诗 6 首。

除冉氏家族文人外，其他诗人有蔡世佑，字吉堂，酉阳人，清道光二十五年进士。有《退思轩诗集》刊印传世。周梦渔名卜熊，其先流寓酉阳。奋志于学，卓然有以自立，而为一时名宿所推重。著有《北堂遗范》一书，中有《寸荫草》诗作一帙，汇纪思亲之作，惜其原书不存，仅存数首于世。僧万松，本姓黄，字履云，酉阳著名“诗僧”。现存《山中留客》《月下口占》《回龙山》《天龙山寺夜雪书怀》4 首诗。陈序礼，字立山，酉阳人，擅长五律，有作品《白鹿庄闲居杂咏》存世。冯世瀛，字壶川，酉阳直隶州小坝人。清道光辛卯科举人，成都府金堂县学训导，撰《王经注解》，献于朝廷，道光帝亲书“贻经堂”匾赐之。与冉右之编纂增修《酉阳台隶州总志》《五经注解》曾绥版付印。著有《雪樵经解》三十卷，诗集《候虫吟草》。现存诗 53 首，见于孙小峰所编《国朝全蜀诗抄》。田序统，字旦初，系清酉阳廪生，著《卧云小草》诗集，知州罗升棓序称其诗“以抒写性情为主，其自叙曰：‘不过言吾之所欲言’。有味哉！得作诗之旨矣。集中咏史怀古，以及赠挽诸篇，皆情之至者也。”[①]陈昌智，字午峰，酉阳人，嘉庆辛酉科拔贡。《酉阳直隶州总志·人物志二》“乡贤”条记载：陈氏以“朝考报罢，归隐于乡，以泉石为娱”，“生平工于诗”[②]，七绝如《元宵曲》《咏北齐》《白桃花》《春思》《汴梁怀古》，七律有《陈宫词》，五律有《石花岩》《长溪》《飞来石》《金鳌沙》，多山水泉石之趣。除上述作品外，陈氏还多有佳句，如“雪连燕塞白，山送太行青”（五律《卫辉道中》），“草生新雨后，人立落花前”“浮云思富贵，种菜忆英雄”（《客馆即事》），“早寒衣尽典，长日睡难消”、“万里愁行旅，中年坐不才”（《寓中独坐》），“月从燕地白，鸡作故乡鸣”（《不寐》），对仗工稳，寓意深刻。温朝钟（1877—1911），土家族，黔江人。其为人，革命志士，参加反清政府斗争，英勇就义。其为文，才思敏捷，信口吟来，即成诗文。作品多已散佚，现存诗 10 余首。诗多关注民瘼国是，抒发革命的壮志豪情。

---

① 四川省涪陵地区民族资料编辑委员会：《土家族文化研究论文集》（渝东南文人文学卷），1986 年 6 月，第 27 页。

② （清）王麟飞，等：《酉阳直隶州总志》卷 17，同治三年（1864）刻本。

综观清中后期的重庆少数民族文人的文学创作，有这样几个显著特点：

一是诗人数量剧增，既有本土科举文人，也有流官客籍文人，总数超百人。而且出现了女性诗人，作者性别上实现了显著的突破。

二是文人不再囿于冉氏、马氏等几个大的土司家族，而分布更广泛，无论是地域上还是阶层上，这无疑应被看作是重庆少数民族文学的某种进步。

三是文体以诗歌为主，散文次之。内容上多摹写山水，如冉正岳的五首吟咏清溪风景的诗作从清溪、清溪寺和清溪馆等不同方面，书写了清溪的怡人美景。其中《清溪有怀》写道："清溪沁我心，渺尔尘踪灭。安得素人心，携手掬潭月。"在风景的描写中表现诗人油然而生的心境，这是这类诗歌的基本写法。感物伤怀，咏史怀古也是清代中后期文学中书写较多的一类题材内容，如冉广鲤的《径先宣慰官署感而有作》："带砺功名七百年，劫来事势变沧田。王侯宅第残阳外，钟鼎楼台暮雨边。父母尚能谈汉马，路人未解听啼鹃。伤心故国无穷憾，乔木阴阴岁月迁。"以及冉正维的《铜鼓潭观宣尉衙署及海阳遗迹》："满目蒹葭水一方，金门玉户总荒凉。丹炉有药朝云冷，铜鼓无声夜漏长。故国迁移乔木瘦，乱山重叠野花香。剧怜王谢凋零久，燕子依然在画梁。"这些诗作抒发了因土司制度终结，冉氏家族衰微而不胜伤感的情绪。也有反映少数民族生活风习的作品，如冉正维的《送别黎定斋司马》和冉瑞岱的《还金儿传》对官员美政和世人美德的歌颂。

由以上可知，相较土司时期，改土归流至清末，重庆少数民族文学进入了快速发展期，某些方面如诗歌可以说是进入比较成熟的阶段，这是重庆民族地区长期文治教化的结果，也是民族文学发展的某种必然。

第二节　陈汝燮　陈景星

清代中后期涌现了不少文人，但陈汝燮和陈景星是现存诗作最多的两人，他们现存诗共达一千六百余首，他们的创作从某种意义上来讲可以说是渝东南少数民族文人古典诗歌创作的集大成者，在当时即有较大社会影响，今天看来也有一定的文学价值。

陈汝燮（1828—1900），酉阳板溪山羊坪人，土家族，本名陈序初，榜名汝燮，字答泉，别号答猿，酉阳廪贡生。出身清苦，家境贫寒，醉心于科举入仕，却总是时运不济，最终还是一个穷秀才，只不过在雅州知州罗次垣的衙门里做过幕宾兼教席，在酉阳州总理过保甲事务，以授业解惑终老桑梓。陈汝燮长于诗，生平作有《答猿诗草》八卷，存诗900首。

陈汝燮的诗作题材广泛，涉及人生感怀、时局愤懑、山水吟咏、友朋赠答、怀故思亲等不同领域。其人生感怀诗表现了他各个时期的心境情绪和思想追求。早年的旷达豪放，见于《六月十四夜醉侯小亭邀饮于香山故宅》一诗中："席地醉月月亦醉，月落杯底凭人吞。古今只此一丸月，吞尽如何月尚白？月果在腹还在天，醉里狐疑猜不得。旋枕山石仰面眠，月入醉眼月更圆。爱月起舞复长啸，山鬼走避疑狂颠。"其真性情有李白之风。陈汝燮对科举的执着追逐与落败，令他感到伤感愤懑乃至绝望。诗歌《遣兴四首》表现了这方面的情绪："科名风马牛，默默知计左。悔不早投笔，尸拌马革裹。悔不早学仙，身骑鹤背坐。落拓长如此，真愧裸虫裸。举酒望青天，满眼奇愁堕。"诗人为自己的人生不顺倍感无奈伤心。诸如此类的诗作对于我们了解诗人有重要价值。

对民瘼国事的关心，对时局动荡民不聊生的忧愤是陈汝燮诗歌中具有积极思想价值意义的部分。清朝末年，国力日衰，政治松弛，民族地区匪患不断，兵戎满地，文教不兴，一片萧瑟。诗人笔下多有揭露："数株古树翠凌霄，尘马晴迷路一条。山岭硗顽茅草瘦，店房冷落鬓烟销。恶兵争道驰轻骑，野牧沿奔弄短箫。笑拂征衫吟不就，饥肠辘辘过官桥。"（《官桥》）官桥，是离秀山县城不远的一个村落，本是地坝洞长官司一个比较富庶繁华的地方，然而由于兵荒马乱，弄成了这样一幅萧条景象，诗人连一个解饥救渴的逆旅也找不到，由此可见世事一斑。《廿六日正大营早餐》反映了乱世中人民生活的恐惧与不安："骤呼贼至矣，震如疾雷鸣。男妇鸟兽散，当阶弃孩婴。骇我跣而走，同伴双目瞠。"《宿凉亭凹》则把人民群众饱受战乱之苦、如同惊弓之鸟的情状，写得跃然纸上，历历如在眼前："峰脚鬼神疑暗谷，峰头守兵有茅屋。直上十里据天险，今夜权为放胆宿。地炉活火烧枯薪，围坐笑认劫外身。同行一儿睡未久，拥被惊号下床走。群超牵曳唤使醒，尚说'贼贼'不住口"。《松匪授首边警渐清喜而有作》则为匪患清除而倍感高兴："密迩黔隅错犬牙，连年锋镝乱如麻。将才不守株边兔，贼党终歼井底蛙。破阵军威惊百里，补牢团练集千家。乡园从此安耕凿，打叠骑牛嗅稻花。”陈汝燮这类诗歌一方面表现了其作为一个正直文人对民众苦难的同情，对社会动荡的不满；另一方面也真实地反映了当时民族地区动乱的社会情形，于今天的历史研究具有重要的文献参考价值。

陈汝燮还有大量书写里居生活、吟咏山水和友朋赠答的诗，读来别有情趣。他的里居诗主要抒写其日常生活的点点滴滴，诸如“读书”“夜坐”“斋居”“无眠”“闭门”“闲步”“春晴即事”等等，不一而足。试举一首《磨朱》：“新卷磨朱作点圈，无心偶得句清园。就提朱笔书成稿，字比心头血更鲜。”主要表达诗人诗歌写作时偶得佳句的兴奋感。此类诗歌多显诗人的性情，有生活情趣。

陈汝燮的山水诗写景生动，表现对自然风物的细腻独到的审美感受。如《宿苏溪》：“店房深照夕阳红，点缀深山入画中。第一过桥榕树底，几家门系钓鱼篷。”又如“老枫乌柏染霜匀，点缀山林别有春。飞落疑来投刺客，称呼艳到做媒人。荒寒郊野秋如画，绚烂文章醉有神。嘱咐西风休扫去，石阶吟座当花茵。”两首诗将山村的黄昏与秋色写得极美，令人陶醉。

赠答诗在诗人现存近九百首诗中，占了很大篇幅。这类诗，朴实无华，情至深切，不少篇什，动人心扉。内容因人因事而作，不再赘述。正如陈景星在评他的诗作时说：“里居、投赠、咏物各篇什，尤为新隽。偶拈一语，则神采欲飞；偶练一字，则百思不到。合韩孟元白为一手，沈博幽香，愈嚼而味愈出。”①

陈汝燮是一位苦吟派诗人，诗歌《苦吟行》道出了他作诗的甘苦：

> 一字一句吟难就，微声拥鼻双眉皱。升天入地仗心兵，捕得诗来如捕寇。诗成落笔军奏凯，字字城坚还甲胄。酒醒茶罢灯残候，旧题才毕新题又。呕出心来值几钱，未必篇篇梨枣寿？宇宙奇诗写不完，此心何苦同诗斗。君不见，山人有癖在苦吟，诗草渐多人渐瘦。

诗人于诗，苦在其中，乐在其中。在长期的诗歌创作过程中，诗人也形成了

---

① 四川省涪陵地区民族资料编辑委员会：《土家族文化研究论文集》（渝东南文人文学卷），1986 年 6 月，第 66 页。

自己的诗歌追求："但愿搜其诗，字字绝尘俗"（《宿峨城》），也就是要"语不惊人死不休"，十分注重炼字炼句炼意。诗人还有许多作诗心得："若问诗来处，诗人自不知"（《得诗》），谈诗歌灵感的突然性；"无题即诗题，或者诗愈好"（《秋日无题》），认为无题限制，诗兴更多自由随意，故常能成好诗；"用兵如作诗，出奇意独创"（《恭同吴仲宣制军养疴归里留别尊经锦江两书院诸生韵公饯奉呈》），认为诗要有新意，别具一格；"文章最忌是平平，作势留心看两倾"（《雨势》），"摘去余苞花更大，比如诗好不贪多"（《菊花词》），认为诗歌写作要懂得剪裁取舍，突出重点等等。诗人实践自己的诗歌主张，最终成就令世人钦佩的诗歌业绩。

陈汝燮诗冠酉州，王大章评其诗曰："淹贯略流，博极群书，孝友风节，盖世无双，故其发为诗也，笃于志而细于律，能卓然独树一帜以风世垂教于无穷"，"今读其诗，无美不备。杜子美抑郁悲壮，韩昌黎妥贴排傲，黄涪翁凝重深稳，王介甫突兀折旋，皆兼而赅之，富有千篇，复不苟一字。凡独构之思，奇辟之境，皆有寝馈，有来历，体物工细，声光并茂。"[①] 龚杲仙评曰："先生为文，镂心鉥肾，无一字凡庸。其于山川景物，可惊可骇之状，摹写无不毕肖，盖其居在万山群峰插天，怪石罗列而朝暮烟云，变态不测，故其文亦神与之化也。"除去部分客套恭维之词，这些评价也算中肯，对其诗歌艺术与价值作出了比较适当的评价。

陈景星（1841—1916），又名陈其楠，号笑山，字云五。黔江县石钟乡朱家岩人。土家族。聪慧好学，幼即随父在酉阳直隶州任上就读，为著名熟师冯壶川之高足。后来由于家遭不幸，全家迁贵州省的石阡县落籍。及长，发愤苦读，漫游南北，投笔从戎，对时事变迁、民间疾苦颇有感触。光绪二十年（1894）终获进士，入仕后，先赴齐鲁放赈，继在这一带任县宰，暮年流寓沪上，怏怏而终。

陈景星一生诗作计不下千，然今所见，惟《叠岫楼诗草》，诗见"壮游""磨铁""田居""尘劳""拾余""感旧""津门""耄游""沪滨"诸集，存诗近700首。"诗草"所汇《壮游集》，光绪二年（1876）即已由业师冯壶川梓入《二酉英华集》，后经增删，再入《蜀诗所见集》，宣统二年（1910），是诗又于天津重付

① 四川省涪陵地区民族资料编辑委员会：《土家族文化研究论文集》（渝东南文人文学卷），1986年6月，第65页。

梨枣。同时代的人对其诗歌评价很高，特别是其业师冯壶川对他尤为钟爱，曾为其题词写道：

惠我出新诗，盈篇皆珠玉，宛如出水荷，秀色夺波绿，披阅双眸争，回环竟夕读。余芬溅齿牙，隽永萦心曲。馋诞笑老饕，得陇重望蜀。

琅琅楚游篇，八九吞云梦，鱼龙奔腕底，诡谲不可控。宝璐灿星冠，衔官卑屈宋。……[①]

这些评价除去师弟子的特殊偏爱，也道出了其诗自在的艺术价值。

陈景星的诗歌有许多是咏志抒怀之作。比如《壮志》，展示了诗人早年“蠖屈有时伸，昂头天外去”的抱负，活现了一个虎虎有生气的初生牛犊。诗人刚直不阿，常以梅兰自喻：“我本幽兰人，兰言尤夙爱。”“始知高洁流，藏身原有待。不争春芬荣，独留晚节在。”诗人常感怀才不遇，知音难觅，在《龙池感怀》里，诗人写道：“自古文章憎命达，断无才士不愁多。琴弹流水思钟子，摸抱空山泣卞和……”诗人人已中年却壮志未酬，遂作诗表达自己虽豪气尚在，却人生渐老，宏图未展的无奈和忧伤：“曲江何必宴鳌头，落日登楼又感秋。枫叶有声人渐老，芦花无际水长流。半生湖海余豪气，万生关山激暮愁。阁外芙蓉应怨我，年年负汝事遨游。”（《重九日乙垣转仙约同周小瀛马芝泉两刺史登甲秀楼用元人萨都剌九日登石头城韵》）。因晚清科考腐败，陈景星屡试不第，常叹“身世偏多憾，乾坤总忌才”。1896年，56岁的陈景星才中进士，不免感慨良多：“老夫晚年始发科，苦志虽酬奈老何。”如此等等诗作真实记录了个人人生各个时期从青少年时期的壮游到晚年退职流寓上海的遭遇、经历以及当时的心境，有助于我们了解诗人的人生经历与人格心理。

陈景星有许多吟咏山水风物的诗作，写酉水风光、武陵山景色和民族地区人民的生活，向人们呈现了渝东南民族地区秀丽的山水风光和淳朴的民俗生活风貌。比如《栅山道中》：“水竹回环合，村烟入望底。出篱寒犬吠，争树乱鸦啼。

① 四川省涪陵地区民族资料编辑委员会：《土家族文化研究论文集》（渝东南文人文学卷），1986年6月，第165页。

枫叶霜千斤，芦花雪半溪。野鸥能导客，先我过桥西。”简练的笔墨中勾画出了一幅有声有色的美丽的乡村风景画，甚是迷人。而《谷洞道中》则描写了风景画一般中的人民淳朴的生活：“野径斜穿入古松，笋舆摇梦睡尤浓。几家屋角留残雪，一跻滩声出破峰。猎担人归分麂肉，浑泥草湿认牛踪。前山爱绝斜阳外，涂粉施朱十数重。”另一首诗则呈现了一幅春天生机盎然农事繁忙的乡村生活景象，特别富有田园情趣：“故乡景物正繁华，高下梯田处处蛙。毛笋密添三亩竹，油桐开满四山花。陂塘静影留云住，村市喧声散日斜。料理蚕眠人少暇，筠篮忘摘雨前茶。”（《赵燮臣观察汉上书来话及乡事感而有作即以寄怀》），这些诗歌具有较高民俗学的认知价值和文学的审美价值。

陈景星关心民间疾苦，对人民有着深厚的感情。他对“不雨已三月”“禾黍困炎曦”的家乡深感“心中尤戚戚”，而“愿学李卫公，一寝龙宫觅。代作行雨师，瓶水马鬣滴。俯洒故乡地，山川舒涤涤”（《悯旱三首》），体现了他与民共苦的思想。他在《黄平行》《大水行》等诗中，深刻揭露了晚清社会的黑暗和尖锐的阶级矛盾，描述了川鄂湘黔少数民族在清王朝血腥统治和残酷剥削之下的血泪斑斑的生活。《黄平行》开篇：“上黄平，黄平地旷无人耕。廿年兵火人民死，千村万落荆棘生。前年迅扫苗患熄，薮兔巢狐灭人迹。县官出榜募耕夫，襁负衣牵来络绎……但见磷飞冤魂啸，晚来妇子吞声哭……”《大水行》描绘了家乡人民在惨遭兵匪之患后，又蒙受特大洪水袭击，挣扎于水深火热之中的惨状：“浮髓遂至少留踪，几处招魂惟野哭。可怜吾乡兵燹余，锋镝生存才五六。频年饥谨已堪伤，沉灾又罹怀襄酷。”面对惨不忍睹的现状，诗人发出了悲天悯人的呼喊，表白了他忧国忧民的心迹。他写道：“我生惯抱屈子愁，忍见哀鸿纷满目？勉为长语慰邦人，热泪且休落盈掬。”他谴责朝廷军队肆意暴力滥杀无辜的罪行：“贼罪不容诛，将军何苦杀无辜。贼来共作秦廷哭，贼破翻同赵卒屠。”对“乱世人民如草芥”充满悲悯（《哀小屯》），他对鸦片的危害深恶痛绝：“我来播州道，感叹频篙目。”（《罂粟叹》），面对民众遭水灾之苦而造成疮痍满目的景象，他徒呼苍天，莫可奈何：“谁为事疏凿，活此万饥殍。”（《出都赴天津作》）。陈景星的这些诗展现了当时四川、贵州、湖南、湖北一带人民饱受战乱灾荒之苦的真实生活，蘸血带泪，饱含深情。

陈景星写诗，长于用典，而且顺手拈来，十分自然。他还善于把前人诗句中已经触及的内容，变成自己的东西而不留斧凿痕迹。他的诗歌生活气息和时代气息十分浓重，他对时代生活的真实生动的艺术表现，从而使其诗歌具有特别突出的艺术价值和史料价值。

第五章　民国时期的文人文学

第一节　世道艰难与文学的衰微

1911 年，辛亥革命爆发，腐朽的满清王朝被推翻，中国历史进入民国时代。民国四十年，社会一直动荡不已，军阀混战、国共斗争、抗日战争、解放战争先后爆发甚或交错进行，国民党的无能统治并未能给中国社会的发展带来多少进步。重庆民族地区更是如此，天灾人祸不断，人民水深火热。表现在一是国民党的政治无能致使匪患猖獗，称雄作恶，“劫财烧房，无数难民携儿带女拥入龙潭，露宿街头。”“抢劫境内过往行商”，竟致“一时路断人稀”，“各县佐，视匪如虎，先后称病托辞，不敢赴任领职视事。”[①]匪患严重影响了民族地区人民的生产生活，也给人民带来极大的精神恐惧。二是天灾不断，不时发生的水灾、旱灾或蝗灾等灾祸也给民族地区人民的生命财产带来巨大损失。比如 1934 年夏旱，酉阳县境数百里，“尽成焦土”，“收成仅十之二三，县内米价飞涨，乡民多采蕨为食。”[②]1944 年入秋，“酉东北一带十数个乡，蝗虫遍地，殃及稻禾，粮食减产十之七八，断炊者众，饿死 5000 余人。”[③]1949 年 3 月，“酉阳饥情严重，民食野

---

① 《酉阳县志》编纂委员会：《酉阳县志》，重庆出版社，2002 年版，第 9 页。

② 《酉阳县志》编纂委员会：《酉阳县志》，重庆出版社，2002 年版，第 11 页。

③ 《酉阳县志》编纂委员会：《酉阳县志》，重庆出版社，2002 年版，第 14 页。

菜度荒月，举家逃荒者比比皆是。”[①]《酉阳县志》“大事记”中记录了很多类似上述的天灾事件，以斑窥貌，足见民国期间重庆民族地区天灾十分严重。三是鸦片泛滥，危害严重。当时重庆土家族地区遍种鸦片，吸食甚众，不仅严重毒害人民身心，也极大地祸害了地方社会经济的发展[②]。四是战争冲突时有发生，也对重庆民族地区人民的生产生活造成了较大的影响。有民族地区的民众自发举事反抗国民党驻军的不良统治，也有国共之间的政治军事斗争，如贺龙曾率红三军在此打过游击，以南腰界为中心，创建过“黔东特区革命根据地”。匪患、天灾、战争此起彼伏、绵延不断，在近四十年里对重庆民族地区人民的生产生活带来的影响不言而喻。生活在这一动荡凋敝时代环境中的重庆少数民族人民为生存自顾不暇，少有心情顾及于文学，重庆少数民族文学发展因此进入一个衰落停滞时期。

根据陈梦昭编选的《酉阳历代诗词选》和四川省涪陵地区民族资料编辑委员会编写的《土家族文化研究论文集》（渝东南文人文学卷）以及冉易光先生编选的重庆少数民族文化文丛第7辑《现当代文学作品选》中的资料统计，民国时期的重庆少数民族文人仅约有29人。细见简表如下：

民国时期重庆少数民族文人简表

区县	姓名	诗歌	词	散文	说明
酉阳	王大章			《〈答猿诗集〉弁言》	曾官至河北省蠡县知事。创办龙潭中学。
	李玉焜	《登玉柱峰》《秋日郊游》《赠范生》			曾任黔江知县、酉阳教育委员长。
	刘扬	《读美女士赛珍珠〈对中国抗战前途的胜利展望〉感言》《七十自寿诗》	《暮春词》《贺新郎·春归有感》《摊破浣溪沙·杜鹃声里》		老同盟会员，曾任县教育会长、县议会议长、省议员等职。
	邹杰	《泊羊角》《下涪陵》《出山峡》《望楚邱》			同盟会员

① 《酉阳县志》编纂委员会：《酉阳县志》，重庆出版社，2002年版，第15页。

② 陈俊德：《酉阳鸦片烟害纪略》，《酉阳文史资料选辑》第2辑，1983年版，第86页。

区县	姓名	诗歌	词	散文	说明
酉阳	龚杲仙			《杲仙文集》、《松花馆随笔》（惜散失）存《龚滩水灾记》一篇。	
	王勃山	《步东星宗弟〈丁亥除夕〉诗原韵和之》			
	彭彬如	《咏促织》			
	陈驷光	《酉阳竹枝词》十二首			
	夏洵	《竹枝词》三首、《退休家居有感》、《感患食道梗阻》、《病不出门有感》			
	彭藻	《与王勃山到南京作》			
	王潜夫	《寿东星三北》			曾任秀山实业局长，酉阳县参议员、酉阳县中校长
	陈幼庵	《致王东坚先生》《贺东星兄生子》《任龙中教席有感》《赋短章抒积愤》			
	陈华先	《登峨眉山》《深夜寄怀》《寄照片》			
	陈小山		《[越调]天净沙·咏酉阳大酉洞》《[越调]小桃红·咏酉阳八景》等散曲八首		
	陈志宏	《归途杂咏》	《雪花腴》《高阳台》等30多首		
	陈筱郑	《竹枝词》四首			
	赵鼎臣	《读先伯小楼诗有感》《中秋对月有感》《春郊晚眺》《秋兴四首》《忧时》《访大酉洞》			
	杨则先	《奉和鼎臣先生〈六十自寿〉原韵并序》《护国军》《辛亥成都花市竹枝词》数首			
	王简	《湘中杂诗二十首》《无题》《长沙绝句》五首、《金陵杂咏二十首》			
	董炳麟	《秧针》《分秧》《何处秋色好》		《讨民国苛捐檄》	

区县	姓名	诗歌	词	散文	说明
黔江	陶思武	《厚重岩》《小方山》《石门坎》《白马寨》《狮子口》《鹿池寨》《鱼耳岩》			
	谈作霖	《春兴八首》			曾任县教育局长、县参议会副议长
	何学如	《重游小南海》《钟山顶》《观音岩道中》《大雪》《恩施旅怀》			
	孙壶东	《己酉息烽狱中悼张露萍》《己酉息烽狱中种菜有感》《己丑西安思家》			曾任川西行署委员兼民政厅副厅长
	龚节中	《游水寨》			
	李树梅	《游佛山庙》《秋兴》			
彭水	冉匡九	《自题生莹石刻画》			
	毛翎	《万卷书》《郁江晚棹》			
石柱	秦嵩年	有《樨园诗集》，内含《书庄烈帝赐良玉诗有感》《题玉音楼》《题太保祠》《锦袍歌》等			

其中，酉阳作为文学重镇，受文学传统与文学氛围浓厚的熏染，产生的文人最多，达 20 人；黔江次之，有 6 人；余下的彭水 2 人；石柱 1 人。相较清中后期，民国时代固然时间较短，但文人数量不足是不争的事实，并且，诗文存世也不多，优秀者更少。与同时期国家主流新文学蓬勃发展的势头相比，重庆民族文学也不同步，不匹配，总在旧文学的窠臼中裹足不前。

本时期，重庆少数民族文学表现出如下几个显著特征：

一是内容的政治化与现实性较强。民国时代，政治变革一直是时代的基本主题。它也吸引着许多进步知识分子积极参与其中，并为之抛头颅洒热血。重庆民族地区有许多进步知识分子如刘扬、温朝忠、陈驷光、夏洵、谈作霖、孙壶东等都曾参加过辛亥革命等革命活动。他们的诗文创作自然表现出对时事政治的关心，对民间疾苦的关注。如刘扬的《读美女士赛珍珠〈对中国抗战前途的胜利展望〉感言》、陈幼庵的《赋短章抒积愤》、赵鼎臣《忧时》、董炳麟的《讨民国苛捐檄》等等都是关注民瘼国是之作。

二是文类以旧体诗词为主。虽然自1917年发生了“五四”文学革命，中国主流文学已向新文学转化，但地处偏远的重庆少数民族文学却未能及时跟上文学变革的脚步，“旧的文学思想和审美趣味依然超稳定的延续着，现代文学的萌芽和成长十分艰难，”[①] 新文学没有在重庆民族地区同时生长。具体而言，本时期的诗词又有两大流派。一派是“诗界革命”派。以追随梁启超、黄遵宪、谭嗣同、夏曾佑等为代表，主张诗要有新意境，新语句，革其精神，衣其形式，扩大题材范围，融入新思想，弘扬爱国主义精神和民族意识，这一思想意识被改革派接受，以刘扬、陈宽等为代表，写出一些新诗篇。不过，这些改革仅停留在晚清梁启超们的局部改良思想范畴，没能快速跟上五四文学大变革的步伐。因而，他们创作的诗词多是“旧瓶装新酒”而已。另一派是传承派，一些从政从教的资深诗人，因奉宋代“江西诗派”为正宗，受世称“同光体”（同治、光绪诗体）或“南社”诗人影响较深，在风格上形成与“诗界革命”派有别的一派。其表现形式是爱用典，制造僻词，晦涩难懂，多写长篇古风，大有复古倾向。以上两种诗风诗体都各有表现，各有千秋，是重庆少数民族诗词的继承和发展。

三是题材内容比较广泛。有关注民间疾苦感时伤事之作，陈幼庵因家乡“劫掠频闻，良善吞声，强梁得意”而《赋短章抒积愤》，对家乡社会黑暗充满忧愤。赵鼎臣在《忧时》中感慨“时局艰危事事灰”，期盼“何日波平浪静哉”[②]。董炳麟的文章《讨民国苛捐檄》对民国苛捐杂税予以愤怒的声讨。这些诗文表现了作者敢于批评时政、向往和平的民主意识和爱国意识。有咏史怀古之作，秦嵩年吟唱“古有英雄出巾帼，沙场百战流芳烈”（《锦袍歌》）、“子歌敌忾妇从戎，散尽家财更可风”（《题太保祠》），对先祖秦良玉等征战沙场建功立业保家卫国予以了歌颂。有模山范水之作，如李玉焜的《登玉柱峰》，邹杰的《泊羊角》《下涪陵》《出山峡》《望楚邱》、陶思武的《厚重岩》《小方山》等，对少数民族地区的风光景物予以了赞美。有抒情言志之作，如刘扬的《七十自寿诗》，夏洵的《退休家居有感》，陈华先的《深夜寄怀》等抒发诗人各自的心情。有酬唱应和之作，如陈幼庵的《致王东坚先生》《贺东星兄生子》《任龙中教席有感》，李玉焜的《赠

① 易光：《重庆少数民族文化文丛第7辑〈现当代文学作品选〉》，吉林文史出版社，2013年版，第1页。

② 易光：《重庆少数民族文化文丛第7辑〈现当代文学作品选〉》，吉林文史出版社，2013年版，第14页。

范生》等等互致情意。

第二节　文人述略

民国时期的文人值得细述的或有王大章、刘扬、陈驷光、夏洵、陈小山、陈志宪、赵鼎臣、董炳麟、陶思武、谈作霖、秦嵩年、王简等。

王大章（1867—1944），字槐庭，酉阳自治县龙潭镇人。1896年中举、被知州赵藩明令委任为山长，并将私家书斋改为经院，为酉、秀、黔、彭各县童生准备参加乡试讲授经史。尔后，被清朝政府选派去日本考察，回国后曾在吉林学署和武汉等地为官。辛亥革命后，任河北省蠡县知事，因不满袁世凯称帝，辞去官职，临行时当地百姓送一“勤政清廉”的金匾。返酉后，他联络酉属四县的知名人士，争得四川政府同意，在他经院的基础上创办了省立五中——龙潭中学。王大章学识渊博，擅长诗文，在蠡县任职期间，曾编印《蠡屋杂诗》一册。桃李盈门，王勃山、陈德元、李玉昆、刘扬、邹杰等皆系其得意门生。民国二十一年为《答猿诗集》作序，文章在颂赞答猿先生人品才学与表达敬仰传承之意中，尽显见其学识与文采。

刘扬（1875—1953），字备圃，一名香浦，酉阳龙潭镇人。清光绪三十年考入重庆高等学堂，老同盟会员，1911年任酉阳保路同志会会长，同年9月初，在酉酬、大溪举行武装起义，11月中旬率起义军入城，正式宣告酉阳独立。民国后，先后任县教育会长，县议会议员、议长、省议员等职。刘扬好文学，擅诗词，石清阳曾于1930年为其印刻《香湖诗草》，称其诗有革命志气。惜其遗作多散佚。《近代巴蜀诗抄》（巴蜀书社2005年出版），收有其诗10首。诗作《读美女士赛珍珠〈对中国抗战前途的胜利展望〉感言》赞誉“英雄肝胆芙蓉面，裁妫情绪惠且温“的美籍人士赛珍珠热爱中国、关心中国百姓疾苦、支持中国抗战的博爱情怀，诗人自身强烈的爱国情感也洋溢其中。

陈驷光（1862—？），原名英光，号菊餮，别字伯均，酉阳板溪山羊人。清末诗人陈汝燮之子，前清庠生、增生，外奖五品顶戴。1911年，酉阳宣布独立，被选为南路司令，参与主持全县军政。军政分府以后，因愤世嫉俗不愿出仕，转而从事教育，任龙潭中学国文教师。陈驷光攻文学，擅长诗文。现存《酉阳竹枝词十二首》，从古到今细述酉阳的历史与现实，从“土官辟土宋元明”说到“前清改土大改良”的历史变化，从酉阳的风景名胜“古桃源”“二仙庵”“霞峰寺”等写到酉阳街市与乡村的生活情形：有“闹市繁华十字街，米行菜市费铺排。”也有“三街袍哥与耍哥，洋烟馆里人更多。有钱包的金牙齿，执着烟枪只顾喝。”还有农民“田连阡陌稻丰收”却“收来不够填仓廪”的悲哀等等。作品真实地描写了酉阳民国时代的社会情形，具有珍贵的史料价值。

夏洵（1883—1954），字斧私，酉阳小坝乡人。早年留学日本，倾向革命，参加同盟会。1916 年归国后，潜心教育，曾任四川省高等师范数理部主任兼教授，并兼任四川省立第一中学校长。其后又私人创办成都公学，任该校董事长兼校长。不满黑暗现实，以国事不堪过问，常玩世不恭，借酒佯狂，放情山水，寄心林泉。攻诗善文，尤喜嘲谑，机敏过人，往往出口成章，讥诮时弊。其文亦庄亦谐，多愤世嫉俗之作，惜存世不多。其《竹枝词三首》对四川军阀杨森刘湘在四川的腐败黑暗统治进行了辛辣嘲讽：“六箱洋参到锦江，‘玉石调羹’先得尝。十四年来真‘幸福’，一家一户一梆梆！”诗作将刘湘杨森谐音为“六箱洋参”，反讽二人在四川的统治并未如其谐音那样带给人民幸福，而是连年的灾祸与恐惧。

陈小山（1896—1927），原名先岑，字涤之。酉阳旧堰乡（今花田乡）人。民国初年国立成都高等师范（川大前身）毕业后，任遂宁县视学。回酉阳后任县立第一高等小学校长、酉秀黔彭四县联立中学教师。长于词曲，其词曲仅存八首，在对酉阳风景名胜的书写中表达着个人的人生情怀。

陈志宪（1908—1976），字孝章，别号施堂，酉阳龙潭镇人。1935 年毕业于中央大学中文系，从吴瞿庵专攻词曲。毕业后归成都，任教成都各中学。1941 年到四川大学任讲师，1949 年任副教授。新中国成立后，继续在四川大学任教，1958 年任四川大学中文系主任。曾任四川省政协委员，民盟成都市常委、省文联常委、省志编委会文学组负责人等职。著有《西厢记笺证》《施堂词论》《苏轼词论》等，其他所著的中国文学史以及诗、词、曲著述和专论，除散见省内外各报刊者外，所有手稿全部被迫焚毁。酉阳自治县档案馆现保藏有陈志宪作品（复制件）词作 30 多首。陈志宪的诗词如其曲部《己丑题两松斋图・前腔》所写的那样：“悲歌慷慨吾曹，才人逸响千秋调，学士丰标五色豪。写得风流一幅稿，留予那后生照。”多慷慨悲歌，书写不平人生，表现伤感情怀。其《归途杂咏》（1931 年自南京归家途中作）写道：“白浪翻翻乱入眸，远帆疑在碧天浮。江南江北春无主，付与离人一段愁。”“志士仁人望欲痴，伤心不见度辽师。归途空有泪横臆，巢覆卵危何所之。”其诗词饱含忧国忧民之情，具有鲜明的时代特征和文人情怀。

赵鼎臣（生卒年不详），酉阳名中医，民国时期曾任酉阳县议会议员。好文学，现存诗 8 首。多为抒情诗，感物起兴，借景抒情，表达对时局的忧思，如《中秋对月有感》《春郊晚眺》《秋兴四首》《访大酉洞》等，诗歌《忧时》典型表达了诗人的心境：“时局艰危事事灰，吴江楚水任潆洄。登楼远眺连天涌，何日波平浪静哉！”

董炳麟（生卒年不详），酉阳人，主要著作有《讨国民苛捐檄》，文多愤世嫉俗，揭露苛政。文中强烈控诉民国之罪行“吾华历代乱世以来，乱莫乱于民国，苦莫苦于国民矣！当道假‘自由平等’之名，行弱肉强食之实；杀人如草芥，视民若寇仇，乃无日无天之世，成自私自利之风。”并细述其巧立名目苛捐杂税，横征暴敛，人民被迫“率妻儿以逃生，背井离乡”的惨状。是一篇非常有力的讨伐檄文。董炳麟的诗歌则多田园闲适之趣。如《秧针》《分秧》描写农事之趣。《何处秋色好》则歌咏了渔家、樵家、农家和牧童家各有各的好秋色。

陶思武（生卒年不详），黔江白合乡人，一说为进士。现存诗 7 首。其诗多为景物诗，吟咏黔江“后重岩”“小方山”“石门坎”“白马寨”“鱼耳岩”等风景名胜，陶思武的景物诗想象丰富，语言雅致，用词讲究，对仗工稳，写景生动，如《鱼耳岩》：“巉巉磴道入虚空，上有幽兰香满丛。涧底龙潜春水绿，枝头鸟戏落花红。烟含石齿浓于染，雨洗苔藓翠欲烘。一片阴幽岭郁处，清溪夏日饮长虹。”将鱼耳岩的美丽景色描写的十分细致生动，颇有画面感，令人神往。

谈作霖（生卒年不详），黔江县石会乡人。同盟会员，参加过庚戌（1910）起义。后任过黔江县官立高等小学堂教师，县教育局长，县参议会副议长。有诗《春兴八首》，描写了黔江辛亥革命前后的社会情势。表现了身为革命党人的诗人对当时“无端草泽多强暴，宰割斯民肉上砧”的黑暗社会的强烈不满和控诉，对“时难年荒空事业，民穷财尽悴心颤”的深切忧虑，以及“天下兴亡皆有责，安危须仗主人翁”的社会主人翁的担当意识与革命行为，具有积极的思想意义。

秦嵩年（1886—1946），字山高，号太岳，秦良玉家族后裔，曾在北洋大学高等学堂执教。1927年著书修志，曾编辑《秦良玉传汇编初集》（1911年羊鸣山房校印），《哀怨集》（该书为宋育仁所撰，秦嵩年编，1910年受先生委托编辑并作序）。著有《樨园诗集》传世。秦嵩年有《书庄烈帝赐良玉诗有感》《题玉音楼》及《题太保祠四首》《锦袍歌》等10首“咏秦”诗对先祖秦良玉的美名功业表达了敬仰与歌颂：“子歌敌忾妇从戎，散尽家财更可风。当日勤王诸大帅，问谁能及美人忠。”

民国时代，重庆少数民族文人作品存世较多、成就较高者当属王简。

王简（生卒年不详），字竹间，号栗坡居士，酉阳渤海人。精医术，擅诗词，长期客游于湘鄂京沪。在湘时与王闿运等名流相唱酬吟咏，与淡庵、鳌峰居士、傲霞山人、笑梅、昙叟（龙潭万锦昙）等称酉阳七子。著有《竹庵诗录》6卷。霍山项鸿铸题书名，王闿运作跋。跋中有句云：“酉阳王简以知医来视余疾，且以诗为赞，不求闻达而有哀怨之音，盖其隐居求志，而其遁世无闷之心，实为今日之罕见。余故乐为此书。世之览此者，其亦同慨乎。”

因长期客游于湘鄂京沪等地，王简写有许多纪游诗，这些纪游诗是王简诗歌中最有价值和最具特色的部分。所谓“纪游诗”，顾名思义，就是记录旅游所见所感之诗。所见无非山川风物，所感无非人情世事。王简的诗歌记录下了他游历所到之处所见的山川风物，也表达了他感物起兴而生的有关人情世事的思索与感慨。诗人曾游历过湖南，留下了《相中杂诗二十首》。正如诗中写到“十年长作客，湖海任遨游”，诗人在湖南客居十年，其间湖南各地的风景名胜他都有游历并以诗纪游。诗人赞美湖南壮美的景色：“七二峰峦秀，凌霄势不群。青松蔽白日，碧漳洗蓝云。岳色千秋壮，江流九派分。”也描画长沙的城市建筑：“城阙沿古制，星宿应长沙。封建三千载，居人十万家。地邻湘水曲，郭瞰麓山斜。”更为湖南的历史文化而感慨。“忧国灵均感，南迁贾谊愁。”湖南曾是屈原的流放地和贾谊的贬谪之地。也是汉朝的藩国，刘发曾被分封长沙王，留下了望母台的感人故事。“潭州余汉碣，云是定王宫。望母台犹在，开藩迹未空。”游览历史古迹，诗人不禁生出“蓼国怀旧日，苔径老秋风”的历史沧桑感。“南人原不反，岂让北方强。子弟湖湘健，中原道路长。”在历史的回顾中，诗人盛赞湖南曾有过的辉煌历史："九龙宫殿废，五代霸图微。铜柱铭勋在，湘春旧梦稀。"产生"三苗余故国，凭吊醉酡颜"的民族自豪感与失落感。"江声流日夜，秋思动乡关。静听猿啼切，频看鸟倦还。"久居异乡，诗人也不时生出思家还乡之念头。《相中杂诗二十首》包含了丰富的历史内容与思想情感。

《无题》是一组诗人游历北京皇城的纪游诗。参观皇城，历史古迹多已荒芜，诗人看到的满眼是萧条，"西苑凄清南苑寂，蓟门王气黯然销。""断井残垣万柳堂，昔年犹是相公庄。萧疏古木无人识，只有寒鸦吊夕阳。"诗人慨叹明王朝的衰落："沧桑浩劫吊朱明，殉国君王草木惊。""禁苑沉沉春昼冷，可怜寥落帝王家。"心中几多历史的沧桑。诗人更为当下国家民族的衰弱，遭受列强的欺凌而忧伤："闲与游人话劫灰，黄金散尽剩空台。蛮夷华夏同古今，使馆盈城总可哀！"无论蛮夷还是华夏，面对使馆盈城，外族欺凌，应有共同的哀伤与愤怒。诗人不拘于狭隘的苗民族意识，而持有中华民族的整体观，这种观念意识是值得肯定的。

《金陵杂咏二十首》是诗人游历南京风景名胜而作的一组纪游诗。南京是六朝古都，有许多历史遗迹，秦淮河、钟山陵、明孝陵、乌衣巷、王谢家族等等，诗人皆有纪游。诗人描画了金陵气势："石城西接秣陵秋，一角钟山属蒋侯。虎踞龙蟠天子宅，金陵形势望中收。"瞻仰了明孝帝陵和中山陵："孝陵独占蒋山青，十庙全无帝子灵。犹有大功坊可问，中山遗像好仪型。"更为物是人非生出许多伤感："重寻王谢问乌衣，门巷依稀只燕飞。风景不殊人世异，那堪回首吊斜晖！"诗人慨叹南京这座城市曾发生的朝代更迭与战乱破坏："洪杨曾据雨花台，半壁东南剩劫灰。六十年中思往事，推迁又见粤人来。"既然"鼎祚迁移异代同"，朝代更迭兴衰成败是常事，所以人们大可冷眼视之，无须啼泣伤感："无人更作新亭泣，拥鼻高吟有候虫。"

王简的纪游诗既纪所见，纪游风物，更重在所感所思，吊古伤时。诗人纪游各地名胜，寻思古迹来历，能开拓读者视野，增添许多历史地理文化知识。诗人的许多感怀与忧思也具有一定的思想价值，能带给读者一些思想启迪。在艺术上，其记游诗多为五言或七言律诗与绝句，喜用典和僻词，语意稍显晦涩。对古诗词艺术的优秀传承与实践，深厚的历史文化知识与较高的思想境界，使王简理所当然成为民国时代优秀的传统诗人。

第六章　共和国时期的文人文学

第一节　重庆少数民族诗歌创作

诗歌一直是重庆少数民族文学创作数量较多、成绩最为突出的部分。新中国成立以来，重庆少数民族诗歌依然保持强劲的发展势头，产生了冉庄、李亚伟、何小竹、冉冉、冉仲景、冬婴等十余位诗人。更为可喜的是，这些诗人已经跟上了新文学的发展步伐，创作出了现代新诗，并且在诗歌观念和诗歌艺术方面基本上与中国当代诗歌发展同步。冉庄可以看作是新中国成立后重庆少数民族诗坛的第一代诗人，他 20 世纪 50 年代中期开始写诗，一直到 2000 年还保持诗歌创作的激情与活力，其诗歌美学择取的是当时正流行的“颂歌”美学，他满怀激情歌颂社会主义的劳动生产建设，歌颂社会生活中涌现的新人、新事、新气象，在方法上着意写实，直线抒情，这也是当代 27 年中国诗歌的基本美学取向。何小竹、李亚伟、冉冉、冉仲景和冬婴等算是新中国成立后重庆少数民族的第二代诗人，他们都是 20 世纪 60 年代中期前后出生，80 年代中后期开始诗歌写作，当时诗坛曾经流行的朦胧诗和正在流行的“第三代诗”成为他们诗歌美学的基本选择，他们继承朦胧诗又超越朦胧诗，他们当中的何小竹和李亚伟直接就是“第三代诗”的开创者和诗歌代表（何小竹和李亚伟分别是“非非诗派”和“莽汉诗派”的开创者和代表诗人）。张远伦、任明友、亚军等算是新中国成立后重庆少数民族第三代诗人，他们多出生在20世纪70年代后期，诗歌创作开始于2000年左右，目前生命正值壮年，诗歌也正处于发展探索中，蕴藏较大的发展潜力。

新中国成立后的重庆少数民族诗歌具有如下几个鲜明的特点：

一是突出的民族性。少数民族诗人虽然采用汉语写作，但天生的民族基因决定了他们的诗歌创作必然呈现各自的民族色彩，无论其有意还是无意。冉庄对西南少数民族风情的敏锐观察与描写，何小竹早期诗歌浓重的苗巫风格，冉冉、冉仲景对土家故乡民风与人情的表现，无不呈现出浓烈的民族风格。

二是浓烈的乡土情怀。从边远山区的故乡走出，接受教育，毕业后工作生活在城市异乡，这是许多少数民族诗人共同的经历。几十年的故乡生长经历，生育自己的父母亲人，养育自己的故乡早已在他们灵魂中深深扎根，无法淡忘和抹去。特别是当他们人到中年时，更多怀念故乡，诗歌写作流露出明显的浓烈的思乡情怀。冉冉、冉仲景与冬婴的诗歌表现尤其明显。

三是是诗歌美学的先锋追求。比起其他地域的民族诗人，重庆当代少数民族诗人特别具有突出的先锋意识。何小竹进行着非非主义“非诗”的语言实验，李亚伟创立莽汉诗派，对传统诗学进行了极大的颠覆，反传统，反文化，反优雅，冉仲景追求者语言的独异和陌生化等等，他们诗歌姿态前卫，所做的探索在当代中国诗坛多具有源头引领的性质。

因了这些，当代重庆少数民族诗歌不仅在中国少数民族文学，在整个中国当代文学界也是占有一席之地，绝对不可绕过和轻易忽视的。

冉庄（1938—2011），土家族，重庆酉阳人。1938年出生，1956年开始发表作品。1993年加入中国作家协会。历任重庆市作家协会副主席，重庆市新诗学会副会长，重庆市散文学会副会长，重庆市渝中区作家协会主席，渝中区文联驻会副主席。著有诗集《唱高调的黑母鸡》《泼水梦》《沿着三峡走》《山河恋》《山海心曲》《与云为伴》《冉庄诗选》，散文集《冉庄散文集》《洱海月》《情之缘》，文论集《冉庄诗文论谈》《冉庄文集》等12部，其诗歌、散文及文艺理论选入多部选集。《冉庄诗选》获中国第六届少数民族文学奖，其作品还获全国、重庆市及四川省文学奖、社会科研成果奖、少数民族文学奖等30余项奖。2011年12月6日，因病逝世。

冉庄是一位行吟诗人，自步入诗坛以来凡50余年，他到过国内外许多地方，所经之处都留下了他深情的吟唱。“沿着三峡走”，他感慨三峡的变迁，为“三峡放歌”；采访“版纳风情”，他抒写“橄榄坝”“泼水节之夜”、傣族“小卜哨”“赶摆”的独特美丽的民族风情；到了攀枝花，他赞颂“钢城”“走遍泸沽湖”；拜访延安，品尝“延河水”，仰望“延安宝塔”；凭吊“马嵬坡”“钓鱼城”“圆明园”，他咏史怀古；游历美国，他写下“旅美诗抄”。总之，“天涯海角”，有他的足迹，有他的诗歌。

冉庄诗歌书写最多的是有关长江三峡和少数民族风情的作品。作为大自然的杰作，夏禹的伟绩，三峡的神奇风光与迷人的历史传说总是吸引着一代一代的诗人去游历凭吊。冉庄算是这些文人中“三峡情结”最浓厚的一位诗人，他一生多次游历三峡，从20世纪70年代到2000年以后，他几乎没有中断过对三峡的歌唱，还出版有以三峡为专题的诗集《沿着三峡走》(1993)。他歌唱三峡“山风轻轻吹，水波碧如蓝”(《西陵峡一瞥》)的柔美，也感叹三峡“峭壁凌空挡住路，恶浪滔滔刺花眼”(《三峡歌》)“千里川江夔门锁，万丈狂澜云崖拍”(《夔门信号台》)的壮观；他追忆三峡过去的险峻苦难：“从前三峡水，咆哮声如雷：急流掀起千尺浪，游混成串礁成堆。船工皱眉走峡江，一把汗水一把泪。”更赞美“今日三峡水，处处喷香味：香溪伴着果园香，百花芬芬江中汇。招来百鸟岸边唱，引动蜂蝶随浪飞。// 明日三峡水，更是无比美：一滴水珠一度电，一片波涛一吨煤。浩浩长江化电流、照得神州放光辉。”(《三峡水》)昔日的苦、今日的“香”，明天的“美”，在三峡历史的审视中，诗人突出和赞美了三峡历史的巨大变迁。是什么原因带来了三峡的巨大变化？是如今的时代有了绞滩船、三峡大坝、信号台、航标灯等等这些物质技术，是航道工人、绞滩姑娘、航标工、信号姑娘这些辛勤的劳动者，才造就了今日三峡的美丽平安的新面貌。所以，在这样的历史比较中，诗人油然而生时代自豪感和时代赞美之情，不由得要礼赞三峡，礼赞祖国，礼赞那些三峡航道建设者们，那些如“三峡当代新神女”的“三峡航标姑娘”(《神女峰剪影》)。

因此，一改古代诗人着意书写三峡的险峻肃杀，抒发横亘于胸的悲愤的抒情模式，冉庄的诗歌更多书写的是三峡美丽的景色、美丽的风情与美丽的人（那些航道工人），抒发的更多是作为当代人的自豪，为祖国建设取得的成就感到自豪，这就是冉庄三峡诗的显著特点。

因为采风，冉庄到过云南贵州等许多地方，傣族、苗族、藏族等少数民族风情强烈吸引着他，撩拨起他的诗情，因而，他书写了许多有关少数民族风情的诗歌，他甚至还出版了有关专题诗集《泼水梦》。西双版纳傣族泼水节举世闻名，傣族风情最迷人，《泼水节之夜》书写了傣族泼水节的风情："天上月如钓，人约黄昏后，秀丽小卜哨，推门出竹楼，背着小竹筒，慢步下河沟。// 彩衣彩裙，月中走：笑语声声，水中流。美丽的笑脸，喜中又含羞。// 举起一桶水，正要泼上小伙头，身边"十"字闪，少女忙停手，原是北京摩雅，出诊去山沟。// 泼吧：怕把箱中药湿透；不泼吧！情谊怎能忍心头。卜哨水泼小伙脚，泼得小伙凉悠悠。// 小伙回头望，卜哨已飞椰林后，一筒晶莹水，还在石上流。"诗人在热闹欢乐的泼水场景描写中嵌入一个叙事性的插曲，十分风趣地突出表现了傣族少女的秀丽及心灵的微妙与美好。此情此景，不由得诗人生出"多美版纳夜，明月正当头"的激动赞美之情。在诗人眼里，橄榄坝如"一只绚丽孔雀，就在筛上展开"（《橄榄坝》）。"原来傣家生活，/ 就是歌舞世界。"你看，"三三两两小卜哨，邀邀约约出村寨，长筒裙，细服带，一条彩虹拖上街。""竹担闪悠悠，手臂微微甩，步履轻匀匀，好像上舞台。// 街头歌声起，/ 舞步跳起来，歌声伴笑语，飞人云天外。"（《赶摆》）傣族人民不仅美丽勤劳，而且能歌善舞，他们生活的"西双版纳，神奇壮美，溢香流彩，涂金垒翠，"如同"瑰丽宝贝，挂在母亲胸脯，嵌在祖国边陲。"（《瑰丽宝贝》）诗人对傣族风情的赞美算是到了极致。

冉庄诗歌里的苗族也风情独特。《金银岗》以房屋和粮食为关注点，生动表现了苗族的生活风习。苗族人民用石头造屋，生产玉米，诗人以"石头造起幢幢楼，玉米堆得像山梁。"突出表现了苗族人民的智慧与勤劳。在诗人眼里，苗族的房屋就如同"金银岗"："一片银白一片黄，银白是石头，金黄玉米棒"，诗人将苗族的生活极大地诗意化、美化了。

对歌是苗族的传统，青年男女常通过对歌来交流思想建立感情。冉庄的《对歌手》生动描写了苗族这一民族风俗："绕小溪，过竹楼，/ 贵州处处遇歌手。"他们的对歌场面十分精彩："时儿歌激战，铿锵犹如刀剑斗；时儿歌婉转，如叶落水静幽幽。"甲秀楼前对歌声更是"醉了溪边柳，唱得水倒流。"

此外，冉庄还描写了带着丰收喜悦愉快劳动的彝家姐妹（《收椒果》），哼着歌儿牧鸭的布依姑娘（《鸭江水寨》)，以及手上还留着酥油芳香，穿着鲜艳的藏族服饰，胸前佩戴玛瑙珠如同“一束鲜花开放”的藏族少女（《藏族少女》）等等。他为许多少数民族都留下了生动的文学剪影。

冉庄是以创作大量优秀的山水诗而赢得诗坛关注的，前述三峡诗和民族风情诗是他山水诗的重要组成部分。对于山水诗，冉庄自有主张，他说：“山水诗的创作必须写自然山水不能止于山水，述地方风情不可终于风情，要在主题意识和自然山水再现过程中，讴歌新时期的新人、新事、新观念。从而，创作出新时期审美体验的最高境界，使之达到物我相亲、物我同化、超越自然的山水诗。”①可见，“他更偏重于山水诗的道德价值，即讴歌新时期的新人、新事、新观念。在创作实践中，冉庄通过对人与自然山水关系的把握来激扬人的个性意识、生命意识和时代意识，从而给人以美的享受和向上的力量”②因此，冉庄的山水诗无不在山水风景描写的最后总是要落脚到对人的书写，对人性人情的赞美，对时代的礼赞。

在谈到诗歌的建设时，冉庄认为“诗歌必须是人民大众的”，“必须有人民性”；“诗歌必须是时代的”“必须反映时代精神”。他主张诗歌“必须是人民读得懂、人民能接受、有人民性、健康向上、给人民以启迪的”，诗人必须用“当代的眼光”审视历史传统，“努力创作反映现代化过程中人的观念、思想感情的作品”③。正如有人指出那样：“从冉庄文学创作年表看，他的诗歌创作无一不是与现实生活紧密相连的，他是时代的歌者，大众的代言人。”④冉庄践行了自己的主张，他总是以诗人具有的敏感禀赋，灵敏地谛听时代的脉搏，窥见历史的趋向，以振奋的姿态和美妙的旋律为崭新的时代歌唱。

冉庄的诗歌向古典诗词和民歌学习，走民族化和大众化道路，形成独特风格。一方面，他的诗如古代律诗，重对仗，讲韵律，短小简练似词曲小令，时常灵活化用古诗词意象和抒情模式；另一方面，他又向三峡民歌学习，从日常生活中攫取题材意象，语言明白如话，意象清新，比喻生动。在随手可见的化用古典

① 转引自吉狄马加：《序〈冉庄文集〉》，涪陵师范学院学报，2003年第2期。
② 吉狄马加：《序〈冉庄文集〉》，《涪陵师范学院学报》，2003年第2期。
③ 冉庄：《当代诗歌的创新与民族化思考》，《重庆教育学院学报》，2002年第2期。
④ 查干：《冉庄的诗》，文艺报，1998年10月。

诗词和考究的对仗、排比中，能够深切地感到传统文化在诗人身上的薪火相传。深厚的民族传统文化积累，使他的作品充满了凝重之思、质朴之情、古典之美，从而显示出独树一帜的诗歌品质。

李亚伟（1963— ），土家族，重庆市酉阳县人。1982年开始现代诗创作。1983年毕业于四川南充师范学院（今西华师范大学）。1984年与万夏、胡冬等人创立“莽汉”诗歌流派。同年写作《我是中国》《硬汉们》《中文系》《毕业分配》《苏东坡和他的朋友们》等作品。1985年与雷鸣雏、万夏、杨顺礼创办民刊《中国当代实验诗歌》。1986年，“莽汉”宣布解散。1987年因《峡谷酒店》获得作家杂志社的“作家奖”。其后还有长诗《航海志》《野马与尘埃》《红色岁月》（又名（旗语》）等。1993年下海经商，常年往返于北京和成都间。2000年创办成都五谷田餐饮文化有限公司，兼职出版社总编辑。

作为80年代最有名的地下诗人之一，李亚伟的诗歌最早多以在酒桌上朗诵的方式发表，后以一首《中文系》被传抄遍全国各大学的中文系。李亚伟在诗歌写作中表现出的卓越的语言才能，使他被认为是“第三代”诗歌运动最有影响的诗人之一和中国后现代诗歌的重要代表诗人。诗作被编入《后朦胧诗全集》（1993）。2005年出版的《豪猪的诗篇》是李亚伟的第一本诗集。2006年，李亚伟获“第四届华语文学传媒盛典年度诗人”桂冠。

“莽汉主义”是由李亚伟、万夏等于1984年在南充师范学院（今西华师范大学）成立的一个以追求生命的原生态为特征的诗歌流派。主要成员有李亚伟、万夏、胡玉、二毛、袁媛、郭力家、胡冬、梁乐、柳箭、马松等。这群有思想有激情的年轻人，在他们20多岁血气方刚、荷尔蒙贲张的身体里充盈着热血、激情和力量，破坏的力量和创造的力量，就好比郭沫若诗歌中的那个“天狗”，有把日月星辰乃至全宇宙都吞了的力量与冲动，那股力量放射出去，遇鬼杀鬼，见佛杀佛，一路摧枯拉朽，无可阻挡。所以这群愤青看不起第一代第二代诗人，自称“第三代诗人”，号称“先锋诗人”，反文化、反传统，反神圣，反崇高，乃至反既有一切标准和规矩。在思想上，他们宣称“捣乱、破坏以至炸毁封闭式或假开放的文化心理结构！“莽汉”们老早就不喜欢那些吹牛诗、软绵绵的口红诗。“莽汉”们本来就是以最男性的姿态诞生于中国诗坛一片低吟浅唱的时刻。“莽汉”们如今也不喜欢那些精密得使人头昏的内部结构或奥涩的象征体系。“莽汉”们将以男性极其坦然的眼光对现实生活进行大大咧咧地最为直接地楔入。”① 在生活中，他们大碗喝酒，大块吃肉，到处惹事，追腥逐蝶，过着放纵的青春生活。并且经常饮酒作诗，“在酒桌上朗诵”，做着诗歌有关的行为艺术。在创作过程中，“莽汉们极力避免博学和高深，反对那种对诗的冥思苦想似的苛刻获得。在创作原则上坚持意象的清新、语感的突破，尤重视使情绪在复杂中朝向简明以引起最大范围的共鸣，使诗歌免受抽象之苦。”他们认为“一首真正的莽汉诗一定要给人的情感造成强烈的冲击。莽汉诗自始至终坚持站在独特角度从人生中感应不同的情感状态，以前所未有的亲切感、平常感及大范围连锁似的幽默来体现当代人对人类自身生存状态的极度敏感。”②

李亚伟是莽汉诗派的代表诗人，其诗歌呈现如下几个基本特质：

解构历史文化、还原生活本质，也就是所谓的“反文化、反崇高、反优美”，这是李亚伟诗歌的基本主题去向，《苏东坡和他的朋友们》《中文系》等比较有代表性。《中文系》是其中影响最大的一首作品，广为读者传诵。诗歌表现了诗人对大学生活的留恋，但更多表现的是对大学教育的讽刺。诗歌对大学中文系进行了深刻的犀利的解构和批判，剥去了它的神圣外衣，裸露出了它不为人知甚或不愿向外人道出的本相，暴露出了它的世俗性。中文系的老师“爆炒《野草》”还“放些失效的味精”，“把鲁迅存进银行，吃他的利息”；中文系的学生们则“白天朝拜古人和王力和黑板 / 晚上就朝拜银幕或很容易地 / 就到街上去凤求凰兮”，谈恋爱、喝酒、打牌赌博、打架、害怕考试，不拘形迹。就这样，神圣的大学中文系，令人崇拜的教授和令人羡慕的天之骄子的大学生都遭到解构，被揶揄调侃。大学教育的失效和无味，大学生们的放浪形骸的生活，都有某种真实性，诗歌解构神圣还原了中文系的某种本来面貌。这首诗不只是因为它不留余地地讽刺了我国大学教育，更是“因为它在当时以一种较完整的形式、一种全新的诗歌观念、一种和主流诗歌截然不同的语言方式，挑战了当时人们对诗歌的认识。”③ 从而为诗人带来极大的名声，成为诗人最负盛名的作品。

《苏东坡和他的朋友们》解构的是传统文化。诗人遥想古人，试图还原宋代

---

① 李亚伟：《莽汉主义》，《诗歌月刊》，2006 年第 11 期。

② 李亚伟：《莽汉主义》，《诗歌月刊》，2006 年第 11 期。

③ 李军奇：《李亚伟：给青春上路》，《南方周末》，2015 年 1 月 8 日。

文人苏东坡们的生活本相，他们“宽大的衣袖里 / 藏着纸、笔和他们的手”，“有时著书立说”或赋词一首“在江上向后人推出排比句”，常常动手写历史，因不能入木三分而“用衣袖捂着嘴笑自己”，他们知道自己的不足，试图加以掩饰。他们“很少恋爱”，“多数时候去看看山”，喜欢游记山水。他们有文人的才情：“这些乘坐毛笔大字兜风的学者 / 这些看风水的老手 / 提着赋去赤壁 / 把酒挽着比、兴在杨柳岸徘徊”，也更有爱国情怀“喝酒或不喝酒时 / 都容易想到沦陷的边塞”。他们正直耿介，在“朝廷里他们硬撑着瘦弱的身子骨做人”，他们的命运都不太好：“偶尔也当当县令 / 多数时候被贬到遥远的地方 / 写些伤感的宋词”。诗歌有些揶揄调侃，有几分同情和敬重，把宋代文人苏东坡们的可爱、可敬或者有些可怜、可悲、可叹的生活、性格命运写得十分生动风趣。

好色、喜酒、打架，或者换句文雅的话说就是醉酒、爱情与暴力，这是李亚伟诗歌常常写到的题材内容，那些作品也是最具“莽汉”气质的诗歌。李亚伟把1984年至1987年的部分作品别为“好汉的诗”“醉酒的诗”“好色的诗”，也证明了他对醉酒、爱情与暴力的叙写的自我体认。某种意义上说，好色、喜酒、打架，正是那时血气方刚荷尔蒙充盈的李亚伟们的真实生活状态，所以他书写的其实就是他和他们那群莽汉们的生活和对生活的感悟。

“暴力”就是破坏力，是粗狂、豪强、雄性的代名词。李亚伟高举着暴力的旗帜，宣称要“捣乱、破坏以至炸毁封闭式或假开放的文化心理结构！”要“以最男性的姿态诞生于中国诗坛”[①]。所以李亚伟的诗歌大胆地喧嚣嗜血的本能，张扬地呐喊着暴力的自我。诗集《豪猪的诗篇》卷一“好汉的诗”、卷五“航海志”、卷八“革命的诗”、卷十“东北短歌”均以一种志在必得的气势，用暴力的语言宣泄情绪，是一首首硬汉的流浪诗。

例如：

只要你敢看我一眼
我就会看你个够
从出生到现在我都闲着没事干
——《我站着的时候》

① 李亚伟：《莽汉主义》，《诗歌月刊》，2006年第11期。

再不揍这小子
我就可能朝自己下手
我本不嗜血
可我身上的血想出去
想瞧瞧其他血是怎么回事
——《打架歌》

诗歌里的“我”如带刺的豪猪，桀骜不驯，随时都有打架的冲动，无所畏惧，无法无天。

代表作《硬汉们》最全面和最生动地表现了“我们”即“硬汉们”的强悍本性：

我们仍在看太阳
我们仍在看月亮
兴奋于这对冒号
我们仍在痛打白天袭击黑夜
我们这些不安的瓶装烧酒
这群狂奔的高脚杯
我们本来就是
腰间挂着诗篇的豪猪

“兴奋”“痛打”“不安”“狂奔”等词语生动描画出了硬汉们的激情的、不安分的、反抗的精神品格。“腰间挂着诗篇的豪猪”是诗人对自我这群硬汉的生动画像。他们勇猛，“用头/用牙齿走进了生活的天井/用头/用气功撞开了爱情的大门”。他们鲁莽，有极强对女人的征服欲，“用屈原用骈文/用彼特拉克十四行向女人/劈头盖脸打去/用不明飞行物向她们进攻/朝她们头上砸下一两个校长主任/砸下威胁砸下山盟海誓/逼迫她们掏出藏得很深的爱情”。他们有过“用悲愤消灭悲愤/用断混超脱断混”的叛逆，也有过把“被狼围猎”的悲壮，他们“下流地贫穷”“胡乱而又美丽”，他们绝对自信，“自认为是她们的佐罗/是自己

所在单位的领导 / 我们尤其相信自己就是最伟大的诗人”“相信自己是一个优秀的黄种人”。

《硬汉们》是莽汉诗人们的自我画像和自我宣言，表现了他们不满平庸，反抗世俗，反抗传统的精神追求以及“去和公路一起勒死大山 / 去和纤夫一起拉直长江 / 去和长江一起拖住大海”的雄心壮志。

李亚伟的诗歌善于把古典嫁接到当下中来，对古典进行重新书写，形成一番新的意义表达，他调侃苏东坡和司马迁，拆解古诗词的既有象征意义，为读者带来看似古典实则现代意味极强的审美感受。比如《世界拥挤》：

码头停泊在秋天
一行大雁被天空挤了出去
回家途中
人被自己的想象挤到一边
整个下午只得孤零零
活在一片远景里

唐代王勃的《滕王阁序》中的名句“落霞与孤鹜齐飞，秋水共长天一色”勾勒的是一幅宁静致远的画面，诗人将其意象捣碎，颠倒位置融合进自己的抒情里，消掉了其古典的优美的意境，突出的却是诗人现代的孤独感。

李亚伟具有非凡的语言能力和想象力，想象力与语言能力同构，成就其诗歌独特的魅力。一方面，他的诗歌魅力“来自他的语言才能，以及这种才能在他的诗歌写作中的肆意挥霍”[①]。对于“莽汉主义”诗歌的语言策略，李亚伟有一番激情而又不乏形象的言说：“莽汉诗歌最明泉的倾向就是粗暴语言，其诱惑力一边来自撒旦，一边来自上帝，它既是美神又是魔鬼，而且更多的时候是和魔鬼乱来，因为美神已在酒馆、树下被彻底地亲够了，因为莽汉主义并不主动扎根于某一特定的人文景观，它扎根于青春、热血、疾病以及厚脸皮中，莽汉主义的最大愿望就是要翻山越岭，用汉字拆掉汉字，要大口大口吃掉喜马拉雅山。”[②] 可以说，

① 李震：《李亚伟诗歌的基本问题》，《延安文学》，2006年第2期。
② 李亚伟：《流浪途中的“莽汉主义”》，载《豪猪的诗篇》，第219页，花城出版社，2006年版。

通过拆解与拼接实现语言的蒙太奇的审美效果是李亚伟诗歌语言运作最基本的方式。他沉迷于语言的拆解和拼接中乐此不疲，极少落入平庸的俗套。甚至可以说他绝大部分诗中都有精彩的句子出现，像“文章比表妹漂亮”“你身材零乱 / 美得武断”这样的句子，让人过目难忘，既感意外又觉合理，惊叹叫绝。另一方面，他的诗歌魅力更来自于他的想象力，他的想象力独特而丰富，超越许多同时代诗人。他想象苏东坡们“用衣袖捂着嘴笑自己”，想象“中文系是一条撒满钓饵的大河”，想象“大雁被天空挤了出去”，如此等等，那份想象奇特生动，常给人意想不到的审美效果。

李亚伟作为莽汉诗派的代表诗人，以极端姿态反叛传统带来了新诗的突破和创新。作为源头性的诗人，他的诗歌创作给后来的许多诗人以直接启迪，他在诗歌写作中表现出的卓越的语言才能和反文化意义，使他被认为是北岛之后最受欢迎的大陆诗人之一和中国后现代诗歌的重要代表诗人。

何小竹（1963—），苗族，重庆市彭水县人。1979 年考入涪陵地区歌舞剧团，从事乐队演奏和编剧。1979 年后历任四川涪陵地区歌舞团编剧，黔江地区文化局干部，四川省作家协会文学院专业作家，黔江地区艺术馆馆员，三级编剧。黔江地区作家协会副主席兼秘书长。1983 年开始在《星星诗刊》《人民文学》等刊物公开发表诗歌作品，并参与“第三代”先锋诗歌运动，为“非非”诗派成员。1988 年底调入黔江地区文化局从事群众文化工作。1989 年出版诗集《梦见苹果和鱼的安》，1991 年出版诗集《回头的羊》。1992 年定居成都，为自由职业者。1993 年加入中国作家协会。1996 年开始小说创作。自 1999 年起，主编《中国诗年选》。2000 年参与“橡皮文学网站”的创办工作。2002 年出版诗选集《6 个动词，或苹果》，精选 80 年代以来诗人的优秀作品。2014 年出版诗集《时间表》，收录诗人 2001—2012 年诗歌 194 首及 20 世纪 90 年代遗漏诗作 2 首。现居成都写作。为《南都周刊》的专栏作家。

代表作有诗集《梦见苹果和鱼的安》《回头的羊》、诗选集《6 个动词，或苹果》等，长篇小说《爱情歌谣》《潘金莲回忆录》，短篇小说集《女巫制造者》等。组诗《黑森林》获全国第三届少数民族文学新人新作奖，诗集《梦见苹果和鱼的安》获全国第四届少数民族文学奖。

何小竹的诗歌创作经历过一个不断探索创新的过程。其早期诗歌如同“苗巫”一般说着巫师梦魇般的呓语，让天地鬼神、日月星辰、虫鱼花鸟自由对话，创造了一个充满巫气的神秘世界。通感、象征、隐喻手段的运用，多重意象复杂缠绕建构起一一座座语言迷宫，让读者头晕目眩，无从下手，甚至不知所云。所以其诗歌因这样的独特风格而被评论者称为“巫术诗”或“超现实主义”诗歌，诗人本人也因此被称为“鬼才”。这时期的代表性作品就是《黑森林》组诗和《梦见苹果和鱼的安》。

《黑森林》组诗1986年在《人民文学》发表，1990年获“全国第三届少数民族文学奖”。在这组诗里，诗人唱着苗族的“挽歌”，满怀深情追忆着民族先祖的点点滴滴：“黑森林部落”、“染满兽血的胡须”的“猎手们”、供奉“虎骨”的“神龛”、门上挂着的“火枪”、敲击的“羊皮鼓”“奔跑的羊群”和“年迈的祖母”。然而时过境迁，祖先曾经创造的辉煌以及曾经经历过的战争苦痛与生活样式“一切都如水流散了”，“这已不是风琴的时代，风铃子的季节 / 巫术气的风箱 / 连同神秘的手指 / 像乌木一样 / 封存在地壳里了”（《黑森林・桑之水》）。诗人那颗纠结历史的心也因此释然，“尽管岁月的岩壁上 / 还有战争留下的阴影 / 我的眼睛仍然是人类希望的玫瑰色”（《黑森林・挽歌》）。诗歌贯注了诗人强烈的自我意识，他把外部世界的固有形状和正常的时空秩序打碎和变形，随心所欲地根据自我情绪的流动方式和瞬间逻辑情感去随意摆弄意象及创造语言。他以深厚诚挚的民族感情，清醒透彻的现代意识，审视民族的文化和精神，开掘民族精神文化的积淀，从而使得抒情个体和民族精神信仰，整体、浑然地融入了人类群体意识和宇宙宏观意识之中。

1986年何小竹正式加入“非非”诗派，成为该诗派代表成员。“非非主义”主张“诗从语言开始，其指向为超语义”，也就是“通过语言超越语言，靠语言背叛语言，同时将语言从语言的僵化进程（语义化过程）中不断拯救出来，使语言不断重新持有向上超越的真气”，亦即废除语言的文化语义关联，“赋予作品以非文化的超语义的品质和能力”[①]。这种“超语义”的前文化或超文化的存在状态，在蓝马那里被称作“语晕”：如果说“语义——是用以刻画‘文化中的那份世界’的语言要素，而语晕——是用以呈现世界的‘尚未被文化部分’

① 蓝马等：《尚仲敏、杨黎、蓝马、周伦佑成都对话录》，《作家生活报》，1988年11月25日。

和‘永不被文化部分’的语言要素”[①]。去除附着在语言上的那些多余的、暧昧的语义，让语言还原（比如，月亮就是月亮，与故乡无关，也与皎洁、朦胧、明镜这些修饰无关），让诗歌呈现事物（词语）的本质，蓝马的“前文化”理论给了何小竹很大的启示[②]。由此开始，他放弃原来的风格，转向“非非”诗歌“元语言”的写作探索。所谓元语言写作，“便是一个处于言说与静默的临界线上、处于语言发生意义上、处于语言的零度状态和时空坐标的0点上的言说过程”。何小竹称之为“沿着语言的边缘捕捉不知名的昆虫”。这种写作的最高指归在于追溯语言与人、与宇宙自然的本初关系，进而揭示人与自然的真实关系，以及人自身存在的必然性和或然性，并由此反观文明的本质。”[③]何小竹的元语言写作的代表文本是《组诗》《动词的组诗》《剩下一些声音剩下一些果皮》和长诗《序列》等。以“人类最初用左手写文字”为标题的一组诗用“沙地”“虫”“风”“树”“鸟”“云”“鱼”“季节”等一系列自然符号的奇异组合，映现出零度状态的语言文字的情景，一种自然万物之间相互感应、亲和、依恋的，没有意义疆界的语言维度、语义约定的情景。以“语言是人类用左手和右手打上的结”为标题的一组诗则通过对“太阳”一词的拟识字法、仿辞书格式和伪训诂手段解除了“太阳”的负赘语义（文化语义），从而使“太阳”一词还原到了纯自然语义之中，使“太阳”成为太阳本身。以“我张大嘴巴”为题的几首诗表现的是人类最初的言说欲望和目前语言僵化的困境。何小竹这些元语言诗歌写作实验带给读者某种智性化的审美感受。

大约在1993年以后，从《我试着用平常的语言》开始，到《6个动词，或苹果》这部诗集前半部分的那些诗歌，何小竹的创作又进入了一个新的阶段。也就是所谓“平常化”阶段[④]。诗人不再“装神弄鬼”，编织神秘象征意象魔宫，而是着意呈现庸常的琐碎的生活事象。看他这一时期的作品净是些絮絮叨叨的凡人小事，既没诗歌意境，也没诗歌技术，直白、生活化，简单化，甚至就是“废话”。比如呼唤刘华忠回信（《刘华忠，读到这首诗，请你马上给我回信》），纠结吃饭

---

① 蓝马：《语言革命——超文化》，《百家》，1988年第2期。
② 离、何小竹：《我因诗而存在，诗也因我而存在——何小竹访谈录》，《山花》，2009年第9期。
③ 李震：《沿着语言的边缘捕捉不知名的昆虫——何小竹和元语言写作》，《诗探索》，1996年第3期。
④ 汤巧巧：《何小竹的“小”诗歌》，《红岩》，2014年第3期。

是否喝酒、喝什么酒（《和小安杨黎一起吃饭》），应朋友邀请喝茶（《向阳的邀请》），与朋友谈诗（《与石光华在成都谈论李白》）等，写的尽是生活琐事，传统意义上的意象、抒情或诗意在这些诗歌里是无法见到的。诗人对自己的这种转向有过如下说明："多亏有了像《南方周末》《南方人物周刊》这样的报刊，让诗人从书写时代大事、大人物、大生活的重压下解放出来，回到文学本体，可以书写日常的、平庸的、真实的'小生活'、'小人物'而不内疚了。"①当然，如果写琐碎仅止于琐碎，自然这根本就不算是诗。何小竹其实要追求的是"于日常生活中，发现那些被遮蔽、被忽略的事物。"他认为那些我们司空见惯的事物里"有诗的东西"②。所以当读者细细品读《等贵州省下雨》《不是一头牛，而是一群牛》《10月9日在王建墓》等作品，自会在其中感受到某种人生的诗意。

2014年，何小竹出版诗集《时间表》，收录2001—2012年间诗作，诗人说："如果说2001年之前我写的那些诗更多地呈现出一种'客观性'，那是因为那个阶段我着重于'看'，就是向外发现。而2001年之后，我更注重于'听'，也就是向内发现。"③2001年后，何小竹的诗歌有了一些变化，更多表现自己的内心体念，不过"平常化"的美学追求并未发生变化，而且写作更随意、更自由，"更简洁也更偏向晦涩"，诗人说"这也许是人到中年的缘故。人到中年，诗歌于我更是一种内心的声音。"④人到中年，诗人思想艺术也已经烂熟，可以随心所欲不逾矩了。

冉冉（1964—），女，土家族，重庆酉阳人。重庆市作协副主席，《重庆文学》执行主编。20世纪80年代初开始文学创作。出版诗集《暗处的梨花》《从秋天到冬天》《空隙之地》《朱雀听》等。诗集《暗处的梨花》获第二届"台湾薛林怀乡青年诗奖"（1997），诗集《从秋天到冬天》获第七届全国少数民族文学"骏马奖"（2002）和重庆市首届少数民族文学奖（2002），诗集《空隙之地》获首届"艾青诗歌奖"（2004），组诗《白昼与夜晚》获第二届重庆文学奖（2004）。作品入选《当代散文诗选》《诗选刊》《新中国五十年诗选》等数十种书刊。2005年

---

① 汤巧巧：《何小竹的"小"诗歌》，《红岩》，2014年第3期。

② 离、何小竹：《我因诗而存在，诗也因我而存在——何小竹访谈录》，《山花》，2009年第9期。

③《呈现12年诗歌之路——何小竹出诗集〈时间表〉》，《成都日报》，2014年3月2日。

④《呈现12年诗歌之路——何小竹出诗集〈时间表〉》，《成都日报》，2014年3月2日。

后开始小说创作，著有中短篇小说《八月蔚蓝》《爱上本一师》《妙菩提》《开吧，梨花》《看得见峡谷的房间》等。

冉冉的诗歌创作开始于20世纪80年代中期，当时已经式微的朦胧诗和正在盛行的“先锋诗”自然成了诗人诗歌创作最初的美学借鉴。着意于内心情绪、感觉或潜意识中灵魂隐微东西的表现，朦胧的风格，是诗人早期诗歌创作坚持的基本美学立场。比如《乡村旅店》：雪落在树上/整个冬天，窗外都是白的/妈妈坐在火桶里，头发/也是白的/客人没有来。”在浸透诗人情感的童年记忆中，冷寂的冬天，白发母亲的等待，有几分生活艰难的辛酸，也有戈多式等待的隐喻况味。组诗《草垛》以“草垛”为象征，表达诗人对人生的某种感悟，意义含混朦胧，诗人说：“我自己称之为‘那里’——《草垛》只是一个权宜的征徽。对‘草垛’后广袤的‘那里’‘那些’的神往，可能成为我为人为文的驱动力，而要进入和接近‘那里’‘那些’的唯一方式便是人格的纯化和人生的健康有为。”[①]“草垛”混合着诗人独特的感觉与想象，是诗人追求的“人生彼岸”或“境界”。

冉冉早期诗歌还有一种谣曲化的倾向。诗人利用短促的句式、节奏和语词重复形成特殊韵律，或将相同句子循一定规律排列造成回环效果，有明快上口的诵/唱性风格，读来如歌唱般愉悦。比如：

雪落在瓦上/雪落在树上/雪落在草上/雪落在水上……
掌大的雪花/掌大的雪花/落在瓦上/落在树上/落在水上/噢
雪还在下/雪还在下（《下雪》）
那年秋天/果子挂在树上/满地是霜
那年秋天/满地是霜/燕子向南
那年秋天/燕子向南/你在成长
那年秋天/你在成长/果子挂在树上（《那年秋天》）

这些谣曲化的诗歌语义淡化，语词声音层面的要素被强化，以轻松乐感吸引

① 魏人、冉冉：《乡村、河流、雪野与草垛——关于〈暗处的梨花〉的对话》，《涪陵日报》，1997年1月5日。

读者。这是诗人“有意为之”[①] 的一种尝试。

大约从 1992 年诗人创作组诗《有雪和驯鹿的风景》开始，诗人创作风格出现了一些变化，此后相继创作的《大界：人物》和《大界：白昼和夜晚》组诗延续着这一转变。诗人在组诗《有雪和驯鹿风景》题记中写道：“谨以此诗献给大界：我心灵的乡”。大界即诗人的故乡，她的许多诗作都是献给她的“心灵之乡”的。诗人曾说：“我离开故乡时已经成年，说到影响，从好的方面说，是它给了我一个回望的空间，一个可以安放一切的‘那里’——你生命的最初之根，向往的理想之所，你回溯的过去，眺望的将来，你肉体的栖居地，精神的乌有乡……它是纸上的方寸之地，也是超越物理时空的无限疆域。每个人差不多都有这么个地方吧，只不过有人看见、拟构并强化了它，有的人忽略或没怎么在意而已。”[②] 早年的故乡生命经验已然构成了诗人诗歌情感生发与艺术想象的重要来源。这几组诗主要以诗人的故乡“大界”为题材内容，在略带叙事和戏剧性的描写中表达诗人对于故乡的复杂思绪，乃至对于人生的某种深刻领悟。

她描写故乡众多的自然物象：森林、淅淅沥沥的雨、瓦蓝的穹窿、山巅的乌杨、雪山间蜿蜒的江水、旧钟、悬挂的蜂巢、果实、草垛、星辰、雪天、严冬里厉声啸叫的又直又硬的风、阳光下的阴暗角落、夜半摇晃的巴茅和核桃树等等。特别是对于风、雪以及寒冷的冬天的生动的描绘显示了诗人刻骨铭心的故乡生命体念。在诗人的记忆中，故乡“呼呼的风声”好似“几百锅水同时煮沸”，令人恐怖；大雪铺天盖地：“雪落在瓦上 / 雪落在树上 / 雪落在草上 / 雪落在水上”（《下雪》），大雪也十分绵长：“无声的雪 / 落了一天两天三天 / 漫天大雪在深夜 / 像无梦的睡眠”（《雪》）；寒冷更是透骨彻髓，无从躲避。长诗《冬天》将诗人对风、雪和寒冷的复杂的感应与抒写推进到极致。诗人笔下的故乡冬天寒冷异常：“冻僵我们的风 / 也冻僵了他们”，“四肢已不听使唤 / 一天冷似一天 / 除了舌头和牙齿 / 身体已不能动弹”。故乡的风声更是可怕：“风扑打石头 / 就像扑打龟裂的土地 / 石头渐渐变软 / 没有人留意 / 哪一刻它突然坍塌 / 成为粉末”。关于风，作者曾写道：“冬日的风冷冽如针，透彻骨髓，撼房拔树……予人铭心刻骨的印

① 冉冉、李闽燕：《根性、“乱写”、倾听与存在之本相》，《中国诗歌》第 31 卷，2012 年第 7 期。
② 冉冉、李闽燕：《根性、“乱写”、倾听与存在之本相》，《中国诗歌》第 31 卷，2012 年第 7 期。

象一直到离开故土多年以后，偶受触动，那风声便又如影随形似地重新复活，呼啸盘旋于体内。”[①] 早年的经历多年后仍梦魇般如影随形挥之不去，自然是铭心刻骨。《冬天》设色冷峻，想象独异，对早年生命记忆的拟构真切幽徽。诗人曾说：“对于我以及仍然生活在那里的人群来说，冬天远不止是一个季候的概念，也不止是一种记忆乃至一种氛围，而是一种与生俱来无法逃离无从舍弃的生存处境（出生成长与老去的处境）。”[②] 因此，《冬天》既表达了诗人对故乡人生存处境的悲悯与同情，也包含有对人类普遍存在处境的体认，含有某种人生象征意味。

她也描写故乡那些生存于不为人知的幽暗裂隙间落寞甚至畸态的生命。如开一家“只有灶/没有柜台/只有客房/没有客人”的饭店的《水长和他的母亲》，“在隆冬将/大盆大盆的冷水/泼向高烧的母亲”的《傻子》，“过分耽酒”“忘情于击打”的铁匠，“螃蟹样俯伏于地”“掷骰子”为不同的结果“大声争吵”的汉子，“坐在屋角搔痒”的人，“怒火烧粗了颈脖上的血管”的“生气的人”，在“没有太阳也没有风”的秋天下午剔着牙、目光伫留在“街中央一块石板上”的“奶孩子的妇女”等等。诗人笔下的故乡人生活的百无聊赖闲散空洞茫然及纠缠消磨于微末琐事、对时光/生命消逝的无谓无视，不免让人联想到鲁迅小说中的人物影子，让具有现代意识的都市人不免有些讶异，但也不免让人生出许多伤感。

或许是受到“第三代”诗的影响，着意于关注故乡小人物平凡卑微的生活，“零度情感”写作，以对日常生活场景的呈现取代早期纯粹的情感意象世界，在不动声色的写实性或戏剧性的描写中，表现诗人的生命体验和人生感悟，是诗人这一时期诗歌表现方式的一个较显著的变化。与此同时，诗歌的风格也发生一些变化，早期的纯美转为此时的冷峻，唯一不变的是诗人的沉静，沉静是诗人的基本个性，在沉静中，诗人倾听世界，观照人生，内省自我，进入诗的王国。

冉仲景（1966—），土家族，重庆酉阳人。1987 年 7 月毕业于南充师范学院（现西华师范大学）中文系。1987 年 7 月到四川康定师范任教；1997 年 9 月到重庆市酉阳一中任教；2005 年 8 月调至酉阳县委宣传部工作；2006 年 2 月选派到《重庆日报》文化新闻部工作；2006 年 6 月到酉阳县文联工作至今。自 1987 年 9

---

① 冉冉：《关于冬天》。
② 冉冉：《关于冬天》。

月在《民族文学》发表处女作以来，已在《诗刊》等全国数十家报刊发表诗歌、散文、小说、文学评论五百多篇。出版有诗集《从朗诵到吹奏》《众神的情妇》《献给毛妹的99首：致命情诗》《米》等。有作品入选《新中国50年诗选》《新中国诗选》《星星四十年诗选》《2000中国年度最佳诗歌》《2003中国年度最佳诗歌》《新时期四川诗选》《重庆少数民族诗歌选》等三十多种选本。作品获“重庆文学奖”“重庆少数民族文学奖”和“台湾薛林怀乡青年诗奖”。

冉仲景的诗歌创作开始于1987年大学毕业分配到康定师范任教时期。在康定工作生活的十年里，“蓝天，白云，雪山，草原，牦牛，帐篷，河流……川藏高原寂寥的景观带来的陌生化冲击”以及“弦子，锅庄，藏戏，唐卡，经幡，蟒号，箴言，传说……藏民族深厚独特的文化带给灵魂的震撼”强烈撩拨起诗人的情思和创作冲动[①]，雪山、高原，藏民，一景一事、一种感受都构成了他心灵的诗歌，诗人写下了一大批“高远”“纯净”的抒情诗，比如《康巴》《朝圣者》《康定》《简单的草原》《献给阿央嘉玛的十四行诗》等。在这些诗歌中，诗人歌咏了桑吉卓玛、阿央嘉玛、捻佛珠的老阿妈、康巴、牧羊人等藏地人民，浮光掠影的描写了藏地雪山、圣湖以及带有宗教神秘色彩的圣域寺庙和牦牛、格桑、色青梅朵等动植物，呈现独特的藏地民族文化和地域文化色彩。而在“上极——天空意象（天堂、高天、蔚蓝、光明、星星、灯盏、暗色、顶峰、宫阙、殿堂、月亮、火种、火焰、远方等）、下极——大地意象（圣山、高原、地平线、山、石堆、石块、树木、坟墓、森林、雪莲花、绿色、果实等）和中间——运动意象（天梯、鹰翔、抵达者、朝圣者、水的流动、跋涉、飘舞与飞扬、燕子、哭泣，歌唱、搜寻、牵引、痴望等）”的意象结构中，表现的是诗人“对终极性的所在——‘天堂’与‘圣地’进行了多番追寻”[②]。如《朗诵》写道：“在天堂/与大地之间/我将看见真实的云梯/在圣地与僻壤之间/我将发现一条隐秘的通道/很久很久以来/我在高高的颧骨上苦修/像一个饱经沧桑的僧侣/把经书朗诵/把缤纷一地的花瓣超度”，诗人有一种“高远”的精神追求。他敬仰“朝圣者”的虔诚与执着：“在把月亮也幻想成耳坠的高原上/没有什么能高过他们的额头/没有

① 冉仲景、李伟：《地域声音与开放情怀——与诗人冉仲景的对话》，《涪陵师范学院学报》，2006年第5期。

② 赵黎明：《持续的“还乡”——论冉仲景诗歌的精神结构》，《红岩》，2009年第4期。

什么能高过他们的信仰（《朝圣，或永远的行程》），他把这种追寻当做自己的梦想和自己生命的全部，“我没有辜负少年时代的梦想 / 经过一个又一个正午，我把追赶 / 看作了生命的全部”（《追赶》）。他的精神追求是多向度的，寂寥的高原，巍峨的雪山、天空盘旋的雄鹰以及美丽的桑吉卓玛、阿央嘉玛都是诗人精神追求的象征。

1997 年 9 月，诗人回到故乡酉阳一中任教，开启了诗人生活和诗歌创作的新阶段。回到故乡，一切都是那样熟悉，一切都是那样亲切，对故乡的深情让诗人情思勃发，大量新作不断产生。诗人创作了组诗《芭茅满山满岭》《马桑组曲》《土家舞曲》和叙事抒情长诗《米》等大量优秀诗作。诗人问候故乡“你们好 / 小鸟、露滴、花朵、地平线 /——大地的小学生们 / 你们好 / 林间的烟霭、井畔的水桶、河湾的菜篮”（《早晨》）；诗人亲近故乡的一草一木：“这是橘树，这是苹果树，这是梨 / 低地里的那一棵 / 是冉仲景 / 大自然的教室无墙无瓦无玻璃 / 他们集合在一起 / 互相勉励互相学习”（《果园》）。诗人像孩童般想象“太阳出嫁，葵花送亲 / 月亮回门，蛐蛐带路 / 雨点约会高粱 ——/ 结实，就是骄傲的聘礼 / 芙蓉照亮池塘 ——/ 清澈，就是体面的嫁妆 / 果树迟到：吱呀一声 / 季节关上大门 / 画眉远走：飞翔一点 / 不带换洗衣裳 / 错过云头哟河边安家 / 错过绸缎哟粗布绣花（《情歌：绸缎》），这些类似儿童诗的作品表现了诗人对故乡自然的迷恋。诗人说：“我生在乡村，长在乡村。整个童年时代，我跟牛羊猪狗在一起，跟镰刀柴草在一起，跟山歌传说在一起。山坡是我的教室，鸟雀是我的同学，野花是我的教材，春天是我的老师。我能学到的，只有种子雨滴汗水和谷粒。我光着脚丫，四处飞奔，一会儿山巅，一会儿河里，一会儿婚礼上吹奏唢呐，一会儿招魂仪式上跟着巫师念叨咒语。我不认识小提琴，但我敲过葫芦瓢；我没见过石膏像，但我热爱老外公；我念不出 ABCD，但我能喊答应小蚂蚁。像所有乡下孩子一样，我野道而谦卑：不高看一棵树，不小瞧一只蚁。”[①] 自小养成的对自然的亲近感成就了诗人独特的童话般的诗歌想象

他深爱着故乡的一切：“以乡村的步伐走过乡村，我爱上了 / 池塘里的荷花，木匠家的闺女 / 并在绿油油的瓜田里，把一个吻 / 郑重地交给了她又厚又红的嘴

① 张国圣整理：《渝东南少数民族文学创作谈》，《光明日报》，2013 年 8 月 28 日。

唇”（《唢呐》）。他赞美着自己的故乡：“盏盏瓜花 / 被怎样的大手一一拧亮 / 菜地、村庄和农历 / 于是灿烂辉煌”（《赞叹：家和乡》），家乡的声音是那样的美妙：“鸡一声天明 / 狗一声报告山路上来了客人 // 花一声呛了阳光 / 草一声翠了溪涧绿了野岭”（《声音》），家乡人民是那样的朴实勤劳：“他们从土地里长出来 / 肤色和名字都土里土气 / 他们用心唱歌用脚走路 / 用锄头刨生活 / 他们用鼎罐煮饭 / 再苦再苦的日子 / 也被他们过得甜蜜”（《山里人》），家乡的民风是那样的和谐淳朴：“没有呜咽的果实，没有含恨的花瓣 / 手提马灯无视黑夜我家乡 / 男人不带刀，女人不放蛊 / 口衔木叶，每个故事都以祝福开头 / 阳光无毒，树木幸福到关节疼痛 / 井水清澈，生活全心全意 // 移居本地的南风和小鸟 / 一边习练芭茅舞，一边学唱马桑谣”（《武陵》）。

然而，“乡村有乡村的欢乐，更有它不一样的苦难。真正的乡村并非总是诗意盎然，更多的时候，它眼角有泪，心底有痛，胸中有一声长长的喟叹。”[①] 家乡的“日子 / 好硬”，为对付它，“你得准备一副钢牙”（《乡村遗嘱》）；那满山满岭的芭茅不仅让人想到满头白发“像芭茅那样宽厚坚韧”的母亲（《芭茅满山满岭》），为生活操劳，“母亲的腰越来越佝偻了”（《玉米地》），“谁的母亲埋在这里 / 几铲黄土就掩住了她的身体”，诗人唯有祈愿“她将在永生的同时安息”（《农妇墓前》）。长诗《米》是诗人特地为自己母亲写的一首悼念诗，诗人的母亲一生为养育儿女含辛茹苦，米是她的宗教，“带给她憧憬，带给她快乐 / 还给她带来勤苦、悲哀和无穷无尽的屈辱”，直到死前，母亲还惦记着“米”，虽然她已不再缺米。这首叙事抒情诗读来让人特别感动，生出许多感慨。

组诗《土家舞曲》将土家族的摆手舞所具有的社会文化内涵表现得十分生动。摆手舞，又称“舍巴”，“舍巴”为土家语，汉语直译为“做摆手”。它是土家族祭祀祈祷的一种活动，一般在年节举行，发展为祭祀、祈祷、歌舞、社交综合性的民俗活动。土家人在摆手活动中，追忆祖先创业的艰辛，缅怀祖先的功绩，展示土家先民的生活场景，整个活动都有着浓厚的祖先崇拜痕迹。是土家族古老的民间舞蹈。冉仲景在摆手舞的“一举手一投足之中，感受到了神灵的启

---

① 张国圣整理：《渝东南少数民族文学创作谈》，《光明日报》，2013 年 8 月 28 日。

示、收获的企盼以及生命的鼓舞”[①]。组诗共21首，分摆手、鼓舞、跳丧、情歌、巫辞等多个系列，表现土家族祖先“走向悬崖，迎风说话”的英勇无畏和“不能驯服，不会后退”的坚毅顽强，以及他们的对白虎的图腾崇拜、巫术祭祀和情爱生活等等，呈现独特浓郁的民族文化风味。

由于出生地和生活的独特性，冉仲景以充满神秘传奇的藏民族和巫风盛行的土家民族生活为诗歌抒写的立足点，无论是早期表现雪域高原藏民生活的雪域诗，还是后来描写故乡人民劳动生活的土家风情诗，始终都呈现出浓郁的民族性和地域性，这在少数民族诗人中是极其少见的。尤其回到酉阳以后的诗作，诗人十分注重挖掘表现行将凋亡的土家族语言和文化，比如土家舞曲的描写和较多的民族地方土语“舍巴”“毕兹卡”“雍尼布所尼”“咚咚直跳”“洗白”“晃悠”“嘿哟”“朗格”“恁个”等的运用，使得后期诗歌的民族风味和地域色彩更为浓厚。

冉仲景早期的诗歌十分注重诗歌语言表达的独异和陌生化，他常将抽象的思想与具体的物象组接，以拟人、通感和新奇的比喻等手段创造新异的语义表达和朦胧甚至晦涩的审美感受，比如“二十八年里我桑吉着消瘦 / 八十二年里我卓玛着失眠 / 在你四四拍的酒窝岸边 / 你的红颜宽广有如春天的草原”（《桑吉卓玛》），“露滴在时间衰老 / 正在发育的春天从一朵花里 / 站起来说话，说香气四溢的话”（《坚持》），这些诗歌较典型地体现了他早期的诗歌语言实验特征。大约在2000年以后，诗人创作逐渐减少了这种语言技巧的刻意追求，诗人曾说：“诗是新的，最好每次见面都能给人惊喜。诗是小的，便不需要包袱和集装箱去盛装，它只占据一颗温情脉脉的心。诗是美的，所以它干净、透明、和谐，像清清的流水。诗终归是自然而然的。”[②]诗人后期的诗更多是自然和素朴的风格，如长诗《米》几乎就是用口语饱含深情回忆叙述母亲辛劳的一生，没有技巧，没有华丽的辞藻和复杂深邃的意象，却能给人深深的感动。诗人这种转变大有绚烂至极归于平淡的意味。

冬婴（1966—），本名梁平，土家族，重庆石柱人。1987年毕业于涪陵师

① 冉仲景：《我朗格恁个向时呢——〈土家舞曲〉创作笔记》，《涪陵师范学院学报》，2006年第5期。

② 冉仲景：《冉仲景诗抄十三首》，《诗刊》，2000年第4期。

范学院中文系，在石柱中学任教十三年。2000年考入西南大学中国新诗研究所，2003年毕业获硕士学位。同年到长江师范学院中文系工作至今。20世纪80年代开始写作，以冬婴为笔名先后在《诗刊》《诗歌报月刊》《星星诗刊》《诗神》《儿童文学》《少年文艺》《诗潮》《诗林》《绿风诗刊》《红岩》《重庆文学》《重庆日报》等发表800余首诗歌，出版诗集《低处的风声》《课本外的蓝天》《多年是流年》三部。其优秀作品收录于《中国最佳抒情诗》《中国年度最佳诗歌》《当代诗库》等多种书刊。作品曾获第六届台湾“薛林怀乡青年诗奖”、第四届重庆市少数民族文学奖、第六届重庆市文学奖。

乡土诗是诗人作品中最感人的部分。诗人来自于乡村、自然，他的血脉和精神也深深植根于故土，几十年的乡村生活经历积淀成浓浓的乡情，在他离开故乡后不可抑制地漫溢出来，于是有了大量表现诗人对故乡亲情和农事怀思与炙恋的作品，我们在诗人对乡村的鸟、农具、炊烟、父亲、灯火、夜雨、稻花、落叶、山路、斗笠、田睦、枯树等等事象抒写中，能感受到浓重的乡土意识和炙热情感的缓缓流溢。诗人思念自己的双亲，由“炊烟”诗人想到自己的母亲：“炊烟下有一间瓦屋/屋角有一方灶堂/灶堂前坐着一位老妇/她满脸通红/像刚吐完火焰的热炭/她不停地咳嗽/像一根湿柴在燃烧中/噼啪作响”。苦命的母亲摇一柱炊烟，将远行的儿子送出山外，“如今那柱炊烟，是她想念我时踮高的身子”（《炊烟》）。把炊烟幻化为母亲的形象，比喻生动贴切，情至深切感人。在父亲“啥事也没有只想听听你说话”的电话声里，诗人感受到了浓浓的父子思念之情，而“眼里含满泪花”（《父亲打来的电话》）。在“父亲的喘息”中诗人感受到父亲生活的沉重与艰辛：“那是一生不离的农事/是染透梦境的泥土/是落下又扬起的锄头/是青黄不接时心情的疼痛”（《父亲的喘息》）。在“母亲的水缸”里诗人悟出了母亲辛劳一生的生活日子与生命意义：“即便无米可炊/缸里始终有水/即便现在母亲的背弯了/缸底也一直没露出来——/高高的水位就是岁月中/母亲保持的尊严”。城市生活的隔膜与孤独使诗人时常思念家乡：“一年最想去的地方/就是老家/多年前我将枝叶伸向山外/根却纹丝不动，仍深深长在/老家和善的目光中”（《在老家过年》），故乡的家门“开关从容，闭合有度/即便病得不住呻吟/门里依然飘出/生的气息”（《家门》），给人温馨，令人怀念，“如今奔走他乡，总把钥匙攥在心里”，不能经常现实回归，也要时时精神梦回，故乡是诗人的现实故乡也是诗人经常思念的精神故乡。

对乡村的挚爱使诗人产生对城市的抵触与批判。“春雨唤醒的农事 / 与城市无关。城市旱涝保收 / 想不起春雨贵如油”“春雨在城市 / 唤不醒葬身水泥的绿”(《城市春雨》)，“城里人下乡来 / 很容易吓到他们心里 / 至少不愁没饭吃 / 乡下人进得城来 / 则不比得在乡里 / 越原模原样越败坏城市兴致”(《乡下人》)，《牛贩子》更表达城市对乡村的损害：“牛的好处有多种 / 最重要的是能耕耘 / 牛贩子不同 / 他们看重卖牛得到的现钞 / 把年轻力壮的牛 / 不断送进城市的胃口”，乡村没了牛，“田地无形中多出好几倍 / 躬在牛离去的位置 / 农人赶不上农时 / 猛地老了许多……”诗人在城乡对立中表达着对城市和城市人的不满，对乡村和乡村人的认同与同情。

然而诗人毕竟已经由乡间走了出来，成为了城市人，城市也曾是诗人努力奋斗的人生价值目标所在。于是在乡村和城市间，诗人自己也感到某种迷茫和尴尬：既思念乡村又向往城市；既想逃离城市又想纳入城市。“风刚刚入城那会儿 / 方向明确，步调一致 / 就像水塔伸出的那根粗水管 / 只是后来一分为二二分为四 / 最终乱无头绪”(《在城市的风中》)。城市化生活使诗人思想情绪与生活观念变得复杂了起来，他思念故乡的古朴亲情却又不舍城市的现代物质，于是，诗人的心理发生了悖论：“走在这样的路上 / 一个人，有着双倍的心跳 / 背离的精神和复归的勇气 / 如同路上对开的车辆”(《还乡》)。这是诗人的困惑，也是许多城市里的“乡下人”的共同困惑。冬婴有过与沈从文相似的“城市乡下人”的文化心态，所不同的是，沈从文对乡下一往情深，冬婴的可贵之处在于他对城市乡下人的“悖论式心理”做出了准确把握和生动表现。

冬婴内敛沉静，常在静穆玄思中领悟人生，批判社会，由此而成的一类明志抒怀的精神自传式的诗歌，无论思想体认和艺术趋向，都是其精华所在。如《用红笔写作》《草·外四首》《落叶·外一首》《遥远的弦音·组诗》《简练的钟声·组诗》《饮酒·外一首》《留言》(组诗)等。

《用红笔写作》意象繁复：女孩、桃花、厚厚的梦境、红纱巾、红窗帘、温情、色彩、日落之时的晚霞聚拢、气候、细腻的身躯、粗重的呼吸这些具象，都是红的繁复的多义多解的意象。红可以理解为爱情、春天、温暖、温情等等的色彩象征，诗人热爱红色，对“红”自有一种深刻丰富的理解。“山鸟”是诗人的向往："山鸟在爱的束缚之外 / 以自己的心情活着 / 离飞翔最近 / 再高的枝丫也能飞临 / 再远的流云也可追逐"（《山鸟》），"一棵树"是诗人人格意志的化身，是诗人人生姿态的形象表达："一棵树，立定山野 / 枝叶向上攀，根须向下掘 / 真实的高度 / 肉眼看不清楚"（《一棵树》）。《追求》表现了"追求"的意义："追求是人自身的发光 / 照亮山路的坎坷和曲折 / 照亮河道的狭窄和湍急 / 然后心随身进 / 登临渴慕已久的风景"。这些诗歌袒露了诗人精神世界的深度和高度，显示了诗人的精神价值取向。

冬婴还有一类校园诗，题材旨趣独特，引人关注。冬婴大学毕业在中学任教十三年，他的诗歌最初就是以校园为立足点，表现校园师生生活与师生情感的。这些诗具体包含三方面内容："一是对学生情感的观照；一是对学生学习的鼓励支持；也有对师生感情的抒发，对教师自身的鞭策和生活情趣的描写。"①2009年，已经以成人诗歌创作成名诗坛的诗人仍不忘教师初心，创作出版了儿童诗集《课本外的蓝天》，诗人说：我的童诗"受特定阅读对象的年龄阶段的心理特征所限，不能印证我全部的诗歌理想，却能表明在困苦人生途程中我对童心的坚守"② 这个诗集被儿童文学专家王泉根教授赞誉为"是一部内涵深邃、力图拓宽儿童诗新艺术空间与审美表达的诗集"③。这是诗人诗歌创作多元路径的另一种收获。

冬婴是一位具有自己的诗歌观念和诗歌艺术追求的诗人。他曾指出：诗歌"是在直觉状态中呈现出来的深刻而独特的心灵形象，它具有一定程度的先验性。直觉把诗人与诗人分开，把语言与语言相区别，也让情感的对应物具有私密性和独创性。而这一切，源于对生命和生活的原初体验和超常感觉，源于对杂乱世态深处那个诗化焦点的无限接近，源于对诗的敬畏和向往之间的一种虔诚的试探。"④ 冬婴的诗歌创作是其诗歌观念的成功实践。他倚重个人直觉和生命原初体念而来的诗歌想象，独创而私密，比如将炊烟想象为母亲"想念我时踮高的身子"，对"红笔"的多种意象想象，对"白鹤飞过"的神秘意味的感觉等等都是十分独特和生动的。而这也就是冬婴诗歌品质的独特所在。

---

① 熊辉：《校园菁菁　情思悠悠——冬婴校园诗赏析》，《涪陵师范学院学报》，2002年第1期。

② 冬婴：《课本外的蓝天》，中国戏剧出版社，2009年版。

③ 王泉根：《2009—2010中国少儿出版概述》，《中华读书报》，2010年6月2日。

④ 冬婴：《低处的风声》，中国文联出版社，2007年版，第263页。

张远伦（1976—），男，苗族。重庆彭水人。中国少数民族作家学会会员，重庆市作家协会全委会委员。著有诗集《郁水谣》《野山坡》《红玉米》《两个字》，长诗《风车坝》，小说集《羁縻城》。在《诗刊》《红岩》《星星》《民族文学》等刊物发表诗歌300余首；在《长江文艺》《芳草．小说月刊》《雨花》等刊物发表中短篇小说二十余万字。小说《麦草》于2011年获得第五届巴蜀青年文学奖；诗歌《郁水谣》于2011年获得重庆市第四届少数民族文学奖提名奖；诗集《红玉米》获得重庆文学院优秀作品奖。

张远伦的诗歌创作如他自己所说，经历过三个时代的构造，“从‘乡村伪美’到‘城市乱谜’，再到‘后城镇化幻觉’”[①]，他的诗歌表现了他在这三种处境中的复杂思绪。

张远伦早期的诗作主要是为他深情眷恋的故乡而歌。诗人曾在《乡村文明的式微与古老的还乡》一文中指出：“故乡这个概念，除了源于血缘的充沛，还有一个重要的源头：物质的满足”，它是每一个人的生养之地。但伴随城市化和人的迁移，故乡将不能称其为故乡，故乡将在别处。“寨子、村子、乡场、镇子、乡绅、乡邻、乡亲、乡情，这些承载着乡村文明的温暖的词语逐渐变成一个词语——城市”。城市化对从乡村走出来的人们造成严重的精神冲击，造成诗人内心的对于故乡的割裂和断线，然而正是在城市化的强大的破坏力里，诗人获得了不一样的诗歌写作资源。“那些冥想与追忆、撕裂与疼痛、命运的提前和重置、生活的速度和重量，都让诗歌产生了越来越宽广的可能”。诗歌将像复制《诗经》一样再一次拯救和复苏故乡，故乡“在诗句中因此而具备了别样的光泽”[②]。这时，写作对于诗人而言就是一次古老的精神还乡。

作古老的精神还乡，这就是张远伦诗歌创作的最初的精神动力。带着对故乡民谣和人事风物深刻的情感记忆，诗人从2004年起开始以故乡酉水地区的民歌民谣为基础，深刻体悟其思想文化蕴含，吸纳其优秀的艺术成分，创作了一系列的感念故乡人事的现代诗。2009年，诗人择选其中十三优秀作品以《郁水谣》组诗之名，发表于《民族文学》第八期诗歌栏目头条，引起文坛关注。2011年3月，

① 张远伦：《两个字》，作家出版社，2014年版，第2页。

② 张远伦：《乡村文明的式微与古老的还乡》，《红岩》，2014年第6期。

该大型组诗由重庆大学出版社公开出版，书名《酉水谣》，获得当年重庆少数民族文学提名奖。

在这部诗集中，每首诗作前都以民谣做引子，展开诗歌的想象和情感的抒发。诗人的故乡是苗乡，苗族能歌善舞，民歌发达，在那些民歌里承载了丰富的生活内容，包藏着故乡人民深厚的情和爱，有“《诗经》般野性和放达的唯美”，诗人为之沉醉和感动：唱出“最高的音阶叫火苗/最痛的爱情痛故乡”（《歌儿调》）。诗人由“大月亮”民谣，怀想慈祥的奶奶（《大月亮》），由“巴山豆”童谣想到慈爱的母亲：“黑豆子”“是娘望儿的眼珠”（《巴山豆》），由“打闹号子”想到父母的辛勤劳作（《打闹号子》），由“河·坡”感念故乡的山水和母亲的养育：

打开郁水的两条岸
我在她睫影下的血丝里
迷路已久

黄豆一畦
绿豆一坎
红豆一坡

我身陷五谷
秉承了籽实的基因
把土地的营养用完
把母亲的肥沃花光

我皮黄肉白
接过薪传的火
我走过家乡前往异乡
怀揣着随处可以打开的真理
村庄，村庄

你注定让我
终生迷惘
(《河·坡》)

这首诗生动典型表现了诗人此时复杂真实的心境：迷惘。这是许多如沈从文那样的“城市乡下人”共有的经历。诗人的迷惘源于对城市文明与乡村文明的纠结，对城市的欲迎还拒和对故乡的锲而不舍。这种内心的困惑根本还是源于灵魂深处深沉强烈的故乡情怀。《西水谣》整部诗集116首诗作都是这样表达着诗人对故乡土地、人民和亲人的深切怀念之情。自然，作家在对自己民族和自己故乡的精神怀乡表现中，作品也本色地呈现出彭水西山镇苗族浓郁的地域特色和民族风情，体现了苗族地区积淀深厚的民族文化。

继《西水谣》之后，诗集《野山坡》《红玉米》《两个字》和《那卡》的创作继续延续着诗人所谓的“古老的还乡”。虽然这些诗集中也有部分作品表现的是诗人的“城市乱谜”：“抬头在鸟鸣之处，低头在市井之间”(《三尺之上》)。但对故乡人民的困苦、哀伤以及温暖和幸福的观察和抒写仍是其诗歌中最有积极思想审美价值意义的部分。他的故乡有泛指的“村庄”，也有具体的地名：西山镇、诸佛、后坪、荞地村、白马山、倒鹿山等，他要抒写的故乡人民有泛指的“他(她)”或他们(她们)，也有具体的所指：“父亲”“母亲”“代摆”“那卡”“盐水女神”等。他怀念倒鹿山、敬仰传说中的“盐水女神”、怀念生养自己的父母。他为故乡的破败而悲伤，为村民的灾祸而伤心，为即将消失的村庄而悲哀。如果说早期诗歌中对故乡的回忆满是温暖的话，那么后面诗集中对故乡的抒写则附带着深深的忧伤。这种忧伤是诗人面对故乡远去、村庄消失和亲人衰老病死油然而生的情感。请看这首诗：

你如来我的村庄，我会用泉眼看你
左泉枯涸，还有右泉
你如来我的村庄，我会用连枷抽你
青篾断了，还有黄篾

你如来我的村庄，我会用山梁困你
出了垭口，还有隘口

而我，多么害怕你来了
我的村庄，空无一人

你迷信的，终将是虚无，是消亡
是我的名词，而不是肉身
（《别错入这死寂》）

村庄泉源枯竭，空无一人，一片死寂，所以曾经期望“你”来的“我”现在是“多么害怕你来了”，因为曾经你迷信的桃花源般的村庄现在已经衰败了，并且“终将是虚无，是消亡”。这就是诗人所谓的的“后城镇化幻觉”：乡村文明的式微。面对此景象，诗人只能有无奈和忧伤。

对于诗歌，张远伦有自己独到的理解。他认为“诗歌是一个诗人在自己的精神世界里建立一种秩序，这个秩序，只作用于诗人自己，对别人不具备绝对意志，只具备微弱的唤起的可能。”“诗歌是有孤独性的”，“诗歌的孤独性因为诗人的孤独性而天然存在。诗歌的敌人是多数人。”因此，对于别人能否理解，诗人并不在意。张远伦还说：“我的诗歌的第一个读者，是我的神经末梢，而不是你的心灵。”“诗歌仅仅是感觉，感觉这个词，看起来比灵魂更实在，更像是经过上帝泡制的一壶浊酒。”这种“感觉”具体到诗歌内容上就是他所谓的“失焦感、幻化感，抑或当下焦虑中的命运恍惚”。至于艺术手段，张远伦喜欢使用“矛盾修辞”，“靠管中窥豹的视角塑造诗歌”①。张远伦实践了他的诗歌主张。他的诗歌追求着一种感觉的自由抒写，追求着一种矛盾的修辞，追求着他的孤独性。

① 张远伦：《诗语六则》，《中国诗歌》，2015 年第 3 期。

第二节　重庆少数民族小说创作

重庆少数民族小说创作的发展历程具有起步晚、发展迅速的特点，这和大多数少数民族作家文学的发展经历相似。重庆少数民族小说创作的真正起步在20世纪50年代，代表作家是土家族作家孙因。孙因，原名郭定远，重庆秀山土家族人，20世纪50年代中期开始小说创作，先后发表《做道场》《老红军》《狂想曲》《歧路》等小说作品。但到60年代初，因为政治原因，孙因身陷囹圄无法从事创作。不独重庆文坛，是时整个文坛一片禁声。新时期以来，特别是改革开放后，中国当代文学才蓬勃发展并逐步繁荣起来。重庆少数民族文学也真正迎来了发展。首先是恢复自由的老作家孙因重返文坛，创作速度惊人，陆续出版了《血染大渡河》《新潮女作家》《天山剑寒录》《秦良玉》《凤头大姐》《乱世女督办》《豪门红女》等长篇小说，并出版《噩梦》《奇特的姻缘》等近二十部中短篇小说集，尚有剧本《洞房花烛夜》《女帅秦良玉》等多部剧本，先后斩获首届重庆少数民族文学奖、中国少数民族戏剧题材剧本铜牌奖、首届巨人中长篇儿童文学奖等多个重要奖项，被授予“民族文艺英才”荣誉称号。孙因的小说以营造故事为特色，注重故事情节的跌宕起伏，注重刻画人物形象。以明末石柱女将军秦良玉为题材的历史小说《秦良玉》是孙因的代表作，此作使其荣获首届重庆少数民族文学奖。小说在讲述明末战乱局势中气势恢宏地描写了中国历史上唯一载入正史的女将军秦良玉抗击清军、阻击张献忠之乱等战功，也表现了作为女性的秦良玉在无法改变的历史进程中的所思所想，同时也在一定层次上展现了重庆土家族地区的民风民俗。也正因为孙因的主要聚焦点是故事，所以相对缺少有意识的艺术创新，小说作品的人文内涵尚不够深刻。从文学史的角度来说，孙因的小说创作奠定了重庆少数民族小说创作的基础，引领了更多的作家投入到小说的创作中来。

重庆少数民族小说的崛起在20世纪80年代后期，此时国家对少数民族文化、文学非常重视，各个族别的文学史开始编撰，少数民族文学最高奖项“骏马奖”已设立并产生了巨大的影响，少数民族整个文坛创作热情高涨，涌现了一大批优秀的作家。在西南，重庆的少数民族作家们也不甘落后，积极投入文学创作，也逐渐有一批中青年作家声名鹊起，受到了文坛的较高关注。陈川、苦金、阿多、第代着冬、何炬学、吴加敏、易光等人是其中的佼佼者。综观重庆少数民族小说，在题材上以乡村题材为主，他们多基于自己的乡村生活体验，站在新时代的立足点上审视民族和乡村文化，作品中有鲜明的时代性和民族性。

陈川（1960—），男，土家族，重庆黔江人，中国作家协会会员，现任重庆市作家协会主席。1982年开始发表作品，已出版小说集《梦魇》《羊皮的风》《当代重庆作家作品选·陈川卷》等，其中小说集《梦魇》获第四届全国少数民族文学骏马奖，中篇小说《独猴》获四川省首届少数民族优秀文学作品奖。

首先，陈川小说具有理想主义光辉。创作于1985年的中篇小说《塑造》可谓此方面的代表。小说以一位乡村教师的视角展开，通过现实和回忆的双重交织，塑造了一对为乡村教育事业鞠躬尽瘁的夫妻形象。小说主人公曾启祥师范学院毕业后，怀着对乡村的热爱特别是对山区教育的责任感，放弃了留校和分配到报社的机会，毅然决定到渝东南大山里的一所小学。迎接他的，是一样来自大城市的姑娘黄欣。不过，她父亲是小资本家，她不愿意待在城市当大小姐，要把自己锻炼成为一个真正的人，便投身轰轰烈烈的革命浪潮，参军随“中国人民解放军西南服务团”来到这里，从此就把根扎在了这里。因为共同的志趣，两人渐渐产生了好感，随后成为了夫妻。然而，他们的生活又是极其艰难坎坷的。贫穷的山区，经济条件落后，一家五口挤在一个小房子里，饮食也匮乏。如果说外在的物质条件可以尽量地克服，那精神和身体的双重折磨则是常人难以抵御的。因为自己的出身，黄欣一度被撤了职，离开了自己钟爱的课堂。在贫困的生活中，备课、讲课是夫妻俩的幸福来源。那一段时间，偶尔的代课对于黄欣来说，不啻于神的恩惠。好在因为自己对小山村几十年如一日的奉献，她也并未受到更为残酷的批斗和折磨。加入共产党，是其毕生的追求，她对此有着坚定执着的信念。然而也是因为自己的出身，入党申请书写了十几封，总是没能成功。严峻的生活面前，丈夫曾启祥曾有犹豫，他曾试图让妻子找曾经的军队领导现在的区教委局长疏通关系，但妻子坚决拒绝。虽然经历着太多的苦难，但他们俩坚持了下来，坚守着山区的教育。奉献，让他们有了生命价值的存在感，有了一种崇高的愉悦。时代终于迎来了新的春天，区委奖励教龄超过二十年的教师，癌症晚期的黄欣坚持要上台领取证书。站在台上，她升起了强烈的职业自豪感。临终前，她唯一的遗憾是参军离家之后因为各种原因就再也没有回过家。

小说以曾启祥带着妻子的骨灰盒，坐火车去岳母家开始展开，通过他的回忆展示他们夫妻俩一生的苦难以及苦难中的执着，凸显了两个光辉崇高的乡村教师形象。这一回忆基于不断行进的火车这个时空里，火车里的人物言行自然和他的回忆形成了对比。他的身边，恰好了也坐了几位新时代毕业的大学生，但和他当时毕业时的理想主义比较起来，新时代的毕业生看待社会的态度，却更现实，甚至更加的油滑。在他们眼里，党票是混来的，模范是捞来的，几乎没有什么是严肃和神圣的事情了，他们也不会为了什么事业牺牲自己的一切。小说当然也没有二元对立绝对地否定了当代的大学生。曾启祥的儿子也是大学毕业生，尽管作为父母的曾启祥曾有些不理解，但他的儿子和他当初的选择一样：要到大山里，把自己奉献给山区的教育，他也觉得那样才显得自己的一生具有崇高的价值。

小说巧妙地以火车这一狭小的场景容纳了中国当代几十年的社会变迁，但其中不变的是像曾启祥、黄欣夫妇一样为了乡村教育奉献终生的山区教育工作者。两个主要人物无疑是崇高的、丰满的，浑身放射着理想主义的光辉。读者在阅读中，除了高山仰止的折服之外，会伴随着一种感叹和同情，这种同情来自于两人的追求和现实的困窘这一悖反，特别是眼下的曾启祥带着妻子的骨灰盒踏上首次见岳母之旅，自然令人唏嘘。所谓崇高，本质上便是一种夹杂着痛楚和成就感的体验，也是一般人难以达到的高度。即是说，时代的变迁以及乡村物质条件的艰难更加显示出了曾启祥、黄欣夫妇的崇高。由此，小说完成了对乡村基层教育工作者的讴歌。

《汪二》《汪二新传》亦可归入理想主义风格中，前者中的汪二与普通农民不一样，他游手好闲，贪吃贪睡甚至还有强烈的性渴求，他的生活几乎可以说是听天由命，但他一副乐天知命满不在乎的样子，出现的地方总能逗得大家乐呵呵的。因此，村民也不以为意，任其自由自在。塑造这样一个农民形象显然不是作者的目的，小说中最重要的其实是人们看待汪二的态度。一场洪水冲垮了汪二的家后，村里商讨给他造个新家的时候，人们的态度却开始发生了变化。没有人愿意将汪二的家建在自家旁边，最后的结果是汪二一个人孤零零地住到半山腰。大家此时更加在意汪二的行为，几乎没有人愿意和他说话，以前村里有红白事都少不了汪二帮忙，然而搬家后的汪二却受到了拒绝。这使得汪二愤恨至极，悄悄离开了村庄。离家一段时间后，人们又慢慢忘掉了汪二的缺点，想起了汪二的种种好处，汪二在人们心目中的形象再一次发生了巨大的变化。小说通过塑造汪二这一人物形象以及人们对汪二的态度的变化，呈现了中国乡村的人情世界以及村民的生活态度。

如果说《汪二》中汪二是个负面典型，那《汪二新传》的汪二却是一个浪子回头勤劳朴实的正面典型。汪二离开村庄后来到一个镇上，做豆腐的老人“老漆树”收留了他。从此他就痛下决心，决定改变以前自己无所事事贪吃懒做的恶习，因此他每天起早贪黑，和老人一起做豆腐卖豆腐，获得了新生。显然，小说充满了理想主义色彩，恶人变新人是其主题，在这个新人汪二以及“救赎者”老漆树的身上，真善美得以体现。

其次，陈川中后期的小说具有强烈的荒诞色彩，思想内涵更加的深厚，他的代表作品《村庄》《羊皮的风》《酒瓶》《梦魇》等可谓此中经典。通过荒诞的情节或者看似不可理解的人物行为，作者总是试图表达关于社会和人性的某种深层认识。《酒瓶》中感到空虚烦恼人生消极的王黔因为在酒馆听闻名酒瓶收购价格较高，蓦地产生了收集空酒瓶的计划。从此，他成为了忙碌人，似乎找到了人生的价值。他忙于去亲戚朋友家串门，以种种借口把酒瓶弄到手，甚至频繁去各类饭店、招待所、宾馆等地方帮忙和攀亲结友，目的仍然是将各种酒瓶收入囊中。在这个过程中，他体验了从来没有的充实、幸福，甚至是慌张和兴奋。然而，他并知道谁在收购和哪里在收购。待到酒瓶已挤满天楼，他走遍了城市里所有的废品收购店和茶馆，却没有人听说过这事。他非常痛苦，想捣碎那些酒瓶，然而阳光透过玻璃投射到酒瓶上反射出来的色彩缤纷的光环中，使得他忘记了痛苦，一种恬静温馨而又幸福的感觉激荡身体。从此，他觉得生活是那样的幸福和满足。小说的故事情节显得有些荒诞，但主人公的生活体验却是富于感染力的。小说通过荒诞的故事情节所要表达的恰恰是这样一个道理：只有抛弃功利态度，才能看到事物的美。也只有具有美的心态，才能追寻美的世界，才能感受到生活的幸福和人生价值。

《羊皮的风》以警察“我”的回忆来叙述马喇城博物馆失窃一事。博物馆失窃的宝匣是本县的至宝，镇城之灵物，几代人为了保护此物可谓奋不顾身荡气回肠。然而此宝匣里面装有何物，却无人而知，县志记载说每至月圆，匣中必有声音仿佛珠玉相击。虽然没有人见过匣中宝贝，但因为几代人的保护甚至传说，宝匣依然成为了本城人的精神象征。因此，此物失窃之后，群情激愤，强烈要求警局尽快破案。“我”是此案的主要负责人，主要嫌疑人则是现任博物馆馆长九如和行为乖僻的馆员马非。原馆长邹廷耀因为年轻时护宝匣有功，已然成为了该城的精神领袖。在一系列令人奇怪的事情之后，“我”出人意料地在邹家发现了地下室，也终于发现盗窃宝匣的真凶恰恰是令人景仰的邹廷耀。邹为什么盗取宝匣，文中并未说明，或许是因为传闻宝匣所藏之物有种种神奇作用，或者仅仅是好奇，希望知道宝匣所藏之物到底是什么。从文中的线索来看，后者应该是更为主要的原因，因为邹死于打开宝匣的那一刻。宝匣里不过是一张陈年的带有膻味的羊皮，打开宝匣之前的期待、激动和紧张，打开后之后的震惊、质疑和绝望，两种强烈的情感反差，导致了邹的死亡。因为宝匣事件，人们开始恐慌，他们认为一场灭顶之灾即将到来。后来博物馆被烧毁了，县长被迫逃走了，整个城市一遍混乱。

陈川最富荒诞意识的作品，要数其代表作《村庄》。卡蒙村发生了鼠害，老鼠成群结队在村子里游荡。这些老鼠刚开始时虽然放肆还是畏惧人的，见到人了要逃走。然而，荒诞的是，人们却没有真正进行灭鼠工作。村长忙着给乡里写报告，无数次从早到晚地开村民委员会，商讨所谓的灭鼠方案。由于没有实际行动，老鼠渐渐猖獗，大白天大摇大摆行于道路，夜里还要咬人，甚至还发生了老鼠群起食人事件。村长还在打报告，制定计划。人们将这些现象认为是鼠仙下凡，日日膜拜，甚至眼见自己亲人被老鼠咬食只知道下跪哀求。村长终于派出了两人去县城购买灭鼠药，还不断在村里刷出许多大幅标语，鼓舞村民灭鼠的斗志。然而，买药之人却一去不回杳无音信。祸不单行，村里来了一个卖鼠药的，却是一个骗子，用假药骗了大家仅有的钱财。村长只有继续打报告，继续刷标语，继续一个人在办公室里呕心沥血；村民也只有继续等待村长的安排，继续膜拜，继续任凭老鼠横行，四处吃人。最后，老鼠们几乎吃完了村里的人，包围了村公所办公楼。堆积如山的老鼠冲破办公室，围攻村长。在老鼠的群咬中，村长竟然有了一种视死如归强烈的斗志，他有一个神圣庄严的任务，他要贴上自己新拟出的布告。老鼠围食一个村庄显然是悖于常理的，村民的种种表现比如见儿子被老鼠咬食而无动于衷也显然是悖于常情的。作者以夸张的方式有意营造一个荒诞的场景，由此暴露闭塞乡村生活的负面——人们的愚昧、麻木、迷信以及基层村干部的盲目、形式主义作风。往深里说，陈川的此类小说，大多意在揭露国民生活的某种劣根性。无论是《汪二》中主人公的懒惰好色，还是《梦魇》中孤独和权力，以及《村庄》中村长的“视死如归”、村民的“安于天命”，都尖锐地指出了生活世界中的种种相关问题，具有强烈的现实意义。也正因如此，学者评价其小说创作时说：陈川“热情地用笔展示这块土地历史的陆沉和变迁，表现独特的地域文化在新的社会条件下的悸动和重构，创造了一幅幅色彩斑斓的关于土地、生命和灵魂的画卷。”①

陈川的小说创作在艺术技巧上不囿于某种单一的模式，而是不断探索求新求变，《汪二》中正面塑造人物形象，《羊皮的风》则重在故事和侧面刻画人物，《村庄》以魔幻现实手法为主，而近期发表在《民族文学》上的中篇小说《相伴》则通过细腻的心理描写，展现独居老人的情感世界，于细微处写真情。无论是关注国民劣根性的宏大题材，还是聚焦人物心理题材，陈川都游刃有余，这体现了作家本人丰富的情感体验和深层的社会思考，这是其作品篇篇经典的主要根由。

苦金，（1958—）男，原名粟光华，土家族，重庆黔江人，中国作家协会会员，1985年毕业于西南民族大学中文系，曾参加鲁迅文学院中青年作家班。2001年开始写作和发表小说作品，在《中国作家》《人民文学》《民族文学》《青年文学》《红岩》等文学期刊发表小说和散文，先后出版中短篇小说集《苦金小说选》和《残树》，代表作主要有《哦，沉香木》《明天在哪里》《远寨》《兰花鲢》《残树》《驰心旁骛》等。其中，《哦，沉香木》获2001年中国作家协会“龙虎山杯”新作奖第一名和重庆市少数民族文学奖，《明天在哪里》获2002年中国当代文学研究会小说奖一等奖，《远寨》获2004年重庆市中篇小说奖榜首。著名作家、诗人半岛对苦金小说的评价是：“……不墨守成规，以个性的眼光，融进民族性、地域性的独特语言或方式，随情传意，随类赋彩，含蓄婉约，空灵飘逸，耐人咀嚼。”②

① 易光：《心灵放逐：在梦魇与现实之间——陈川小说创作论》，《民族文学》，1992年第11期。

② 半岛：《〈残树〉·序》，重庆大学出版社，2009年版。

首先，苦金的小说具有极强的社会责任感。

苦金善于观察社会，对社会变迁中的人物命运有敏锐的洞察力，注重以现实主义的笔调挖掘人性内涵。他的小说，注重以小见大，往往以个体人物的命运和心路历程暗示整个民族、国家的际遇。中篇小说《兰花鲢》聚焦三峡移民，以三奶奶这一人物形象呈现了人对故土的依恋，细腻深刻，感人至深。迁移他乡，对于近百岁的三奶奶而言无疑是一件不可能的事情，她从来没有想过会离开自己生活了一辈子的山村，在这里出生，也就得在这里离世，归根是她的最大愿望，所以她早早地修筑了生基（生前修好的坟墓）。团山堡村成为了三峡库区，将被水淹没，三奶奶舍不得这里树木，这里的农田，这里的人情世界，还有自己的家，她宁愿死去也不愿离开，她甚至一度钻进自己的棺材里，希望就这样安静地离去。

三奶奶命运多舛，年过四十才产下一子，没多久丈夫撒手而去。更不幸的是，儿子和媳妇驾船为生产队拉化肥途中遇风浪溺亡，那年三奶奶已近八十高龄。哭得死去活来的三奶奶听到九个月孙儿的哭声，又燃起了生命的希望和热情。三奶奶的一生注定是艰辛的，但三奶奶也是坚强的。她将所有的爱倾注到小孙子身上，精心地抚养着他。她之所以不愿离开村子，除了归根的想法和故土的依恋；另一个重要的因素是因为她要福泽后代。她担心自己的孙子会发生意外，人生会有什么不幸，所以诚心认真地请风水先生寻了好棺地，打了生基，为保子嗣平安富贵。虽然三奶奶的办法对于读者来说是迷信的，但三奶奶却是虔诚的。

三奶奶既坚强倔强，又仁慈善良。为了说服她外迁，县里到村里各级领导都做过工作，晓之以理，动之以情，但三奶奶却不说一句话，做好了坚守的准备。在这场劝离的冲突中，村支书颜云卿担负着巨大的压力。一方面，他是国家基层干部，要引导村民配合国家的政策，要将政策背后的苦心解释给广大群众；另一方面，他也是土生土长的乡村人，他理解三奶奶不愿搬迁的感情。因此他是矛盾的，但职责和对三奶奶的感恩决定了他不能将三奶奶独自一人扔在村里，任江水淹没。颜云卿跪求三奶奶，三奶奶左右为难，提出了搬迁的条件——钓起一条兰花鲢。三奶奶知道，兰花鲢已有二十多年无人钓起，她不过是想以此难住颜云卿。颜云卿却从此和兰花鲢杠上了，因为舍此之外别无他途，就算三奶奶是有意难为自己，但如果钓了一条起来，三奶奶也只能答应。因此每天黄昏至下半夜，他都准时坐在兰心石上，希望能钓起一条兰花鲢。但原本清澈的江水早就被污染了，上游的大工厂将污泥、渣滓、废水排到了河里，河两岸的植被又因为村民挖兰花而遍体鳞伤，河里便流着黄黑色的汤汤。这样的水质，是不可能出现兰花鲢的。颜云卿日复一日执着地夜钓，在第二十八天摔伤了，嘴唇旁是糊满了血的伤口，走路亦是歪歪扭扭的。但第二天黄昏，他依然一歪一扭地沿着小路走向兰心石。三奶奶看在眼里，也痛在心里。也就在这天晚上，疲倦不堪的颜云卿不小心打了个盹，被飞艇驶过的波浪卷进了大河里，好在生命的本能抓住了石棱角，捡回了一条命。三奶奶看到躺在门板上嘴唇乌紫、脸皮青灰的颜云卿，老泪纵横，双手颤抖。颜云卿却细细地说："三奶奶，我没有钓到兰花鲢……稍好点儿……我还去。"次日清晨，三奶奶终于收拾了自己的衣物，泪眼婆娑，抖抖颤颤地随着自己的侄儿离开了村庄。

中篇小说《调研员王克舒》也是三峡工程题材，与《兰花鲢》一样，苦金选取一两个人物，聚焦人物的故事，展现人物的心灵，通过人物的高尚品格来表达其强烈的社会责任感。王克舒同样经历各种不平的遭遇，最后成为了县环保局的局长。他为官清廉，正直负责，为人民着想。他不贪不腐，家里仅靠其正常工资度日，还供养女儿上研究生，生活比较拮据。局长卸任后，他名义上成为了调研员。县城需要建设污水处理厂，需要征用老人黄鱼富准备给儿子建房的地基。现任局长要官威，讲大道理，结果碰得一鼻子灰。王克舒尊重老人，协调换地，后来又跑各个部门协调土地差价补偿。甚至老人要求修建道路三千元补偿，移民局、环保局都不买单，王克舒同情老人，最后自掏腰包。老人并不知道这钱是王克舒私人的，以为是国家补充的，也就心安理得的。后来技术员不小心说漏了嘴，指责老人敲诈王克舒，两人起了冲突，大打一场。王克舒又被请求去处理，没想到好不容易到达现场，事情已平息。老人也觉得愧疚，但不幸的是，王克舒在返家途中为躲避汽车不小心掉下山崖。虽然万幸没有粉身碎骨，但他落在半中央的一小块坡地上，下面是长江，上面是山崖。上不能上，下不能下，手机又忘在家中。小说在这里戛然而止，他是否会得救成为了一个悬念。小说歌颂了以王克舒为代表的国家干部两袖清风，心系百姓，有作为，敢担当；同时也潜在指责许多国家公务人员为官不正，搞腐败，要官威，只关心一己私利，不顾他人和百姓死活。小说最后的悬念将这一对比拉向高潮，王克舒有着强烈求生的本能和对家人的思念，却又对大家注意到他有危机因而千方百计来救援他保持悲观和怀疑。这升华了人物品质，也给读者留下了更多的思考。

其次，苦金的小说具有积极的人生态度。

小说《明天在哪里》的六千娃，家境贫寒，因计划生育被罚款，家里卖牛、卖猪、卖粮食更是雪上加霜。六千娃读了四年半小学只有辍学回家，但他并不怪罪父母。俗话说穷人的孩子早当家，六千娃帮助父母干农活，成为家里的重要力量。不过，六千娃与一般辍学儿童不同，他保有生活的激情和理想，他的目标不是一辈子挖红苕，他要养殖鲢鱼，带领家庭致富，走出贫穷。六千娃苦于不懂技术，没人指导，恰好电影放映队到来，除了播放故事片，还加映花白鲢养殖技术。正在地里劳动的六千娃赶紧和小伙伴波儿划小船往放映点赶去。船在小南海中行驶时，却遇上了一场暴风雨，得马上上岸，不然就会翻船溺亡。六千娃和波儿于是展开了和暴风雨的斗争，其场面堪比海明威《老人与海》中渔夫与大鱼之间的搏斗，谱写了一曲生命不屈的雄壮乐曲。

不同于《明天在哪里》中个人追求人生价值的生命意志，抗日题材的小说《老根土》写得荡气回肠，表现了我军在抗击日寇时所展现出来的顽强意志和英雄气魄，这是守护美好家园的凛然正气。老幺本是一个地主的儿子，从小爱打架，但却从不欺善凌弱，打无理之架。父母信了道士的预言——要送一个儿子离家，便决定老幺出去闯荡江湖。这正合老幺之意，闲耍着他正觉得无所事事，他想去参军，他的理想是随着贺龙把日本人驱逐出中国，他的豪言："就是去死，我也要死出人生的精彩"。在一场阻击战的间隙，一位首长来到部队战壕，一席话说得大家群情激奋，摩拳擦掌，热血沸腾。后来老幺知道，这位首长原来就是自己朝思暮想特别期待见上一面的贺龙将军。虽然遗憾当时不明白，但老幺激情高昂，他要给日本人好看。果然不一会儿，日本人飞机、坦克、大炮强攻山头，到最后两军短兵相接，连长撂倒几个日本兵后也不幸牺牲。杀红眼的老幺更是铆足了劲，在和一个大块头搏斗时，虽最终刺死了对方，但自己也肩上中了一刀，更不巧的这时一个炸弹在身边爆炸，他被掀翻到一条山沟里，肚皮被划破，肠子流了出来，满身血色，身受重伤。他用母亲缝护身符的别针缝住肚子，开始一寸一寸地向部队大本营爬去。

通过老幺在一场战争的心理过程，小说暗示出中国军人在反击侵略的战争中所体现的豪迈、勇敢以及不畏强敌、不怕死亡的牺牲精神。对于老幺，抗击日寇是糅合个人理想和民族未来的行为——既是实现自己闯荡四方有所作为的人生理想，也是为了驱逐日寇实现民族独立国家不受侵略人民不受奴役的民族未来。

再次，苦金的小说具有浓厚的民族情结。

作为土家族作家，苦金还常常把眼光聚焦到民族传统和民族心理，实现了“民族灵魂的内视”①。《远寨》②是其中最具代表性的作品，也是苦金被公认最优秀的小说作品之一。小说要审视的是现代性与民族传统的关系，即民族文化在现代社会的出路。这一主题在当代中国文坛屡见不鲜，80年代的寻根小说便开始追问华夏民族之魂。也正是受到寻根文学以及国外文化思潮的影响，少数民族作家从80年代中后期开始，纷纷回头审视自己的传统文化，挖掘文化的灵魂，思考民族文化的当代走向，其中的佼佼者如霍达、阿来、扎西达娃、张承志、朱春雨、郭雪波等等。土家族作家中也有叶梅、孙健忠、蔡测海等人进行过卓有成就的土家文化书写，苦金《远寨》中的文化思考根植于少数民族文学普遍的文化反思，不过苦金的文化抒写亦有其特色。

不同于许多少数民族作家片面高扬民族传统的价值或揭露民族传统生活的陋习，苦金对现代化进程中的土家族文化有更深入的思考。然而，现代与传统之间的冲突是一个异常复杂的问题，甚至也是当今世界面对的十分尖锐的问题，苦金的现代性焦虑无法也不可能给出一个解决办法。正因为这样，苦金的《远寨》便多了一层渗入心灵的悲剧感。武陵仙山中部白云岭下古老的武陵寨子，仿佛世外桃源人间仙境。这里的景色美，没有公路和汽车，百十户人家，山大林深，云锁雾罩，泉水清澈，庄稼丰茂，草木葳蕤，各种动物自然成长；这里的生活美，家家都是吊脚楼，养着牛羊猪，农闲还满山林撵野猪、獐子、麂子等野物，这里的人爱唱山歌，劳动时唱农歌，约会时唱情歌，祭祀时唱古歌，铜鼓声中摆手舞；这里的人美，老人慈爱，男人雄壮，女人秀美，小说描写主人公春子时：“她才吃十四岁的饭，因了山林纯质空气的陶染，椭圆的脸儿，呈现着李子花瓣颜色，嫩嫩的，还不曾放射出媚人的青春光彩。眉目自是秀气水灵。单眼皮下淡蓝色的湖泊润泽着黑宝石般的眸子，期间荡漾着画眉子欲飞时的幻想。穿一件阴丹布

---

① 汪曾阳：《民族灵魂的内视——读苦金小说〈远寨〉》，《民族文学》，2003年第2期。

② 《远寨》，原载《民族文学》2002年第8期，后结集出版时有修改并更名为《遥远的炊烟》。

侧边扣衣衫，高直领，顶下巴，合体且素净。”

苦金无意于构造一个新的少数民族“桃花源”，在优美的环境中，却潜藏着闭塞愚昧和迷信专断。少女春子和奶奶杏枝婆的冲突是小说的核心线索，也象征着传统和现代之间的关系。杏枝婆是寨子里的权威，被视为寨里的“观音菩萨”，寨里大小事物由她决定。这个闭塞的寨子与外界几乎没有什么联系，保存了传统文化的同时，却也保存着传统的思维。传统思维中的负面因素也容易僵化下来，对人的发展和文化的发展造成伤害。武陵古寨流行了一种奇怪的病，大家莫名其妙身上都长脓包疮。然而，杏枝婆虔诚地相信祭祀土地神能对付脓疮。因为她是寨子里惟一以为活过六十五岁的老人，且她的脓包疮痊愈过一次，寨子里的人对此深信不疑，尽管脓包疮常常折磨得他们饭不能吃夜不能寐。春子也一直不怀疑奶奶的方法，总是像奶奶一样虔诚地用酒水祭祀土地神。然而，一次打獐子使她迷了路，走到了公路上，不幸被一辆汽车撞到。送到县城的医院，所幸并无大碍，医生用硫黄软膏轻易就治好了春子的脓包疮。春子也终于明白，奶奶之前的脓包疮之所以能痊愈，是因为不小心掉进了土神潭，而土神潭的水恰好是硫黄矿泉。春子高兴地回到寨子，她要把治愈顽疾的妙方告诉大家。然而大家却不相信她去过县城，因为连杏枝婆都没有去过，也不相信土神潭的水能治病。在他们看来，土神潭是神灵所在，别说下去洗澡，就是干旱时也不能喝里面的水，所以他们宁愿去很远的山头去接像线一样滴的泉水，也不敢喝土神潭的水，否则神会降大灾害给寨子。大家都觉得春子疯了，连一直深爱她的后生嘎子听到要去土神潭洗澡，也吓得六神无主。春子的命运像极了自己的母亲，外乡来的母亲本打算用草药治疗脓包疮，然而杏枝婆和寨子里的人认为她破坏了规矩，看着丈夫最终被脓包疮折磨致死，绝望的她只好投潭而死。被寨里人孤立的春子慢慢产生幻觉，失去理性，她拿着县城医生送的游泳衣满山野奔跑，一不小心掉下了悬崖。寨子里遍寻不见人，后来得知有两个采药的人抬了一个掉崖姑娘去了县城。摆在寨里人之前的问题是，要不要去县城？小说以此结尾，将悬念留给读者。

显然，杏枝婆和寨子的民众象征着传统，而春子这一形象却被赋予了更多的意义。一方面，她外形和心灵的美是对传统文化的赞颂；另一方面，虽然是阴错阳差地到了县城，经历不同的生活方式，使得她具有新的视野和思维，在她的经历中体现了文化之间的交流。所以，杏枝婆和春子以及春子母亲之间的冲突，根本上是文化之间的冲突，是传统与现代之间的冲突。囿于传统的寨子没有准备去接受新的思维，迎接新的文化。而传统的力量又是压迫性的，春子母亲被迫自杀，春子也无法突破，被当认为母亲之病的遗传，也阴错阳差走向了母亲的道路。传统在这里成为了毒害人阻碍发展的桎梏，个人的力量几乎不能对之造成冲击。在这种意义上，脓包疮是极富象征意义的，它象征传统文化的负面，这种负面因素不断一代又一代地伤害着民族，也抑制着文化的发展和交流。作家苦金也没有绝望，比起母亲的绝望自杀，春子对寨子的影响毕竟大一些，至少她提出来寨里人从来不敢想的问题，当她掉崖后，寨子里虽然焦烦地思考要不要去现场，至少已经在思考了。或许，只要有一个人走进县城，传统闭塞的寨子就会逐步迎来翻天覆地的变化。作家设置的悬念，亦是一种期待。

最后，苦金的小说具有鲜明的生态意识。

生态意识是苦金小说中一以贯之的主题。中国经济在实现跨越式发展的同时，生活环境的恶化亦成为了十分严峻的问题。所谓生态，并不单单是外在自然的变化，而是人与自然的和谐共存，其深层本质是文化，即一种生活方式。因为“对自然的任何破坏都伴随着对文化的破坏，所以任何生态灭绝从某些角度看就是一种文化灭绝”①，所以对自然和环境的关注本质上是对人类社会及其文化的担忧，“环境问题乃文化生态问题”②。

早期的短篇小说《哦，沉香木》中，一位正部级将军向往乡村生活的风光和美、空气清新和闲适自由，从京城“逃亡出来”。因为难酬虚情，又从自己的别墅小院中“逃亡”出来，回到了自己的故乡，期待在这里安度晚年。然而，不知道谁走漏了风声，当天晚上从县里、村里大大小小的官员列队迎接，并在豪华大酒店设超级豪华宴接风。老将军顿时心情不顺畅，因为家族各辈分的亲戚包括亲哥都在，只有勉强应酬。酒桌上醉眼蒙胧的大哥告诉他，为了子孙兴旺，族里已决定待将军过世之后砍倒唯一的沉香木做全棺葬在风水宝地。沉香木已有二百多年历史，周围发了许多的小苗。一旦母树被伐，小苗都将陆续死亡。几十年前，

① [法]塞尔日·莫斯科维奇：《还自然之魅：对生态运动的思考（庄晨燕、邱寅晨译）》，生活·读书·新知三联书店，2005 年版，第 11 页

② 傅钱余：《当代藏族作家的文化生态叙事研究——兼论当前国内生态批评的局限》，《中央民族大学学报（哲学社会科学版）》，2015 年第 3 期。

村里曾发生过伐沉香木作为全棺的灾难。木梁山上的沉香木在母树被伐后一棵棵尽数枯死，第二年山洪暴发，泥石流冲毁了山上的房屋和庄稼，全村老幼被迫迁移。为了保护最后的沉香木，也是将军心目中的故土，他依然选择了离开，进行了第三次的“逃亡”。

中篇小说《残树》也围绕树的砍伐展开，但比起早期的《哦，沉香木》多了更多的戏剧性。岳胖子守卫着中国发现年代最久远的唯一存活的金丝楠木，他的守卫有自觉的生态意识。因为他知道黄泥坡泥土的贫瘠和沟壑是因为山上的树木和植被被砍伐所致，也没过多久，夜里的一场洪水就冲毁了黄泥坡。金丝楠木的四周，他培育了许多的小树，也生长着各种树木。只要金丝楠木不倒下，这里就永远葱绿。除此，他的守卫还因为这树是祖宗一代代传下来的，他在守卫一种传统——与大自然的和谐相处。然而，林产品公司的张白金却看中了金丝楠木超千万的经济价值，千方百计要得到它。一方是有钱有势的公司老总；另一方却只不过是抱有与树共存亡的农民。这一斗争注定是悲剧性的。果然，张白金设下圈套让岳胖子的儿子欠上赌债，以此逼迫岳胖子。岳胖子只好卖了居住的房屋。然而儿子不断欠上巨额赌债，张白金还让一心想暴富的美女袁小曦勾引他的儿子。张白金暗里做鬼，明里送暖，时不时送给岳胖子的妻子一笔钱，让其对他们产生感激之情。这便架空了岳胖子，但岳胖子依然是坚定的，什么都可以失去，但金丝楠木却绝对不能砍。软的不行，张白金遂决定夜里偷抢。组织有序的偷盗队伍迷晕岳胖子之后，便三下五除二锯掉了古老的金丝楠木树。醒来后绝望的岳胖子吐血而亡。人们却没有记住岳胖子守卫金丝楠木的壮举，记住了张白金花五万元建坟墓的“善”举。

《残树》中有一种悲剧之美，有对岳胖子的敬意和惋惜，有对追求享乐和金钱的岳胖子儿子、袁小曦、张白金等人的控诉和讽刺。相较而下，2014年发表在《民族文学》上的小说《驰心旁骛》中的生态描写则是积极的。小说围绕板夹溪水利工程招标展开，为了保护小南海的生态环境，刘凌和走歪门邪道的对手杜丘才以及腐败的副县长娄志军进行了复杂曲折的斗争，最终获得了胜利。小说在揭露官场腐败的同时，弘扬生态意识，具有积极正向的价值。

综观苦金的小说，极强的社会责任感、积极的人生态度、浓厚的民族意识和鲜明的生态意识是其主要的特色。在艺术技巧上，苦金的小说主要有三个特点：

一是善于塑造人物形象，他笔下的人物栩栩如生，是真实的“这一个”，能让读者印象深刻，如善良坚忍的三奶奶，英勇壮烈的老幺，纯洁美丽却又让人惋惜的春子，执着坚定的岳胖子，固执守旧的杏枝婆等等；二是注重悬念和结尾的设计，苦金的小说几乎是没有结局的，《远寨》中没有告诉武陵古寨是否派人去了县城；《调研员王克舒》中主人公王克舒是否得救也未道明；《残树》中貌似有结局——岳胖子死了，树被砍了，但是树林、村子甚至岳胖子的儿子、袁小曦的结局也并未透露。可以说，苦金的小说让读者一直被悬念牵引着，读到最后往往能沉浸在故事的想象和思考中；三是对方言俗语的使用恰到好处。苦金将渝东南的方言俚语创造性运用到小说中，既让人物形象更真实，同时也让小说具有鲜明的地域文化特色，给读者一种陌生化的阅读感受。

第代着冬（1963—），男，苗族，第代着冬为苗名音译，汉名吴建国，重庆武隆人，20世纪90年代以来苗族代表性作家之一。1981年开始从事文学创作；1983年开始发表文学作品，中国作家协会会员，作品多次获奖。著有中短篇小说集《白羽毛的鸟》《过客》，长篇小说《邱家大院》《电话打到天堂》《灵雀》，散文集《乡村歌手》《荒村浮云》《匠人笔记》，小说散文选集《第代着冬小说散文选》等，发表文字已逾300万字。

《走马》以第一人称视角展开，“我”是一个32岁的县文化馆干部，但因我长着刀背一样的汉奸嘴脸，不受姑娘待见。一个叫青青的美丽女孩和我谈了一场梅雨一样的爱情，我全身心地爱着她。然而，后来才得知她不过是为了报复自己那非常帅气的男友，因而她要选择县城最丑的男人。伤心欲绝的“我”接受了文化馆馆长老柴交代的任务——收集布朗县的民间故事，特别是一首叫做《走马谣》的民间长诗。“我”在乌江两岸的崇山峻岭中穿梭，最后来到了走马这个地方，这是走马谣极有可能出现的地方。走马的墓地里确实有许多像马一样的符号，也有约五百多年前刻下的文字，但却没人知道《走马谣》。在走马，“我”知道了许多村里的往事：前村长杨槐谎报红麻种植数据，乡里给他颁了奖，回到家他想和妻子开个玩笑，便说那是离婚证，他不要她了，悲痛的妻子悬梁自尽，杨槐也从此精神异常；现任村长古魁为了红麻种植也焦头烂额，一度用“我”县上派下来的这一点来震慑村民。除了红麻，古魁时常和皮贩子家常年独守空房的女人峰偷情；歌师傅地丙是个银匠，也是最会唱歌的人。他用歌声敲开了角邦寨美女婉花的吊脚楼，婉花怀了他的孩子，他誓约来年春天骑马来迎娶。但那个冬天，一群土匪偷袭寨子，抢走了粮食财物和婉花。迎亲的歌师傅来到土匪窝对面的山头上，从早到晚一刻不停歇地唱起了《走马谣》，唱得凄惨哀怨，婉花终于冲出了土匪寨，跳下了万丈悬崖，地丙找到她的尸体迎娶回家。歌师傅也就从此不再唱歌，沉默而痴情地守候着婉花的坟墓。“我”知道了歌师傅地丙是唯一一位能唱《走马谣》的人，并立马赶往望见面，但在“我”去找他的五天前他吃了病狗肉而身亡。小说的最后，乡长来村里视察，怀疑“我”的身份，杨槐投水自杀，“我”得以观看了一场入葬法事，峰的男人贩皮客长根带回了麻将，大家在法事中打起了麻将，聊起了山外的世界。

有学者曾认为：“迁徙的民族，游走的文化，漂泊的心灵，是第代着冬小说最基本的主题。”[①] 在此基础上，亦有学者认为还应加上“寻找的意志”[②]。《走马》中，“我”对《走马谣》的寻找，其实是对民族文化传统的追寻，即所谓“寻找的意志”。然而，“我”到最后也没有寻找到《走马谣》，“我”只是获得了一些无法解释的像马的符号，以及歌师傅地丙的凄美爱情故事。在作者看来，社会不断变迁，过去的民族文化传统已成为了幻象，难以寻找和追寻，即所谓“游走的文化”。小说中，“我”最后不禁感慨：“我发现老柴告诉我的《走马谣》只是一个象征，它就像一个随着光阴流逝的美妙幻境，只能在记忆里闪烁着诱人的光泽。”对于个人来说，感受到的是现实的生活、即时的情感，个人很难体会到文化传统的力量。“我”受了爱情的伤痛，希望通过搜集民间故事来化解，说到底“我”期望通过对文化传统的领悟来达到对个人现实生存苦痛的消解。我并没有找寻到文化传统，整个过程中我仍然关注的是世俗爱情：一个寡妇要求本欲要求我留下，却又嫌我太瘦弱；我突然喜欢一个健美的女孩，却被其家人驱离；村长和峰之间的偷情；歌师傅地丙凄美的爱情故事。与其说《走马谣》在思考文化，不如说其在思考人的存在：人无法突破个人的狭隘眼光。因此“我”看到的尽是爱情故事，在“我”的眼里这些爱情故事也都没有好的结果。这恐怕是小说以“我”为叙述者的含义所在，“我”所见无法突破“我”所能见。

---

① 易光：《心灵的秘史——读第代着冬〈白羽毛的鸟〉》，《当代文坛》，1997年第4期。

② 熊飞宇：《追寻生存之根——第代着冬创作探微》，《当代文坛》，2010年第5期。

《走马》颇具后现代主义意味:“我”在寻找文化,“我”也解构了文化。文化馆老柴以及“我”相信有一首关于民族起源的《走马谣》,然而“我”看到的却是村民与文化传统无关的现实生活,生活就是填饱肚子和满足欲望,他们根本就不关心《走马谣》及其所象征的民族文化传统。对文化的第二重解构来自前任村长杨槐的葬礼,在庄严的法事中,贩皮客邀约村里人第一次打起了麻将,他向山里人炫耀山外的花花世界,特别是山外的细皮嫩肉的女人。麻将是一个征兆,预示着这个沉默的村庄即将受到现代城市文化的影响,相对的平静将会被打破。与许多少数民族作家对民族文化传统的变化痛心疾首不同,第代着冬似乎并没有悲壮地书写民族,他将社会文化变迁看着一种必然和常态,从来就没有一个固定而静止的文化传统,有的只是交流和变化。第代着冬这一理解是符合社会规律的,社会是变迁的,个人也难以意识到文化传统的作用,个人也往往以自己的欲望为中心生活在现实生活中。历史也并非是一个宏大严整的叙事,历史常常是一些断片,这便是小说中“我”来到村子后看到的不同人物故事的含蕴所在,也是小说结构显得杂乱的原因。片段式的存在,更符合历史本身。因此,《走马》在寻找文化的表象中,揭示的本质实乃人性。

《第马着欧山上的慈》是第代着冬唯一的一篇宗教题材的小说。小说中年轻英俊的慈是第马着欧山中一座寺庙里唯一的和尚,在一个寒冷的冬天,他救了一个饿寒交迫倒在寺庙前的青年学生。学生虽剃度出家,跟随慈,得名密。两人日日修法谈佛,身心清净。开春后,两个妙龄女子琼和曹来天台寺进香。她们为两位和尚的书卷气所吸引,而密也因为曹丰满性感的身体所诱惑动了凡心。时值新中国成立,土改分田到户,宗教是迷信,宗教信徒是不劳而获的人。因此土改队强行要求慈和密还俗,和常人一样自食其力。无奈或者说随缘,两人下了山,出了天台山,住进了安排的土房里,侍弄田土。其住所的对面,隔一个菜地,正是琼和曹。曹已是小组长,密则成为了扫盲识字班的老师。两人一同工作,成双成对,不多久,原本相互倾慕的心就贴在了一起,密彻底地破了戒还了俗。在两人夜夜体验凡俗生活的动静中,慈不为所动,敲响木鱼,进入定境。密和曹成为了破除迷信的典型,并试图穿针引线,让琼和慈也组建家庭。琼对慈尊敬,但不拒绝嫁给慈。在慈的心中,却只有佛。被逼迫无奈,在一个子夜时分,慈挥刀自净,以维护身心纯洁。后来密一家迁回老家,经曹牵线搭桥,琼也嫁给了另一男子。慈依旧虔心向佛，成为了第马着欧山上真正的和尚。

诚如论者所言：第代着冬“将人置于第马着欧这个虚拟的大背景上，来考察世俗的欲求与精神信仰的圣洁的矛盾和统一。”[①]小说中的慈和密是两种不同生活状态的代表，密被世俗生活所吸引，最后完全放弃了信仰，扔掉法器，改称慈为哥。在他眼里，性的愉悦已超越宗教体验成为最幸福的源泉；慈却自始至终秉持心中对信仰的虔诚，不论是在山上还是山下，不论衣着如何，他坚持心灵的纯洁。小说最后人们对第马着欧山上的唯一真正的和尚的景仰，亦是作者对信仰的礼赞。或许，宗教信仰也仅仅一个象征，象征着某种追寻精神境界的活动。文学亦是如此，作者亦通过此文自勉。

《草海》是第代着冬小说作品中颇具多重阐释潜力的一篇，论者对此文的评价较高。小说以双重线索同步展开：一是一个叫茂生的男人努力要去“草海”这个地方去寻找自己的父亲，而他的父亲也同样是到草海去寻找父亲；另一个线索我被茂生故事吸引和小说一个叫做第代着冬的人的诱引到枫树湾这个地方去探知茂生故事的后续发展。在我探寻的过程中，茂生的故事也随之逐步发生。阐释的第一个层次是：茂生以及“我”的寻找其实是一种互相隐喻的关系，茂生寻找草海和我寻找枫树湾是同一的，说到底，都是对民族文化传统的寻找，对血缘和文化的追溯。小说中茂生离开家时的心理独白已暗示了这一阐释路径：“多年以来，魂无所归的张皇如同磐石压得我喘不过气来。我不知道我的根在哪里，血缘来自何方，简明的族谱在何处遗失。从记事的时候开始，我就像一个蹩足的哲学家一样大声自问：我是谁？”对个人身份的追问，也就是对民族根脉的追问。小说中模糊的地方——“草海”，这个乌江流域的源头，便是民族文化传统的根源，茂生顺着乌江去寻找源头，显然是逆民族历史溯回，寻找文化之源。“我”和小说中叫做“第代着冬”的这个男人实际上可以看作一个人，都对民族文学有浓厚的兴趣，也对茂生的寻找充满了好奇，说到底，“我”和“第代着冬”不过是当代的茂生，一样走上了寻找历史文化之路。小说揭示了人在无根状态下的漂泊和心灵的流浪，而对根的寻找是人的基本社会属性，也是人生存的必然心灵旨归。民族文化的传统，也依靠个人对文化的依赖和追寻。因此，《草海》被论者评价

① 易光：《未有终结的诱惑——第代着冬创作论》，《当代文坛》，1994年第3期。

为“民族的寓言”[①]，“第代着冬思考自己民族的历史，探究作为历史根基的文化基因和组合效应。他通过小说这一形式，立体地实现着对于自己民族本体文化的文学定位。这是一种结合着个体经验和历史文化的生活还原。”[②]

阐释的第二个层次：作者通过茂生寻找草海（民族文化传统）的过程也消解和解构了寻找，同时也深层次地解构了文学阅读。“我”对茂生故事的期待，不过是读者阅读文本时对故事的一种期待视野，因为一般读者在阅读文学作品时，往往“以故事为切入点”[③]。小说中的“第代着冬”就是这个这个故事的编造者和讲述者，而他给予我的不过是并不十分连贯和具有逻辑性的断片，构建整个故事的，恰恰是“我”。甚至小说中的“我”最后也并未完整地建构出一个故事，构建整个故事的，应是阅读小说的读者。读者依据自己的想象，从这些断片中拼凑了一个完整的故事。因为读者需要一个完整的故事，这是基本的阅读期待。这正是小说结尾处一段话的含义所在：“接下来我躺在船上窄小的舱位里继续重读这些文字……我清楚地感觉到自己是在读一篇指向不明的小说。在经历了种种猜测和妄加推断之后，才发现一座精细的迷宫原来是一篇破绽百出的小说，还有什么东西能比这种发现更让人轻松和愉悦的呢？”消解和解构读者逻辑建构的努力，或许正是第代着冬有意识进行的陌生化写作。在寻找民族文化追问民族根源的指向中，完成对读者阅读心理的一种剖析或者说解构。如果放置在更大范围——整个民族文学创作的语境中来审视，小说的解构又何尝不是对许多少数民族作家创作的一种反讽。这些作家在创作时动辄便要追求民族风情，追寻民族文化传统，甚至于在作品中“创造”一些并不存在的民族传统，形成“伪民俗写作”。而学界在评价民族文学作品时，也必然以民族传统、民族风情、民俗等等作为评价的关键词，这影响了这些作家景观化的写作。正如藏族作家学者严英秀的批评：“当下的少数民族文学可以说严重地存在着这种典型的‘民俗村’症候……但凡提到少数民族文学，许多人就必定会谈民族文化，谈民俗。这样的主流导向，使得少数民族作家在创作中往往放弃对重要的文学问题的开掘，而浮光掠影地追求所谓的民族特色，忽略作品的审美内涵而生吞活剥地展示虚假的没

---

① 熊飞宇：《追寻生存之根——第代着冬创作探微》，《当代文坛》，2010年第5期。

② 易光：《未有终结的诱惑——第代着冬创作论》，《当代文坛》，1994年第3期。

③ 刘俐俐：《文学经典•故事•方法论》，安徽教育出版社，2015年版，第57页。

落的民俗。”[①] 虽然民族文化传统和民族文学有非常紧密的关系，但“当前许多民族文学研究者却从文化特殊性推论民族文学的特殊性，导致民族文学研究成为民族文化研究的注脚。民族文学中包含文化特征是一个问题，但民族文学如何呈现民族精神、如何转化文化特质却是更重要的问题。”[②] 在此意义上，第代着冬的《草海》成为对当前民族文学创作和批评中泛谈民族文化这一倾向的解构和反讽。

总之，在当前的少数民族文学中，第代着冬是一个比较特异的存在。他不盲从，不跟风一味去赞颂或者批判自己的民族文化，也不刻意去营造一个民族文化的幻象。在他的写作中，“文学”两个字是大于“民族”的，这是其不景观化写作的根本原因。他积极探索小说的叙事革新，进行叙事实验，颇具先锋写作的意味。所以，在其小说中，既有对作者本人的调侃，也有对读者阅读心理的消解，同时还有对故事逻辑性的解构。通过种种叙事探索，他试图给读者一种陌生化的阅读体验，这也是其价值所在。

阿多，（1963—）男，土家族，原名谢再明，重庆黔江人，中国作家协会会员，先后出版《五月的乡村》《太阳回家》《清明茶》《乡酒不醉》《神树》等文集。小说《日子》《风干的表嫂》《独卵》《流失女人的村庄》等乡村系列小说广受好评，部分作品被译介到国外，曾获得全国少数民族文学创作“骏马奖”。

阿多擅长写作乡村题材小说，将目光聚焦渝东南武陵山区的土家人生活世界，书写他们在社会剧烈变迁中的遭遇。阿多笔法细腻，寓浓烈的情感于平淡，其笔下的人物形象看似平淡无奇，但读完往往能给读者至深的感动和长久的思考。《五月的乡村》是阿多早期小说创作中为人所称道的一篇。小说写发生在乡村里的一个闹剧，却写出了悲凉的味道。马家村外出的女孩马草儿突然回到村里，告诉村长马安，追求她的一个日本商人龟头正雄答应她来马家村搞旅游、办工厂。这个消息对于整个马家村来说，无异于患病的人得到灵丹妙药一般。特别是对于正希望在村里干出一番大事业的村长马安，这就是一个上天恩赐的机会。小山村平静的日子被打破了，村长马安、前任村长“积极发言”和德高望重的蹄筋爷号召整个山村的男人们，修路修桥修水磨坊，整顿村里的环境，女人

---

① 严英秀：《论当下少数民族文学的民族性和现代性》，《民族文学研究》，2010年第1期。

② 傅钱余：《纳西族作家和晓梅小说的空间叙事——兼论当前空间叙事学研究的局限》，《民族文学研究》，2014年第5期。

们也积极忙活内务，酿苞谷酒、打包谷粑等等，为的是给要来的日本商人留下一个好印象。专注于此事的村长，自然疏忽了其他公务，比如基本国策计划生育。乡里下来的计生干部得不到村长的支持，也不能一家一户去检查，只能将此事汇报给乡里，乡里怕承担责任，又将此事汇报给了县里。副县长便亲自带队来马家村，看到大大小小数辆小汽车停在村口，村民以为日本商人来了，于是山呼海啸般欢迎鼓掌，锣鼓齐鸣放鞭炮，男男女女在兴奋喜悦中载歌载舞。哪知一番热闹结束后，来的并不是日本商人，而是副县长。副县长正待发作，乡长一番关于马家村在其带领下狠抓精神文明和文化建设的“检讨”却说得副县长一行人高高兴兴。日本商人到最后也没有来，马安到县城找马草儿，马草儿只留下了一份道歉信，人已随着日本商人一起去了广东。

小说有强烈的忧患意识和批判意识。作者忧患像马家村一样的中国乡村对发展的渴求，这些闭塞的村庄期待着脱离贫困，走上幸福生活的康庄大道，然而他们自身却难以找到一条脱贫致富的途径。小说由此而生悲凉，马家村的发展渴求最终只是一个肥皂泡沫，日本商人逢场作戏时的一句戏言，让整个马家村鸡飞狗跳，村里集聚了人力物力财力，最终只是一场空。对于期望由此改变的村民来说，一场希望落空。马家村只是一个缩影，在改革开放的浪潮中，农民对乡村发展的期望也越来越浓烈。小说的批判意识则体现在乡长、支书以及县长等人物形象，批判部分国家干部不作为只想着位置的不良作风。乡长是这类人物的代表，计生干部报告了马家村的情况后，文书焦头烂额，乡长却并不担忧，“指点”文书尽快把此事上报给县里，其实质则是推卸责任；乡长下乡调查，除了享受各种野味之外，其心思在于玩弄漂亮乡里媳妇；马家村的事情乡长知道后，非常高兴，因为如果马家村搞得好，他就以此为招商引资的典型，成为自己的政绩以挤掉支书的位置，如果马家村没做好，他又可以以之为反面典型，横竖他都打好了小算盘。副县长一行来到马家村，闹剧达到高潮，副县长不悦，他则“检讨”自己是通过狠抓精神文明和乡镇企业来促进计划生育和社会治安工作，一席话将其圆滑虚伪体现得淋漓尽致。虽然最后日本商人没有来，但马家村仍然成为了典型，计划生育工作的典型，乡长说是因为“狠抓了精神文明”，马安则实说是因为迎接日本商人工作太繁重太累。因此，尽管小说中的重点是村民为了迎接日本商人的闹剧，乡长等众形象篇幅不多，但却是小说中的精彩之笔，也尽显作者的批判态度。不过，小说在许多方面也略显随意，比如给日本商人取名龟头正雄，马草儿改名松下裤子等等，这降低了读者阅读的美感。

《流失女人的村庄》也是乡村题材，可以说是《五月的乡村》姊妹篇，但相比之下，前者写得更为深沉蕴藉。这篇小说成为了阿多的代表作。小说以石家寨村长兼支书——石柱的视角展开：石柱本是一个有大作为的人，他参军当了兵，并被首长的女儿看中了。哪知他太高兴和村里的男女年轻人一起通宵喝酒歌唱，第二天早上还趴在了一个女青年身上。这事被揭发导致他只能留在村里，因为毕竟见过世面，后来便成为一村之首。但这一村之首过得非常辛苦，因为村里穷困，女人们相继流失，南下打工。村里流失女人之后，男人也就失了精神，做事情无精打采，山上家里一团糟。连村里原本的小学，也因为唯一的老师杏儿出走而无法办学，适龄儿童也只好在村子里晃荡。这样的穷困又了无生趣的日子过了不到一年，随着南下打工的女人们相继寄回了上千的钱，村里人的态度改变。因为村民们活了这么久还从来没有一次性拿到这么多钱，在他们眼里这就是巨款。于是流失村庄的女人越来越多，庄稼地开始荒芜。县里下达了脱贫的指标，乡里派了乡干部老周驻村解决脱贫事宜。老周为了村里的事情奔波劳累，他想的方法是，村里要想脱贫，首先必须把流失的女人找回来。因为有香港的企业老板计划在此建民俗文化村，但条件是村里必须有女人。老周想了一个办法，以乡里的名义给出走的女人发了电报，内容是家里死了人或者出了大事。女人们果然陆续回来了，这时公路也通到了村口。这个多少有些与世隔绝的慢慢开始改变，接受了城市生活方式的女人们悄悄改变着传统的生活模式。以往以务农为主自给自足的生活方式改变了，做农活的人越来越少，想办法挣钱然后买食物正逐渐成为一种新的方式。小说的最后，村里的小学终于复课了，在复课仪式的鞭炮声中，又有一批女人悄悄离开了家向南方走去。

小说中的石家寨是改革开放后中国许多农村地区的缩影。这些地区原本的生活笼罩在贫穷的阴影中，乡人们早出晚归脸朝黄土背朝天，一年辛苦劳作下来，除了勉强果腹之外难以有更多的积余。随着现代化的逐步展开，这些乡村也慢慢开始了变化，农民开始走向城市打工，成为农民工。在其中有思想观念的变化，小说中体现为登山爷的焦虑。登山爷是中国传统农民的典型，他一辈子在田地里辛苦劳作，庄稼就是其生命。他当了一辈子的村支书，虽然后来退了下来，但其威望无人能替代，现任村支书石柱办许多事情都不得不请登山爷出山。女人们流失的时候，登山爷焦虑，焦虑这个村里的男人像打了光棍，焦虑家家户户都少了些快乐，焦虑田里地里的农活荒芜了许多，也焦虑家家户户的圈里几乎没有了猪羊牛的声音，更焦虑应该上学的小孩还光着屁股闲荡。登山爷临死前，还念念不忘村里小学的事情，将孙女们打工寄回的钱，全部捐了出来建学校。作为传统农民的代表，登山爷显然更不习惯乡村的变化，无论是女人们回来后的衣着打扮，还是人们接二连三的外出。孙女们寄回来的“巨款”，登山爷开始时也无比激动，从镇上领钱时手都是抖的，甚至一路上防丢失和被窃将钱藏到了裤裆里。但登山爷的激动和村里其他人的激动显然是不一样的，登山爷是因为一辈子没有见过如此多的钱而突然觉得震惊，其他人的兴奋则是因为这样一笔钱可以买到许多东西，可以在村里扬眉吐气。登山爷将钱藏了起来，他甚至恨那些钱，因为它使得他的孙女们飞出了村里，家里缺少了往日的热闹，他害怕孤独地离开人世。

《流失女人的村庄》以现实主义的笔调，抒写了一个小山村在现代化过程中由闭塞逐步开放的过程，细腻地呈现了在这个过程中村民思想观念的改变，特别是内心情感上的体验。相比《五月的乡村》，人物形象更饱满，情感更细腻，意蕴也更深刻。

作为少数民族作家，以自己生于斯长于斯的少数民族乡村生活为题材进行书写，这也使得阿多的小说具有突出的民族特质。但与许多少数民族作家热衷于描写少数民族的民俗、仪式等外在景观不同，阿多小说中的民族特质是自然而然的，不造作，不刻意，更不制造伪民俗。小说《独卵》，通过一个略显夸张的故事，体现了土家男人坚强阳刚的性格。小说中土家汉子巴爷在一次回寨子的路上碰到了一头雄壮的野猪，在与野猪的搏斗中，巴爷用枪射穿了野猪的尾部，而野猪则撞掉了巴爷一个睾丸。此后一生，巴爷的事业就是和野猪进行斗争。野猪似乎也知道巴爷的心思，它也一门心思生养小猪来对抗巴爷，率领它的家族大肆糟蹋庄稼地来报复巴爷对它的一枪之仇。巴爷当然也没有倒下，在巴母的帮助下，他也渐渐恢复正常，生下了两个儿子一个女儿。只是巴爷的心里一直有个坎，那就是野猪对他的“侮辱”和挑衅。到最后，巴爷和野猪之间的斗争也并没有了结，巴爷虽然老得不能动了，但仍然用鸡爪一样的手做打枪的姿势。小说中巴爷和野猪之间的冲突，其实是土家人与自然环境之间的斗争。土家人在崇山峻岭之中生存，土地并不富饶，野兽侵扰频繁，要存活下去，就得与自然进行斗争。从这个角度来看，《独卵》不啻于一部民族生存的寓言，展现了土家人民在艰难的自然环境中，凭借坚忍不拔的意志顽强地生存了下来。类似的小说还有《拉拉渡》，以阿公这一人物形象既体现了土家汉子的阳光，也凸显了阿阿公对传统的农村生活的依恋。阿多小说创作中的民族特质还体现在其语言中，充满民族地域色彩在其作品中浑然天成不假雕琢。

总体而言，阿多的小说创作在艺术技巧上主要有两个特色：一是故事新奇。阿多的小说不落俗套，不跟风地进行“伪民俗”写作，他植根于自己的乡村生活经验，构思了一篇又一篇情节出奇结构新颖的故事，如《独卵》中巴爷与野猪的斗争、《五月的乡村》中的日本商人带来的一场闹剧以及《流失女人的村庄》中女人南下打工后村里系列事件等等；二是手法细腻，这源于阿多细腻的情感，体现在小说中便是阿多对其笔下的人物形象饱含深情，无论是《五月的乡村》中要干出一番的马安，还是《流失女人的村庄》中无奈的石柱，甚至是那些为了脱贫致富而走上歧途的马草儿、杏儿等等，作者都饱含同情，以细腻的笔法刻画他们的想法，他们的情感，他们的希望。阿多的小说，娓娓道来，不张扬，寓浓烈于平和，往往让读者掩卷遐思。

何炬学，（1963—）男，苗族，重庆彭水人，中国作家协会会员，以创作诗歌、散文为主，在《星星诗刊》《诗选刊》《民族文学》《十月》《散文选刊》等刊物上发表大量文字，出版散文集《村长的声音》，小说创作方面出版有《苍岭》《摩围寨》，短篇小说《栀子花开》入选山东文艺出版社出版的《2006年中国短篇小说经典》。

《摩围寨》以散文的写作方式写小说，故事发展上难说有一个线索。但却不是完全没有故事，没有线索，小说有许多许多的小故事，这些故事中有线索、有悬念。如以老花椒具有摩围寨人都不知道的手艺作为悬念，逐步揭示老花椒离开摩围寨去贵州学艺并替师傅和师兄定罪整个故事，悬念充分吸引读者。但整体来讲，如同老花椒的故事一样完整且充满悬念的故事也并不多，小说由许多似是而非的小故事集合而形成，而将这些人物串联在一起的，便是主要人物松木、长豆、老花椒等人。说主要人物并不是作者给这几个人物更多的笔墨，而仅仅因为松木是摩围寨的队长，而长豆和老花椒是他的两位好朋友，因为职责的原因他们认识摩围寨的所有人而已。单从目录来看，“巴蛮子”“老花椒的手艺”“赌博之年”“山羊婆婆”，这些标题前并未添加章节序号，标题本身也难以看出统一的情节特征。与其说是一部小说，不如说是一部短篇小说集。但读完掩卷而思，这又确确实实是一部长篇小说。显然，这一切都是作者刻意而为，虽然与通常的小说写作不同，但小说也确确实实有一个线索，这个线索不是故事的发展情节，而是摩围寨本身。空间代替时间，成为结构全篇的主要支撑点。小说不是要营造一个有开头、发展、结尾的故事，而是展现来来往往以及生存在摩围寨的这些人们。而摩围寨这个空间又不是真空虚在的，它存在于具体的时间里——20世纪50年代至70年代。这三十年是中国当代史中苦难三十年，自然灾害以及人为灾难导致人民贫困、愚昧、冲突等等。人们往往黑暗中会焦渴地期待着光明，或者质疑着光明，而“摩围寨”就是作者构造的在这样一个时代中与世无争的“桃花源”。摩围寨不问来人的背景，所有人不管身世，只要愿意且不伤害摩围寨人都可以来到这里；这里也没有饥饿，没有争斗，村民集体劳动、集体生活，安居乐业；这里有自由的空气，来去自由，像山漆母亲要住进森林里去也不会得到村民的反对。所以，小说“零零散散”写了许多的人，但其不变的是“摩围寨”这个地方。作者在小说之后的跋中说：“你要是局外人，你能在远处看到我体外的寒冷和内心的温暖。我是在苦难的乡村长大的，《摩围寨》是我的乡村史诗。从这个角度说，《摩围寨》是一部逐章连缀起来的长篇，它的主角就是它自己——摩围寨。”显然，摩围寨之外，就是作者“体外的寒冷”，而摩围寨，才是那“内心的温暖”。

吴加敏（1961—），男，土家族，重庆秀山人，重庆作家协会会员，2002年荣获重庆市首届少数民族文学奖，出版有长篇小说《时光度尽》《记住一条河》《花灯》以及短篇小说集《鸭子塘之夏》。《花灯》是其中最具文化底蕴也颇显艺术造诣的作品，出版后受到文坛好评。小说关注国家级非物质文化遗产——花灯艺术，通过花灯艺人对花灯艺术的坚守来体现此项艺术的当代境遇，细腻呈现花灯艺人的情感体验。在讲述《花灯》写作过程的一篇文章中，作者曾说：“我用我笨拙的文字力所能及地记录了秀山花灯传承的历史，把我想象世界中的一群热爱花灯的人在不同历史时期的人生际遇展现出来。”《花灯》中的人物刻画很成功，真实鲜活，富于情感色彩，一举一动放佛就在读者眼前，随时和他们交谈，随时欣赏着他们的表演，感受他们的激情，感受他们的爱。

在重庆秀山一个叫白粉墙的小村子里，生活着一批热爱花灯如同热爱生命的民间艺人。严茂章爱花灯，在花灯的世界中他过得充实快乐，到了跳花灯的日子，他便是其中最活跃也最幸福的人，不管生活多么的艰苦，只要跳起了花灯，只要生命中还有花灯，那便有了面对一切的勇气和信心。哪怕抗日时期食不果腹，但白粉墙的花灯依然坚持着。被日本人的炸弹伤了腿之后，无法在花灯的舞台上表演，这才让他的生活蒙上了一层阴影。对于他，没有花灯比失去生命还难受。好在儿子严斯草接替了他，成了百里闻名的花灯艺人，好在他自己尽管不能担任主角，但仍然是花灯组里最好的掌调师，花灯需要他，他也需要花灯。因此，知道战争胜利了，他便在寒冷的冬夜唱起了花灯："三更打扮去看灯，姐姐妹妹望前奔。这边白娘子，那边蚌壳类，孙猴闹天宫，三打白骨精。"对于他，对于白粉墙人，被战争压抑的激情即将重新燃起，更猛烈的燃起，花灯在第二天就在村子里响起。

不止严茂章爱花灯，其子严斯草也是那么深厚地爱着花灯。从小浸染在花灯的氛围中，花灯就像手、脚一样是他的一部分。离开白粉墙，到了物质丰裕的柳州，面对拥有一个米店、接替殷实家产的诱惑，他仍然没有丝毫犹豫地赶回了白粉墙。严茂章看到儿子归来时的老泪纵横，饱含的并不仅仅是对儿子的思念，更是对花灯传承的期待和渴望。也不止男人爱花灯，女人也爱花灯，如严小寒，从父亲严斯草手中又一次接过了花灯。面对了花灯艺术团的逐渐衰落，面对着文化团里各种的斗争，始终需要坚持不懈的，是自己的花灯表演。困难可以限制一个人的活动，但不能压制一个人心灵中的爱。可以说，对于整个白粉墙，花灯是他们的生命。整个白粉墙的历史，也是花灯的历史。这里有为抢救一个花灯而牺牲生命的杨旺材，有勤劳淳朴的郭显荣，有甘于寂寞的唐诗渝，更有一大批热爱花灯、欣赏花灯的老百姓，他们是花灯艺术的坚实的基础，他们更默默无闻，但却同所有人一样，有着一份难以割舍的花灯之爱。

除了爱花灯，白粉墙的生活中也还有许多爱，比如爱情。在白粉墙，爱情和对花灯的爱一样，炽烈，单纯，不假功利。严茂章对陈彩莲的追求，没有花言巧语，你情我意，平凡而感人；严斯草与覃柳叶，并不门当户对，但在爱面前，这些并不重要，覃柳叶毅然地追随着心上人来到了花灯之地；严小寒也是如此，爱情中流淌着对花灯的爱，或者说对花灯的爱是她的爱情的基础。正如作者所说：“在那种没有勾心斗角的世界里，抛弃不着边际的物质欲望，抛弃偏见和仇恨，互相尊重，活得自在，活得满足，死而无憾。”

总之，《花灯》以情感见长，其情感体现在丰满的人物形象面对花灯艺术以及爱情婚姻等人生选择时的取舍。小说中最能触动读者心灵的，便是主人公们对花灯艺术的纯粹简单却深入骨髓的爱。在这里，花灯和生命是紧密联系在一起的，缺一不可。对之，他们没有功利的要求，也没有虚情假意自以为是的所谓保护艺术。花灯就是他们自己，就是他们的呼吸，他们的生命，他们真真切切其感受着、生活着。

第三节　重庆少数民族散文创作

散文作为一种不受形式限制的比较灵活的文学体裁，几乎重庆少数民族作家都有写作。但用心较多且成就较为突出的主要还是第代着冬、何炬学、杨柳和杨犁民等几位作家。虽然他们的创作内容风格各有不同，但在着意于各自故乡风土民情的叙写上却具有共同性。他们都在自己的故乡生活了一二十年后才离开故乡去到城市工作和生活，对故乡的深情眷恋和厚实的故乡生活经验自然成为了他们不歇的创作动力和取之不尽的创作题材，无论是诗歌、小说，还是散文。也因此，浓烈的乡土色彩，突出的民族性与地域性是他们散文共同的美学品格。阅读他们的散文，常能勾起人们牵肠挂肚的乡愁。

第代着冬（1963—），汉名吴建国。苗族。重庆武隆人。1981年参加工作，1983年开始发表作品。2002年加入中国作家协会。曾任水利工程技术员等职。现任职于重庆市委组织部。著有长篇小说《邱家大院》《电话打到天堂》《灵雀》，中短篇小说集《白羽毛的鸟》《过客》，长篇小说《邱家大院》获重庆市首届民族文学奖，中短篇小说集《过客》获第二届重庆文学奖。第代着冬写小说也写散文，虽然其散文成就不如小说突出，但也自有其不可忽视的价值意义。迄今为止，他一共给我们呈现了四部散文集：《乡村歌手》《荒村浮云》《人间笔记》《民间匠人》。数量足以证明了他对散文的用心经营。

第代着冬的散文题材内容比较广泛，有谈论美食的文章。如《说吃》《人间有味》《荞面豆花》等，饶有滋味与我们分享他对“荞面豆花”“羊肉汤锅”“石堤豆腐鱼”“都粑肉”“重庆火锅”等美食的心得，虽然作家称不上美食品鉴家，但正如作家在文中所说，“吃是人人都可以去说一说的”（《说吃》），作家对美食自有一副独具的味蕾和一番独到的品鉴。比如他认为重庆火锅的普遍性，除了它的口味适宜重庆大众之外，“还在于它是一个大俗大雅的去处，俗到极致，就恢复了人吃一口伙食的真性情；雅到妙处，则满足了人们围住一团暖火，煮酒论诗的余兴”（《人间有味》）。这番理解就颇为深刻。

有谈论历史文化和文学的作品。如《闲读偶记》《幽窗冷雨读董桥》《锋利的双刃》等等。他认为读书是一种心情，需要一种静谧的氛围和平和的心绪，以求心无旁骛，让灵魂消遁于书页所示的那种空灵、奇幻、幽深的境界（《读书是一种心情》）。董桥文章的笔法是“疏可走马”和“密不藏针”（《幽窗冷雨读懂桥》），钱锺书《围城》的讽刺笔法是“锋利的双刃”（《锋利的双刃》），一本《浮生六记》“满纸闲情文字的神工奇绝，道尽闺房之乐的绮艳，又说坎坷之愁的凄楚，人生况味，情动于衷。”这些见解深刻独到。

第代着冬的这些作品主要收在文集《荒村浮云》中，从文体形式看，应属于小品文一类，主要表达作家对美食、历史文化、文学以及花草鸟虫的品位，他的感受不乏独到深刻之处，能给读者一些思想启迪和闲适的审美趣味。

第代着冬也有一些作品是直接关注、议论和批判社会不良风气的。针对社会上一些不良的人和事，他毫不留情地予以暴露和鞭打。他的这类作品从文体形式看应属于杂文，有几分鲁迅的杂文风。文集《荒村浮云》中第 8 辑和第 9 辑中的作品皆属于此类。他批判社会上文化概念的滥用（《操练文化》），讽刺社会上一些闲人消耗自己的光阴，也消耗别人的光阴，而缺乏自知之明（《消耗光阴的方式》），他由观棋不语联想到社会的不公平（《棋局》），他讽刺看客有热闹奔热闹，“无热闹则制造热闹的”劣根性。如此等等的作品充分体现了作家的社会批判意识。

然而，作家写得最多的还是对故乡乌江流域风土民情的深刻记忆和深厚感情。乌江是作家的生养之地，从出生到离开去到城市工作和生活，他在乌江生活了十几年，他对那里的山川河流、草木鸟兽与社会人事相当捻熟，他对乌江对故乡有着深厚的感情。正如作家在一篇散文中写到那样，乌江已成为作家“生命中的物什或一种古典情绪”，“事实上我像熟悉自己的皮肤一样熟悉这块土地，每当我站在阳光明媚的山坡上，面对开裂的枞树桩和失去繁育能力的无娘藤向崭新的天空伸展出扭曲的枝杈或柔弱的叶蔓以及冻黑的爪状根部时，便感觉到自己谵妄般的梦境是真实的，在这些植物的背面（与世隔绝的寨落、孤立独处的木屋、贴满冬日阳光的花格木窗和紧连的牛舍），流淌着一些经年不衰的声音，它们如同突如其来的寒冷的回潮挤撞着春天一样插入我的生命，使我的精神世界在它们的俯视下沸如热水，满怀依恋。”“在我所经历的十多年乡村生活的少年时光，那些事物已如影子一样潜入我的血液，”“在辽阔的四季，我的梦想痴迷于土地、石头、庄稼和农具，我没有理由停止梦想，也没有理由不用自己迷恋的文字去记录深入生命中的事物；那是恒久的记忆和无法穷尽的个人体验。”[①] 这段文字道出了作家散文创作的思想情感的动力源头。

正是基于这份浓烈的故乡情怀，作家不断深入地书写着对于故乡的记忆与眷恋，他的四本散文集主要就是为乌江故乡而写的。他写乌江印象给人一种“古典情绪”。写乌江大地种种“生命中的物什”：那里稀薄贫瘠的土地“以怎样艰难的力量提供着每一粒粮食，以哺育河谷两岸世世代代不停繁衍的人们”。那里黑色带雕花的居所如何为辛劳的人们遮护一生。那里的石头坚硬冷酷。那里的人民坚韧勤劳，又满怀柔情，幽默与激情，爱和智慧兼具。那里的响器四季不同，“主体是唢呐和锣鼓，也有狩猎的牛角号和割猪匠的羊角号在大地上穿行，共同织就乌江四季苦涩、微甘又舒展的音韵”。那里的植物繁多，金银花代表了它们共同的品格。[②] 他写乌江大河、小镇、风物和动作，一整本《人间笔记》记叙的就是乌江的这些风土民情。

尤其饶有趣味的是作家对乌江故乡的种种民间匠人的叙写。木匠、篾匠、骟匠、漆匠、石匠等，他们各怀绝技，各有行规行头，甚至各有性格。木匠在所有乡村匠人中“是最令村人感到亲近和骄傲的匠人。他们的出现，总是和丰

① 第代着冬：《乌江：生命中的物什或一种古典情绪》，选自散文集《第代着冬小说散文选》，民族出版社，2008年版，第292—293页。

② 第代着冬：《乌江大地》，选自散文集《第代着冬小说散文选》，民族出版社，2008年版，第299—313页。

收、富足、喜事联系在一起”(《乡村木匠》)。篾匠情感比较复杂，“他因为篾活而存在，又因为篾活要以竹子的死去为代价而感伤”，所以“他仿佛一直处在两难的矛盾境地”(《乡村篾匠》)。骟匠因为干了太多人道而不牛道的事情，所以“总是以嘲弄的神情看待事物，从而习惯于在嘴里塞满粗话”(《乡村骟匠》)。石匠以肌肉强壮和粗鲁而闻名，“他们往往因为手的粗糙程度而闻名于附近的村庄”(《乡村石匠》)。瓦匠是一个完全依靠天气来计算收获多少的匠人，他相信是命运成全了他，同时也是命运毁坏了他(《乡村瓦匠》)。“乡村银匠一般都沉默寡言，这使得他们身上终年都笼罩着一种神秘感，让人觉得深不可测”(《乡村银匠》)。由于人们已经不习惯于使用铜器，铜匠多数时候就只能像通常的村人一样，坐在火边靠回忆来打发光阴(《乡村铜匠》)。铁匠尽管打制了无数的农具，他仍然在多数村人中没有名字，更收不到丰收的消息，“他的劳动是悲凉的”(《乡村铁匠》)。杀猪匠一般都沉默寡言，毕竟在村人看来，消灭一个曾经在村庄出现过的生命并不是好事情(《乡村杀猪匠》)。作家对乡村匠人的这些叙写，充分显示了他对乡村匠人的独特关注以及深刻的了解，他为我们呈现了乡村匠人这个职业行当的种种秘密和人生趣味，同时也为人们提供了难得的所谓“地方性知识”，给人认知和审美的阅读满足感。

第代着冬的第一本散文集名字叫《乡村歌手》，书名意味深长，作家的意思不只是记叙乡村的歌手，其时要表达的正是作家自己的心志，他立志要成为乡村的歌手。他叙写的其实就是乡村生活的牧歌，乡村生活的挽歌。在故乡生活的记叙中，作家抒发着对故乡深情的眷恋和对故乡衰变的忧伤。第代着冬的散文记叙了自己曾经真实的乡村经历，也记叙了听说过和见证过的故乡乌江流域种种复杂的人事，他的散文常常就是以这些复杂的人事和殊异的民族风情吸引着读者。

何炬学(1963—)，重庆彭水县人，苗族。1982年毕业于西南师范大学中文系。任过彭水县中学教师，重庆市《黔江日报》主编，重庆市黔江区文化广播新闻出版局副局长、局长等职。1985年开始在《星星诗刊》发表诗歌，2008年加入中国作家协会，现为重庆市作协副主席。主要发表和出版有中篇小说《天上有雨又不落》，长篇小说《苍岭》《摩围寨》，散文集《村庄的声音》和诗集《走过界面》等。散文《风中的自在》获重庆市首届少数民族文学奖，散文《树木的高度》和《挞谷的村庄》分别获第二届重庆文学奖和第三届重庆文学奖。小说集

《摩围寨》获第十届全国少数民族文学创作“骏马奖”（2012）。

《村庄的声音》是何炬学2004年10月出版的一部优秀散文集，收录散文38篇。谈到这部小说的创作动机，何炬学说：“传统意义上的村庄正在消失。集镇化、城市化正在使人们从精神上放弃对村庄的依赖。要不了多久，狭义的村庄会被现代化的集镇乃至城市取代。传统的村庄只在影像和文字里零星地保存了。”“我来自村庄，我觉得有责任将我看到的听到的记录下来。这样，我们回去的时候，才有路标，才不至于陌生。因此，我做了如此小小的努力。”[①] 正是基于自己的乡村生活经历和对乡村的怀念，何炬学回忆反刍，将乡村生活的种种诗意为我们细腻生动呈现了出来。

村庄有种种有意思的声音。有那使“地皮子醒来，房屋醒来，树醒来，石头醒来。地下的、天上的都在醒来”的“春雷”的声音，这样的雷声将“将部分切入心灵中去，成为睡梦里也不能忘却的乡土情结”。有那使“头上的桐子花被这突然的吼唱惊炸了一般，在阳光里呼啸摇曳，乐不可支。苞谷、豆子、高粱、向日葵在桐花漏下的阳光里，魔术般地向上长”的“山歌”，这些“山歌”“一首一首，既是唱给自己、唱给村庄、唱给土地、唱给庄稼，又是唱给天空、唱给白云、唱给飞鸟。所以，每一个腔调细若游丝地从心里抽出来，抛向天空，变宽变长，向云之上、山之外飘荡而去。”“山歌成了村庄上最高的事物了。除了太阳、月亮和星斗，山歌高过村庄的古树，高过山鹰的飞翔，高过鹞子和老鹰裁下的云朵。炊烟也无法追及。”有那山村人睡梦中“梦呓”的声音，在他们的“愉悦”“怒语”“叹息”、尖厉、惊恐的“呼救”和老妪的“呻吟”里，作者感受到了山村人的生存的悲苦与欢愉。有那种种复杂的“夜响”声，它们十分细微，需要你仔细分辨，比如人语与鼾声，哭声与火炮声，以及藏在树叶背后的虫鸣声，梨子成熟坠落于地的声音和山坡上豆子爆裂的声音等等。有“木石之音”，那是村里人砍伐树木和开采石头的声音。有庆贺婴儿出生和婚嫁的唢呐声，也有为丧事吹奏的唢呐声。“无论是去了还是来了，村庄的唢呐几乎用相同的曲牌迎来送往。秋收后到春播这段时间，出生、出嫁、出殡的唢呐或此或彼地吹响。喜的色彩总是主要的，似乎和黄铜唢呐的质感、光泽有着必然的联系。总之，唢

① 何炬学：《村庄的声音》，中国三峡出版社，2004年版，第1页。

呐之鸣像一根声音的铜线，连接了一个人一生的三大节点。”有那将天叫开，将人叫醒的鸡鸣，“鸡是人在村庄里的影子。人走了，鸡在，村庄就仍然生气盎然。”“人在长天白日下听到一声声鸡鸣。人知道那村庄一切正常，那村庄就是自己的村庄，是人的村庄。”这是鸡鸣对于人的意义。还有阳雀在叫、人在吵闹，“虫声鼎沸”和哭嫁等等种种声音，她们有“独鸣”，有和声，有的高亢，有的低沉，如同声音交响曲，传递出种种不同的意义。

村庄的声音是散文集中作家用笔较多也描写得十分精彩的部分。作家不但十分生动地描摹了声音的种种情状，也为我们阐释了种种声音里面隐含的审美意义。

除了声音，作家还描写了村庄一年四时开放的花儿，有桐子花，扁竹根花和金银花等等。因为有花，村庄充满了诗情画意。春雨时节桐子花开，“像洁白的春云，桐花一夜之间把村庄周围的山山岭岭，堆成个不动的海。”“黯黑的瓦房，发灰的茅草房，陷落在桐花里。一点一角的黑，一点一角的灰，在桐花里载沉载浮。人站在院子里，前看后看，左看右看，一团团。一树树的桐花，挤着遮着。仅仅是一夜之间的事，人掉进了可以走动的花海里”。“一年一度，这是意料之中的事，也是突如其来，令人惊奇不已的事。人莫名其妙地兴奋起来。太阳照着，人看到的一切，在花海里沸腾、翻滚。走过一地桐花，再走过一地桐花，最后上了山顶，山顶也被桐花罩着。不是日光，也不是花光。是日光和花光交融后的那种光。”桐花衬亮了生活，也撩拨起人们的心绪。“桐花之下，不论男女，一律见心说心，见事说事”。

扁竹根花在阳光下春风里开不完地开，小孩们则把它们摘下来放在沟渠里，河道里，让扁竹根花到处漂漾。对于他们来说“并无什么特别的心愿。太阳这样好，流水这样好，蝴蝶这样好，扁竹根花这样好。让扁竹根花流出去，让远处的人看看山里长了怎样好的景物吧。”这些玩花的孩子心境如花般美丽。

还有四月的金银花，“三天两天之内，树林里，棘丛中，田坎边，地角上，金银花一团一团，一网一网，一瀑一瀑，洁白的、金黄地舒张开来。远远地，只要看得见。就能闻到她的香。”采花的孩子们互相用金银花编戴花冠，金银花美化了他们的生活，也美化了他们的心灵。

在一年四季鸟语花香的氛围中，作家还描写了村民的生产劳动，突出渲染劳动的美而非艰辛。

勾田坎成了村庄真正进入春忙的发端。男人们捞腰扎裤，戴了斗笠，扛着耙梳，三五天内得勾好每一条田坎。他们一面手脚麻利地干活，一面唱着山歌，互相应和，调剂着劳动的枯燥。“歌声下，一条一条田坎新勾出来，田像待嫁的女子一般，丰盈妖媚，生气鲜活。”“田坎都勾不好，还能办出好阳春吗？”老人们不放心的来看看后生们勾田坎是否合规，村里的女人们则会用各种巧妙的办法来观看男人们勾田坎，指指点点评个好坏，甚至“见好生情”。

栽秧是村庄一年中最大的一道门槛。就那么几天时间，必须把制秧田里密密麻麻的秧针，分栽到每一丘水田。所以，人到了这几天，人就不胜承受地亢奋起来。栽秧很劳累，但栽秧也很有意思：它“让一根根绿针从制秧的秧田，走到一丘丘水田里去。这些集中在一块的绿针，如同一个大兵团，先是集合受训。一声命令，四散开去，奔赴每一丘水田。行对行，列对列，把一丘田分成了无数的绿方块。一根绿针就是一个独立的单位了。水田的水要不低于三寸。远远看去，栽了秧的水田忽然洒落了星星点点的绿，微风吹时，水荡绿摇。”村民栽秧一方面是为了生活；另一方面也创造了生活的美。

挞谷是收获的季节。“第一面挞斗是从任意一丘稻响起的。那嘭嘭嘭嘭的声音。让村庄从宁静的沉甸甸的等待中猛地激活过来。村民们侧耳静听，脸上绽放出会意的欣喜。”人们割稻、挞谷、晒谷，忙碌劳作，虽然“有几分疲惫”。“却掩藏着十二分的欣喜”。这是丰收的喜悦，再苦再累也值得。

作家还描写了村民各种有趣的生活，比如夜晚睡梦中的梦呓与鼾声和午时的宁静，“村庄的午时像半夜那样静。磨子不推，石碓不舂。锅归锅，铲子归铲子。犁铧锄头都息下了。”“牛在牛栏里卧着，牛没有什么瞌睡。牛慢慢地咀嚼着露水草的滋味。猪在猪圈里头尾相互枕藉，口吐粗气，大梦纷纷。”“午时在村庄看来是一天的极盛时段。村庄以安静来表达对极盛的敬畏。”

还有村庄人赶山打猎和吵闹、哭嫁等等生活内容。在这些生活中，有他们的生活民俗信仰，有他们的生活情趣。比如赶山前要“祭草”，姑娘出嫁前要“哭嫁”，这都是当地土家族人特有的民俗。村里人常有吵闹，但很快就烟消云散，不用过多担忧。因为村里“老人说：不吵不和，不吵不兴。”村庄里，除了亡故，还没有因吵闹离婚散家的事情发生。“吵闹一阵一阵的，村庄从长久的平和里，突然起了风下了雨。村庄有了另一番声色气味。”村庄人就是这样的爽直和豁达。

《树木的高度》堪称何炬学的散文代表作，是一篇形象生动、思想深刻的散文。作品非常有趣的描写了村庄的各种树木：“桐子树在我们村庄，是最随和的。它天性就不愿往更高处长，它把自己蓬蒙沛然的情绪，尽量以谦逊的姿态向四周的空间散放，以至于，在我看来，它其实像一个不太讲究穿戴的妇人，婆婆妈妈，总是弯着肥大的身子，照拂膝下的小孩。”“漆树在阳光里仍然精神饱满……漆树虽然有往高处长的意思，但看它满身伤痕累累的样子，我就知道，它为何如此瘦弱而又永远鼓舞斗志。”“枫树和白杨有几株从林子里跑出来，在空旷的土地上，迎着阳光和风雨生长。我在苞谷地里，看得出它们离群而来的脚迹。可能是某个明月之夜，这几株树在林子里待厌了，约好了跑出来，到别处去长着看看。哪知，才跑了三五块地，就被发现了。一声呵斥，它们魂不守舍立定不动。进也进不了，回也回不去，它们只好硬着头皮站在地角长。”“茶树算是更为拘谨的。我认真地数了数，整个村庄，除了三五株年上百岁的茶树枝柯披展、宏肆自如外，其余的，大多一副守身独立的面目。茶树不往高处长，往身子骨里长。它是最坚硬的。”“南山竹、水竹、慈竹、金竹、斑竹，比着劲地长。可长来长去，长到柏子树大腿部，就都一一羞涩了头，勾着，在一块你推我挤。柏子树则在竹子的拱卫里，向高处伸，向四周延。好几百年了，柏子树像一位世晏时平、英武风流的皇帝，它竭尽严慈的树冠，荫护了我们村庄恭敬勤勉的思想。”“马桑，作为树的一种基本气象已经很不全面了。接近人高，就立即堰伏，十分易于折断。看它低眉顺眼的状貌，好像有什么魔力在它上空盘旋，只要稍敢抬头，就会遭到崩雷之掌的轰击似的。这使人难以想象，过去的马桑树怎么能长到天上去。”作家善于想象，把每种树木的神态都拟人化了，十分形象生动，也非常有趣。

作家由树木的生长情态的观察进而深刻悟出了自然界的规律：树木“尽管高低不同，大小不一，属类有别，我发现，在我们村庄，林中还没有哪株树强蛮地遮挡另一株树的生长。也就是说，每一株树，都有一个无限长高的空间。只要它愿意，它就可以向那个空间接近、再接近。或者，它可以谦恭地堰伏，绝不将自己的头，昂向那深不可测、风云变幻的高处。”也就是说，村庄的树木，或者放大地说自然界的万事万物“它们自在地、安和地生长着——按照自己独有的秉赋和天性。”作品写到这里，意义就得到深化了：自然界如此，我们人类呢？这令我们深思。

《村庄的声音》这部散文集将乡村世界里的自然与人事几乎全部记录在案，实现了作家为乡村生活留影的初衷。作品语言洗练，常常用诗一般的语句段落呈现生活的诗意。作家对乡村生活体察入微，使得作品的每一处细节或环境事件的描写都是那样的细腻、逼真和生动感人，特别富有生活气息。同时，作家所描写的生活又特别富有民族性和地域性，呈现鲜明的武陵山区苗族的风土特征。

然而，作家笔下的乡村毕竟已是一种印象，一种沉淀的感觉。所以他的乡村又非全然客观真实的乡村，它更多时候呈现给我们只是乡村的印象画，和关于乡村的感觉。所以，作家笔下记录的所谓乡村又多了些梦幻，存在某种虚构或夸饰的成分。同时，本着要为乡村生活留影的意图，所以留下的都是美好的，有情趣的部分，忘却的或者刻意要回避的则是那些苦难或丑恶的部分，着意于乡村生活美的善的部分的描写，是这部散文集创作的根本宗旨。可以说，《村庄的声音》是一幅乡村风俗画，一支乡村交响曲，一首乡村生活的挽歌。

随着城市化的加快，乡村逐渐远离我们而去。可以肯定地说，若干年后，对于已经城市化的人们，这部乡村生活志的文化价值就能充分显现出来。对于那些被城市生活耗干心血的人们来说，看看这部作品吧，它能滋养你的心田，让你心灵得到平静，鼾声入眠。

杨柳（1971—），重庆酉阳人，土家族。中国少数民族作家学会会员。1989年7月参加工作，现任酉阳县文化广播电视新闻出版局党组成员、纪检组长职务。2014年12月出版散文集《花窗》。

散文集《花窗》共分5辑。第一辑名为《沉寂的花窗》，由《沉寂的花窗》《每个村庄都有几个寂寞的高手》《姐妹》和《满山麦芒》四篇散文构成。主要记叙传奇的人和事。《沉寂的花窗》回忆叙述了外婆悲苦的一生。丈夫早逝，一生劳苦。《每个村庄都有几个寂寞的高手》叙写的是乡村陈姓、赵姓和吴姓几位老人博学多才却无人理解，孤独寂寞一生。《姐妹》记叙一对姐妹的悲凉人生“为生活所弃，走投无路，最终只能两两黏附．相依为命，雌雄同体。”《满山麦芒》记叙“文革”时期采芹姑姑未婚先孕遭到的批斗折磨。这一辑四篇散文叙述的人事都带有某些传奇性，属于乡间奇闻轶事。

第二辑《火铺上的烟火日月》，由《火铺上的烟火日月》《供销社》《饭店》《村小》《粮仓》《浓荫里的家园》《毛坝》《陌路上的故乡》等8篇散文构成。主要记叙家乡曾经经历过的印象深刻难忘的人和事，诸如供销社混合酒、糖、盐等多种食物的味道，饭店的胖女人，村小的读书经历和生产队的粮仓等等。代表作是《火铺上的烟火日月》，主要围绕火铺叙写山民的生活与性情。“山民的一生，是与火铺缠绵的一生。”小孩在火铺上生长；饥寒劳累的男人在火铺上享受生活的滋味：烤火、喝酒、吃茶，“顿感人生醇厚、绵长”；祖孙在火铺上盘歌；村里人在火铺上热情待客；姑娘小伙在火铺上相亲定情；姑娘们在火铺上互相学习针线活，交流心事；火铺对于山民确有重要的意义。然而，随着城市化，后生们一个个离开山寨，只有与火铺纠缠了一辈子的老人留了下来，还守着香火，护着炉火。这情景不免让人生出一些伤感：“板壁是黑的，火铺是黑的；火铺上老人的衣服是黑的。脸是黑的。他依偎在火边，像一团黑的时光。”曾经火红的时光衰变为“黑的时光”。意味着火铺的烟火日月接近终结，它曾经拥有过的那些生活的意义也不再延续了。所以，这篇散文具有某种挽歌的味道，它是乡村生活的挽歌。在乡村过往人事的回忆中，满含留恋和伤感。

第三辑《衣如羽翼》，包括《乡间爱情》《乳名》《一个人的时光》《流水沧桑》《探访一杯茶的前世今生》《情书往事》《穿越者》《总有一个夜晚让你的灵魂安然翩飞》《群蜂飞舞》等10篇散文构成，主要围绕祖母的老衣、乡间爱情和乳名等咀嚼人生的意义。《衣如羽翼》叙写祖母在老去之前特别看重准备老衣。她声称：“说不定哪天，我就要做远客了，得有几身体面的衣裳，那边的人见了，晓得我虽苦，但末了也是享过福气的。”作家在祖母身上感受到了她的一种超脱的人生态度，“也许在她看来，生死之间，不过是脱下身上的黑布衣服，换上五彩斑斓的老衣。”《乡间爱情》里续写了两个乡间爱情故事，作家为此十分感慨，说道：“多年前回到故乡，听到这两个所谓乡间爱情故事，感觉非常不堪。想爱情毕竟是关乎心灵的东西，优雅、羞怯、隐忍，前途在望，途中两人为一些细节在各自的内心磨来磨去，消耗着年华和精力。滋养着心灵。这么高尚的东西，为什么非得搭上两具肉身，甚至猪，甚至猪大肠。”乡间爱情掺和着物质，作家曾经有些不屑，如今再想起，却是微笑，因为作家已明白了一个道理：“俗世里究竟有多少真实的欢乐？”

第四辑《辛卯春节记》，主要记叙作家辛卯年春节回家过年的所见所闻和所思。她叙写了二伯和大伯两家人颠倒性的变化和维昌伯家祖孙观念的冲突。在这些家族亲戚的变化和冲突中，作家欣喜地感受到了时代的发展和乡里人的进步。有变也有不变，不变的永远是过年的传统。作家详细描写了家族人独具特色的过年民俗生活：比如写春联贴春联，打糍粑，极具仪式感的年夜饭，录族谱，给果树放水，祭天地，谢诸神，围坐火铺说故事唱山歌等等，为我们呈现了当地人过春节的浓郁滋味。作家写道："年关将近，终年在外漂泊的人就鸟儿样拍着翅膀扑棱棱地飞回来了。年是一只福窝窝，无论走多远，有多荣耀或者多艰苦，这一天都要山长水远的赶回来，跌进这只福窝窝：父母膝前行孝，先人墓前祭扫，老婆孩子温暖团聚。"这就是过春节于我们的意义。作家还写道："长年在外，漂泊的不光是脚步和灵魂，还有肠胃。"年夜饭不只是"安妥人的肠胃，同时也是安妥人心的一餐。"人们吃年夜饭，"仔细咀嚼和品尝食物的味道——实则是在咀嚼食物烹制的过程，咀嚼粮食生长的缓慢过程，咀嚼秧苗拔节、麦粒灌浆、玉米抽穗、豆荚结实，咀嚼一年的日光、雨水、汗水和光阴，咀嚼三百六十五天匍匐在土地上的辛劳悲喜。像牛反刍一样，这一餐咀嚼品味了一年。"春节民俗生活的深刻意义为作家所咂摸和表现了出来。

第五辑《地图上的新娘》，包括《细屋里的隐秘人生》、《吊脚楼里的闺阁时光》、《鞋垫》和《地图上的新娘》等 4 篇散文。主要表现和思考女人的生命意义，几多悲悯同情。吊脚楼见证了土家族姑娘的闺阁时光，甚至一生时光。她们在吊脚楼里纳鞋底、织毛衣、思春、交流心事、定亲、出嫁、生儿育女，过完一生。"劳苦、卑微、无声无息，像一株狗尾巴草，被忽略、被漠视"（《吊脚楼里的闺阁时光》）。绣鞋垫则是"乡下女子青春岁月的标志，是灵魂上的花开，是唯一的抒情。"鞋垫是乡下女子才艺的展示，也是她们爱情的寄托（《鞋垫》）。《细屋里的隐秘人生》是这一辑的代表作。作品描写了细屋里女人悲苦辛酸的人生。她从山那边被男人娶进细屋，"从新婚的夜晚开始，落脚，歇息，生养，终其一生。"新婚是"细屋的盛典，也是这个女子的盛典。过了今夜，细屋将进入长长的宁静，门扉虚掩，无声的收纳着女人隐秘的一生。"在细屋里，她每天清晨起来，吱呀一声推开柴门，洒扫庭院，喂猪，做饭，侍奉公婆，种地，砍柴，在婆婆的指点下操持一家人的生活。她伺候粗鲁的男人，劳动、怀孕，痛苦的生产。她有着一张模糊的面孔，她的悲欢苦乐不为人知。她甚至没有自己的姓名，人们统称她为某某屋里的。在这个家庭里，她埋着头，为吃饭，为穿衣，为儿女，为老人，将日子一天天打发过去。“粗心的人们并不曾注意到时光对于一个乡下女人的意义。直到从细屋门里朝外蹦出一个孩子，又一个孩子，一连蹦出好几个孩子，在地上高高矮矮站了一排。尔后女人从细屋走出来，她薄了，垮了，也空了，身子从上到下扁平而无起伏，就像常年背在背上的堰桶。”她有苦有愁自己扛，有泪肚里咽。孩子一年年长大成人结婚生子另立门户，原先的房子破朽了，“细屋里的女人也老了，腰身佝偻，身材枯瘦，脸色黝黑，皱纹布满脸庞，一夜秋风，头上白雪飘零。”读到此，我们不禁泪流满面，为女人的悲苦人生深深同情和悲悯。应该说，作家对过去时代女人的不幸人生感知十分深刻，描写十分生动。她对旧时代女性的苦难命运几多悲悯，几多不平。

杨柳的散文题材内容较为多样，但无论是记叙传奇人生还是感怀乡村生活，还是关注女性命运，探讨和表现人生的意义，始终是其散文的基本主旨。她常常为笔下人物酸甜苦辣的生活命运而感动。她感慨那些不为人理解和同情的孤独，她同情女性的悲剧人生，他饶有滋味地咂摸那些经历过的人和事，那是生命历经岁月沉淀而留下的珍贵记忆，是生命的意义之所在。她的散文也正是以这些对人生意义的思考和表现而令我们感动。

身为民族作家，对本民族地域生活的描写，必然使得杨柳的散文呈现鲜明的民族性和地域性。比如“火铺”和“细屋”“吊脚楼”“录族谱”“打糍粑”“盘歌”等生活方式的描写，那些独特的民居、民俗标识出作家鲜明的土家族的民族地域文化特征。

艺术上，杨柳的文笔洗练圆润，主要笔法是叙述，在叙述的紧要处则换笔为描写，她的细节描写十分细腻生动。如：“山中的日子来得稍晚。芒种前后。太阳就烈了。灌足了浆的小麦在这几天里渐次成熟。一个晌午，麦子就黄了一大片，火焰一样哗哗剥剥从山下向山上蔓延。割麦是生产队的狂欢。闲了一年的齿镰从刀夹上抽下。一大早就霍霍磨砺。细篾背篓拍净灰，挞斗擦净. 生产队的社员浩浩荡荡向麦地进发了。麦田边的牛王刺花开得怒气冲天，激越的香气在五月的太阳下惹是生非，飞虫在风中嗡嗡嘤嘤，阳光铮枞作响。阳雀花缠紧麦棵，紫红的花朵开得稀烂。麦棵黄金般的籽粒鼓实饱满，金色的麦芒齐齐向天，尖锐的光亮扎得人心痛痒难忍。这个季节，成熟的已经岌岌欲坠。生发的都是蓬蓬勃勃；有的激流暗涌，蓄势待发；有的明火执仗，气势汹汹。总之，这是一个箭在弦上的时刻”（《满山麦芒》）。这段文字把麦芒收割季节那份自然与人世的活力写得十分精彩。

又如：“这个又聋又哑的人，永远是一副大梦初醒的神情，眼睛里蒙着一层迷雾，像隔着三千年的距离，遥遥地看着这个忙乱的人间。与人对视，他眼里的雾气湿得让人溺水，让人虚弱得片刻也撑不下去，只得匆匆逃走”（《每个村庄都有几个寂寞的高手之四》），“他眼里的雾气湿得让人溺水”一句十分生动有力。还有“火塘里火光熊熊，每个人的脸上像涂了一层油彩。青杠柴块哔哔剥剥燃着，火焰呼呼啦啦舔着锅底，火星子噼噼啪啪飞舞，鼎罐里的水咕嘟咕嘟滚着，老茶罐里噗嗤噗嗤地熬着，劈柴的尾部磁磁磁地冒着水汽，蓝色的烟曼妙上升”（《火铺上的烟火日月》），声音、色彩的描写极为准确生动。

或许因为政务工作的原因，杨柳的散文创作不多，我们期待她有进一步的佳作问世。

杨犁民（1976—），重庆酉阳人，苗族。重庆市作家协会会员，重庆市散文家协会理事，重庆文学院签约作家。参加过第六届全国散文诗香港笔会，被《时代信报》推为最有潜力的新秀作家。现供职于重庆酉阳县委宣传部。16 岁在省级刊物发表处女作。迄今已在《人民日报》《散文》《诗刊》《散文诗》《中国作家》《朔方》《星星诗刊》等海内外各级报刊发表各类作品数十万字。作品多次入选《新中国六十年文学大系》《当代苗族作家作品选·散文卷 / 诗歌卷》《中国年度最佳散文诗》《中国年度网络散文诗精选》《当代散文精品》《新散文百人百篇》《重庆少数民族诗选》等多种选本。曾获美国新语丝文学奖、重庆市第五届期刊作品奖、梁斌文学奖、全国十佳散文诗人提名奖等奖项。2015 年 11 月出版散文集《露水硕大》，2016 年 8 月，散文集《露水硕大》获得第十一届全国少数民族文学创作“骏马奖”。

散文集《露水硕大》共有 3 辑构成。第一辑《鸟声如洗的村庄》，包括《露水硕大》《冬天的最后一棵萝卜和白菜》《车窗里的村庄》《鸟声如洗的村庄》等 35 篇散文，诗意叙写了村庄的风光景物、劳动与生活。

村庄风景美丽。“天空像一幕巨大的穹顶”，白云不断变换成各种形状，“加快了天空的旋转，使它变得深邃和眩晕”（《油菜地里的天空和白云》）。地面上硕大的露水纯洁而美好，滋养了村庄，滋养了每一个人（《露水硕大》）。村庄的鸟声“像洗过一样，静静地流过瓦房和树林”，带来村庄的生机和活力（《鸟声如洗的村庄》）。春天的味道在野地里，在石窠中，在草丛下，在竹林间，在树巅上，令人陶醉（《春天的味道》）。

村庄一些事物与人关系重大。村庄的火关乎村庄人的生存与死亡，“人活着的时候，火陪着人。人死了，火也会把人送到阴曹地府里去”（《村庄的火》）。村庄的“铁是村庄赖以生存活命的东西。谁家的铁越多，说明谁家越富有，越有精神和劳力”（《村庄的铁》）。村庄是草做成的。所以，“村庄的人，也因此叫做‘草民’”。村庄的草无处不在，长满了无边大地，长在了人们的生命里（《村庄里的草》）。“村庄里的路，狭窄而短促。却横亘在人的一生里，没有尽头。”是生活的路，也是生命的路（《村庄里的路》）。村庄的“风无处不在，却最善于隐藏自己。”它对年纪小的人都是和颜悦色的，只有对上了年纪的人才会露出它的本来面目。风吹走了岁月，吹老了人生（《我家豢养的风》）。“炊烟是村庄的呼吸。只要炊烟在，房屋这棵庄稼就永远不会枯萎”（《炊烟是村庄的呼吸》）。

动物是村人的亲属和朋友。多少年了，这些动物与我们共同居住在村庄里。“它们已经把我们的家当成了它们的家，把我们当成了它们中的一部分，与我们守望相助，相依为命，不离不弃”（《动物与我们相依为命》）。鸟的生活如此简单诗意，让人类不及，也让人类向往（《鸟的生活如此简单诗意》）。牛一生勤苦顺从，“牛的一生，便是打败板结的土地，替庄稼说话”（《毗牛而居》）。猪活泼聪明，生下来没到两个月就被人阉割掉了。绝大多数没有过过性生活，“要是一头猪有机会谈一场恋爱，以猪的憨厚和执着，那一定是件很浪漫的事”（《习惯了做头猪》）。因为这些动物是人类的朋友，所以作家对它们被猎杀充满了悲悯和同情（《目击而亡》）。

村庄有许多秘密：豆子个子其实很小，然而却被人称为“大豆”。它常趁人不注意，像会魔法的红孩儿一样，一下子从豆荚里蹦出来，这样的出生富有传奇（《豆子兄弟》）。蜜蜂的王国更为隐秘，千百年来，人们未必完全弄清楚它的秘密（《隐秘的王国》）。村庄的夜晚静寂而令人恐惧，许多动物在夜间活动，一些陌生人夜晚曾驻留村庄，人们一生也弄不明白（《村庄里的夜》）。

村里人的劳动与生活淳朴美好。插秧季节，农人亢奋而忙碌，“用劳动、汗水和智慧在稻田这张波光粼粼的白纸上写诗……，一粒粒绿色的文字撒下去，整个大地顿时生意盎然，拓宽了天和地”（《插秧季节》）。秋收后农闲季节，人们满山打猎，收获满满（《目击而亡》）。冬天，人们收割萝卜和白菜，准备过冬（《冬天的最后一棵萝卜和白菜》）。时常匠人在村庄走村串户，进进出出，为人们补缀物件，得到人们的优待（《匠人走过村庄》）。村人很热情好客，“一个客人就是一村的客人。一家的客人就是大家的客人”（《一村客人》），从车窗里遥看村庄，“被一千种芳香和色彩所攻陷，村庄醉了，叫不出自己的名字。”“村庄的醉态被地里的各种菜花看见了，咧开嘴一个劲儿地笑，有的笑得粉脸绯红，有的笑得嘴唇发紫。先是一朵，接着是两朵，后来让远远近近漫地里的菜花全都听见了。它们笑得前仰后合，笑得阳光溅了一地”（《车窗里的村庄》），作家就是这样满怀深情赞美着村庄，怀念着村庄。

第二辑《最宽广的孤独》，由《最宽广的孤独》《山石云语》等 15 篇散文组成，属于咏物的散文诗，表达对大海、山石、白云、雪、黄桷树、龚滩、霜叶等哲理意义或文化意义的思考，抒发或崇敬赞美或忧伤失落或怀念追忆的情感。他深刻领悟到“海的孤独就在海的宽广和辽阔里”（《最宽广的孤独》），“顽石青苔，皆是历史的沉淀，岁月的馈赠”（《山石云语》），“心中有黄桷，心事亦菩提”（《黄桷树走过的路》）。他赞美板溪霜叶“是岁月的琥珀，光阴的玉石，季节的诗句”“是大地的馈赠，芳华的谢幕，生命的传奇”（《板溪霜叶别样红》）。他对龚滩古镇、洪安、丽江、武隆等旅游名胜的自然历史和文化意义表达了自己独到的观察和思考。

第三辑《围困生命中的大雪》，由《围困生命中的大雪》等 13 篇散文组成，属于思想随笔之类的文章。《围困生命中的大雪》《深陷之地》《血脉的上游》等几篇文章主要在家乡高坪村的人与事的回忆记叙中表达人生感悟。比如围困生命的大雪，“母亲”的土地观念：“商品房再好，脚下却没有属于自己的一片地，好比空中楼阁，上不沾地，下不着地，怎么都让人觉着不踏实。”父亲“是我血脉的上游 ”等等。《精神的月光》《蜗居笔记》《丢失的手机》《女人烟》等作品主要是在夹叙夹议中表达对“猴子捞月”“ 舞厅”“ 房屋”“ 水手”“ 手机”等话题进行思考。

杨犁民的散文最耐读的还是第一辑中的作品。这一辑写的是他最熟悉、感受最深最细的生活，家乡的一草一木，家乡人民的音容笑貌，家乡的农事生活他都烂熟于心，因此下笔写起来没有丝毫的阻滞。他曾生长于乡村，而今生活在城市的他在反刍乡村生活中，咀嚼出了乡村风景的美，乡村民俗的淳朴和乡村人的善良质朴。他的抒写带有明显的挽歌情调。

对于家乡，作家如同走失的孩子，在精神回乡的过程中，他的回忆时空多停留在孩童时期，这也导致了其散文创作的某种童话视角和童话笔调。比如“菊花坐在溪水边照镜子，或者坐在山坡上，迎风拢拢自己的头发。风在菊花耳朵边悄悄说话，风嘴唇边的气息把菊花挠得痒痒的，惹得菊花咯咯直笑。”“而阳光只要一看见菊花，心情就更好了，笑容暖暖的，见山笑，见水笑，见风笑，见人笑，笑得大地也明晃晃的”（《阳光为菊花梳头》）。又如：“豆子在村庄里走来走去，蹒跚学步，见人就笑，人见人爱，憨态可掬，给村庄带来无限欢乐”（《豆子兄弟》）。此类描写很多，把读者带到了一个个童话般的世界，让人们感受到了童腔童调和童真童趣，感受到自然界的纯真、可爱和美好。

杨犁民写散文，也写诗，所以他的创作散与诗文互相渗透。他常常用诗的笔墨描写乡村生活的诗意，“满树满树的桐花，在路旁，在山谷，在草丛，在荒野，在树梢，在溪涧，在一切向阳之地，在所有背阴的地方，簇拥着，欢呼着，一扫尘世的阴霾，闪着幽微的光”（《桐花开落》），这样诗一般的语句，随处可见，他的一些篇章实际就是散文诗。

杨犁民无疑是一位很有潜质的作家，随着生活阅历的增加，生活经验的积淀和思想的进一步成熟，相信作家会有更多的佳作奉献给期待他的读者。

下　编

重庆少数民族的文学理论与文学批评

第一章　概述

文学批评是在文学接受的基础上，以一定的理论和方法，对以文学作品为中心的各种文学现象进行研究和评价的文学活动。有广义和狭义之分，广义的文学批评属于文学理论研究的范畴，其涵盖内容宽泛，从作品评介到理论研究都包含其中，在西方几乎是文学研究的同义语。狭义的文学批评属于文艺学的范畴，是文艺学中最活跃、最经常、最普遍的一种研究形态。它是以文学鉴赏为基础，以文学理论为指导，对作家作品和文学现象进行分析、研究、认识和评价的科学阐释活动。作为文学活动的重要组成部分，文学批评的历史不仅与文学同样悠久，而且，文学批评与诗歌、散文、小说、戏剧一样，都是富有创造性的文学产品的主要形式之一。有着一定造诣的批评家在文学舞台上可以扮演与创作作家同样重要的角色。因此，在重庆少数民族文学研究中，理所应当将文学批评纳入其中进行考察，视为重庆少数民族文学的重要组成部分。从一般语义学讲，重庆少数民族文学批评这个概念至少应有三层含义：一是指一切针对重庆少数民族文学所作出的文学研究和评价活动；二是指由重庆少数民族地区的文人学士所作出的有关文学的研究和评价活动；三是指由重庆少数民族身份的学者或批评家所做出的有关重庆少数民族文学的研究和批评活动。我们在重庆少数民族文学批评进行考察时固然应将重点放在后二者的关注上。但也须留意外籍文人学士针对重庆少数民族文学所进行的研究和批评。

重庆少数民族文学批评的较早形态应是唐代刘禹锡的《竹枝词序》和宋代苏轼的《竹枝歌》自序。二人在序中对当时深受文人喜爱的重庆少数民族民歌竹枝词进行过评价。刘禹锡描绘了唐时巴渝民众吟唱竹枝歌的生动情形，“里中儿联歌《竹枝》，吹短笛，击鼓以赴节。歌者扬袂睢舞，以曲多为贤。”并对其乐调形式和意义内涵作出了理解和评价：“聆其音，中黄钟之羽，其卒章激讦如吴声，虽伧儜不可分，而含思宛转，有淇、濮之艳。”刘禹锡还揭示了竹枝歌风格的演变轨迹：“昔屈原居湘、沅间，其民迎神，词多鄙陋，乃为作《九歌》，到于今荆楚鼓舞之。故余亦作《竹枝词》九篇，俾善歌者飏之，附于末，后之聆巴歈，知变风之自焉。”宋代苏轼则在序中谈及竹枝歌的来源和风格：“竹枝歌本楚声，幽怨恻怛，若有深悲者。”竹枝歌起于巴渝，流行于荆楚，这是竹枝歌的影响扩大的结果。苏轼称“竹枝歌本楚声”，这是一种误解。至于将“幽怨恻怛”归纳为巴渝歌的基本风格情调，这也是苏轼个人的判断，并不完全准确。

中国古代除了曹丕的《典论·论文》、陆机的《文赋》、刘勰的《文心雕龙》、严羽的《沧浪诗话》和王国维的《人间词话》等属于较为系统的文学批评专论作品外，其他有关文学理论或文学批评常见于一些文集中的序或跋中，著名的如孔丘弟子子夏（一说为汉人卫宏）所作的《毛诗序》和钟嵘的《诗品序》，可以说序或跋就是古代主要的文学批评形式。序跋作为一种文体，是叙述著作的宗旨、目的或写作动机等等的文字。序，又称叙、叙文、叙言、序言、序文、引、引言、导言等。序在古代多放在书的后面，现在一般放在书的前面，而把放在书后面的序称为后序或跋。序跋的内容、体例大致相同，因而可合称序跋文。一般的书有序无跋，如觉得序意未尽，后面仍可有跋。直到今天，古老的序跋作为一种文化规制仍被继承着。

从元明土司时期到清代末期，重庆少数民族文学批评主要是以序跋的方式进行着。主要有冯世瀛、冉崇文主编的《酉阳直隶州总志》之序跋，涉及对酉阳的文学历史的记叙与评价。冯世瀛编著的《二酉英华》收录祖籍酉阳州（含现在的黔江区、酉阳自治县、秀山自治县、彭水自治县）文人的经典之作，其中收录了59人的诗作2915首。其书序对所录文人进行了大致的点评与总括，对我们研究渝东南历史与文学具有重要的史料价值。其他文评则有：

明天台谢国梗为酉阳二十一世土司冉天育诗集《詹詹言集》作序，云“诗全集凡若干首，近体为多。读之，知本名诸生投笔从戎，远体辽左。其后师还，泛东海观涛于广陵，溯大江而上。盖矛头盾鼻之艰危，马背船唇之况瘁，抚事怀人之感慨，伤今吊古之凄凉，不知凡几，而一一发自于诗。故其诗有雄杰之气；有谈远之音；有飘忽之神；有苍茫之致。”又云：“玉翁爵君承家学，绍前体，先后工吟，正如老泉、东坡父子济美。”[①] 对冉天育诗歌的体式、内容、风格以及诗歌渊源与成就进行了理解和评价。

明夷陵文安之铁庵为酉阳二十二世土司文人冉奇鑣诗集《拥翠轩诗集》作序，称其诗“锐意著作，尤工近体，腴而泽，沈郁而多干。”[②] 云间杜同春南池作《重刻拥翠轩诗集序》，对冉奇鑣的为人和文学成就表达敬仰之意：“予以沉珠当耀，自有不可韬掩者。……聊述书岩继志大略，并质后之好言诗者知先生之诗，当与二酉而并永也。”[③]

平都林确（字右雀）和乐温王长德（尘田）皆为酉阳文人冉芳林诗集《蟪蛄声诗集》作序，评价甚高。林确评曰：“至读其诗，清声亮节，如秋天鹤唳，媚丰斌致，如春花燕攒。其力之攻坚摘瑕，愈于壮士奋臂疾呼，挽强洞札；其音之惨栗寂历，又胜于崩崖飞瀑，缩人肌肤。少年力诗，即臻斯地，驯而上焉，吾不知于古骚坛席上，当虚何处位次，以待吾芳林也？”[④] 乐温王长德（尘田）也高度赞誉冉芳林的诗歌，云：“芳林年兄以所作《蟪蛄声集》见示，其五、七言律体、绝句居多。对之如逃空谷而见良师友也。”又云：“今复得见其诗，绰有盛唐风致”[⑤]。可惜冉方林的诗集已散佚无存，今人无从得赏其佳作。

冉广鲤为自己的诗集《信口笛吟草》作《自叙》云：“余之诗，老妪能解，孺子可歌，此正如樵之讴，牧之唱，趁韵而已。”道出了自己诗歌“信口而

---

① 四川省涪陵地区民族资料编辑委员会：《土家族文化研究论文集》（渝东南文人文学卷），1986 年 6 月，第 11 页。

② 四川省涪陵地区民族资料编辑委员会：《土家族文化研究论文集》（渝东南文人文学卷），1986 年 6 月，第 16 页。

③ 四川省涪陵地区民族资料编辑委员会：《土家族文化研究论文集》（渝东南文人文学卷），1986 年 6 月，第 17 页。

④ 四川省涪陵地区民族资料编辑委员会：《土家族文化研究论文集》（渝东南文人文学卷），1986 年 6 月，第 19 页。

⑤ 四川省涪陵地区民族资料编辑委员会：《土家族文化研究论文集》（渝东南文人文学卷），1986 年 6 月，第 19 页。

出”“平仄且不必谐”的自然风格。

龙潭州同黎定斋为酉阳文人冉正维《老树山房诗集》作序云：“先生坐于老树山房，谢春华，佩秋实，其擂砢离奇，轮囷蟠曲之气，一皆泄之于诗，令人俯仰低徊，击节叹赏而不能自已者。”又云：“读其诗高古简远，非有道德之人不能为是语”对冉正维的生活与创作以及诗歌风格进行了评价。

冯壶川为著名经学家，也工于诗，著有《候虫吟草》，内江刘景伯曾为《候虫吟草》序，云：“……（壶川）身所涉历山川之高深，云物之变幻，大邑通都之凭吊，凡一切可惊可愕可喜之状，靡弗穷形尽相，发其难显之情；而叩之皆古音，探之多理趣，无烟火气，无斧凿痕。”对其高超的诗歌艺术大加赞誉。威远邹光第亦在《候虫吟草》序中高度评价冯壶川的诗歌才华：“无体不备，亦无体不工，且言皆有物，不为吟风弄月之词”。冉瑞岱亦在《候虫吟草》序中谈及诗人冯壶川的成长经历，品评其诗歌特点：“余于壶川诗，读凡数十过，评几数百首，爱其五古以逋峭胜，七古以殊宕胜，近体以清俊胜。匪但兴到之作，不拘性灵，而机趣横溢；不矜声调，而音节铿锵；乃至勉强应酬之什，流连光景之词，亦无不有精光逸响贯注其间。求之近今，殆罕丽矣。”

陈汝燮为清末著名诗人，著有《答猿诗草》八卷，同时期的文人陈景星也为之写序，后学王大章为其写《答猿诗集弁言》。陈景星在序中云：“余细校君诗，客居成都最久诗亦最多。其登峨眉眺雪山及咏怀古迹诸作，苍茫凭吊，横绝一时。后走遂州、游黎雅、泛龚滩、延江复、趋成都所赋古近体，穷搜冥索，觉苍莽盘郁之气奔赴畹底缒凿幽险而出，以自然为近人所未有。其他里居、投赠、咏物各篇什，碍为新隽偶拈一语，则神采欲飞，偶练一字，则百思不到，合韩孟元白为一手，沈博幽香，愈嚼而味愈出。”

民国时期文人王大章评价更高：“淹贯略流，博极群书，孝友风节，盖世无双，故其发为诗也，笃于志而细于律，能卓然独树一帜以风世垂教于无穷”，“今读其诗，无美不备。杜子美抑郁悲壮，韩昌黎妥帖排傲，黄涪翁凝重深稳，王介甫突兀折旋，皆兼而胲之，富有千篇，复不苟一字。凡独构之思，奇辟之境，皆有寝馈，有来历，体物工细，声光并茂。”[①]

---

① 参见四川省涪陵地区民族资料编辑委员会：《土家族文化研究论文集》（渝东南文人文学卷），1986年6月，第65页。

民国时期另一文人龚杲仙也有很高的评价："先生为文，镂心鉥肾，无一字凡庸。其于山川景物，可惊可骇之状，摹写无不毕肖，盖其居在万山群峰插天，怪石罗列而朝暮烟云，变态不测，故其文亦神与之化也。"除去部分客套恭维之词，这些评价也算中肯，对其诗歌艺术与艺术价值做出了比较适当的评价。

元明清时期重庆少数民族文人以序跋形式开展文学评论，同时也在序跋中表达他们对于诗词的基本理解和诗词创作的基本主张，这些主张既有对中华诗歌理论的继承，也来源于他们自身诗词创作的领悟与经验总结，零零碎碎，不成系统，但合起来却能显示这一历史时期重庆少数民族文学理论的基本情状。

清道光三十年、咸丰二年署职酉阳知州罗升棓（次垣）在《田旦初明经卧云小草序》中讨论了"性情"对于诗歌、对于文学的重要性，他指出："诗以通性情者也，三百篇尚矣。汉魏以降，作者代兴，其间上下千古，纵横六合，惊才绝艳，无穷出新，极尽诗之能事，要皆抒写其性情而已"。认为先秦以来的文学能不断推陈出新，皆因重视性情的抒写。他准确勾勒了两汉以来文学的演变规律与得失："两汉人心近古，诗情朴茂，魏晋风气稍薄，诗亦浮靡。唐以诗取士，人竞才华，诗亦争奇斗巧，词挚而情不真，独杜工部、李谪仙感愤时事，一往情深，其诗恻恻动人。宋诗词旨清要，情根于理。元明以来，徒工声韵，其于真性情远矣。惟其本于性情也，故豪迈者高华，哀思者幽怨，耽情山水者纤微淡远，感怀君国者慷慨激昂，发于情之不禁，动于性之自然，在作者不知其所以然也。今人论诗，动曰追踪汉、魏，模仿李、杜，讵知诗以言情，情之至者，千载下读之，犹沨沨移人，若强己之性灵，以求合于古人之格调，岂有当于诗之旨哉"。批评了元明以来文学的衰落皆因其一味重模仿古人之格调，"徒工声韵，其于真性情远矣。"罗升棓这种对"性情"的强调与清代袁枚的"性灵说"本意相同，都是主张文学要抒写真情实感，反对模仿古人。

王长德（尘田）则在《蟪蛄声诗集序》中谈论了诗歌创作的一些规律问题，他说道："诗者，自娱悦之物也。当其意境相触，悠然经造，前无古人，后不知来者，无端而遇之，斯无端而咏之矣。故三百篇不尽出于学士大夫之手，里巷讴吟，自合天籁。然变而为楚骚，为汉魏，为陶谢，为宋齐梁陈，为初盛中晚，为宋元明，风气固殊，而铢两分寸，有确乎不可移易者何也？意境之相触，悠然径造，各有君形者存也。昔袁中郎云：古人之诗，历千百年读之，如新出于口。

今人一诗甫就，已若红朽之粟，非以其无君形者邪？予尝三复斯语，殊发怖汗，而不能恳习，迄以无成”。在这段话中，他从多个方面描述了“意境相触，悠然经造”这种奇妙的创作心理现象。他所说的“意境相触，悠然经造”其实就是我们今天说的审美创造。是审美主体与审美客体相遇和所产生的审美反应，这种反应具有突然性，不需要经过概念的推理或经验的归纳，因而也就是一种审美直觉，一种陡降或乍然而生的文学灵感。王长德所说的“前无古人，后不知来者，无端而遇之”，描述的就是这种文艺创作中常见的审美直觉或灵感顿悟现象。同时，这种审美创造具有偶发性，天然而成，不可复制，甚至无法习得。因此，每次审美反映都是新异和独特的，内涵了审美主体的情思个性的，王长德所谓“意境之相触，悠然径造，各有君形者存也。”道出的就是这个道理。王长德批评了“今人一诗甫就，已若红朽之粟”的遗憾，认为其病根就是“非以其无君形者邪？”，也就是只会模仿，不能独立审美创造，没有审美的原创性和独创性。王长德的讨论触及到了诗歌创作的心理学问题，他对灵感的把握和认识也是较为准确和深刻的。尤其他对诗歌创作的原创性和独创性的强调，对于当时诗坛痹症的矫正无疑具有积极的思想价值。

此外，刘景伯（石溪）在《冯壶川学博候虫吟草序》中讨论了诗学与经学的问题，称“夫人特患不深于经耳，苟深于经，何患诗不工。诗之作也，始于虞廷之赓歌，成于商周之雅、颂，而盛于十五国之风谣。孔子删定为三百篇，以垂训千古。是诗固经也，后世诗人，若香山似《尚书》之疏通，长吉拟《周易》之奇诡，少陵法《春秋》之谨严，得其一节，皆足以名家，而谓条贯兼赅，转有妨于诗乎”。刘景伯谈论的实质上是一个诗作者学习传承与文化修养问题。

邹光第（丹崖）在《冯壶川学博候虫吟草序》中谈论了文学与人文地理的关系问题，指出：“夫吾蜀骚才，自汉、唐、宋至元、明，后先相望，几难更仆数。然若长卿，若子云、升庵，皆生长通都，切劘固易，即射洪、眉州、仁寿，亦密迩锦城，惟谪仙崛起彰明，而跌宕自豪，子美而外，无人与角，于此见豪杰挺生之无所择于地也”。正所谓地灵人杰，一定地域的山川风物与人文环境与文人的产生必有极大的孕育生成关系。

冉广鲤（海容）在《信口笛吟草》中讨论了诗与乐之关系，认为：“古人之诗如三百篇，皆可被诸管弦。汉兴，郊庙乐章皆三四言诗，而亦可以协律。及唐人旗亭画壁，与李白《清平调》三章，亦五七言绝句耳，当时伶伦之侣，演而歌之，诗之通于乐也久矣”。诗最初形态就是合于歌唱的民歌，伴随歌舞而生，后来才被人从音乐中分离出来，这是不争的事实。

陈汝燮长于诗歌创作，也有许多诗歌领悟，比如“用兵如作诗，出奇意独创”（《恭同吴仲宣制军养疴归里留别尊经锦江两书院诸生韵公饯奉呈》）；强调诗要有新意，别具一格；“文章最忌是平平，作势留心看两倾”（《雨势》），“摘去余苞花更大，比如诗好不贪多”（《菊花词》），认为诗歌写作要懂得剪裁取舍，突出重点等等。诗人实践自己的诗歌主张，最终成就令世人钦佩的诗歌业绩。

综观古代重庆少数民族序跋式的文学批评，直觉印象式的批评是其本质特点。这种批评注重意会体悟，以形象说诗，文体言辞简洁，点到为止，不作系统深入的论述。其优点是因突出批评者的直觉和个人感受，从而使其批评见解获得某种生动性和尖锐性，增加了批评的活力。同时也因为这种批评对审美特性的注重和追求促使文学批评更好地把握文学作品的本质特征，同时使批评本身给读者带来美的享受。不足是因过分强调印象，易产生随意性否定文学作品客观性的倾向；因排斥理性因素，评论往往停留在艺术的表面，很难深入系统地研究作品以把握作品的内在规律；因采取以形象说诗，导致批评理性与明晰不足等。

到了民国时期，重庆少数民族地区传统文风依旧，序跋式的文学批评依然存在，比如王闿运为王简诗集《竹庵诗录》所作“跋”，但注重史实考辨、逻辑推理、思想演绎与体系构建的现代西方学术思维与方法已传到中国，并为一部分重庆少数民族文人学士所接受和采用。陈志宪就是这样一位较早具有现代文学批评思想与方法的学者。陈志宪（1908—1976），土家族，酉阳龙潭人。1935 年毕业于南京国立中央大学中国文学系，历任成都各著名中等学校国文教师，1941 年任国立四川大学中文系讲师，1949 年晋升副教授，新中国成立后继续在四川大学任教，1958 年任四川大学中文系主任，1976 年病逝。陈志宪是古代文学专家，在中国古代文学研究方面成果丰硕，著有《西厢记笺证》《施堂词说》《苏轼词证》等，另有专论《是传统的继承又是传统的发扬——读毛主席的长短句歌词》《“军刀会”中的英雄形象》等在四川大学学报等报刊发表。考证研究是其基本的治学方法。

新中国成立后，特别是 1997 年重庆直辖以来，重庆少数民族的文学理论研究与文学批评逐渐呈现活跃状态。研究方法、研究内容以及研究队伍都呈现多元化倾向。文学批评研究队伍既有大学教授、研究生，也有一些文学研究机构的专家学者；既有媒体记者，也有一些作家本人也参与到文学评论中来，针对自己的文学创作或有关文学现象与文学事件发声，所谓创作自序与自述、创作经验谈，作家访谈等即属于此类。有少数民族身份的本土批评家如刘扬烈、冉易光、向碧群等，亦有大量的外籍学者与批评家。研究内容上，有针对重庆少数民族的作家作品展开研究，也有针对某种文学现象、文学事件以及文学体裁等展开研究，比如熊笃的竹枝词研究，黄洁的重庆土家族民歌的调查整理与研究、冉易光的"乌江作家群"的观察与批评等等。批评类型上，首先，传统的序跋式的书评继续存在，不过，传统的直觉印象式的浅评减少了，更多了些学术理性分析色彩和思想深度；其次，有高校学者的学院式批评——严密的逻辑论证、深入细致的分析阐释，具有严谨、系统、深入的特点；第三，有重庆市作协及区县作协经常围绕少数民族作家作品出版或获奖召开的座谈会、研讨会，此类由官方出面组织的座谈会或研讨会，多具有自由浅谈和注重宣传造势的特性，对少数民族文学创作和批评能起到推波助澜的作用；第四，有所谓媒介批评，即网络报刊等媒体所做的有关批评，如《酉阳文学：神秘而美丽的花朵》(《重庆日报》数字报)、《年轻的崛起——当代重庆少数民族文学一瞥》(向笔群〈土家族〉撰稿，中国作家网 2010 年 11 月 3 日 07:25）等等，媒介批评往往不注重对文学现象事件的深入的学术探究，而是着眼于介绍说明、宣传和评价，引导社会大众对某一文学现象事件进行关注。近些年，随着微博、微信等新媒体与自媒体的出现，重庆少数民族文学批评也产生了所谓新媒体批评，一些作家或学者利用微博、微信发表自己有关文学评论的文字，如李亚伟的新浪博客和何小竹的新浪博客都撰写和转帖有评论、访谈数十篇。这种自言自语式的评论，主要是如日记般随时写上自己的阅读、观察与思考，一些思想残片，思想随笔。研究方法上，文献分析、田野调查、知识考古学、历史美学批评、文化人类学批评等种种方法在不同学者那里得到运用，极大地拓展了研究的深度与广度，深化了人们对重庆少数民族文学的认识。

新中国成立后的重庆少数民族文学研究与批评所产生的成果较为丰硕，有本土学者的研究成果，也有域外学者的研究成果。大量的论文除外，著作主要有：

四川省涪陵地区民族资料编辑委员会编撰的《土家族文化研究论文集》(渝东南文人文学卷)(1986),戴相惠等收集整理《酉阳土家族苗族自治县民间故事资料集》(1987),湖南少数民族古籍办公室主编的《梯玛歌》(岳麓书社,1989),张如飞、肖田的《土家族花灯词》(四川民族出版社,1989),李绍明主编的《川东酉水土家》(成都出版社,1993),周益顺主编的《酉水流域摆手舞》(国际文化出版公司,2001),黄洁著作出版的《重庆土家族民歌选集》和《民间口传文学的珍贵遗产——重庆土家族民歌》(中国文史出版社,2004),周晓风主编出版的《20世纪重庆文学史》(重庆出版社,2009),吕进著作出版《20世纪重庆新诗发展史》(重庆出版社,2004),重庆民族宗教事务委员会支持出版的“重庆世居少数民族研究”系列丛书(重庆出版社,2011)和“重庆少数民族文化文丛”系列丛书(吉林文史出版社,2013),李良品等著作出版的《重庆民族文化研究》(重庆出版社,2010)和《乌江流域口承文学研究与集成》(中国戏剧出版社,2011),彭福荣著作出版的《石柱土司文化研究》(重庆出版社,2009)和《乌江流域土司时期文学探赜》(重庆出版社,2013)等等。

值得一提的还有一些大学硕士、博士的毕业论文选择重庆少数民族文学进行系统深入的学术探究,对于阐明重庆少数民族文学的意义与价值具有积极的促进作用。如西南大学新诗研究所的硕士向碧群的《土家族传统文化与当代土家族青年诗人的创作》,广西大学文艺学硕士徐臻的《文学场视域下的冉庄创作研究》,重庆师范大学硕士彭丽的《酉阳土家族诗人冉仲景作品论》,重庆师范大学硕士邵永《土家族民间故事研究——以酉阳地区土家族民间故事为例》,中央民族大学的周建军博士的《民族文学视野下的竹枝词研究》和陕西师范大学硕士冉华的《李亚伟诗歌创作论:生死情态——生命原始极限体验的核心传达》等,都是具有一定学术水平的研究成果。这些学术新秀秉持学院派的学术传统加入到重庆少数民族文学的研究队伍中来,延续和强化了重庆少数民族文学批评的繁荣势头。

总之,随着重庆少数民族文学的日渐繁荣,影响力的逐步扩大,批评界对其关注研究的人也越来越多,重庆少数民族文学批评正逐步走向热闹繁荣的局面。

第二章　诗人谈诗：冉　庄　李亚伟

冉庄和李亚伟是当代重庆少数民族的第一代和第二代代表诗人，他们既从事诗歌创作，也发表过一些诗论和文学评论。他们的文学评论眼光敏锐、见解独到，颇具学养功底，尤其是他们的创作论，不仅是其诗歌创作坚持的基本美学理念，也标示着一种独特的诗歌路向的可贵探索，对整个中国诗坛都可能起到某种引领作用，实际上也产生过引领作用，比如李亚伟的诗歌理论探索，因此需要认真关注。

冉庄的文学评论大约正式开始于 1994 年，（如果把之前他写的那些书序除外的话），那年，他写了《喜读董小玉〈文学创作与审美心理〉》《关于当前文艺创作的理论思考》《徐志摩诗歌浅谈》等 3 篇评论文章分别在《重庆社会科学》和《重庆教育学院学报》等刊物发表，至此一发不可收，直到诗人离世前共写作发表了大约 18 篇文学研究和评论文章。那是诗人诗歌创作数十年经验沉淀的结晶，也是诗人长期阅读和思考的结果。

在《诗歌创新与民族化思考》《中国新诗 100 年》《当代诗歌的创新与民族化思考》等理论文章中，冉庄反复探讨的是“当代诗歌的创新问题”，并且给出了四点答案：1. 诗歌必须是中国的。主张合理、有机地吸收西方文化，从而创造有中国风骨的民族化诗歌。2. 诗歌必须是人民大众的。认为诗人应有自己的个性，诗的感染力就来自个性自我的真切表现，同时又主张诗人的个性应植根于人民性，成为人民的多种多样的爱好和需要的反映，这是诗的本性。3. 诗歌必须是时代的，诗歌必须反映时代精神。4. 诗歌必须是真诗。在听觉上应该有音乐美，在视觉上应该有形象美，在心灵感受上应是动情的有启迪的，而且这些综合的美的因素应在最凝练的形式下，达到最大的容量；主张宽容、多样、兼容并包，不应包括非诗的质品①。在另一篇文章《文学创作“人民性”浅析》中，冉庄还引经据典专门就文学的“人民性”与“党性”进行了探讨，指出文学的“人民性”就是“指文学作品对待人民的态度如何，和它对历史进程有无进步意义而言”。它是衡量作家作品价值的重要尺度②。

关于中国诗歌创新和诗歌的标准问题，应该说不同的人那里有不同的理解和主张，冉庄关于中国诗歌创新的这些观点虽不见得新颖独到，但也是集合了较多人的共识，因而具有某种普世性。同时这也是他自己多年来诗歌创作坚持的美学原则的理论总结，他的诗歌就是人民性、民族性与时代性的有机统一。

人民性、民族性与时代性也因此成为冉庄批评文学创作的基本价值尺度。比如他在《关于当前文艺创作的理论思考》一文中针对新时期以来的文艺创作指出：“在文艺创作中，必须突出时代主旋律”，“主旋律的作品则是要以自身的磅礴气势和浩宏魄力，反映时代精神，体现历史规律，呼应万民心声，艺术地顺应人民的发展势态和前进方向。”他呼吁评论家：“要站在为‘人民服务、为社会服务’的立场上，表达人民的意愿，反映人民的审美需求，用美学的、历史的标准来评论文艺。这样，才能有健康的、社会主义的文艺评论。”③在评论徐志摩诗歌创作时，他积极评价徐志摩“诗是一个时代最不可错误的声音”④的观点，高度肯定他那些反映现实社会的诗作。而对徐志摩那种过于强调诗歌的“不容分析”的神秘论调提出了批评，认为那是以神秘主义观点来解释诗歌，反映了徐志摩的唯心主义的文艺观⑤。在评论土家族诗人陈爱民的诗歌时，充分肯定“诗人巧妙地把民族的属性融合在现代意识中，处处体现出民族不屈不挠的精神和对家乡、对亲

① 冉庄：《当代诗歌的创新与民族化思考》，《重庆教育学院学报》，2002 年第 2 期。
② 冉庄：《文学创作“人民性”浅析》，《重庆社会科学》，1998 年第 1 期。
③ 冉庄：《关于当前文艺创作的理论思考》，《重庆社会科学》，1994 年第 6 期。
④ 徐志摩：《序语》，《诗刊》创刊号，1931 年 1 月。
⑤ 冉庄：《徐志摩诗歌浅谈》，《重庆教育学院学报》，1994 年第 2 期。

人的爱。”[1] 总之，人民性、民族性与时代性，是冉庄文学思想的核心与文学批评的基本美学尺度。

李亚伟是“莽汉”诗歌流派的创立者，也是“第三代”诗歌运动最有影响的诗人之一。他在诗歌创作之余发表了许多关于莽汉诗派以及有关诗歌的一些看法，这对于我们认识莽汉诗派和第三代诗歌具有重要意义。他对诗歌的认识和主张主要见于一些“访谈录”和“创作自述”中。主要有《诗歌是世上最珍贵的东西——关于当代诗歌的评价及诗人的身份问题》《从诗歌的历史理解诗歌的现实——答马铃薯兄弟问》《李亚伟访谈》《自言自语或文章两篇》《英雄与泼皮》《源头与轨迹》《口语和八十年代——一代人的成长和一个平台的形成》等。

李亚伟谈论最多的是有关莽汉诗派的缘起和诗学问题。他自认莽汉主义“就是集英雄和泼皮于一体，集好汉和暴徒于一身。”“从一开始就充满了精彩的封建主义糟粕、文盲的豪气和无产阶级不问青红皂白的热情以及中国百姓人情味十足的幽默和亲热。”[2] “莽汉主义”更多地存在于莽汉行为。作者们写作和读书的时间相当少，精力和文化被更多地用在各种动作上。[3] 也就是说，莽汉主义不仅仅是一种诗歌美学和风格。更是一种包括诗歌创作在内的一种整体的生活方式、一种精神信仰和一种思想与行为。

在谈到莽汉诗派成立的意图时，李亚伟说：“‘莽汉’这个东西是我们有意制造出来的，在当初甚至带有表演性。它有两个层面：就外在而言，成立流派本身就有表演的意思，我们追求怪异时髦的打扮和行为，到处抛头露面；在写作内容上我们写自己读书和工作中的故事，写自己醉酒和漫游浪荡的经历，语言热烈新奇。这些表演性有一个意图，就是要和上一代传统诗人相区别，就是要强调自己从来都不想当文学青年，自己压根就不崇高，很强烈地渲染自己不在乎文化，而自认为是正大步走在创新路上的一拨人。”“莽汉主义当初的宗旨只是为了砸烂那些讨厌的主流文化，并和所有新生的诗歌团体为打倒虚假的文化而一起尽一份力量。”[4]

---

① 冉庄：《把生命鲜活在诗歌艺术里——读陈爱民诗集〈其实我是风〉》，《文艺报》，2006年12月7日。

② 李亚伟：《英雄与泼皮》，《诗探索》，1996年第2期。

③ 李亚伟：《自言自语或文章两篇》，《延安文学》，2006年第3期。

④ 李亚伟：《口语和八十年代——一代人的成长和一个平台的形成》，《红岩》，2014年第3期。

关于莽汉诗歌，李亚伟认为其“最明显的倾向就是粗暴语言，其诱惑力一边来自撒旦一边来自上帝，它既是美神又是魔鬼，而且更多的时候是和魔鬼乱来，因为美神已在酒馆、树下被彻底地亲够了，因为莽汉主义并不主动扎根于某一特定的人文景观，它扎根于青春、热血、疾病以及厚脸皮中，莽汉主义的最大愿望就是要翻山越岭，用汉字拆掉汉字，要大口大口吃掉喜马拉雅山、用举起的生殖器打倒人类旺盛的生殖欲。”这是对莽汉诗歌美学特质的一份生动说明。

口语写作是包括莽汉诗派在内的第三代诗歌的普遍取向，传统诗歌雅化的意象语言被他们抛弃，因此也导致许多批评家的指责，引起争论。对此，李亚伟进行了自我辩护，他说：“80年代的诗人们在写作上的一个主要特征就是用现实生活中的口语进行创作，因为我们相信好诗都诞生于生动的口语。我们认为，唐诗是用唐朝的口语写的，宋词，虽有更多的规则限定，但在字数、平仄、韵脚的限制之中，苏东坡、李清照们仍然写的是宋朝的口语。而明清诗人致力于写得像唐诗，大都装成李白、杜甫或者王维等模范诗人在挥毫，忽略了他们自己生活中的口语现实，把李杜工当祖先供着其成就也不高。我们认为，宋以后的那些诗人基本上白混了几百年日子。而明清的小说家和戏剧家由于前面没什么小说和戏剧成规，完全融进了口语世界里去写作，相反成就很大。”诗歌究竟应该用意象语言（或书面语言）还是日常口语写作，80年代由第三代诗歌口语化引起的争论直到今天也没有一个结果，写作实践也还在进行中，孰是孰非恐怕只有留待时间去证明一切了。

李亚伟还谈论了诗歌（文学）审美的滞后性。针对当代诗歌尤其是第三代诗歌为一些读者或学者所贬低或否定，李亚伟批评了他们文学素养与审美观念的陈旧。指出：“诗歌的阅读和认可从来都有滞后的特性，人们只读前朝诗歌，只了解和认可定性了的前朝诗歌。所以，不管你多聪明，你只要不是当朝诗歌中的作者，你就只是一个普通大众，你对诗歌的了解也只比普通大众的程度高不了哪去，你最多只能读懂部分当代诗歌。”这些论述十分中肯，道出了文学审美滞后性的实质。

李亚伟还就朦胧诗、第三代诗、“知识分子写作”作出评论。他认为，朦胧诗其实就是“‘今天’派这么一个诗歌团体肇始的，后来被理论界有意或者无知地朦胧化，由此将诗歌推向庸俗和虚假。”“朦胧诗唱出了简易的政治情结和初恋式的简易的爱情，哪怕从诗艺和内容上来说都不够丰富和成熟”[①]。朦胧诗热有其特定时代背景，古代没有过，今后也不会再有。他高度评价了第三代诗，认为“第三代诗歌运动给中国文学史贡献了群星璀璨的诗人群，其可能留下的遗产是很多大诗人和式样繁多的经典诗歌。是唐诗、宋词之后的中国文学史又一次历史性的繁花似锦。”[②]，他批评“知识分子写作”“就是某些人想划出一块领地，很主观地想做诗歌贵族，让人乐不可支，这在诗歌创作上是非常荒唐病态的。”宣称“诗歌从来都不是知识分子写的”[③]。这些批评见解独到深刻，体现了李亚伟宽阔的文学批评视野、犀利的批评眼光与比较正直公允的批评品格。

---

① 欧亚、李亚伟：《李亚伟访谈》，2009 年第 8 期。

② 马铃薯兄弟、李亚伟：《诗歌是世上最珍贵的东西 —— 关于当代诗歌的评价及诗人的身份问题》，《扬子江诗刊》，2014 年第 6 期。

③ 欧亚、李亚伟：《李亚伟访谈》，2009 年第 8 期。

第三章　学院派批评：刘扬烈　冉易光

如果说冉庄与李亚伟的批评是作家创作谈的话，那么，刘扬烈和冉易光就是职业的学院式批评。作家创作谈较多随意自由，有深刻的思想见地和批评的激情，不太注重严密的逻辑论证，学院派批评注重考据论证，讲究学理，有一套规范。两种批评各有味道。

刘扬烈（1935—），苗族，贵州松桃人。1957年毕业于西南师范学院中文系，历任西南师范学院中文系助教、讲师，西南师大新诗研究所副教授、硕士研究生导师、教授。中国鲁迅研究学会第二、三、四、五届理事，四川省鲁迅研究学会副会长。享受政府特殊津贴。1952年开始发表作品。1993年加入中国作家协会。著有《鲁迅诗歌简论》《诗神·炼狱·白色花——七月诗派论稿》《中国新诗发展史》《雁翼创作论》《山城学步集：民族忧患与中国现代文学》《爱我中华诗歌鉴赏》（共五卷，分卷主编），主编《鲁迅作品手册》，主持选编《中国现代小诗选》《中国抗日战争时期大后方文学书系·诗歌编》两卷等。《鲁迅诗歌简论》《诗神·炼狱·白色花——七月诗派论稿》分获四川省政府哲学社会科学三等奖、重庆市政府哲学社会科学三等奖，《爱我中华诗歌鉴赏》获重庆市政府哲学社会科学二等奖。

“忧患论”是刘扬烈文学批评关注与探讨的一个重要的思想话题。他先后撰写了《儒家忧患意识与历代中国知识分子》《民族忧患意识与中国现代文学》和

《论鲁迅的民族忧患意识》《鲁迅小说创作中的悲剧意识》等四篇文章，从古到今、从宏观到微观系统连贯地探讨了“忧患意识”的历史演变与思想内涵。所谓“生于忧患，死于安乐”，中国进步知识分子自古以来都有忧国忧民的高尚情怀，“忧患意识”已是中华民族优秀文化传统的一个重要组成部分。这种意识与情怀“是千百年来维系国家民族发展与前途命运的一种文化意识，属于伦理道德范畴，也属于治国安民的政治范畴。弘扬这一传统文化，对于促进现代化建设具有重要的现实意义”①。正是基于这种价值考量，刘扬烈选取“忧患”这一文化概念进行深入剖析，权衡其利弊，弘扬其积极的文化价值。在《儒家忧患意识与历代中国知识分子》一文，刘扬烈以知识考古学方法系统厘清了“忧患意识”的历史源流。认为“忧患”一词最早见于《周易·系辞下传》：“作《易》者，其有忧患乎。”司马迁在《史记·太史公自序》中所叙之《诗》《书》《周易》《春秋》《离骚》《国语》《诗三百》篇等，“大抵圣贤发愤之所为作也。此人皆意有所郁结，不得通其道也，故述往事，思来者。”称这些人的所谓忧患，大致包括忧已患名、忧生患命、忧道患志和忧国患民等几个方面，其中以“忧国患民”价值最高，影响特别深广。儒家将“忧患意识”道德化，作为修身做人的标准。强调个人要“生于忧患，死于安乐”。告诫统治者：“乐以天下，忧以天下，然而不王者，未之有也。”在以后的历史文化演进中，由于封建宗法制的家国同构，知识分子的忧国患民与忠君报国紧密联结在一起，从而使许多志士仁人的爱国壮举演成一幕幕悲剧。然而，当忧患得不到伸张，理想、正义遭受挫折时，有的人便由忧患走向自我解脱。这是忧国患民的变态反应。

到了现代，“以儒家思想为主体的这一文化传统，同样深深地烙印在现代中国知识分子的身上，现实社会又赋予它崭新的意义，体现了鲜明的时代色彩。这里既有继承和弘扬，又有批判和变革。鲁迅、郭沫若、胡风、巴金等，都带着各自的时代特点，体现出现代知识分子的内涵深广的忧患精神。”②“一部现代文学史就是中国人民的忧思录，显示了炎黄子孙的觉醒、苦斗和奋发前进的足迹。”③“忧患意识与悲剧意识互相渗透，构成了鲁迅小说创作的坚实肌理和厚重的思想底

① 刘扬烈、刘健芬：《儒家忧患意识与历代中国知识分子》，《重庆教育学院学报》，2002 年第 5 期。

② 刘扬烈、刘健芬：《儒家忧患意识与历代中国知识分子》，《重庆教育学院学报》，2002 年第 5 期。

③ 刘扬烈：《民族忧患意识与中国现代文学》，《鲁迅世界》，2006 年第 3 期。

蕴，他的带着血泪的抨击和控诉，振聋发聩，动人心魄，为中国现代忧患小说树立了卓越的典范。”[①] 刘扬烈高度评价了这一文化传统的宝贵价值，主张“炎黄子孙应该发扬光大这种精神，使之传布千秋万代。同时，我们又必须增强现代意识，清除个人迷信，使忧国患民能真正化成为国为民、造福子孙的宝贵精神财富。”[②]。这种经世致用的思想主张既体现了刘扬烈深刻的学术见识，也体现了他本人作为一个具有社会情怀的知识分子的可贵的忧患意识。

就文类而言，刘扬烈的研究兴趣更多的还是集中在诗歌领域，并产生了很多成果，主要有《鲁迅诗歌简论》《中国新诗发展史》《诗神·炼狱·白色花——七月诗派论稿》《雁翼创作论》等。刘扬烈的研究领域独具慧眼，他所探讨的对象都不算是当下热门话题，但在他看来却是具有不可忽视的研究价值。他探讨了“鲁迅的讽刺诗”，“鲁迅诗歌的艺术风格”，“鲁迅与中国新诗的现代化”等等课题，认为“纵观鲁迅的诗歌创作，其风格主要表现为雄浑犀利和忧愤深广。系天下安危于一身，宁粉身碎骨为人民，故诗有深怨，有豪情，愤如烈火，利如锋刃。”指出“如何继承鲁迅的诗歌遗产，如何发展诗歌创作的多种风格和流派，是当前鲁迅研究和诗歌界值得探讨的重要课题。”鲁迅的诗歌艺术值得今天的人们借鉴和学习[③]。鲁迅的文学成就主要集中在小说和杂文两大文体，诗歌只是其副产品，很不起眼。刘扬烈关注到它并深入探寻了其思想情感与艺术内涵，显示了某种独到的学术眼光。刘扬烈还集中深入探究了七月诗派的缘起、诗歌美学、胡风的文艺思想与七月诗派诗人的创作，探讨了当代诗人雁翼的诗歌与散文创作等等，并分别以专著形式呈现，展示了其学术水平与学术成就。

作为重庆少数民族批评家，刘扬烈的文学批评也注意到本土诗人的创作，他探讨了方敬、杨山、傅天琳、刘忠华等本土诗人的诗歌创作，尤其探讨了重庆少数民族的诗歌创作，撰写有冉庄的诗歌创作专论和有关重庆少数民族诗歌的宏论文章，对重庆少数民族诗歌进行审视和评价。《沿着民族化大众化的道路——论冉庄的诗歌创作》是一篇具有相当分量的学术文章，文章结合具体诗歌创作与诗人创作自述细致深入解读了土家族诗人冉庄诗歌的思想内容与艺术特色，认为冉

① 刘扬烈、刘健芬：《论鲁迅的民族忧患意思》，《重庆广播电视大学学报》，2001 年第 3 期。

② 刘扬烈、刘健芬：《儒家忧患意识与历代中国知识分子》，《重庆教育学院学报》，2002 年第 5 期。

③ 刘扬烈：《鲁迅诗歌的艺术风格》，《鲁迅研究》第 6 辑，中国社会科学出版社，1981 年版。

庄的诗歌“描绘了祖国多民族生活的彩画。他心中有一把尺子：爱国主义、民族团结、生产建设、无私奉献是其创作的重要母题。扎根于现实生活的沃土，探索意象的创新，力求意境的深化，他用实践证明了现实主义永远不会过时。”“在艺术上，冉庄融古今中外为一体，始终追求属于自己的现代格律，走民族化大众化的道路，逐步形成独特的艺术风格。”[①]文章持论中肯，准确揭示出了冉庄诗歌的美学特质。《诗苑盛开民族之花——重庆少数民族诗歌论略》是重庆学界较早一篇宏论重庆少数民族诗歌的文章。刘扬烈在文中历数了重庆少数民族优秀诗人及其取得的创作成绩，对冉庄、何小竹、冉冉等优秀诗人的创作进行了点评，对重庆少数民族诗歌的题材内容与艺术特征进行了归纳，指出：“近年来，重庆少数民族诗歌创作有了很大的发展。这些诗歌内容丰富，现实感强，特色鲜明，富有浓郁的民族色彩和生活气息，唱出了时代的主调。描写省际边缘地区人民的古朴生活和当地美丽风光，展现该区域文化，是重庆少数民族诗歌的最大特色，使重庆少数民族诗歌具有清新活泼、质朴明朗的艺术风格，为我国少数民族诗歌创作开拓了广阔的天地。”[②]文章对重庆少数民族诗歌的观察比较全面，评价也比较准确。

作为诗歌评论家，刘扬烈始终坚持马克思主义的历史美学的批评方法，在文学与传统、文学与社会内外两个维度中诠释诗歌的意义与价值。

冉易光（1947—），土家族，重庆酉阳人。1968—1978年在重庆酉阳务农。1978—1981年在重庆市涪陵师范高等专科学校中文系读书。毕业后留校任教，历任教师、教研室主任、学报执行主编，副教授。重庆市作协全委会委员，文学评论委员会副主任，长江师范学院教授。1980年开始发表作品。2001年加入中国作家协会。著有文学评论集《固守与叛离》《阳光的垄断》，小说散文集《人迹》，小说《麒麟》《乌江故事》等，发表小说、散文、报告文学等百余万字，论文50余篇。1999年起主持重庆市社科规划项目《重庆文学史》。《固守与叛离》获1999年重庆市第一届社科优秀成果三等奖、2001年重庆市文艺评论奖，《阳光的垄断》2005年获重庆文学奖。一些论文被权威学术文摘转载。

---

① 刘扬烈：《沿着民族化大众化的道路——论冉庄的诗歌创作》，《重庆教育学院学报》，1998年第4期。

② 刘扬烈：《诗苑盛开民族之花——重庆少数民族诗歌论略》，重庆广播电视大学学报，2004年第4期。

冉易光的文学批评主要集中在女性文学与重庆地域文学两个领域。90年代的研究主要围绕“女性文学”这个课题展开，先后撰写多篇文章探讨中国女性文学的历史与现状，演变轨迹与动因，叙事策略与意识形态等，诠释其意义，评判其得失，为中国女性文学的发展把脉。姊妹篇论著《女性书写与叙事文学》（上）与《女性书写与叙事文学》（下）可以视为冉易光女性文学研究的代表性论著。上篇以宽阔的视野结合社会政治变迁与文化演进探讨了现代中国女性叙事文学的演变轨迹。认为现代中国女性叙事文学经历了三个发展阶段，第一时期从“五四”初期延伸到“丁玲时代”。“五四运动”给中国女性叙事文学的发动和发展创造了历史性的契机，这一时期出现了女性文学的短暂繁荣，产生了冰心、庐隐、冯沅君、凌叔华等优秀的女性小说家。第二个时期则以《太阳照在桑干河上》划界，直到1985年。此一阶段由于革命与政治的需要，女性性别被悬置，女性叙事文学多为中性写作，这是一段长长的女性文学的“被阉割期”。“被阉割期”的女性文学，是缺乏“女性声音”的文学，是不再有政治和艺术冲击力的文学。丁玲的创作演变为典型。1986年以后，女性叙事文学进入自“五四”以来的第三个重要时期。一批以婚恋、性爱为叙事主体的叙事文学不断涌现，叙事关注的重心也转移到女性、女性问题上来，标志着第三代女性叙事文学的产生。第三代女性叙事文学的勃兴，“当与女性作家对自身命运的关注和女性现实处境的重新审视有关，也与女性主义文学批评的导引有关”①。下篇主要对第三代女性叙事文学进行讨论。认为“第三代小说”的席地而来，是“在女权主义的最为初级的形式上，即在当代文学史的线性时间上，争取一种文化的独立和对抗，在象征秩序中获得同男人平等的机会与权力。”女性作家有理由为“第三代小说”的繁荣而自豪，但同时也须保持必要的清醒，谨防女性文学“已经或可能成为‘被观赏对象’（庸俗的‘欲望对象’）。”女性作家要避免“阴茎嫉妒”集体无意识所带来的“哀怨与取媚”的创作弊端以及“抒情倾向的泛滥”②。应该说，冉易光对女性文学的发展脉络把握是比较准确的，对第三代女性文学成就与不足也看得很清楚，他由此所给出的意见和建议对第三代女性文学的发展不无有益的参考价值。

---

① 冉易光：《女性书写与叙事文学》（上），《文艺评论》，1997年第2期。

② 冉易光：《女性书写与叙事文学》（下），《文艺评论》，1997年第3期。

90年代末期以来，冉易光研究兴趣转向于重庆地域文学的研究上来。1997年重庆直辖，重庆的政治主体性被确立，因之，重庆文化主体性也需尽快建立。正是在这一文化背景下，重庆学界纷纷加强了重庆历史文化的研究。冉易光敏锐把捉到了这一时代变革，1998年起，在其所主编的《涪陵师范学院学报》（后改为《长江师范学院学报》）开辟《重庆文学史》专栏，全面开展对重庆文学的研究。其本人也申报立项了"重庆文学史研究"社科重点项目，致力于重庆文学史的建构。实际上，早在80年代末，冉易光就倡导过"乌江文学与乌江作家群"，虽然未能得到学界的热烈呼应，但也显示了那时的他早就已对重庆本土文学的崛起有了关注，并为之鼓与呼。重庆直辖后，冉易光对重庆本土文学的张扬与研究就更加理直气壮了，《涪陵师范学院学报》经他改版成为了重庆文学彰显的重要平台，他本人也撰写了多篇研究重庆文学尤其是重庆少数民族文学的文章，比如陈川、冉冉、第代着冬、冬婴等作家诗人皆为冉易光所关注和讨论过。

"乌江文学与乌江作家群"是冉易光文学批评建构和讨论过的一个重要的观念话语，饱含了他对民族地域文学建设的理想与热情。他撰写过《乡土情结与地域寓言》（《乌江》，1994年第2、3期）、《从凝固中寻觅生命律动》（《当代文坛》，1991年第5期）、《乌江文学与乌江作家群》（《三峡新论》，1995年创刊号，第3期）、《固守与叛离——乌江文学与乌江作家群》（《涪陵师范学院学报》，1997年第2期）等多篇文章讨论乌江文学与乌江作家群。冉易光认为乌江流域的山地农耕文化与河沿商旅文化相互渗透与叠加共同构成乌江文化，正是这一文化的滋养孕育了规模颇为壮观的乌江作家群，乌江作家"属于乌江地域的土著，他们在山地（只有极少数自小生活于河沿）完成宝贵的童年、少年的人生洗礼，然后走出山地、走向河沿，汇集于乌江干流的一些较大的城镇，或继续学业，或择职谋生，实现了作家队伍的大汇聚。"文学观念上，"乌江作家以现实主义为其基本创作原则，广采博纳他种创作方法，结合自身特点和优势，既承袭传统，又勇于创新，各有路数，多样统一。"文学对象上，"乌江作家以独特的乌江文化为其主要的表现对象"。美学品位上，"乌江文学创造的是关于这个地域的寓言，乌江文学是关于文化的文化。乌江文学不乏社会文献价值，特别是发轫期的乌江文学和乌江作家的早期创作。成熟的乌江文学的追求目标是地域寓言。"冉易光准确概括和阐述了乌江文学的美学特征，同时他也指出，乌江地域文化是乌江文学的根基，“乌江文学需要发挥自己的优势，需要寻找和扎下自己的‘根’”。如此，乌江文学才能繁荣发展，但同时乌江作家也不能一味固守狭隘的地域文化，而应有所“叛离”，有所超越和开拓，只有这样，乌江文学才能有新的更好的发展①，这些意见自然是十分中肯的。可以说，对乌江文学与乌江作家群概念的提出与阐发应是冉易光文学批评取得的一个重要成果，后来的学者沿着他勘探出的文学地理图继续勘探和研究，产生了系列的有关乌江流域文化的成果，皆因归功于冉易光最初的发现和指引。

冉易光撰写了多篇作家和作品论，对乌江作家如陈川、朱亚宁、第代着冬、阿多、姚明祥等的小说创作进行了探讨，对乌江诗人李亚伟、冉冉、冬婴、谭明等人的诗歌创作进行了品读。对于小说与诗歌这两种不同的文体，虽然批评中前者倚重故事情节与人物形象，后者倚重意象与修辞来阐释创作，但有两种手段在两种文体的批评中均有采用，一是注重创作心理动因的探究与创作意识形态的阐发；二是注重地域文化与民族文化的揭示。前者往往在题材主题风格演变的表征背后着力探究作家（诗人）生活经历与思想变化所构成的文学动因，在创作历程的梳理中注重代表性作品的思想主题与艺术特征的提炼与归纳。后者尤其注重通过地域文化与民族文化探寻文学的生成根源，同时又揭示文学的地域文化与民族文化蕴涵。这就是冉易光文学批评的基本模式与方法。

① 冉易光：《固守与叛离——乌江文学与乌江作家群》，《涪陵师范学院学报》，1997年第2期。

后 记

重庆市社科项目“重庆少数民族文学研究”立项于 2013 年 12 月，历经三年半时间的调查、研究与撰写工作，今天终于完成全部预期研究任务，心中如释重负，有一种突然的轻松和喜悦。

本项目的申报立项、研究框架设置以及分工组织等工作皆由何云贵负责完成。同时，项目组成员也提出了一些有益的意见和建议，奉献了智慧和辛劳，特别是刘壮博士对于本项目的立项申报提出了非常有价值的建议。在此，我要对刘壮君和项目组成员给予我的帮助表示衷心的感谢！

本项目研究和撰写分工如下：

何云贵负责研究撰写前言、上编第一章、第二章、第三章、第五章，中编第一章、第四章、第五章、第六章第一节，下编第一章、第二章、第三章、后记。黄贤忠负责研究撰写上编第二章。罗秋雨负责研究撰写上编第三章。傅钱余负责研究撰写中编第六章第二节。马韵梅负责文献收集，研究撰写中编第六章第三节。胡牧负责研究撰写上编第四章。何云贵最后通读全文，进行文字校对和润色，并对部分章节进行了调整与改写。

本项目的研究得到了重庆市文艺评论家协会主席周晓风先生的热情帮助，得到了重庆市作协陈川主席和冉冉副主席的大力支持，他们都为本项目的研究提供了珍贵的文献资料，特别是陈川主席还为本项目的研究提供了十分中肯的意见和建议，我们在此表示衷心的感谢！另外，长江师范学院的韦济木教授和彭福荣教授也为本项目研究提供了大力的支持，在文献资料方面提供了很多帮助，我们也对此表示衷心的感谢！

本项目的研究，吸收了许多学者的研究成果，正是这些学者的研究成果为本项目的系统研究奠定了坚实的学术基础，这些学者及其成果皆在本书注释中予以列出，在此一并予以致谢！

本项目研究主要依据搜集的静态文献资料。由于对活态的资料比如民歌演唱以及摆手舞和花灯戏等的实况掌握不多，因而对重庆少数民族文学的现实性描绘不足。也由于课题组成员多非重庆少数民族出生，也并未能在重庆民族地区长期生活，因此对重庆少数民族的文化习俗与思想情感信仰的认识理解恐未能完全准确到位，如果存在误读的情况，恳请各位专家批评指正。我们争取在以后的延伸研究中克服这些问题，弥补这些缺陷。

重庆少数民族文学是一座矿藏丰富的宝藏，我期待有更多的学者来关注和研究，我们希望创作界和批评界能够联袂互动，大家一起努力，助推重庆少数民族文学走向更大的辉煌！

何云贵

2017 年 8 月